C.F. Seidel

# In der Urne brennt noch Licht

Eine Kette von Verbrechen und Verwicklungen im schönen Dresden

novum pro

Dieses Buch ist auch als e-book erhältlich.

www.novumverlag.com

Bibliografische Information
der Deutschen Nationalbibliothek:

Die Deutsche Nationalbibliothek verzeichnet diese Publikation in der Deutschen Nationalbibliografie. Detaillierte bibliografische Daten sind im Internet über http://www.d-nb.de abrufbar.

Alle Rechte der Verbreitung, auch durch Film, Funk und Fernsehen, fotomechanische Wiedergabe, Tonträger, elektronische Datenträger und auszugsweisen Nachdruck, sind vorbehalten

Gedruckt in der Europäischen Union auf umweltfreundlichem, chlor- und säurefrei gebleichtem Papier.

© 2022 novum Verlag

ISBN 978-3-99131-510-0
Lektorat: Mag. Elisabeth Pfurtscheller
Umschlagfotos: Yufa12379,
Hámor Szabolcs | Dreamstime.com
Umschlaggestaltung, Layout & Satz:
novum Verlag

www.novumverlag.com

Für Loritta

Vielen Dank für deine Liebe,
dein Verständnis, deine Geduld und
die vielen hilfreichen Tipps
beim Werdegang dieses Buches.

# PERSONENREGISTER

| | |
|---|---|
| Alex | Dr. med. Alexander Heinrich, Rechtsmedizin, Uni Dresden |
| Annette | Annette Lehmann, Chefsekretärin der Mordkommission Dresden |
| Becker, Theophil | Kriminalhauptkommissar (KHK), Leiter der Mordkommission Dresden |
| Boris | Russischer Krimineller |
| Der Chef | Max Müller-Seifert, Boss der kriminellen „Firma" |
| Daniela | Dr. Daniela Schweiger, Ärztin, Uni Hamburg |
| Fischer, Johannes | Apotheker in Meissen |
| Heinze | Polizeiobermeister (POM), Polizeipräsidium Dresden |
| Hellmann, Beate | Kriminalhauptkommissarin der Mordkommission Dresden |
| Henriette | Henriette Bertram, Lebensgefährtin von Wolfgang Fleischer |
| Hoffmann, Claudia | Künstlerin (Malerin) |

| | |
|---|---|
| Kati | KHK der Mordkommission Dresden |
| Krause | POM im Polizeipräsidium Dresden |
| Leistner, Harry | Ing. f. Tiefbau, Bauamt Dresden |
| Maurer, Sebastian | Verbrecher |
| Meier | Leiter vom Bauamt Dresden |
| Mike | Zollbeamter, Ehemann von Kati |
| Müller | POM bei der Polizei Dresden |
| Dr. Neumann, Julia | Oberstaatsanwältin im Polizeipräsidium Dresden |
| Uschi | Bedienungskraft in der Cafeteria des Polizeiamtes Dresden |
| Ölschläger, Sandra | POM im Polizeipräsidium Dresden |
| Rothe | POM im Polizeipräsidium Dresden |
| Sandra | Apothekerin in Meissen |
| Schwarz, Nicky | Verbrecher |
| Schröder | KR, Chef der Abtlg. Kapitalverbrechen, incl. Mordkommission |
| Schulze, Mike | Verbrecher |
| Schneider | KOK bei der Polizei Dresden |
| Schulze, Svenja | Polizeischülerin, Praktikum im Polizeipräsidium Dresden |
| Seybold, Sonja | Mitarbeiterin im Bauamt |

| | |
|---|---|
| Stefanie | Chefsekretärin in der Rechtsmedizin Uni Hamburg |
| Prof. Dr. Stegner, Siegfried | Professor für Malerei, HS für Bildende Kunst, Dresden |
| Dr. Stegner, Anja | Frau von Prof. Stegner, Dozentin und Goldschmied, verstorben |
| Stein, Florian | KOK in der Kripo Dresden |
| Steiner | Mörder |
| Walther, Daniel | Mitarbeiter im Bauamt |
| Werner | Chefinspektor, Polizeipräsident Dresden |
| Wilhelm | Frau des Hausmeisters in Fleischers Wohnhaus |
| Wolfgang | Wolfgang Fleischer, Dipl.-Ing f. Informatik, ehem. Kripo Dresden |
| Yasmin | Dr. Yasmin Shen, Apothekerin |

## PROLOG

Es ist Montag, früh am Morgen, und es regnet. Ein Kommissar stapft in Dresden missmutig durch die aufgeweichten Elbwiesen zu einer Leiche. Er ist unpassend angezogen. Er ist durchnässt und friert. Dass seine Assistentin und der Rechtsmediziner in Regenkleidung am Tatort erscheinen, verbessert seine Laune nicht. Der Kripobeamte mag den Toten nicht, mag diesen Arzt nicht, mag das Wetter nicht. Es ist nicht sein Tag heute.

Doch die Leiche am Elbufer ist der Beginn einer Kette von Kapitalverbrechen, die die Mordkommission in Dresden aufmischen. Hier geht es nicht um kleine Vergehen, hier geht es um organisiertes Verbrechen. Und die Kriminellen lassen sich nicht lumpen.

In einem spannenden, flockigen und leicht ironischen Stil wird die Aufklärung der Verbrechen geschildert. Auch eine kleine Romanze meldet sich zu Wort. Dies alles wird mit überraschenden Wendungen garniert und serviert.

Viel Spaß beim Lesen!

## Die Verbrecher, der Kutter, 1. Akt

Die Elbe plätscherte träge dahin. Vier Männer saßen an dem kleinen Klapptisch unter dem Bullauge und warteten. Sie warteten auf die rettende Nachricht. Ihr Kahn dümpelte träge am Anlegesteg. Sie warteten schon eine ganze Weile. Auf dem Tisch lag ein Handy; es klingelte aber nicht. Die Männer schlugen die Zeit mit Bier und Cognac tot und warteten. Eine lästige grünlich schillernde Fliege kreiste über die leer gegessenen Teller auf dem Tisch und vollführte Start- und Landeübungen an den übrig gebliebenen Krümeln der Bratkartoffeln und Rühreier. Dabei gab sie ein lästiges Summen von sich. Die Zeit dehnte sich. Der Chef klopfte mit seinem Ehering rhythmisch gegen den Rand seines Schnapsglases. Klick, klick, klick, klick. Sein Nachbar starrte ihn vorwurfsvoll an. „Is ja gut, ich höre schon auf." Einer der vier stand auf und lief in der Kabine herum, hin und her, her und hin. Die mittlere Holzdiele knarrte – ein Ton, der sich in der angespannten Ruhe als ausgesucht störend erwies und die blank liegenden Nerven noch mehr reizte. Die Diele knarrte nur beim „Hin". Warum nicht auch beim „Her"? Hin, quietscht, her. Hin, quietscht, und her. „Mach wenigstens einen Bogen um die blöde Diele; du gehst mir auf den Keks." „Ich kann rumlaufen, wo ich will und so viel ich will!" „Arschloch!" Der Chef trommelte mit den Fingern auf die Tischplatte. „Verdammt, passiert hier endlich was!" Er machte sich Luft. „Setz dich hin, verdammt nochmal!", fauchte er.

Draußen raste ein kleines Motorboot vorüber. Die Schwäne und Enten machten zügig Platz und schaukelten sich dann auf den Wellen. Das Boot fuhr eindeutig zu schnell, und seine Bugwelle schaukelte den kleinen Pott heftig durch. Auf den Wassergläsern, in denen der Cognac schwamm, bildeten sich kleine

Wellenkreise, die dem Glasrand zustrebten. Die Männer starrten auf die Gläser und schwiegen vor sich hin. Der eine sagte: „Hm." Ein anderer pflichtete ihm bei: „Jaa." „Hoffentlich erledigt er alles sauber." „Hm, möglich, sicherlich. Er ist Profi. Der macht so etwas nicht zum ersten Mal."

Das Handy klingelte. „Endlich! Ja, bitte?", einer stellte auf „Lautsprecher".
„Bei dem Unfall sind leider zwei Autos beschädigt worden. Eins habe ich mir schon angesehen. Das Zweite kommt noch dran. Deshalb müssen wir unsere Besprechung leider auf morgen verschieben, alles andere bleibt." „Entschuldigung, aber das ist hier ein Privatanschluss. Vermutlich sind Sie falsch verbunden." „Sorry." Aufgelegt.
„Also gibt es noch ein Schwein, das uns betrügt." „Alles Verbrecher. Es gibt heute keine ehrlichen Menschen mehr." „Du sagst es, alles Schweine." „Es gibt keine Schweine", sagte der Chef, „aber es gibt Störfaktoren, und die werden beseitigt, eliminiert. Dann läuft alles wieder wie geschmiert. Eliminiert, wie geschmiert; reimt sich sogar, komisch. Und dann ist nur noch Öl im Getriebe und kein Sand mehr."
„Ist ja gut, Chef, kannst Professor werden. Und wie nun weiter?" „Wir treffen uns morgen wieder hier, zur gleichen Zeit." „Was wird mit den beiden Mädchen?" „Die gehen später auf Reise. Organisiert das! Noch Fragen dazu?" „Nein, kommst du mit?" „Nein, ich geh noch in die Ponnybar." „Also, tschüss!"

## Die Verbrecher, der Kutter, 2. Akt
*(Einen Tag später, gleiche Zeit, gleicher Ort, gleiche Clique)*

Man hörte ein Auto vorfahren. Dem Klang nach war es nicht das Neueste. „Der könnte sich auch mal ein vernünftiges Auto anschaffen. Das kann er sich doch bestimmt leisten. Bei seinen Preisen." „Hat er sicher schon. Aber das steht vermutlich an der Adria oder in Luxemburg, in der Garage seiner Villa."

Dann die polternden Schritte über die alten Bretter vom Anlegesteg. Der Mann quetschte sich durch die Kajütentür und nickte der Runde zu. Er sah etwas übermüdet aus, wie nach einem anstrengenden Tageswerk. Sein Gesicht wirkte verbraucht. Die Haut war grau, trocken und faltig. Vielleicht zu viel Alkohol, zu viel Nikotin, zu viel anderes?

Er sagte so etwas wie „Hi, Männer!" und ließ sich auf einen Hocker fallen. „Mein Gott, war das ein Stress!"

Er schüttete ein großes Glas Korn in sich hinein, rülpste genüsslich und fing an, zu berichten. Die Männer hingen an seinem Mund. Sie waren zwar schon mit vielen Wassern gewaschen, aber einen Mord hatten sie noch nicht in Auftrag gegeben. „Sag schon, wie hast du ihn ins Jenseits befördert und wieso zwei?" „Ihn habe ich vergiftet." „Warum hast du nicht die Knarre genommen?" „Ich wollte, dass er singt, bevor er den Abflug macht. Ihr wisst doch immer noch nicht, ob er Komplizen hatte. Und ihr wisst auch nicht, wie viel er hatte, wenn er hatte. Wie er das Ganze aufgezogen hat, ist euch auch völlig unklar. Oder habt ihr eine Ahnung davon? Natürlich nicht, dumm gelaufen. Hättet ihr ihn in die Zange genommen und ein bisschen gefoltert, hätte er gesungen wie eine Heidenlerche. Aber ihr wolltet ihn ja gleich umbringen. Bitte schön, kein Problem. Aber mit ein bisschen Liebe und Sorgfalt hättet ihr sein komplettes Team ausschalten können, falls er eins hatte. Aber immer mit der Planierraupe durch, auch wenn man nur die Tür aufzuschließen braucht."

„Und, hat er gebeichtet?" „Nicht so richtig. Zu Beginn hat er nur gebettelt, dann geflucht. Zum Schluss hat er nur noch gestöhnt. Er brachte nur noch ‚Klauchi' heraus. Aber da war seine

Sprache schon zu verwaschen. Dann gab er den Löffel ab. Kennt ihr einen Klauchi?" Die vier Männer schüttelten die Köpfe; keine Ahnung. „Gut, weiter, bei der Hoffmann wäre es beinahe schiefgegangen. Ich wollte sie ein bisschen quälen. Wir wussten ja nicht, ob sie mit Leistner zusammenarbeitet. Vielleicht hätte sie uns ihre Geheimnisse offenbart. Als ich klingelte, war sie nicht da. Ich habe ewig auf dem Parkplatz gewartet, aber sie kam nicht. Dann habe ich noch zweimal geklingelt, nichts. Am Abend bin ich dann nochmal vorbei. Ich hatte eigentlich nicht damit gerechnet, dass sie da ist. Ich war der festen Meinung, dass sie abgehauen ist. Also, ich geklingelt, und sie reißt die Tür auf. Das Miststück hatte eine schwere Eisenpfanne in der Hand und holte sofort aus. Ich konnte gerade noch ausweichen. Die Schlampe verschwand in der Küche und ich hinterher. Ich wollte nur mit ihr reden, aber sie hat es mir nicht geglaubt und schlug immerzu auf mich ein.

Meine letzte Rettung war ein Messer, das auf der Spüle lag, und da hab ich sie dann abgestochen. Dieses Miststück hat mich zweimal an der rechten Schulter getroffen. Sie hatte eine richtig schwere Pfanne, so eine aus Gusseisen. Ich habe mich mit Schmerztabletten vollgestopft, alles geschwollen. Erzählt hat das Weib nichts. Ich habe Schwein gehabt, dass ich ohne größeren Schaden dort rauskam. Dann habe ich sie im Wald verscharrt. Woher wusste das Miststück eigentlich, dass ich vor der Tür stand? Lasst euch das mal durch den Kopf gehen!

Gut, ich hoffe, dass man sie in der Hölle ordentlich grillt. Das hatte ich eigentlich vor, dumm gelaufen. Zählt halt zum Berufsrisiko. Aber ihr werdet wohl noch einen kleinen Obolus draufzahlen müssen, Gefahrenzulage." Der Chef zeigte sich beeindruckt vom Bericht und griff in die Jackentasche. Er zog einige größere Scheine aus einem Geldbündel und steckte sie zu den anderen in ein dickes Kuvert, das er dem Kerl hinüberreichte. „Gut so?" Der Verbrecher unterzog das Kuvert einer kleinen Visite. „Wieso bist du ständig so knausrig mit mir? Ich gebe mein Herzblut für euch, und du speist mich mit Almosen ab." Der Chef lachte. „Heute Abend musst du jedenfalls nicht hungern. Und jetzt raus hier. Mach's gut, und tschüss." Die Gemeinschaft schüttete noch einen Cognac in sich hinein und der Mörder verschwand. Man hörte von draußen den Motor des alten Autos protestieren. „Dann tschüss, Leute!", so der Chef. „Ich bin für drei oder vier Tage schwer zu erreichen. Bin im Stutenhof. Gabi ist wieder mal dran." „Wie viel hat sie schon, weißt du das genau?" „Zwei von mir und zwei von Externen. Werde ihr jetzt die fünfte Füllung verpassen." „Warum hängst du ausgerechnet an ihr so dran?" „Sie kann sich so richtig fallen lassen. Sie geht so richtig mit, sie tobt sich aus. Außerdem gefallen mir ihre Rundungen. Also, bis bald."

## Die Leiche im Fluss

„Ich hasse Hunde", murmelte Kriminalhauptkommissar Becker vor sich hin, als er um sechs Uhr in der Früh über die matschige Wiese zum Ufer der Elbe tappte, wo der Leichnam lag.

Der Regen der Nacht hatte sich in ein unangenehmes Nieseln gewandelt; es war neblig und nasskalt. „Scheißwetter!" Der Kommissar war unzufrieden mit seiner Gesamtsituation. Wer um alles in der Welt würde denn frühmorgens um sechs Uhr bei diesem Mistwetter am Elbufer herumlatschen? Das kann doch nur einer sein, der von seinem Hund herausgequält wird. Sonst würde doch jeder vernünftige Mensch vielleicht früh um neun dort am Ufer entlangspazieren, besonders nachdem er erst gefrühstückt hatte. Die Meldung wäre dann frühestens um neun Uhr dreißig im Kommissariat angekommen. Bis dahin hätte er als gestandener Kommissar um acht Uhr erst an seinem Schreibtisch einen Kaffee getrunken, wäre die News vom Dauerdienst durchgegangen, um dann nach neun in der Kantine bei Uschi zwei Rühreier mit Speck und Brötchen zu sich zu nehmen, angefeuchtet und heruntergespült mit dem zweiten Pott Kaffee. Sein Magen knurrte leise, aber vorwurfsvoll.

Ein großer kalter Wassertropfen fiel ihm von seinem Haarkranz in den Nacken und rollte den Rücken hinunter. Ihm fröstelte, eine Gänsehaut lief über seinen Rücken. „Ich hasse Hunde! Ich hasse Tote! Und ich hasse diesen Leichenfledderer!", brummelte er in sich hinein, als er den Rechtsmediziner neben der Leiche hocken sah. Dieser hatte eine gelbe Regenjacke an, trug eine Anglerhose und Stiefel. Außerdem zierte ein Südwester sein Haupt. „Dieser Warmduscher", knurrte der Kommissar, „ich hasse ihn!"

Der Polizist stolperte weiter über die matschige Wiese auf Arzt und Leiche zu. Sein rechter Fuß verfing sich in einem größeren Loch, vermutlich in den Resten einer Mäusekolonie. Sein Sommerschuh tauchte ein und schöpfte Wasser. Becker zog den Schuh schnell wieder heraus, aber es war zu spät. Er fühlte, wie das kalte Wasser von den Zehen über die Fußsohle nach hinten zur Ferse schwappte, sodass der ganze Fuß ein kaltes Bad nahm. Kneipp wäre vor Neid blass geworden.

„Können Sie schon was sagen, Doktor?"

„Ja, guten Morgen, und, es scheint zu regnen. Werden Sie bloß nicht nass!"

„Zu der Leiche fällt Ihnen nichts ein?" „Es handelt sich vermutlich um einen Mann, aller Wahrscheinlichkeit nach tot. Genaueres erst nach der Obduktion."

„Geht es vielleicht auch etwas genauer. So viel wird man ja selbst von einem Akademiker erwarten können!"

Der Arzt hob den rechten Arm des Toten an und ließ ihn dann los. Der Arm klatschte leblos zurück in den Matsch.

„Ich präzisiere meine Aussage: Der Mann ist mit Sicherheit tot."

Als der Rechtsmediziner vor ca. fünf Jahren im hiesigen Rechtsmedizinischen Institut angefangen hat, verwechselte eine der dortigen Sekretärinnen eine Akte und heftete den falschen Obduktionsbefund ein. Diese Akte landete dann bei unserem Kommissar auf dem Schreibtisch. Etwas unter Zeitdruck überflog dieser großzügig den oberen Teil der ersten Seite, wo der Name des Toten stand, und bemerkte die Verwechslung nicht. Der beschriebene

Obduktionsbefund stimmte nun natürlich nicht mit dem des aktuellen Falles überein.

Dem Polizisten war sofort klar, dass der Arzt sich total, also richtig total, geirrt hatte. Kurzum, dass er ein Trottel war. Und der Herr Kommissar verbreitete sofort und überall im Präsidium die Nachricht über den dämlichen Rechtsmediziner. Was sonst überhaupt nicht seine Art war. Wahrscheinlich war er an diesem Tag mit dem linken Fuß aufgestanden. Tage später bemerkte die Sekretärin ihren Fehler und heftete die Befunde um. Aber da war es schon zu spät. Die Kunde war herum. Und sie hielt sich zäh, wie alle Enten. Der Doktor brauchte lange Zeit, um seinen guten Ruf wiederherzustellen. Seit jener Zeit verband eine innige Freundschaft den Kommissar und den Rechtsmediziner.

Der Polizist hörte die quietschenden Reifen, dann spritzte ihm auch schon der Matsch ins Gesicht, auf Jacke und Hose. Seine neue Mitarbeiterin war mit ihrem A3 direkt an den Tatort herangefahren. Den Weg zu Fuß über das satte Grün hatte sie sich erspart. Die Wagentür knallte.

„Kriminalhauptkommissarin Hellmann, Kripo Nürnberg."
„Du bist jetzt in Dresden, meine Süße", erwiderte der Doktor.
„Nenn mich nicht immer Süße. Das habe ich dir schon ein paar Mal gesagt!" „Ist ja gut, Bea."
„Tag, Chef. Tut mir leid, dass ich Sie vollgespritzt habe."
Der Kommissar horchte auf: „Wieso sind die per du? Und warum weiß ich davon nichts!

Die haben ein Verhältnis, die beiden. Wieso ist das alles an mir vorbeigegangen?" Seine Laune wurde nicht nur deshalb weiter getrübt, sondern auch durch die Tatsache, dass seine Assistentin ebenfalls eine Regenjacke und -hose nebst Stiefel ihr Eigen nannte. Er war der einzige Depp hier, der wie ein Idiot im Regen herumlief, sich auch so benahm und richtig nass wurde.

„Kannst du schon was sagen, Schatz?" Der Schatz konnte.

„Der Tote lag schon längere Zeit im Wasser, vielleicht zwei bis drei Tage. Alter 56, Name Holger Leistner, von Beruf Ingenieur für Tiefbau, ledig, stammt aus Dresden. Sag an, da staunst du, was man bei einer ordentlichen Leichenschau alles feststellen kann. Besonders, wenn man sie richtig durchführt, sprich perfekt, so wie ich zum Beispiel." „Du Angeber! Das stinkt ja zum Himmel." Vermutlich regnet es auch deswegen." „Na gut, er hatte seine Papiere bei sich: Ausweis, Führerschein, Checkkarte, außerdem Bargeld mit über hundert Euro. Das Opfer ist gut gebaut und sieht recht gesund aus, hat aber eine große Platzwunde am Hinterkopf. Die könnte zum Tode geführt haben. Ob er aber vielleicht ertrunken ist, lässt sich nach den Tagen im Wasser hier vor Ort nicht mehr feststellen, also mehr nach der Obduktion. Ach so, er hat vermutlich bis vor einiger Zeit einen Ring getragen. Man sieht den Abdruck und den hellen Streifen noch am rechten Ringfinger. Verheiratet war er aber nicht, ich sagte es bereits. So, das war's fürs Erste." Der Doktor schwang sich in seinen BMW und entschwand.

In KHK Becker kochte es innerlich. Nicht nur, dass er durchgeweicht war, schlecht geschlafen hatte und „unbefrühstückt" war, was einem absoluten Notfall gleichkam. Nein, er musste auch noch akzeptieren, dass seine Assistentin mit seinem Erzfeind ein Verhältnis hatte und über mehr Informationen verfügte als ihr Chef. Eine Katastrophe!
„Chef, ich lade Sie zum Frühstück ein. Vorher fahren wir bei Ihnen vorbei, damit Sie sich umziehen können. Dann schaffen wir Ihre Kleidung in die Reinigung. Die Kosten übernehme ich natürlich. Ich habe die Bodenverhältnisse auf der Wiese falsch eingeschätzt. Es war einfach zu matschig, und ich bin zu schnell gefahren und habe zu scharf gebremst. Punkt. Aus. Sorry."
„Die spinnt wohl, die Schnepfe. Überschüttet mich kübelweise mit Matsch, schläft mit dem größten Idioten im Erdkreis und hat auch noch eine große Klappe. Die denkt auch, dass sie durch ihre Beziehungen freie Fahrt hat."
Sein Magen knurrte leise, aber rechthaberisch: „Die Kantine hat jetzt schon zu. Wie soll ich so an mein Frühstück kommen? Und ohne Frühstück werden wir beide schlechte Laune haben, und zwar den ganzen Tag! Außerdem will sie bezahlen. Die Gelegenheit, sie zu schädigen. Da kannst du dich revanchieren. Auch

die Reinigung deiner alten Klamotten will sie übernehmen. Da werden sie wenigstens mal wieder gewaschen! Und hübsch ist sie auch noch, eine Augenweide, na ja fast. Und intelligent dazu auch. Mit so was kann man doch nicht streiten, zumal sie bezahlt." Das Letztere war überzeugend.

Einen gewissen Hang zur Sparsamkeit konnte man dem KHK Becker durchaus unterstellen. Kurzum, nach Erledigung einiger Notwendigkeiten fand man sich auf dem Altmarkt in einem kleinen Café zum verspäteten Frühstück ein. Nach der Tagessuppe entschied sich der Kommissar für die „Große Frühstücksplatte nach sächsischer Art". Seine Assistentin fand ein Brötchen mit Konfitüre passend. Die Kleine sieht wirklich gut aus, sinnierte er, schlank, gut gebaut, und viele graue Zellen hat sie auch. Das Studium in Jura und Kriminalistik hat sie straff durchgezogen. In ihren Ferien hat sie in zwei Polizeirevieren in Nürnberg Dienst geschoben und die reale Praxis auf der Straße miterlebt. Ihr Onkel, Opa oder Vater im Ministerium hatten das durchgestellt, sodass das Ganze ohne große bürokratische Hemmnisse ablief. Wie die Verwandtschaft das gedeichselt hat, ist völlig unklar, aber sie schaffte es. Ein wahres Wunder.

In den zwei Polizeirevieren in Nürnberg spricht man heute noch mit Hochachtung von ihr; er hatte dort mal angerufen, unter Kollegen eben. Nur mal so. ... Viel Hilfsbereitschaft, viel Kameradschaft, nicht zickig, ganz im Gegenteil: Man klaute Pferde mit ihr, oha. Die Polizeiakademie dann verkürzt und mit Bravour. Anschließend im Eiltempo nach und durch die USA, FBI-Erfahrung, et cetera, et cetera. Damit war klar, dass Dresden vermutlich nur ein Durchgangserlebnis für sie sein konnte.

Aber das Frühstück schmeckte. Eigentlich war sie ja ganz nett, die Kleine.

Nachdem der Magen gefüllt war, wandten sich dann beide ihrer Arbeit, also dem Polizeidienst, zu.

## Wer ist dieser Becker?

Nun haben wir bereits etwas von einem Mann gehört, der für den Rest des Buches sicherlich interessant sein wird. Lernen wir ihn doch etwas näher kennen:
Herr Becker war einsfünfundachtzig groß. Er hatte eine kräftige Gestalt mit breiten Schultern und starkem Knochenbau. Ein kurzer brauner Haarschopf kämpfte gegen eine hohe Stirn und Geheimratsecken. Seine biologische Uhr tickt für Ecken und Stirn. Eine beachtliche Nase mit einem Höcker, der die randlose Brille vor dem Absturz bewahrt, beherrscht unangefochten sein scharf geschnittenes Gesicht. Becker steht für Ruhe, strahlte aber auch Kraft und Energie aus. Er hat ein stabiles Nervensystem. Es gibt nur wenig Dinge, die ihn ungehalten machten, die ihn wirklich aus der Ruhe brachten: Ein mageres Frühstück, vielleicht noch in Eile, gehörte allerdings dazu. Noch schlimmer war, wenn es komplett ausfiel. Herr Becker liebte außerdem geordnete Abläufe. Auch zeichnete ihn ein gesundes Verhältnis zu Recht und Ordnung aus.

## Nach dem Frühstück

Nach dem Frühstück begaben sie sich also ins Präsidium und sagten ihren Bürosesseln guten Tag. Nach kurzer Zeit lief der harte Kern der SPUSI bei ihnen ein. Ihr Chef trug die Hinterlassenschaften von Leistner: den Personalausweis, eine EC-Karte, ein Portemonnaie aus Krokodilleder, einen Schlüsselbund mit vier Schlüsseln, seine Armbanduhr, die sich als eine bescheidene Rolex präsentierte, und ein kleines Papp-Päckchen mit zehn Ampullen Fentanyl. Der zweite Mitstreiter balancierte den Kaffee für alle vier Kriminalisten. Man kannte sich seit Jahren, und es herrschte ein gutes Verhältnis zwischen ihnen. Man trank zusammen Kaffee und lästerten dann über das hässliche Gebräu, das täglich schlechter wurde. Man teilte sich auch seine Meinung über den Toten und das schlechte Wetter mit und huldigte dem Haustratsch.

Nachdem die aktuelle Nachrichtenflut durchgekaut und bewertet worden war, begaben sich der Kommissar und seine Assistentin zur Wohnung von Leistner, um erste Informationen über den Fall zu sammeln.

Die Wohnung lag in einem unscheinbaren Neubaugebiet am Rande von Dresden. Sie war funktionell eingerichtet, also nicht unbedingt gemütlich: helle Möbel, eine Sitzgruppe aus Leder, Fernseher, Stereoanlage. Alle Möbel waren in einer gehobeneren Preisklasse zu Hause. Die Wohnung erschien insgesamt teurer, als ein Bauingenieur sich hätte leisten können. Die Rolex bestätigte letztendlich den Eindruck, dass hier Geld aus unbekannten Quellen im Spiel sein könnte. Auch die Ampullen sprachen dafür. Die beiden Polizisten stellten die Wohnung auf den Kopf. Es gab einen Internetanschluss mit Kabel, aber keinen PC dazu. Der fehlte, auch ein Laptop war nicht auffindbar, nur eine leere Tragetasche stand unter dem Schreibtisch. Im Bad standen zwei verspielte Glasfläschchen auf einer Konsole, teure Parfums mit bekanntem Label. Daneben ein Flacon mit Aftershave. Je kleiner, desto teurer, kommentierte die Kommissarin. Das Aftershave hatte sie aber nicht gemeint. Auch zwei angebrochene Dosen einer Tages- und einer Nachtcreme hatten sich eingefunden, sicher nicht für die Haut wettergegerbter Männer bestimmt. In einer Wandhalterung neben dem Spiegel lag der Rasierapparat und bot seine Dienste preis. Am Handtuchhalter aufgehängt fanden sie einen Damenbademantel. Der war aber leider leer, also ohne Frau. Neben dem Schuhregal im Flur lag ein einzelner Frauenschuh, ein linker Pump in Grün mit lebensgefährlich hohem Absatz. Der rechte Schuh glänzte durch Abwesenheit. Insgesamt waren keine weiteren Spuren einer Frau nachweisbar. Die Frau selbst war auch nicht auffindbar. Zusammenfassend gesagt war in dieser Wohnung nichts zu finden, was der Klärung des Falles diente. Bis auf eine Frau, die ausgegangen war, dazu ein Computer oder Laptop, die beide ebenfalls fehlten. Auch ein Autoschlüssel oder Führerschein wurden nicht gefunden. Die SPUSI würde heute noch alles Bewegliche abholen, begutachten, bewerten und ihnen den Befund zukommen lassen.

## Mittagsessen und Beckers Entschuldigung

Zum Mittagsessen lud der Herr Kommissar seine Assistentin in die Cafeteria ein. Becker ging mit Geld gewiss sparsam um, aber er war der Meinung, dass diese Einladung dringend notwendig wäre. Zum Abschluss des Mahls, es gab Eier mit Senfsoße, holte Becker noch zwei Tassen Kaffee. Er schaute seine Kollegin an und nickte ihr zu. Schweigen. Dann schaute er in die Kaffeetasse. Und rührte. „Es regnet nicht mehr", gab er von sich. Er rührte weiter. Frau Hellmann lächelte ihn freundlich an. „Ja, seit Stunden schon." Becker rührte weiter. „Irgendwann hat er den Boden durchgerührt und der Kaffee läuft auf die Tischdecke", dachte sie. „Was ich sagen wollte ..." „Ja, bitte." Sie blinkerte ihn an. „Ich meine, Sie sind jetzt seit einer Woche bei mir." „Ja!", sagte sie. „Seit genau acht Tagen." „Genau, also, ich meine ..." „Ja?" Sie setzte ihr zuckersüßestes Lächeln auf. Becker holte tief Luft. „Also. Es ist wie folgt." Pause. „Ich kann nichts Böses über Sie sagen." „Das wundert mich." „Machen Sie es mir doch nicht so schwer, Frau Hellmann. Ich bin mit Ihrer Arbeit sehr zufrieden. Sie sind fleißig, Sie sind freundlich, Sie sind kollegial. Es macht Spaß, mit Ihnen zusammenzuarbeiten. Außerdem haben Sie ein helles Köpfchen." „Das freut mich. Danke!" „Seien Sie doch nicht so förmlich, verdammt noch mal! Also, ich möchte mich bei Ihnen entschuldigen." „Aha." „Ich war schoflig zu Ihnen, und das war unfair." „Ach was?" „Ach Mädel, Ihnen ging ein gewisser Ruf voraus, als Sie hier anfingen, und was für ein Ruf: Das ist eine Überfliegerin. Die hat Beziehungen nach ganz oben. Außerdem ist sie hübsch und weiß genau, wie sie ihre Reize einzusetzen hat.

Da bist du einfach nur blass dagegen. Pass auf, dass sie dir nicht vor die Nase gesetzt wird. Die wird dich beerben, Kumpel." Seine Assistentin schüttelte den Kopf. „So ein Unsinn!" „Das denken Sie. Diese Frau sägt mit einer Kettensäge an deinem Stuhl. Flüsterte der Chor der Wissenden. Und das ist schon die bereinigte Version. Deswegen war ich etwas derb, sagen wir garstig, zu Ihnen. Nach den paar Tagen kann ich aber nur das Beste von Ihnen sagen. Und ich glaube, Sie haben eine bessere Zusammenarbeit verdient. Und nun noch mal kurz zu meinem Verhalten heute Morgen: Ich bin mit dem linken Bein aufgestanden und gleich mit nacktem Fuß in die erste Pfütze getreten. Es tut mir leid. Lassen Sie uns noch einmal von vorn beginnen, Frau Hellmann. Ich bin sonst ganz brauchbar" „Das klingt gut. Da könnte man glatt ein Glas Rotwein drauf trinken. Aber Ihre Weste ist auch nicht so ganz weiß. Sie haben auch einen Ruf im Präsidium. Vielleicht weniger Ruf, sondern eher eine ‚Aura'. Das Erstaunliche dabei ist, dass es mehrere ‚Auren' sind, die Sie begleiten oder umhüllen. Die einen himmeln Sie fast an, sehen Sie als *den* Kriminalisten. Andere sagen, noch vor Tagesanbruch erschießen, am besten mehrfach. Was soll ich davon halten?" „Das ist eine lange Geschichte, eigentlich ein ganzer Roman, aber nicht heute. Vielleicht wirklich mal bei einem Glas Rotwein und passender Gelegenheit. Lassen Sie uns ab jetzt zusammen marschieren, einverstanden? Das macht vieles leichter." „Einverstanden, Chef."

Und zufrieden mit dem Verlauf des Mittagsmahls, strebten beide ihrem Büro zu.

## Kriegsrat nach dem Mittagsmahl

Nach dem Mittagessen hielten die beiden Kriegsrat: Sie berieten sich also über den aktuellen Stand der Dinge. Manchmal nicht nur über dienstlichen Dingen. Böse Menschen würden sagen, sie schwatzten miteinander. Eleganter gesprochen: Sie hielten ein

Meeting ab. Das Ganze bei einer Tasse Kaffee. Meist geschah dies frühmorgens und kurz vor Dienstschluss. Es war ein gut eingespieltes Ritual, der Kaffee, ein Notizblock und ein gegenseitiges Frage- und Antwortspiel ob der Fakten und Probleme. Ginge es nach ihr, hätte sie gern gesagt, wir gehen jetzt in Klausur. Das klingt gut. Es ging aber nicht nach ihr. Der Herr Kommissar schwärmte mehr für: „Lassen Sie uns ein bisschen malen, vielleicht Strichmännchen." So ein Schwachsinn. Dann saß er vor seinem Schreibblock, machte sich Notizen und krakelte Sonnen und Sterne oder Strichmännchen aufs Papier. Oder aber er knabberte an seinem Bleistift.

„Was haben wir? Einen Toten am Elbufer mit einer Wunde am Kopf und einen Mann mit Hund, der die Leiche fand. Wir haben weiter eine teure Wohnung ohne Computer und Laptop. Aber mit einer ausgeflogenen Frau bei einem unverheirateten Mann mit gehabtem Ring. Wir haben außerdem zehn Ampullen Fentanyl, und das ist irgendwie verboten. Entweder verbraucht er das Zeug selbst oder er verkauft es, ist also ein Dealer, ist Teil eines Netzwerkes. Vielleicht hat er Beziehung zu einer Drogenküche. Was sollen wir also tun?"

Die Kommissarin: „Wir könnten alle Schiffe kontrollieren, die in der letzten Woche hier vorbeifuhren und die Besatzungen befragen!" „Bitte?" „War ein Scherz. Tragen wir das Ganze mal zusammen:

Folgendes ist zu tun: Wir sollten das Leben des Toten durchleuchten, seine Freunde, Nachbarn, Arbeitskollegen, Arbeitgeber, usw.

Gibt es dabei jemanden, der Hass auf den Toten hatte, im Beruf oder familiäre Probleme, Ärger mit irgendeiner Ex oder ihrem jetzigen Freund?

Gibt es Geldprobleme in seiner Umgebung, im Beruf oder privat? Hat er geheime private Geldquellen? Hatte der Mörder Schulden bei ihm oder umgekehrt, und die Sache ist aus dem Ruder gelaufen?

Oder Zoff um bzw. mit Frauen? Wer ist die fehlende Frau? Und vor allem: Wo ist sie?

Finden wir Hinweise, die ins Suchtmilieu führen? Wo hat er die Ampullen her? Gekauft oder war er selbst an der Herstellung beteiligt? War er der Boss einer Drogenküche? War der Mord ein Racheakt, waren religiöse oder politische Streitereien die Auslöser?
Weiter ist zu klären: War es vielleicht ein Zufallsmord? Der Mann war zur falschen Zeit am falschen Ort. Oder wurde er gezielt umgebracht?
Hatte der Mörder selbst ein Motiv und wurde aktiv, oder hat er einen Auftragskiller beauftragt? Hab ich etwas vergessen, Chef?"
„Kaum. Übrigens, ich kenne keinen Menschen, der so schnell und dazu ohne Punkt und Komma sprechen kann. Das ist eine Meisterleistung. Lernt man so etwas auf einer speziellen Vortragsreihe für Frauenrechte an der Uni?" „Frechheit!" „Beginnen wir mit guter alter Polizeiarbeit: Wir durchleuchten sein Umfeld, also Schuhsohlen platttreten. Wir sollten uns zuerst an die Frauen in seinem Umfeld halten: Frauen sind immer verdächtig." „Chauvinist! Ich dachte, der Täter wäre immer der Gärtner." „Das war nur in Kleingartenanlagen so. Deswegen wurden immer mehr davon abgeschafft."
Ich würde morgen mit der Befragung des Umfelds beginnen. Ich hab noch gesunde Füße." „Einverstanden. Und ich schau mir mal die gesamten Unterlagen des Toten an."

## Der Angriff auf Becker und Alex

Als der Kommissar abends gegen halb neun das Polizeipräsidium verließ, stieß er auf den Rechtsmediziner. „Sie haben doch nicht etwa bis jetzt gearbeitet, Doktor?"
„Sie sollten trockene Kleidung anziehen, Herr Hauptkommissar, Nässe kann zu Kopf steigen, nicht, dass dies ein großer Verlust …"

„Irgendwann wird ihn eine Dampfwalze überrollen, und zwar ganz langsam", dachte der Kommissar, und ich werde dabeistehen und mit Genuss zuschauen. Das wird ein Fest ...

Der Parkplatz vor dem Präsidium war immer noch gesperrt, und sie gingen gemeinsam den Weg zur Nebenstraße, wo ihre Autos standen. Die Straßenlaternen hatten sich schon eingeschaltet, und es dämmerte. Plötzlich sprangen drei junge Männer mit Messern aus dem Gebüsch am Wegesrand. „Geld her, Geld plötzlich!" „Money, Money, sofort, alles!"

Der Doktor sprach den einen an: „Was willst du denn mit dem großen Messer, mein Junge? Weißt du denn gar nicht, wie gefährlich das sein kann? Hat dir die Mama das nicht gesagt? So etwas kann schlimm ausgehen. Es kann Verletzte oder Tote geben. Vielleicht wird man auch selbst dabei verletzt. Steck das Messer weg, mein Junge, geh heim!"

„Was macht denn der Doktor jetzt, das ist doch Unsinn", dachte der Kommissar. „Aber man kann ihn ja nicht in ein offenes Messer rennen lassen!" Im wahrsten Sinne des Wortes.

Seine rechte Gerade kam ohne Ankündigung. Hinter der Faust standen fünfundachtzig Kilo Lebendgewicht, missgelaunt. Sie knallte den Angreifer an den Unterkiefer und hoben ihn etwas an. Der junge Mann verlor den Boden unter den Füßen und wurde in den Dreck geschleudert. Für einige Momente nahm er nicht mehr an Dresdens gesellschaftlichem Leben teil. Einer der Angreifer ließ das Messer fallen und rannte weg. Der andere griff den Doktor an. Mit einer Armschere blockierte dieser den Messerangriff, dann kam ein Handkantenschlag an den Hals und ein Griff in die Schlüsselbeingrube. Dem Angreifer knickten die Knie ein. Er wälzte sich vor Schmerzen auf dem Bürgersteig und starrte die beiden mit erschrockenen Augen an. Es schien, als hätte sich sein Gesundheitszustand urplötzlich verschlechtert. Er japste nach Luft und stöhnte vor sich hin.

„Wo haben Sie denn boxen gelernt, Herr Hauptkommissar?"
„Ich boxe schon seit über zwanzig Jahren, habe schon als Kind angefangen. Ich stehe aber schon längere Zeit für Wettkämpfe nicht mehr zur Verfügung. Ich habe damit aufgehört, als ich

hierher versetzt wurde. Macht kein gutes Bild, wenn man mit geschwollener Nase seine ‚Kundschaft' verhört. Aber im Sparring fighte ich noch immer, ein bis zweimal die Woche. Da lass ich meine ganze Wut raus. Und wo haben Sie prügeln gelernt, wie Kirchenchor sah das auch nicht aus?" „Mit solchem Kleinkram haben wir uns beim Frühsport munter gemacht. Außerdem habe ich einen schwarzen Gürtel in Wing Tsun."

Ein Martinshorn heulte auf, dann bogen Rettungswagen und Funkstreife um die Ecke. Einer der vielen Hausbewohner, die sich sensationsgeil in die offenen Fenster quetschten, hatte offensichtlich den Notruf abgesetzt. Das aufblinkende Blaulicht spiegelte sich auf dem nassen Straßenpflaster und in den Schaufensterscheiben wider, dazu die einfallende Dämmerung. Es entstand in der kleinen Gasse kurz das Gefühl von Bedeutung, Gefahr und Notfall. Die Männer stiegen aus, man kannte sich.

„Grüß dich, Theo, haste wieder mal zugeschlagen? Kein Wunder, dass sie dich nicht mehr auf Streife lassen. Der Kollateralschaden wäre zu groß."

„Und, Doktor, kein Skalpell dabei, keine Knochensäge. Mussten Sie mit leeren Händen zulangen? Nicht mal sterile Handschuhe." „Schafft die beiden in die Uniklinik, ihr Banausen. Die sollen ein Schädel-CT bei dem Gebisslädierten machen und ein EKG bei dem anderen. Und jetzt gehabt euch wohl. Mich dürstet nach Hopfen- und Gerstensaft."

Die Polizisten verscheuchten noch ein paar Schaulustige, dann trollten sie sich. Das Martinshorn heulte noch mal kurz auf, dann waren sie weg. Eine gleichgültige Ruhe legte sich wieder über die Gasse.

„Hopfen- und Gerstensaft, das überzeugt. Lassen Sie uns zusammen ein Bier trinken gehen. Es ist ein guter Anlass. Übrigens, ich heiße Theophil. Vielleicht lässt sich jetzt auch das Dilemma zwischen uns beiden beilegen. Ich möchte mich entschuldigen für meinen Schwachsinn damals. Ich weiß, dass ich Ihnen geschadet habe und stur war! Kurz, ich war ein Trottel." „Dies ist ein guter Grund, ein paar Gläser zu leeren! Ich heiße Alexander."

„Alexander. Alexander der Große, was denn sonst, kleiner ging's nicht."
„Sie, ich meine, du kannst Alex zu mir sagen. Pferd habe ich auch keins, auch kein Heer, nicht mal ein Schwert. Aber Theophil ist ja auch ein Fünfer im Lotto!"
„Meine Eltern waren sturzbesoffen, als sie sich in den Namen verliebten. Kartoffelschnaps nannten sie das Gesöff, das ihnen meinen Namen schmackhaft gemacht hat, schwarz gebrannt natürlich. Waren halt noch schwierige Zeiten damals." „Konnte nicht wenigstens der Pfarrer sein Veto einlegen?" „Der war selbst voll wie eine Tümpelkröte. Und so ist es halt passiert. Aber wer kann schon zwei ‚H' im Namen sein Eigen nennen, das ist doch etwas Edles, oder." „Ich sag's ja, Fünfer im Lotto. Bei euch im Erzgebirge muss es ja schlimm zugehen." „Eure Hafenfeste in Hamburg sind ja auch nicht so ganz jugendfrei."

Der Doktor und der Kommissar eilten zielstrebig einem Haus am Ende der Gasse zu, wo eine Leuchtreklame mit einem gefüllten Krug Radeberger zum Verweilen in einer gemütlichen Gastlichkeit einlud.

Beate wartete nach dem Dienst in dessen Wohnung auf Alex. Der Schlüssel lag unter der Matte, was sie als Polizistin immer wieder verärgerte. Aber er war in dieser Sache ausgesprochen beratungsresistent. Sie war allein in seiner Wohnung, hatte nichts zu tun, und eine frauentypische Neugier packte sie. Sie schlenderte so ganz uninteressiert durch seine Zimmer. Warf hier einen Blick hin und da, eben irgendwohin ...

Schließlich war er selbst schuld: Er war nicht da. Und sie musste sich einfach mal kurz orientieren. Schließlich war sie Polizistin. Neben dem Wäschekorb lagen angemuffelte Unterwäsche und Strümpfe. Der Wäschekorb war angefüllt mit getragener Wäsche. „Hier muss auch mal wieder gewaschen werden", dachte sie, „aber bei der Menge – er scheint ja tatsächlich seine Unterwäsche und Strümpfe täglich zu wechseln und sich regelmäßig zu duschen. In der Duschkabine standen mehrere verschiedene Shampoo-Flaschen. Das lob ich mir. Aber sonst sieht es in dieser Wohnung aus, als hätte hier eine Horde wilder Affen gehaust. Das sollte man ihm noch abgewöhnen." Die einzigen Dinge, bei denen in dieser Rumpelbude Ordnung herrschte, waren sein Schreibtisch, das Bücherbord und der Bücherschrank. Alles picobello aufgeräumt und ausgerichtet, rechtwinklig zur Kante oder senkrecht aufgestellt. Wie in seinem Institut: Im Sektionssaal liegt alles auf seinem Platz. Jedes Skalpell, jede Schere und Klemme, alles ordentlich sortiert und ausgerichtet. Und mustergültige Ordnung auf seinem Schreibtisch. Es sieht es aus wie bei einem Postbeamten, aber fünf Meter weiter weg beginnt das Chaos. Schrecklich!

In seinem Kühlschrank gähnte eine erschreckende Leere. Wo ist eigentlich die halb volle Flasche Kognak. Die sollte ja noch da sein! Hier war sie jedenfalls nicht. Nach einigem Suchen fand sie diese neben seinem Bett. Sie ließ sich in die ungemachten Kissen fallen, streifte ihre Pumps ab und begann, an der Flasche zu nuckeln. Dabei schlief sie ein.

Als Alex Stunden später heimkam, war er so lieb und hat sie nicht geweckt, sondern sich auf die Couch gelegt. Den einen Schuh hatte er sich im Flur schon abgestreift, mit dem anderen schlief er ein. Als Bea gegen drei Uhr für kleine Mädchen musste, fand sie ihren Freund tief schlafend und laut schnarchend vor. Sie gab ihm ein Küsschen, zog ihm noch den anderen Schuh aus und deckte ihn mit seiner Lieblingsdecke zu. Dann nahm sie noch einen großen Schluck aus der Flasche, stellte den Wecker und schlief wieder ein.

### Das Katerfrühstück, Todesursache Vergiftung

Als sie vom Wecker aus dem Schlaf gerissen wurde, duschte sie schnell und versuchte dann, Alex zum Leben zu erwecken. „Aufstehen, mein Schatz! Los, hoch!" Er war Gott sei Dank kein Weichei. Er quälte sich hoch und biss die Zähne zusammen. Er

brachte sich vorsichtig und langsam in Sitzposition und versuchte, zu sich zu kommen. Er drehte den Kopf hin und her. Es schaukelte. „Ich glaube, das Wohnzimmer dreht sich ein bisschen." Er reckte und streckte sich. Der Erfolg war aber nur mäßig. „Du siehst ja furchtbar aus, Schatz!"
„Ja, es war ein schwerer Waffengang gestern. Aber notwendig und erfolgreich." „Dass du auch noch eine Ausrede dafür hast, ist mir völlig klar. Geh dich jetzt duschen, dann fahr ich dich ins Institut. Wie seid ihr eigentlich gestern heimgekommen, doch nicht etwa mit dem Auto?"
„Natürlich nicht. Als uns Wirt und Kellner nichts mehr ausschenken wollten, rief Theo die Funkstreife an. Die sollte die beiden verhaften. Die Jungen kamen dann auch. Sie brachten uns sicher nach Hause. Vielleicht hatten wir einen Schluck zu viel ... Aber der Kräuterschnaps ist eine Wucht! Der wärmt so richtig durch. Den müssen wir mal zusammen probieren. Der ist bestimmt auch schwarz gebrannt. Das sind alles Verbrecher hier im Osten. Naja, die Kombination mit Gerstensaft war vielleicht nicht gesund, aber sehr schmackhaft. Und mir ist jetzt schwindlig und schlecht; mein Magen putscht. Das wird ein harter Tag heute."

Und deshalb kam Frau KHK Helmann ein paar Minuten zu spät ins Büro. Sie hatte ihn notgedrungen doch ins Institut gefahren. Selbst konnte er nach dieser Nacht nicht fahren. Auch wusste er nicht so genau, wo sein Auto stand.

Ihr Chef hockte schon an seinem Schreibtisch, sein Kopf hing über einer riesigen Kaffeetasse. Sein Gesicht sah zerknittert aus, etwas grau, vielleicht hatte es auch einen Ton ins Grünliche. Er grunzte etwas in seinen Bart, was wie „Morgen!" klang und rührte in einem Wasserglas zwei Aspirintabletten um, die ihm gegen seinen Kater helfen sollten. Diese sprudelten lustig vor sich hin, sonst würden sie aber nichts tun. Darin waren sie sich einig. Dafür war ihnen der zerebrale Schaden, den der Abend im Kopf des Polizisten angerichtet hatte, zu groß. „Mein Kopf liegt auf einem Amboss, und ein Dampfhammer zertrümmert mir gerade das Gehirn. Dieses Bier war ungenießbar. Es war schlecht; anders

kann es gar nicht sein", stöhnte er. „Ich schicke die SPUSI hin und ein Rollkommando, die sollen den Laden hochnehmen."
„Sie hätten nicht noch den Kräuterschnaps zum Bier trinken sollen, erst recht nicht in dieser Menge! Dieses Gebräu hat 48 %!" „Dieses Zeug war auch vergiftet, hochgiftig, alles!" „Nein, Sie haben sich gehen lassen, genau wie Alex. Strafe muss sein." „Ich hasse Sie." „Ja, ja, bin gleich wieder da, Chef."
Sie hatte sich durch den Kognak auch eine kleine Mieze aufgehockt, aber weiß Gott keinen großen Kater. Ein kleines Katerfrühstück wäre aber nicht schlecht. Sie huschte in den „Schnellkauf" an der Ecke, und eine halbe Stunde später standen ein Teller mit Fischbrötchen, ein paar sauren Gurken, Mixpickel und ein Stück Sauerfleisch auf dem Schreibtisch des Kommissars. „Guten Appetit, Chef!" „Sie sind ein Engel!"
Nachdem der Chef gefrühstückt hatte, wurde sein Zustand schlagartig besser. Der Magen schien beruhigt zu sein, und sein Besitzer überlegte laut, ob er sich in der Kantine zwei Rühreier gönnen könne. Seine Assistentin zeigte ihm einen Vogel, worauf er noch mal mit sich zurate ging und sich erst mal hinter Schreibkram versteckte. Und so gedachte er, den Vormittag hinter sich zu bringen.
Das Telefon klingelte. „Becker. Warte mal, ich stelle auf laut, dann kann deine Freundin gleich mithören."
„Hi Süße. Hallo Theo. Ihr werdet es nicht ahnen: Der Tote ist weder ertrunken noch wurde
er erschlagen. Ratet mal, woran er starb." „Vergiftet, was sonst?", blödelte sie. „Spielverderber, oder besser gesagt: Verderberin. Er hätte schließlich auch einen Herzinfarkt haben können und ist gegen einen Anker gefallen, passiert öfters."
„Na klar!", die Frau Hauptkommissarin grinste in sich hinein. „Er hat bei seinem Herzinfarkt nicht den Notdienst gerufen, sondern beschlossen, ins Wasser zu gehen, was sonst. Und zufällig kam ein Lastkahn vorbei, und der Kapitän warf mit dem Anker nach ihm. Die neue Sportart: Ankerwerfen auf bewegliche Ziele." „Du bist schlecht, Bea, abgrundtief schlecht. Nun, er ist tatsächlich vergiftet worden. Als ich mir die Kopfwunde

näher ansah, bemerkte ich, dass sie ihm post mortem verpasst worden war. Es fehlten die typische Einblutung und das Ödem. Die Lunge war auch ohne Wasser. Also war er schon tot, als er in die Elbe geworfen wurde. Ich suchte also nach der Todesursache und tippte auf Vergiftungen. Behände machte ich die entsprechenden Tests. Bei Alkaloiden wurde ich fündig. Leider gibt es mehrere davon. Der Onkel Doktor begann also mit einer gezielten Suche nach der tödlichen Substanz. Durch Zufall begann ich mit Nikotin und wurde sofort fündig. Er ist also wegen einer deftigen Nikotinintoxikation abberufen worden." „War er Kettenraucher, und es kam noch ein Unfall dazu? Vielleicht war er betrunken, und es ist ihm eine ganze Zigarettenpackung in den Eintopf oder Ähnliches gefallen."

„Nein, Theo. Die Dosis war so hoch, man hätte damit eine ganze Fußballmannschaft vergiften können. Nicht, dass ich das für schlimm hielte, aber es ist halt verboten." „Du Sportbanause, Volksverräter. Keiner wird dich an deinem Grab beweinen", haderte die Frau KHK. „Wer's glaubt ... Raucher war er aber nicht. Die Lunge ist sauber, die Gefäße sind frei, kein Nachweis in den Haaren, auch gelbe Fingerkuppen oder Nägel hat er nicht." „Vielleicht hat er Handschuhe getragen. Verbrecher tun so etwas." „Dir sitzt heute der Schalk im Nacken, meine Kleine." „Hört auf euch zu kabbeln, ihr zwei. Wie geht es dir eigentlich, Alex?" „Ich habe in der Frühe ein Bier getrunken, und nun kann ich bis zum Sonnenuntergang wieder schuften." „Das hört sich gut an. Frau Kommissarin hat mich mit einem herzhaften Katerfrühstück versorgt. So kann ich bis Mittag überleben. Aber danach muss ich noch ein paar wichtige Tatortbesichtigungen hinter mich bringen." Und morgen würde er sich dann wieder voll in die Arbeit stürzen, beschloss er.

Nach dem Telefonat ergänzten die beiden Kriminalisten noch einmal ihren Arbeitsplan:

Wir sollten herausfinden, wer wie an Nikotin herankommen kann. Wer verkauft das Zeug, wer benutzt es? Vielleicht ist es wichtig in irgendeinem industriellen Fertigungsprozess, und darüber kam der Mörder heran. Kann man dieses Gift auch selbst isolieren, vielleicht mit einem simplen Chemiebaukasten? Gibt es in der Umgebung des Toten jemanden, der Kenntnisse in Chemie aufweist? Die Kommissarin bot sich an, eine Internetrecherche nach Nikotin durchzuführen, während er weiter das Umfeld von Leistner abklapperte.

## Beim Bauamt

Am nächsten Tag klapperte KHK Becker die Umgebung des Toten ab. Zuerst nahm er dessen Arbeitsstelle unter die Lupe. Wenn der Betriebsausweis nicht log, dann war Herr Leistner Angestellter im Öffentlichen Dienst, und zwar am Bauamt der Stadt Dresden. Becker stand vor dem gut restaurierten Bau im Barockstil und genoss den herrlichen Anblick. Er gelangte über eine ausladende Marmortreppe ins Foyer und wandte sich dem Mann am Empfang zu: Ein junger Mann im Schlabberlook, der seine ganze Aufmerksamkeit einem iPad schenkte, auf dem er tippelte. „Gleich!", teilte er dem Kriminalhauptkommissar mit. Dieser wusste zwar nicht, was und wann „gleich" sein würde, hatte aber Zeit, den Knaben zu begutachten. Vor ihm stand ein Schnösel mit Pickeln im Gesicht und fettigem Haar. Seine Persönlichkeit inklusive seines Selbstbewusstseins strahlten das komplette Wissen des Universums aus: Ich weiß alles, wenn ich auch dämlich bin. Vermutlich hatte er aber Probleme mit dem Sie und dem Du, vielleicht auch mit einem Komma im Text. Seine Freizeit verplemperte der Junge mit Sicherheit an Computerspielen. „Vorurteile sind nicht gut", dachte Becker. Geben wir ihm eine Chance. „Ist das gleich zu Ende?" „Was meinst du?" „Reiß dich zusammen, er kann nichts dafür, er ist so." Becker fragte höflich nach dem Bauamt. „Was willst du da?" „Ich will die Semperoper kaufen." „Dafür sind wir nicht zuständig." Er blickte wieder auf die Tastatur. „Äh, Moment mal!", er schaute hoch. „Du willst mich doch sicher verscheißern! Oder sind Sie aus dem Westen?" So ein Idiot. „Sie sind ein kluges Kerlchen. Leute wie Sie werden es weit bringen." Der Kriminalhauptkommissar schwenkte seine Dienstmarke. „Kripo Dresden. Also, wo geht es zum Bauamt? Oder soll ich Sie wegen Behinderung polizeilicher Ermittlungen belangen?" „Die Treppe hoch, 1. Stock und dann gleich rechts."

Der Chef des Bauamtes empfing ihn sofort. Er stellte sich als Herr Beier vor, Beier mit e-i, wie er betonte. Und Beier mit Jackett, weißem Hemd und Krawatte. Kleines Bäuchlein, Größe eins siebzig, dazu schüttere Haare. Die Neugier stand ihm ins Gesicht geschrieben.

„Nein, der Herr Leistner war seit drei Tagen nicht auf Arbeit. Vielleicht ist er krank. Hat er etwas verbrochen?" Die Polizei teilte ihm mit, dass man Herrn Leistner aus dem Fluss gezogen hat. Eine Wiederbelebung wurde unterlassen. Auch wenn die Elbe wieder sauber ist, es war einfach zu viel Wasser in der Lunge und zu wenig Luft. Über die Vergiftung als Todesursache schwieg sich der Herr Kriminalhauptkommissar aus.

„Das ist ja schlimm, dass der Holger hinüb..., also tot ist. Er wird uns fehlen. Also, ich kannte den Herrn Leistner seit bestimmt zwanzig Jahren. Er war immer ein guter Kollege. Er hat stets seine Arbeit gemacht, der Holger. Er war auch nur selten krank, kaum eigentlich. Wann war er eigentlich das letzte Mal krank? Ich weiß es nicht. Mit den Kollegen ist er immer gut ausgekommen. Nein, Frauengeschichten hatte er keine, sind mir jedenfalls nicht bekannt. Er hatte wohl eine feste Freundin, aber Genaueres weiß ich nicht; privat kannten wir uns eigentlich nicht. Er hat sich auch hier im Amt immer gut mit den Kolleginnen verstanden. Der Herr Leistner hat immer verantwortungsvoll gearbeitet. Nein, also privat kannte ich ihn wirklich nicht, ich sagte es bereits; er ist aber nie auffällig geworden in irgendeiner Form. Ob er rauchte oder trank? Keine Ahnung." KHK Becker gab die Hoffnung nicht auf. „Vielleicht haben Ihre Kollegen etwas Auffälliges bemerkt?" „Ich weiß nicht? Glaub ich nicht." „Ich hätte gern mit den Kollegen selbst gesprochen. Ist das machbar?" „Jaja, vielleicht, äh, Sonja, kommst du mal." Das ist Frau Seybold, die Kollegin von Herrn Leistner" „Sonja, kannst du etwas über …" „Danke, Herr Beier." „Meier, mit e-i, Herr Kriminaler." „Ganz klar, Herr Meier. Guten Tag, Frau Seibold. Ich bin Kriminalhauptkommissar Becker, Kripo Dresden. Der Herr Leistner ist leider zu Tode gekommen, und wir führen deswegen Ermittlungen durch. Er wurde aus der Elbe gefischt. Sie kannten ihn doch auch. Was war er denn für ein Mensch?" „Ich kenne den Herrn Leistner seit zig Jahren. Er hat immer gut gearbeitet. Er war ja Tiefbauingenieur und hat sich um die Stabilität von alten Gemäuern gekümmert, sind sie einsturzgefährdet oder so was. Er war ein guter Kollege. Wir haben hier alle gut zusammengearbeitet. Wir haben uns gut verstanden. Ja, also mehr fällt mir nicht ein." „Das war schon viel, Frau Seibold, dankeschön. Wissen Sie, ob er eine feste Bindung hatte?" „Ich hab ihn mal mit so einer arroganten Blondine getroffen. Ich kenne die Dame aber nicht. Er hat wirklich gut seine Arbeit gemacht, der Holger. Er hat nie getrunken, war nie laut und hat gut mit allen anderen zusammengearbeitet, da können Sie auch den Daniel fragen." „Das war sehr aufschlussreich, Frau Seibold, vielen Dank. Können Sie mir bitte seinen Schreibtisch zeigen?" „Ja, natürlich, hier." „Danke!" Becker durchleuchtete den Schreibtisch mit seinen Blicken. Die Riesentasse aus der „Sächsischen Schweiz", in der Stifte und Kugelschreiber ihre Heimat gefunden hatten, kippte er um. Nichts, oder besser: Der Erfolg war nur mäßig, ein Radiergummi und einige Büroklammern kullerten heraus, immerhin unterschiedlicher Größe, sonst nichts. Der Erfolg war eben nur mäßig.

In der Schublade war auch nichts Auffälliges zu finden: Stifte, Notizblöcke, eine Packung Kaugummi, zwei Kondome. Als er die Schublade mit Unlust und Effet zurückschubste, klapperte Metall gegen Kunststoff. Er zog die Lade wieder heraus und fand ganz hinten, versteckt unter einer Kugelschreiberschale, einen Schlüssel mit Ring und Anhänger, der bei dem Schubs gegen die Schale geklappert hatte. Auf dem Anhänger stand von Hand geschrieben „Dienstag, 2. Etage". Der Schlüssel passte vermutlich zu einem größeren Schloss, z. B. Garage, Wohnung, Keller, Lagerhalle und Ähnlichem. „Der Schlüssel wird uns führen", grummelte der Kommissar und wandte sich an Frau Seibold. „Haben Sie den Schlüssel schon mal gesehen?" Nein, hatte sie nicht. „Ist der Daniel vielleicht greifbar?" „Ich rufe den Herrn Walther", versprach die Kollegin. Auch Daniel kannte den Schlüssel nicht, ebenso wenig wie der Herr Meier. Auch der Daniel teilte mit, dass Herr Leistner arbeitsam und nie erkrankt war. Der Holger war tatsächlich bei allen beliebt. Er war ein wertvolles Mitglied der Gemeinschaft. Auch frönte er nicht dem Alkohol. Über Privates konnte Daniel leider auch nichts berichten, ja, er habe ihn auch schon mal mit einer blonden Frau gesehen. Mehr kann er zu dem Thema leider auch nicht sagen.

Der Kriminalist Becker trat entnervt den Rückzug an. „Schade um die Zeit!", dachte er. Als der Hauptkommissar ins Foyer zurückkam, tippelte der junge Mann noch immer. Becker beschloss, noch mal nachzuhaken. „Kannten Sie den Herrn Leistner, junger Mann?" „Wieso kannten?" „Wir haben ihn tot aus der Elbe gezogen." „Aus der Elbe? Was hat er denn in der Elbe gemacht? Zum Schwimmen ist es doch zu kalt." „Wo bin ich hier nur gelandet?", dachte Becker. Ihm juckte es unter der Haut. „Vielleicht hat er nach Gold gesucht?" „Gold, das gibt's doch hier gar nicht, erst recht nicht in der Elbe." „Vielleicht hat er nach dem Rheingold gesucht, nur am falschen Ort, also nicht im Rhein." „Rheingold? Und das ist echt?" „Ja natürlich; das gibt es aber nur im Rhein." „Sachen gibt's. Kann man das Gold kaufen, wenn man Geld hat?" „Ja, bei Wagner." „Ist das eins von den großen Auktionshäusern?" „Ja, in Bayreuth. Hatte Herr Leistner vielleicht Freunde im Haus oder in seiner Abteilung; sprich, ist er mit Kollegen nach Dienst ein Bierchen trinken gegangen?" „Der Holger?" Wer denn sonst, der Weihnachtsmann? „Nee, der Holger ist nicht um die Häuser gezogen. Den hat doch seine Ehefrau immer gleich nach dem Dienst abgeholt."

Schau an, eine Ehefrau, nicht nur eine Freundin, obwohl er nicht verheiratet war. Aber vielleicht sieht der junge Mann das nur ein bisschen unscharf. „Kennen Sie die Frau Leistner?" „Nee, die ist immer im Auto geblieben." „War sie hübsch?" „Ich hab sie ja nur ein- oder zweimal gesehen. Ich helfe hier nur manchmal aus, wenn meine Mutter keine Zeit hat oder verhindert ist." „Was ist bitte schön der konkrete Unterschied zwischen ‚keine Zeit haben' und ‚verhindert sein'? Gut, ich will das gar nicht so genau wissen."

„Also, junger Mann, wie sah die Frau Leistner aus?" „Ein- oder zweimal stand sie hier im Foyer, vermutlich hat sie keinen Parkplatz gefunden und musste ein paar Meter zu Fuß gehen." „Und wie sah sie denn nun aus, großer Meister?" „Schlank und blond. Sie hatte lange blonde Haare, die bis über die Schultern reichten, und eine sportliche Figur. Die beiden haben ja auch Tennis gespielt. Sie ist ein Rasseweib! Durchtrainiert, aber nicht dürr. Die Dame ist aber echt arrogant!" „Ich denke, Sie kennen die Frau nicht?" „So etwas merkt man! Aber eine Traumfrau, und solche Beine! Wissen Sie, wie die Models eben." Becker konnte es nicht lassen: „Woher kennen Sie Models und woher kennen Sie deren Beine?" „Das weiß man doch." Aha. Ich hätte eher gedacht, das sieht man. Gut, so viel zum Bauamt. Er trottete zurück ins Polizeipräsidium.

„Die Befragung der Arbeitskollegen war sinnlos." KHK Becker ließ in seinem Büro Dampf ab. „Den ganzen Tag bin ich rumgerannt, habe mir die Hacken wundgelaufen und alles ohne Ergebnis."

„Wieso?" „Leistner war ein guter Mensch. Egal, wen du von seinen Arbeitskollegen fragst, alle singen eine Lobeshymne auf ihn. Er war völlig fehlerfrei. Die verschweigen was! Er war gut, fleißig, hat unermüdlich für das Seelenheil der ganzen Welt gewirkt. Er mochte Männer wie Frauen und Hunde wie Katzen. Das ist zum Haareausraufen. Eine vernünftige Personenbeschreibung sieht anders aus." „Und wie, Herr Hauptkommissar?" „Beispielsweise so:

Rosine Rostfrei, dumm, frech, faul und gefräßig, trinkfest und verlogen. Damit kann man wenigstens etwas anfangen! Aber so ganz sinnlos war es doch nicht: Er unterhält irgendeine

Beziehung zu einer großen blonden Frau, und beide spielen Tennis. Außerdem habe ich diesen Schlüssel in seiner Schreibtischlade gefunden, versteckt unter einer Kugelschreiberschale. Er schließt aber nur dienstags." „Wie meinen, Herr Kriminalhauptkommissar?" „Hier, lesen Sie mal!" „Stimmt, und nur in der 2. Etage. Bestimmt eine Wohnung; wollen wir wetten?" „Wer wettet, will betrügen." „Spielverderber! Wir wetten nicht um Geld. Wir wetten um ein gemeinsames Abendessen, natürlich mit Alex." „Na gut, aber wenn ich verliere, schalte ich den Staatsanwalt ein." „Denken Sie an unseren Rechtsmediziner; er hat viel Platz in seinen Kühlfächern, und die sind kalt und finster." „Alte Hexe! Einverstanden. Nun zur Arbeit: Ich klappe jetzt mal sämtliche Tennisplätze in der Umgebung ab, ob der Mann bekannt ist und seine große Blonde dazu. Und was halten Sie von einer zweiten Wohnungsbesichtigung bei Leistner? Vielleicht finden wir einen Hinweis auf deren Wohnung. Vielleicht haben wir etwas übersehen." „Klingt gut." „Was macht eigentlich Ihre Nikotinrecherche?" „Welche Recherche? War nur Spaß. Ist natürlich fertig."

## Maria, wer sonst ...

Der Chef und seine drei Kumpane saßen seit dem Nachmittag auf dem Kutter. Sie hockten vor dem kleinen Campingtisch bei Bier und Wodka und machten ihre monatliche Abrechnung. Sie besprachen die noch notwendigen Maßnahmen für die weiteren Transporte. Die „Ware" war gewinnträchtig verkauft worden, musste aber noch geliefert werden. Wann kamen die Lastkähne an, wie erfolgte die Übergabe, waren die Papiere rechtzeitig fertig? Es gab viel zu tun. In den frühen Abendstunden war dann das Wichtigste getan und man machte sich zum Aufbruch bereit.

„Kommst du mit auf ein Bierchen, Chef?" „Nein, aber ich habe euch noch etwas Wichtiges zu sagen, bevor ihr geht." Verdammt. Wie bring ich das nur vernünftig rüber? „Also, bevor ihr geht, muss ich euch noch was mitteilen." „Sagtest du schon." „Maria holt mich gleich ab." „Und was ist daran Besonderes? Das hat sie schon zigmal gemacht. Nicht mal deine Frau stört das." „Boris kommt später vorbei und nimmt sie mit." „Was soll der Unsinn, Chef? Du weißt, dass sie den Russen nicht ausstehen kann. Der Russe vergöttert sie zwar. Nur, sie lässt ihn nicht ran oder rein, oder wie auch immer." „Eben, und genau dieser Russe beliefert uns regelmäßig mit Frischfleisch aus Sibirien." „Gut, das ist vielleicht ein Argument." „Ein viel größeres Argument ist, dass er eine Million Euro für eine Woche mit ihr inklusive Schwangerschaft geboten hat." „Wie ist das denn passiert, Chef? Warst du völlig zu?" „Na ja, ganz nüchtern waren wir nicht. Wir haben im Ponny-Club Karten gespielt. Und dabei die Weiblichkeiten, die aktuell zur Verfügung stehen, bewertet. Und da ist mir der Satz rausgerutscht, dass ich sogar Maria für eine Million zum Abschuss freigeben würde, auch wenn sie nicht zum offiziellen Angebot gehört. Da sagte er, ja, die nehm ich für eine Million sofort. Los, Handschlag drauf. Was sollte ich machen. Wir haben uns die Hand geschüttelt, und damit war der Handel perfekt. Wir einigten uns noch am Abend, dass er sie nach einer Woche gesund und geschwängert zurückbringt und haben den Termin, wann sie am ehesten rollig ist, ausgesucht. Und es wäre jetzt an der Zeit, wo es klappen müsste. So, das war's." „Gut, und wie geht es mit ihr weiter? Du willst sie danach doch nicht etwa anbieten?" „Wieso nicht? Sie kommt auf die Stutenfarm, und nach 15 Monaten ist sie wieder fällig. Und sie wird darüber begeistert sein. Es wird bei ihr funktionieren wie bei allen anderen Weibern auch. Unsere Hirnwäsche ist gut. Wir haben gute Psychologen im Boot. Eine gute Psyche macht einen gesunden Körper oder so, oder umgekehrt. Bei den alten Römern gibt es wohl ein Sprichwort darüber. Hab ich mal gewusst. Ist lange her, die sind ja auch alle tot, ich meine die Römer. Jedenfalls, unsere Damenwelt ist zufrieden und stolz auf sich. Und jetzt um eine Stute reicher. Die Schlampen fühlen sich richtig wohl bei uns. Sie machen uns keinen Ärger und sind fruchtbar. Die Hirnwäsche schädigt nicht mal ihre hübschen Frisuren, kleiner Scherz.

Seid fruchtbar und mehret euch, steht wohl sogar in der Bibel. Zurück zu unserem Sahnehäubchen: Ich dachte daran, sie erst mal intern anzubieten: allen, die sie kennen und die sie nur zu gern möchten. So zwischen fünfhundert- und siebenhunderttausend Eierchen. Es muss ein herrliches Gefühl sein, wenn man sie dann hat und darf. So, das wäre es. Da kommt sie auch schon. Pünktlich wie immer, braves Mädchen."

Eine wunderschöne Frau betrat die Kabine. Maria war groß für eine Frau, geschätzte einsfünfundsiebzig. Das Gesicht wurde vom Blau ihrer eindrucksvollen Augen beherrscht. Ein tiefes Blau, in das man zu versinken drohte, wenn dieses Weib einen anstrahlte. Das Gesicht wurde von einer schwarzen Lockenpracht umrahmt. Die schneeweißen gleichmäßigen Perlzähne und das Grübchen neben dem linken Mundwinkel erhöhten die Wirksamkeit dieses Gesichts. Dazu eine leicht olivgetönte makellose Haut. Ein bisschen Mittelmeer spielte da wohl in der Erbfolge mit. Und zu allem gehörte ein verführerischer Körper: nicht zu schlank und mit eindrucksvollen Formen.

„Sie ist noch immer bildschön, wie Schneewittchen, was Männer." „Hallo Jungen, alles gut?" Sie setzte sich beim Chef auf den Schoß, schlang die Arme um seinen Hals und gab ihm einen Kuss auf den Mund. Er fasste in ihre Haare und zog den Lockenkopf näher zu sich heran. Dann schlang er seine Arme um sie und knutschte sie herzhaft. „Meine Kleine, du bist Gold wert." „Das will ich doch hoffen." „Ja, aber heute mehr denn je!" Er schob sie beiseite, stand auf und goss sich und ihr einen Schnaps ein. Los, auf uns zwei und auf ex. Weg damit." Sie schütteten beide den Schnaps hinunter, dann setzte sie sich wieder auf seinen Schoß. Der Chef begann Small Talk mit ihr: Wetter, Neues aus der Ponnybar, was machen wir am Wochenende und so weiter. Maria lehnte sich an ihn. Sie begann, mit aufgerissenem Mund laut zu gähnen. „Mann, bin ich kaputt, so richtig platt." „Das ist manchmal gut, mein Schatz." Er streichelte sie. „Und der Schlaf wird dir guttun. Eine Veränderung im Leben ist manchmal so richtig beflügelnd", fügte er noch hinzu. „Was für eine Veränderung?", gähnte sie noch mal herzhaft. Dann war Maria eingenickt. „Das Zeug ist richtig gut. Es wirkt sofort und die Weiber machen keinen Ärger. Sie bekommen auch gesundheitlich keine Probleme. Richtig gut für uns."

## Boris, Maria wird abgeholt

Die Bretter auf dem Bootssteg knarrten erneut, und dann betrat ein kräftiger Mann die Kajüte. Er war sicher über zwei Meter groß und stattlich gebaut, muskulös und durchtrainiert. Wenn er in der Türfüllung stand, war sie zu. Schwarzes Haar wie ein Zigeuner und ein kantiges Gesicht machten ihn zusätzlich attraktiv. Zwei Narben, vermutlich von einem Messer, ließen ahnen, dass er einem Streit nicht unbedingt aus dem Weg ging. Eine Narbe am Hals zeigte, dass er verdammtes Schwein gehabt hatte. Der Stich war nur knapp an der Halsschlagader vorbeigegangen. Die Narbe neben der Nase war wohl harmloser. Er hob die Hand: „Hi Männer, alles gut? Ich will meine Fleischration für diese Woche abholen." Die Männerrunde grinste, er grinste mit und schaute auf die Frau, die noch immer beim Chef auf dem Schoß saß. „So mag ich sie. Schön brav. Denn meistens denkt man bei ihr, dass sie einem gleich die Kehle durchbeißen wird." „Du bist halt nicht ihr Typ, Boris. Du musst zärtlicher mit ihr umgehen." „Das hab ich ja, aber sie hat gekratzt und gebissen wie eine Katze. Aber jetzt werden wir viel Spaß miteinander haben."

„Wo liegst du, Boris?" „Ich hab am Steg hinter euch festgemacht. So, und jetzt will ich los. Ich hab noch viel vor heute." Er schüttelte das Mädchen und zerrte sie hoch. „Komm Maria, lass uns ein bisschen schlafen gehen. Du bist ja müde." Die junge Frau riss die Augen auf und starrte ihn erstaunt an. „Boris, wo kommst du her?" „Du solltest vielleicht besser fragen: Wo gehen wir hin?"

Der Chef sah Maria an. „Geh mit, Kleine! Mach keinen Scheiß! Jetzt wird erst einmal geschlafen. Du bist doch müde, nicht wahr?" Sie nickte. Man sah ihr an, dass sie keine Ahnung von ihrer Situation hatte. „Komm, Kleine!", sagte Boris und zog sie nach draußen. „Denk dran, nur eine Woche!", rief der Chef ihm nach. „Jaja."

## Recherche über Nikotin

Die Frau Kriminalhauptkommissar hatte sich im Internet und bei ihrem Freund über die toxische Wirkung des Nikotins schlaugemacht. Als ordentliches Mädchen hatte sie die Daten sauber und übersichtlich aufgelistet. Becker nahm es wohlwollend zur Kenntnis. Schließlich hatte er sich dafür die Füße plattgelaufen, na ja fast.

*Nikotinrecherche*
# aus den Blättern der Tabakpflanze u. a., C12 H14 N2
# Rauschmittel
# bei Lufttemp. flüssig-ölige Substanz, unter Luft bräunlich
# Alkaloid
# tox. Dosis: 6,5–13 mg/Kg Körpergewicht
# wirkt auf die Acetylcholinrezeptoren in den Ganglien des vegetativen Nervensystems
# erregende o. lähmende Wirkung,
# schüttet Dopamin oder Noradrenalin aus
# gelangt über die Lunge oder die Schleimhäute in die Blutbahn
# Symptome: biphasisch, erst zentralnervöse Erregung, später Hemmung von zentralnervösen Funktionen
# Frühe Symptome: Tachykardie, Hypertonie, Speichelfluss, Übelkeit, Erbrechen, Bauchschmerzen, Tremor, Ataxie, schnelle Atmung
# Späte Symptome: Tachypnoe, Atemdepression, Atemlähmung, Hypotonie. Bradykardie Krämpfe
# Wirkungseintritt: nach 1-3 h

\# Therapie: Aktivkohle, Bikarbonatlösung, Diazepam
\# Anwendung: Insektizid, gegen beißende u. saugende Insekten (Blattläuse)
\# biologisch gut abbaubar, bis zu 90% verstoffwechselt
\# abgebaut über Leber durch Oxydation zu Cotinin + Nikotin-N-Oxid

## Das Fentanyl in der Kiste

Der farbenprächtige Sonnenuntergang war noch eine wunderbare Zugabe zu dem Spaziergang in den Elbauen. Ein junges Ehepaar, den Stein- und Betonburgen der Großstadt entflohen, genoss dieses Flair und vertrat sich nach dem Abendessen die Beine.

„Sebastian, schau mal. Hier liegt etwas." Am Ufer, zwischen feuchtem Sand und ein paar Grasbüscheln, lag eine Kiste. Sie war aus Holz, aber mit dicker Folie umwickelt und hatte die Größe eines Kinderwagens. Der Ehemann beschaute sich das Fundstück und kam zu der Erkenntnis, dass ein Schiff diese Kiste verloren hatte. Wie sollte die auch sonst hierher gelangt sein?

„Das ist Strandgut, die Kiste gehört uns", beschloss seine Frau. „Das ist altes Recht, hab ich mal gehört." „Du bist betrunken. So etwas gibt es nur in alten Seeräuberromanen." „Ich bin völlig nüchtern und deshalb haben wir beschlossen, die Polizei zu holen, was sag ich holen, zu alarmieren. Die Kiste könnte ja schließlich explodieren. Und um sie bis zum Fundbüro zu schleppen, ist sie mir zu unhandlich."

„Du bist doch betrunken, mein Schatz. Wir haben beschlossen, hihi. Seit wann weißt du, was wir beschlossen haben? Das ist immerhin Plural. Und wieso weißt du, dass die Kiste nicht explodieren kann, wenn du sie zum Fundbüro schleifen würdest." „Du stehst auf sehr dünnem Eis, Liebling. Weißt du das?"

„Nein, aber wenn du mir drohst, dann kitzle ich dich, bis du

lachst." Ihr helles Lachen bestätigte die gute Laune des Paares und ihren Einklang.
Man einigte sich und rief die Polizei. Und die kam. Zuerst ein Streifenwagen mit zwei schlecht gelaunten Ordnungshütern. Sie kontrollierten erst einmal die Personalien des Ehepaares. Sie könnten ja Spione, ausgebrochene Verbrecher oder Aliens sein. Der eine Polizist drehte den Personalausweis der Frau um und um und reichte ihn an den anderen weiter. „Wer von den beiden kann denn nun lesen und schreiben?", murmelte der Mann. „Sei still, Schatz, sonst sperren die uns ein!", erwiderte sie leise. Der eine Ordnungshüter gab ihnen mufflig die Ausweise zurück. „Wieso sind Sie denn so grimmig zu uns?", fragte freundlich die Ehefrau. „Ich kann doch auch nichts dafür, dass Sie sonntags arbeiten müssen." Der Gesetzeshüter murmelte etwas Unverständliches in seinen Bart. Die Jungen schienen endlich begriffen zu haben, dass die Kiste nicht dem Ehepaar gehörte. Es gab es ein längeres Gespräch per Funk mit der Leitstelle. In der Zwischenzeit hatten sich Schaulustige eingefunden und fotografierten alles und jeden. Der eine Polizist versuchte, die Leute zu vertreiben. „Gehn Se weg! Hier ist abgesperrt, das hier ist alles Sperrgebiet!" Einer fragte neugierig, wo denn das Absperr-Flatter-Band sei. Keins da, also nichts mit abgesperrt. Der Polizist fing an, die Personalien zu kontrollieren, und lieferte sich einen wort- und geistreichen Dialog mit den Schaulustigen. Der andere ging zum Elbufer hinunter, starrte auf die Kiste und die Elbe. Dann telefonierte er wieder mit irgendjemandem.
Plötzlich tauchten zwei Kleintransporter auf, angefüllt mit Polizisten. Acht Mann sperrten die Umgebung der Kiste großräumig ab und vertrieben ruppig die Schaulustigen. Plötzlich tauchte der Sprengstoff- Räumdienst auf. Der mitgebrachte Schäferhund zeigte kein Interesse an der Kiste. Er beschnupperte sie kurz, um sich dann am Elbufer die Beine zu waschen, zu schnüffeln und Gras zu zupfen. Die Polizisten fanden die Kiste auch nicht sonderlich interessant. Mit mehreren Messgeräten rückten die Männer der Kiste gemächlich zu Leibe. Die Messgeräte fanden aber auch nichts Gefährliches. Schließlich und endlich wurde sie auf

einen LKW verladen und die Gesetzeshüter zogen oder fuhren von dannen. Das Ehepaar genoss die einbrechende Dämmerung, wo die Silhouette der Stadt sich langsam in einen Scherenschnitt verwandelte. „Lass uns in die Taverne da oben gehen und ein Gläschen Wein trinken", schlug die Frau vor. Und wenig später saßen sie in gemütlicher Runde, sie bei einem Glas Silvaner, er bei einem großen Pils, und hechelte den Polizeieinsatz durch. Durch das Fenster sah man das jetzt schwarze Wasser des Flusses, in dem sich weiter oben die Lichter der Altstadt prächtig widerspiegelten.

Im Präsidium wurde in der Einsatzleitung unter Beisein aller Anwesenden die Kiste geöffnet. Allgemeines Erstaunen in der Runde. Der Holzkasten war bis zum Rand vollgepackt mit Ampullen, die in kleinen Pappkästchen abgepackt waren. Beim genauen Hinschauen stellte sich heraus, dass es sich um Fentanyl handelte. Originalverpackt, also hochpotent, nicht gepanscht. Das war ein Fund, den man in Dresden seit zig Jahren nicht gemacht hatte. Die Jungen vom Rauschgiftdezernat, die die Einsatzzentrale hinzuzog, hüpften vor Freude im Dreieck. Und sie versprachen vollmundig eine schnelle Aufklärung. Bei der Größe des Fundes wurde beschlossen, den Mantel der Geheimhaltung darüber auszubreiten. Keiner im Präsidium sollte etwas erfahren. Die komplette Schicht der Einsatzzentrale hatte es gesehen und ihren Senf dazugegeben. Stinkgeheim würde also die Untersuchung ablaufen.

## Im Tennisklub

KHK Becker hatte sich die Aufgabe zugeteilt, in Erfüllung seiner Aufgaben die Straße plattzulaufen, gute alte Polizeiarbeit.

Es gab vier Tennisklubs, die von den beiden Kriminalisten in die engere Wahl gezogen wurden. In ihnen könnten Herr Leistner und die ihm zugewandte Frau ihren Sport gefrönt haben.

Auf den ersten drei Tennisplätzen waren die beiden Gesuchten unbekannt. Becker schwenkte die Bilder von Leistner mit Elan vor den Augen der Spieler und ihrer Zuschauer herum, landete aber leider keinen Treffer.

Beim vierten Tennisklub sollte es anders kommen: Vom Parkplatz aus ging es über einige Stufen nach oben zum Eingang des Klubhauses, einer gut erhaltenen Villa, inklusive einer seriösen Gaststätte mit einladender Terrasse. Die Gartenmöbel waren trotz des Novembers noch nicht abgeräumt worden. Man hatte die Tische mit „Befeuerung" versorgt: Unter ihnen standen Butanheizkörper und über den Tischen streckten sich großen Schirme, die die Wärme hielten und auch vor Regen schützten, in die Luft. Außerdem versprachen die Decken, die über den Stühlen hingen, anheimelnde Wärme und Gemütlichkeit.

Die Tische waren gut besetzt. Die holde Weiblichkeit des Tennisklubs hatte sich hier eingefunden. Beckers Augen bot sich ein buntes Bild gut gestylter Damen mit modischem, zum Teil sportlichem Outfit, die an Sektschalen und Cocktailgläsern nippten und ihn neugierig musterten. Aber auch die männliche Tenniswelt hatte sich unter den Schirmen versammelt: meist gepflegte und modisch gut beratene Herren. „Hier könnte sich schon Kabale und Liebe abspielen", dachte der Kommissar, „da muss man nicht unbedingt ins Theater gehen."

Becker kannte seine Wirkung auf das weibliche Geschlecht: Sein hoher Wuchs mit den breiten Schultern, sein nicht uninteressantes Charaktergesicht und das sichere Auftreten des Kommissars verliehen ihm eine ausreichende Sicherheit für solche Situationen. Und er verfügte neben seinem maskulinen Erscheinungsbild zusätzlich noch über ein ausgewogenes Allgemeinwissen, das er einbringen konnte. Der Kommissar war in der Lage, aus einem harmlosen Small Talk heraus sofort auf interessante Themen aus der Naturwissenschaft bis hin zur Politik oder Kunst zu wechseln. Dies alles wohlwissend ging er gemächlich durch die Tischreihen und setzte sich mit einem freundlichen Lächeln zu den Klubmitgliedern. Auf die neugierigen Blicke der Anwesenden reagierte er mit einem diskreten Zunicken in die Runde.

Er stellte sich kurz vor und plauderte mit den Damen und Herren über Tennis und andere wichtige Probleme. So ganz nebenbei stellte er seine Fragen und reichte die Bilder von Leistner herum. Becker wusste, dass man wesentlich mehr Informationen erhält, wenn man bei Gesprächen mit Zeugen nicht nur die Polizistenrolle besetzt und stur den Polizisten heraushängen lässt. Die Neugier der Klubmitglieder und sein sicheres Auftreten, zumal noch als Leiter der Mordkommission, schau an, kamen ihm zugute. Und so gelangte zu einigen wichtigen Informationen und Einsichten: Leistner war beliebt bei den Klubmitgliedern. Er kam regelmäßig zum Training und wurde immer von seiner Cousine mit dem Auto gebracht. Aha, diesmal nicht die Ehefrau oder Freundin. Einige Mitglieder vermuteten, dass er seinen Führerschein wegen Alkohols verloren hatte. Leistner selbst hatte aber nie darüber gesprochen. Er war ein mäßiger Spieler, aber ein guter Unterhalter in der Runde. Er kannte die besten Witze, konnte einige Prominente parodieren und setzte seine Pointen gekonnt an der richtigen Stelle. Leistner erzählte auch gern von seinem Beruf: Er war verantwortlich für die statische Sicherheit in alten unterirdischen Gemäuern. Er musste Einsturzgefahren in alten Kellern, Gewölben oder unterirdischen Abwasserkanälen erkennen und entsprechende Gegenmaßnahmen einleiten. Und von diesen alten Gemäuern gab es in Dresden und Umgebung ausreichend. Kurzum: Man hielt ihn im Tennisklub für interessant, und er war beliebt.

Seine Cousine wurde als blond und hübsch beschrieben. Über ihre privaten Verhältnisse wusste man nichts. Man kannte sie auch nicht näher; sie fuhr immer sofort wieder zurück. Die Cousine sei ständig in Zeitnot gewesen und etwas zickig. Sie mochte kein Tennis. Die Dame liebte den Reitsport. Ihr Streitross stand auf irgendeinem Reiterhof. Nach dem Sport fuhr Leistner regelmäßig in die Innenstadt und zog eine Runde um die Häuser. Entweder nahm ihn ein Klubmitglied im Auto mit ins Zentrum oder er rief ein Taxi. Zwei der anwesenden Männer hatten ihn mehrfach mitgenommen. Sie hatten ihn in (wo genau?) nahe der Elbe abgesetzt. Er sagte, dass er noch ein paar Schritte laufen wolle, bevor ihn sein Weg an den Biertresen führe. Eingeladen hatte er seine Chauffeure nie, und man wusste auch nicht, in welche Gaststätte er dann einfiel.

## Gaststätte „Elbflorenz"

Die Lokalität „Elbflorenz" war die vierte Gaststätte, die sich in der Nähe der Tennisanlage befand und die er anlief. KHK Becker war schon seit mehreren Stunden auf den Beinen und der Meinung, dass er sich jetzt ein Bier verdient hätte. Dies hier war keine Eckkneipe oder Bierschwemme. Hier herrschte ein vornehmes Ambiente:
Der Gastraum strahlte Leichtigkeit und Moderne aus mit einem ausgesucht modischen Mobiliar: chromblitzende Stahlrahmen mit weißen Ledersitzen. Die Tische wirkten leicht und elegant, eine Kombination aus Chromstahl und farbigem Glas, das trotz seiner Eleganz äußerst stabil wirkte.

Mehrere mannshohe Spiegel hingen als Blickfänger an der Wand: bizarre Dreiecke und Vierecke aus Kristallglas mit eingeschliffenen geometrischen Figuren, deren Rillen beim Hinschauen einen blitzenden Regenbogeneffekt hervorzauberten. Diese Spiegel brachten Licht und Helle in den Raum. Zwischen ihnen hingen Kopien von impressionistischen Studien, die mit der Lichtfülle am sonnigen Meeresstrand spielten. Becker wurde an die Lichtstudien von Monet erinnert. Die Fenster zur Elbe hin zierten keine vergilbten Gardinen, sondern schmale luftige Schals, die das einfallende Licht nicht behinderten, sondern strahlend zur Geltung brachten. Aha, dachte der Ermittler, hier war ein Innenarchitekt am Werk. Richtig gut gemacht.

Die Gaststätte hatte einen langen, einladenden Tresen, der auch als Bar fungieren konnte. Der Wirt putzte den Bierhahn. Hinter ihm glitzerte eine Wand aus Gläsern und bunten Flaschen im indirekten Licht des Wandregals. Die Atmosphäre lud zum Verweilen ein. Hier musste man einfach einen Schluck Bier trinken. Der Geruch von frischem Bier waberte über den Tresen und verfehlte seine Wirkung nicht.

Der Kommissar machte es sich auf einem Barhocker bequem und ließ nochmals den Gesamteindruck auf sich wirken: „Warum ist mir diese Gaststätte nicht bekannt?" Er warf einen Blick in die Karte und schluckte. „Aha, deshalb kenne ich diese Lokalität nicht." Becker bestellte ein Bier; diese Summe gab sein Portemonnaie noch frei, ohne zu protestieren. Der Wirt, weißes Hemd und Fliege, grinste diskret in sich hinein, wirkte aber insgesamt freundlich und nett. Und auch ein bisschen neugierig, als Becker sich auswies. „Kennen Sie diesen Mann hier?" „Hat er etwas ausgefressen?" „Falsche Frage; kennen Sie den Herrn oder nicht?" „Das ist Harry, also der Herr Leistner. Der ist Stammgast hier. Ein sehr respektabler Herr und sehr nobel. Der ist fast jeden Mittwoch hier, mit seiner Frau." „Groß, blond, sportliche Figur?"
„Nein, nein, so einen Typ will der Harry nicht. Die Frau Leistner, also die Jasmin, ist klein und zierlich. Wie ein richtiges Porzellanpüppchen, aber was für eins. Sie hat einen diskreten asiatischen Einschlag, verstehen Sie? Ist aber deutsch!" Ist aber deutsch, was auch immer das heißen mag. „War sie blond?" Becker wusste die Antwort schon, ohne zu fragen. „Nein, sie hat pechschwarzes Haar. Das glänzt ganz herrlich; es ist echt! Die Augen sind so ein bisschen mandelförmig und die Pupillen groß und schwarz, ein richtiges Superweib. Also, wenn Sie mich fragen würden …" – Es fragt Sie aber keiner! – „Wann war denn Herr Leistner zuletzt hier in Ihrer Lokalität? Und war er allein?"
„Er kommt nie allein; seine Jasmin ist immer dabei. Außerdem, ich würde mal sagen, sie hat in der Beziehung die Hosen an. Sie wissen schon. Wobei diese Frau nie Hosen getragen hat. Bei solchen Beinen kein Wunder. Diese Beine, also wenn Sie mich so fragen würden …" – Es fragt Sie immer noch keiner. Der Leistner scheint ein Faible für hübsche Frauenbeine gehabt zu haben. – „Ihr Harry wurde gestern leider tot aus der Elbe gezogen. Sie wissen nicht zufällig die Adresse der Frau Leistner? Auch mit ihrer Handynummer könnten Sie mich erfreuen." „Ich muss

leider mit beiden passen." „Macht nichts; sollte die Frau Leistner hier vorbeikommen, bestellen Sie ihr viele Grüße, und sie soll sich im Polizeipräsidium melden. Und wann war der Herr Leistner zuletzt bei Ihnen?" „Vor drei Tagen." „Wissen Sie, wie die beiden jedes Mal nach Hause gekommen sind, vielleicht mit einem Taxi?" „Nein, zu Fuß. Die wohnen doch hier gleich um die Ecke. Die genaue Adresse kenne ich aber leider nicht."
Becker war sich sicher, dass der Wirt wenigstens die Handy-Nummern von der Porzellanfrau und ihrem Ehegatten kannte. Leistners Nummer war ja bekannt, aber die seiner Frau ... Also, wenn man ihn so fragen würde ... Der Polizist trank sein „Radeberger" aus. „Ich muss weiter. Haben Sie vielleicht eine Visitenkarte für mich? Ihre Handynummer wäre auch gut. Es erspart uns vielleicht weitere Besuche, wenn wir einfach miteinander telefonieren können." Der Wirt überlegte eine Weile, dann schrieb er eine Handynummer auf die Visitenkarte und reichte sie dem Polizisten. „Nur für Sie." „Klar doch." Der Hauptkommissar trollte sich. Vielleicht sollte man den Wirt mit einer Hausdurchsuchung beglücken. Noch besser wäre es, ihn abzuhören. Wir haben ihn jetzt aufgeschreckt und falls er etwas mit der Sache zu tun hat, dann wird er jetzt Fehler machen.

### Ein offenes Fenster, eine Vase, ein Notizblock

Der nächste Morgen fing für die Frau Kommissarin nicht gut an. Sie war knapp in der Zeit und draußen war hässliches Wetter. Nebelschwaden hüllten das Elbufer ein, und ein nasskalter Wind trieb durch die Gassen der Altstadt. Beides verleidete ihr das Fahrradfahren für heute. Dann war auch noch der Fahrstuhl dauerbesetzt. Wahrscheinlich hatte so ein Trottel die Tür verkeilt, weil er den Fahrstuhl mit Aktenbergen beladen wollte. Sie musste die Treppe nehmen. Beate trabte am Kaffeeautomaten vorbei und stellte fest, dass an dem Kasten heute ein grünes Lämpchen blinkte. Aha, es gibt Kaffee. Endlich mal was Gutes. Sie drückte auf den Knopf und hoffte, dass das schwarze Gebräu in den Becher träufelte, nach Möglichkeit, ohne danebenzulaufen.

Ihr Chef rannte an ihr vorbei und rief ihr zu, dass er ewig im Stau gestanden habe und es kaum noch aushalten könne und er sich auch einen Kaffee wünsche. Dann verschwand er eiligst hinter der Tür mit dem Männchen darauf. Der Kaffeeautomat hatte sich jedoch mental noch nicht auf Arbeit am frühen Morgen eingestellt. Nach mehreren Schlägen und Tritten gegen den streikenden Apparat stieg die Aggressionsbereitschaft unserer Polizistin um mehrere Grade. Die Sekretärin von „Betrug" kam, mit mehreren Akten beladen, vorbei und gab auch ihren Senf dazu. „Sie müssen etwas länger auf die Kaffee-Taste drücken, meine Liebste. Das hilft. Ich zähle immer bis fünf, dann geht es. Man muss das halt mit ein bisschen Gefühl machen, Frau Hauptkommissarin." Blöde Kuh! „Ihr Pulli, der ist wirklich sehr schön, aber ist der nicht ein bisschen zu knapp, ich meine zu eng? Finden Sie nicht auch? Mal zu heiß gewaschen?" Die Frau gab einen undefinierbaren Laut von sich und rauschte ab. „So, jetzt geht es mir schon viel besser", dachte Beate.

Der blecherne Kaffeekasten gab plötzlich ein undefinierbares Zischen von sich, dann kam heißer Dampf herausgeschossen und danach endlich der Kaffee.

In der Zwischenzeit war ihr Chef längst auf seinem Bürosessel angekommen. Warum Becker bei diesem Wetter die Fenster öffnete und anlehnte, wusste er vermutlich selbst nicht so genau. Als seine Assistentin die Tür mit dem Ellenbogen öffnete, sie trug ja zwei Becher Kaffee links und rechts, und mit ihrem Hinterteil die Tür aufstieß, entstand Gegenzug. „Tür zu!", brüllte Becker. Aber die Messe war schon gelesen. Die Fenster flogen mit Schwung weit auf. Der eine Fensterflügel stieß gegen die Blumenvase auf dem Fensterbrett. Diese kippte um und verteilte Wasser und Blumen großzügig auf Beckers Schreibtisch. Dabei fiel auch sein volles Glas mit „Dresdener Kristallwasser" um. Der Schreibtisch ertrank im Wasser. Becker sprang auf und konnte eben noch seine Hose retten. Dann stürmte er an das Waschbecken zu den Handtüchern und verstreute mehrere auf seinem Schreibtisch, wo sie ihrer Funktion nachkamen. Beate konnte sich ein leichtes Grinsen nicht verkneifen. „Morgen Chef, tut mir leid." Sie beteiligte sich an der Trockenlegung. „Haben Sie die Elbe umgeleitet, Herr Hauptkommissar?", kicherte sie. Becker trocknete mit Liebe und Sorgfalt seine Stifte. „Was macht der sich nur wegen der blöden Bleistifte für eine Arbeit", dachte Bea und nahm sich der triefenden Papiere an. Sie war bei Aufräumungsarbeiten prinzipiell großzügig. Alle Schreiben, die sie als zu alt, abgelaufen oder uninteressant einstufte, landeten unabhängig ihres Wassergehaltes im Papierkorb. Dann fiel ihr ein Notizblock von Becker in die Hände. Sie knitschte ihn zusammen, um das Wasser herauszupressen, und dachte über einen Föhn nach. Sie blätterte im Schnelldurchlauf seinen Notizblock durch. „Den könnte man eigentlich auch entsorgen", dachte sie. „Die Hinweise und Notizen hier drin sind doch alle schon abgearbeitet. Außerdem ist der eh gleich voll." Sie stockte: Was ist das denn? Becker hat hier drin rumgekrakelt. Das ist doch die Frau Lehmann, die Annette aus dem Chefsekretariat. Gut getroffen. Mit wenigen Strichen nur und doch sofort zu erkennen. Und das hier bin doch ich; das sind meine Augen. Er hat nur die Augenpartien hingekritzelt und trotzdem erkenne ich mich sofort. Wann hat er das gemacht? Sie blätterte langsam Blatt für Blatt weiter. „Was machen Sie da?", Becker ließ ein Handtuch zurück auf die Tischplatte fallen und interessierte sich plötzlich für sie. „Geben Sie mal her." Beate drehte sich weg und blätterte weiter. „Das gibt's doch nicht", fauchte sie. „Das bin ich nicht. Das ist eine Frechheit." „Geben Sie endlich den Block her, sonst werde ich sauer!" Er schaute auf die Bleistiftskizze. „Natürlich sind Sie das. So sehen Sie immer aus, wenn sie missgestimmt vor Ihrem Schreibtisch sitzen und Löcher in die Tischplatte starren, genau so, junge Frau. Und jetzt her mit meinen Notizen!" Bea blätterte weiter. Er grapschte nach dem Block, bekam ihn aber immer noch nicht zu fassen. Sie stutzte. „Das ist ja herrlich! So ein schönes Bild von mir! Das schenken Sie mir, ja. Es ist auch gar nicht nass geworden, bitte." „Her mit dem Block. Sonst gibt es Ärger, das verspreche ich Ihnen."

Sie schmachtete ihn an. „Bitte, bitte. Es ist so ein schönes Bild von mir. Das lass ich rahmen und schenke es Alex." „Meinetwegen, sonst werd ich Sie nicht los. Machen Sie mit dem Bild, was Sie wollen! Es ist eh nur eine einfache Arbeitsskizze, auf die Schnelle gemacht. So, und jetzt keine Diskussion mehr über meine Notizen. Das Thema ist beendet." „Wo haben Sie so schön zeichnen gelernt?" „Im Kirchenchor. Und jetzt ist Schluss mit Ihrer Ausfragerei, sonst gibt's wirklich Ärger."

Die beiden zogen also Bilanz bei einer zweiten Tasse Kaffee und einem neuen Notizblock: Wenn wir auch keine umwerfenden Ergebnisse haben, so haben wir doch zumindest viele Fragen: Wir wissen, dass Leistner von einer Frau regelmäßig zum Tennis gefahren wird. Wir wissen weiter, dass diese Frau kein Tennis spielt, sondern lieber auf Pferden sitzt. Wir vermuten, dass Leistner seinen Führerschein abgenommen bekommen hat. Frönte er dem Alkohol? Unverändert fahnden wir nach einer geheimen Geldquelle. Rolex, Tennis, Edelkneipe, teure Wohnung. Wo kommt das Geld her? Wo und an wen vertreibt er das Fentanyl, wo wird das Zeug hergestellt und gelagert? Viele Fragen und wenig Kaffee. Ich glaube, wir sollten uns nochmal die Wohnung von Leistner ansehen. Vielleicht haben wir etwas übersehen; vielleicht haben wir seinen Goldesel nicht wiehern hören? Und uns interessiert natürlich auch die seltene Todesursache: Wer hat Zugang zu Nikotin, und der ganze Schwanz, der an diesem Thema hängt? Dass in der Zwischenzeit eine Kiste mit Fentanyl am Elbufer angelandet war, entzog sich dem Wissen der zwei. Der Fund sollte ja geheim bleiben, und das Rauschgiftdezernat ermittelte auch Tag und Nacht. Bisher ohne Ergebnis.

## Erneute Wohnungsdurchsuchung bei Leistner

Am nächsten Morgen war der Kommissar mit Kaffeeholen dran. Der Kaffeeautomat war ausnahmsweise in Betrieb. Die zwei Kaffeebecher waren heiß und bis obenhin gefüllt. Becker balancierte unbeholfen mit ihnen in Richtung seines Büros. Er sah schon Brandblasen an seinen Händen. Sein Balanceakt war nicht wirklich professionell. Aus dem einen Becher schwappte das dampfende Gebräu auf seinen rechten Daumen. Schei… Er öffnete mit dem Ellbogen die Tür, stieß sie mit dem Schuh auf und rannte zu seinem Schreibtisch, wobei sich noch ein Schwall über seine rechte Hand ergoss. „Limonade am frühen Morgen wäre vielleicht gar nicht so schlecht", dachte er, statt des Kaffees. Schöne kalte Limo auf der Hand, das wäre jetzt gut gewesen. Limo am Morgen erspart Schmerzen und Sorgen.

„Guten Morgen Frau Hellmann. Ich hab Kaffee mitgebracht." Er schaute genauer hin. „Wieso sind Sie schon so zeitig in diesem trostlosen Gemäuer? Haben Sie eine feuchte Kellerwohnung oder leiden Sie unter Schlafstörungen? Und wieso sehen Sie so zerknittert aus. Ich glaube, das ist nicht nur das nahende Alter. Fröhliche Party gehabt?" „Alter Mann, knirscht bei Ihnen nicht schon der Kalk im Gebälk?"

„Verzeihung, aber meinen Sie den Holzwurm im Gebälk oder den Kalk in den Gefäßen?" „Irgendwann schütte ich Ihnen Rattengift in den Kaffee", frotzelte seine Assistentin, „immer das letzte Wort." „Sorry, ich wollt Sie nicht ärgern. Außerdem, viel älter als Sie bin ich nun auch nicht. Ist irgendetwas? Kann ich Ihnen helfen?"

„Ich habe mir gestern Abend die Wohnung von Leistner noch mal vorgenommen. Das hat leider bis in die frühen Morgenstunden gedauert. Es lohnte sich nicht mehr, nach Hause zu gehen. Mein armer Kopf fand auf dem harten Schreibtisch sein Nachtlager." „Sie Ärmste." „Ich warne Sie! Ich habe in der Wohnung das Unterste zuoberst gekehrt und umgedreht. Und ich wurde fündig. Deshalb will ich jetzt gelobt werden, und zwar richtig." „Sie sehen schon viel besser aus,

Frau Kommissarin. Als würden Sie frisch aus dem Urlaub kommen. Na, war das kein Lob?" „Nein, das war kein Lob, sondern eine Frechheit. Wie kann man nur nach einem guten Anfang das Ende so versauen! Mit Ihnen rede ich heute kein Wort mehr." „Das kränkt mich so richtig. Und nun lassen Sie mich endlich hören, ob Ihre Nachtschicht des Lobes wert ist. Man höre den Genitiv. Und wehe nicht. Der Kaffee ist verdammt heiß, also Vorsicht!" Er hielt seine Hand unter den Wasserhahn und ließ das kalte Nass darüber laufen. „Ha, tut das gut. Also dann mal los, junge Frau."

„Junge Frau klingt gut. An der Wand über dem Lowboard hing ein Bild mit Rahmen. Ich habe es aus dem Rahmen geholt und stellte fest, dass dahinter noch zwei Bilder steckten. Beim Herausnehmen rutschte eines davon ein Stückchen durch den Schlitz, der zwischen dem Metallrahmen und der Glasscheibe war. Es hätte vielleicht auch ganz durchrutschen und herunterfallen können. Da kam mir die Idee, dass vielleicht wirklich ein Bild heruntergerutscht sein könnte. Ich kippte das Lowboard etwas an und fand dahinter tatsächlich ein weiteres Bild: Leistner mit einer blonden Frau im Arm. Sie sehr attraktiv, er sehr stolz. Auf der Rückseite eine kleine Notiz – Claudia, Sylt im Sommer 2015."

„Also hat er doch ein blondes Weib sein Eigen genannt." „Es geht weiter: Ich habe die Ordner mit ihrem Innenleben auswendig gelernt." „Keine geringe Leistung. Ich möchte gern vom 3. Ordner die 5. Seite hören." „Witzbold. In einem Ordner fand ich zwischen zwei Seiten, die in einer Folie steckten, einen Kaufvertrag über eine Drei-Raum-Wohnung. Beim Durchblättern war von dem Dokument nichts zu sehen, weil es in der Folie zwischen den beiden Blättern steckte. Deshalb haben wir es bei der ersten Durchsuchung übersehen."

„Das ist verständlich, aber nicht gut", dozierte er. „Sie sind spitze!" „Ich werde noch spitzer, Herr Krimanalhauptkommissar! Bei dieser pompös eingerichteten Wohnung muss viel Geld geflossen sein. Sein Kontostand wies aber keine auffälligen Bewegungen in den letzten Jahren auf, wie wir ja gesehen haben. Also habe ich angenommen, dass vielleicht ein bescheidener Reichtum noch in der Wohnung abgeparkt ist, vielleicht als Schwarzgeld, Falschgeld oder in Gold. Und neugierig, wie Frauen halt sind, begann ich zu suchen." „Das klingt sehr angenehm, und wie geht es weiter? Vielleicht hat auch ein Dritter die Wohnung bezahlt." „Möglich, aber mit irgendetwas muss man ja anfangen. Ich suchte zielgerichtet nach geheimen Verstecken. Beim FBI hat mir das immer Spaß gemacht. Ich nahm bei Lessing das gesamte Mobiliar unter die Lupe. Das zog sich leider unangenehm in die Länge. Aber ich wurde fündig: Im Flur steht eine Kommode, echte Eiche, keine Spanplatten. Vier Fächer, gefüllt mit Schals, Handschuhe und Strickmützen. Die Fächer ließen sich nicht einfach herausnehmen. Das war sicher so gewollt. Man musste sie etwas ankippen und dann erst daran ziehen. Äußerlich waren sie völlig unauffällig. Es gab keinen Hinweis auf Geheimfächer. Als ich das erste Fach in der Hand hielt, dachte ich, ich spinne. Die Rückwand war um genau zwei Zentimeter nach vorn versetzt worden. Das ließ sich bei der Länge der Fächer nicht so einfach festzustellen. Wenn man in das eingehängte Fach, das auch noch mit Schals und anderen Krimskrams vollgestopft war, hineinsah, konnte man die Manipulation nicht feststellen. Wenn man dagegenklopfte, stieß man auf die stabile Rückwand und dachte, hier wäre Schluss. Das Ende der Lade hatten die Ganoven dann mit einem dünnen Sperrholzbrettchen verschlossen. Somit war ein gut versteckter Stauraum entstanden. Ich kann nur sagen: Respekt. Das war ein rechter Schurkenstreich. Dieses Meisterstück des Tischlerhandwerks war in allen vier Schubladen zu bewundern. Was mich aber am meisten wunderte, war die Tatsache, dass der Leistner diesen Stauraum nicht mit Kaugummi und Bonbons gefüllt hatte." „Frau Kommissarin." „Ist ja gut. Dieser Knabe hat pures Gold hineingesteckt. Insgesamt fand ich 40 Goldbarren mit je 100 g, fein in Folie eingeschweißt, Feingold halt."

„Sie sind absolute Spitze!" „Das sagten Sie bereits." „Nein, ich sagte nur spitze, nicht absolute Spitze. Das ist sozusagen eine Beförderung." „Irgendwann besorge ich mir doch Rattengift, alter Mann. Immer das letzte Wort." „Lenken Sie nicht ab. Aber

Ihre Nachtschicht bringt uns weiter. Sie sollten nur noch nachts arbeiten." „Ich will diesen Satz jetzt nicht auf seine Tiefe und auf versteckte Provokationen untersuchen." Die Frauenbeauftragte ..." „Sie sind und bleiben ein schlechter Mensch, nein, eine Menschin." „Vorsicht, denken Sie an die Kühlfächer!" „Sie sind meine Beste! Und das bleiben Sie auch. Reicht das? Aber weiter im Text." „Herr Kriminalhauptkommissar! Gut, also weiter, auch wenn ich gleich vor Müdigkeit vom Stuhl falle. Ich habe insgesamt nach Hohlräumen gesucht, also nicht nur im Holzmobiliar. Im Flur, bei der Garderobe, wurde ich wieder fündig. Deren Stahlrohre waren als geheimes Versteck benutzt worden." „Woher wussten Sie das? Haben Sie die ganze Garderobe zerlegt, falsche Frage. Haben Sie die ganze Wohnung in einzelne Brettchen zerlegt und die Metallgegenstände zerspant?" „So was lernt man beim FBI. Ich habe mit einem kleinen Kuchengäbelchen die Stangen abgeklopft. Die geben Töne von sich, sie klingen. Wenn der Ton sich ändert, z. B. von hohen Tönen zu dumpfen, tiefen übergeht, liegt der Verdacht nahe, dass etwas in den Röhren steckt. Vorausgesetzt, es gibt keine vernünftige Erklärung für den Frequenzwechsel, vielleicht weil am Rohr enger oder dicker wird. Auf diese einfache Art kann man effektiv und schnell Möbel oder Wände abklopfen. In den USA hatten wir ein kleines Gerät mit einem Ultraschallsender. Damit konnte man elegant die Rohre oder Flächen untersuchen. Wir haben da in kürzester Zeit ganze Wohnungen abgeklärt." „Nu schau einer an, die Amis. Ich dachte, die reiten immer noch mit geschwungenem Lasso und rauchenden Colts ums Haus und fangen Viehdiebe. Hätte ich nicht gedacht." „Sie sind garstig. Wir leben hier noch im Gestern, und in den USA ermittelt man im Übermorgen. Steckt da vielleicht auch ein bisschen Neid dahinter?" „Nein, natürlich nicht. Vielleicht. Aber lassen Sie mich doch auch einmal lästern. Und jetzt stellen wir einfach die Pferde der Amis wieder in den Stall zurück. Also, was haben Sie gefunden?" „Die Rohre ließen sich nicht einfach aus den Verbindungsstücken oben und unten herausziehen. Man musste sie ein kleines Stück nach oben oder unten drücken und dann ein kleines bisschen nach rechts drehen. Dann konnte man das Rohr problemlos aus der Verbindung herausziehen. Es hat eine ganze Weile gedauert, bis ich den Trick heraushatte." „Und, hat sich der ganze Aufwand gelohnt?" „In den zwei vorderen Röhren steckten insgesamt 150 Tausend Euro, gut gebündelt und mit Gummi umschlungen. In den anderen 12 Röhren waren insgesamt 12 Kilogramm Heroin und Kokain versteckt, eingeschweißt in eine Wurstpelle. Diese Wohnung war eine richtige Goldgrube. Ich glaube, der Einsatz war den Aufwand wert."

„Ich nehme alles zurück, was ich je Böses über Sie gesagt habe, jedenfalls fast alles. Ich gebe einen aus für Ihren nächtlichen Einsatz und Ihr kriminalistisches Gespür, und auch als Ausgleich für kleine Fettnäpfchen. Lassen wir uns in der Cafeteria ein paar belegten Brötchen vertilgen oder ein paar Rühreier. Aber erst geben wir in der Asservatenkammer Ihren Schatz ab, nicht ohne vorher unseren Chef am Gold und den Scheinchen schnuppern zu lassen. Ihnen steht ein ordentliches Lob zu, ein Ober-Cheflob sozusagen.

Danach versuchen wir, die Claudia und ihre Wohnung zu finden. Vielleicht passt dort auch unser Schlüssel, obwohl heute kein Dienstag ist. Aber erst der Kaffee und die Brötchen. Vor dem Kaffee etwas zu unternehmen, ist immer von einem bösen Omen begleitet, Kassandra hockt einem dann immer im Nacken." „Gut, Herr Kommissar, so soll es sein. Ich könnte Sie wieder recht sympathisch finden, aber nur, weil ich Hunger habe." „Alte Hexe."

„Guten Morgen, Annette. Ist der Chef da?" „Ja, und er hat gute Laune. Was habt ihr denn in der großen Sporttasche. Wollt ihr verreisen oder ins Fitnessstudio?" „Wenn du artig bist, darfst du mal reinschauen." „Her damit. Mein Gott, das ist ja eine Unmenge Geld. Und hier ist ja auch noch Gold. Und was ist in den Würsten?" „Gift. Das ist alles nichts für brave Mädchen." „Seit wann hältst du mich für brav?" KR Schröder schaute neugierig aus der Tür. „Was wollt ihr zwei denn, geht doch lieber arbeiten." Er frotzelte eben gern. „Bei mir gibt es nur noch Termine, die schriftlich vor vier Wochen beantragt worden waren. Oder, wenn ich großzügige Geschenke bekomme." „Chef, früher hat man das Bestechung genannt", blödelte Becker mit. „Unsinn, Becker, bei hundert Euro ist das Bestechung. Aber ab zehntausend ist das Förderung von, ja von irgendwas. So, und was wollt ihr beiden Verbrecher zu so früher Stunde bei mir, außer meine wertvolle Zeit zu stehlen. Rein mit euch."

KR Schröder war schwer beeindruckt und sparte nicht mit Lob und Schulterklopfen. Das streichelte enorm die Psyche der beiden. Der erfahrene Kriminalist hatte solch einen Fund bisher auch nur selten gesehen. Er war völlig aus dem Häuschen, zumal das Ganze für ihn völlig überraschend kam. Es gab außer markigen Sprüchen auch einen verbotenen Cognac. Der schmeckte gut und war, wie der Chef mehrfach beteuerte, nicht aus der Asservatenkammer. Frau Lehmann, die auch an der Runde teilnahm, bestätigte dies ebenfalls mehrfach.

Becker konnte es nicht lassen: „Seit wann hast du Übersicht über den Alkoholbestand unseres Chefs, Annette?" Sie schwieg zu dem Thema, verschenkte an den Frager aber einen kräftigen Fußtritt unter dem Tisch. Dann konterte sie: „Manchmal wische ich hier auch Staub, du Kamel." KR Schröder überhörte und überging das Ganze elegant, ganz Gentleman. Nachdem der Magen vorgewärmt und der wertvolle Fund in der Asservatenkammer versenkt worden war, begab man sich zu viert in die Cafeteria. Man aß und trank großzügig. Und der Chef bezahlte bereitwillig die nicht zu kleine Rechnung. Noch ein Wunder am frühen Morgen.

Nach erfolgter Speisung begaben sich die Kommissare wieder an ihre Schreibtische.

„Wir haben ein Bild von einer blonden Frau, wir haben die Insel Sylt, und bald haben wir den Namen und die Wohnung dieser Frau. Wir sind schließlich die Polizei. Und Sie machen sich jetzt schleunigst auf den Heimweg, ehe Sie mir schlafend vom Stuhl fallen, sich tödlich verletzen und ein Racheengel aus der Rechtsmedizin mich ausweidet. Den Rest an Tagesarbeit erledige ich heute ganz allein." So der Kommissar. „Er kanns nicht lassen", so die Kommissarin. „...und dazu kann ich dich sowieso nicht brauchen", murmelte Becker in sich hinein.

## Wolfgang hilft

Nachdem seine Assistentin sich heimwärts begeben hatte, verließ Becker das Kommissariat und schlenderte durch die Altstadt. Hinter der Altmark verschwand er in einer kleinen Gasse und betrat ein frisch renoviertes altes Haus, das sich gut an das Flair der Altstadt anpasste. Die Haustür stand offen. Im Treppenhaus roch es angenehm nach frischer Farbe. „Aha", dachte Becker, „der Maler hat fertig gemalt. Hat ja auch ewig gedauert." Auf der Treppe drängte sich ein weiteres Geruchsgemenge in seine Nase: Bohnerwachs und Zitronenduft. Die Ehefrau des Hausmeisters kam ihm entgegen. „Guten Morgen, Frau Wilhelm. Das Treppenhaus sieht ja wieder einladend aus. Die Farben sind auch gut aufeinander abgestimmt. Haben Sie da die Farbe mit ausgesucht? Wirklich gut gelungen, das Ganze." „Das freut mich, dass es Ihnen gefällt. Ja, ich habe mich mit den Malern beraten." „Aha", dachte Becker. „Und Sie sind auch auf ein neues Reinigungsmittel umgestiegen. Es riecht so herrlich frisch nach Zitrone." „Ja, nicht, Herr Kommissar, es riecht so herrlich nach Reinheit und Sauberkeit." „Schau an", dachte Becker, „die Fernsehwerbung lässt grüßen." „Wenn Sie zu Herrn Fleischer wollen, der ist wieder zu Hause. Er war heute Morgen außer Haus; aber er ist seit einer halben Stunde wieder da. Die Henriette ist aber nicht da." „Danke schön, Frau Wilhelm, und schönen Tag noch."

Becker stieg in die 1. Etage und drückte auf den Klingelknopf bei Fleischer. Die Klingel blieb jedoch stumm. „Immer noch kaputt", dachte Becker. „Der Knabe wird unordentlich." Dann klopfte er dreimal mit dem Knöchel an die Tür. Er wurde mit einer freundlichen Männerumarmung begrüßt. „Komm rein, du Verbrecher." „Irgendwann wirst du weggesperrt, und zwar für immer, du Spitzbube", erwiderte Becker den Gruß. Die nahe Frauenkirche verkündete mit ihrem Geläute, dass es elf Uhr sei, Zeit ans Mittagsmahl zu denken. Man trank deshalb ein Gläschen „Nordhäuser", um den Magen vorzuwärmen und auf alte Männerfreundschaft anzustoßen. Dann kamen die beiden zum

Wesentlichen: „Was hast du auf dem Herzen, Alter?" „Ich brauche die Adresse einer Frau, die im Sommer 2015 auf Sylt weilte. Ich gehe davon aus, dass sie sich zum selben Datum und zur selben Uhrzeit wie ein Herr Leistner in der Kurverwaltung angemeldet hat. Ich glaube, das wäre ein geeigneter Ansatzpunkt." „Warum gehst du nicht zu unserer IT-Abteilung? Das sind doch alles nette Jungen dort." „Du bist doch nicht ohne Grund von dort weggegangen. Diese Truppe ist noch lahmer und hilfloser geworden. Sie haben vor einem Jahr einen neuen eingestellt. Dem habe ich dreimal ein Handy gegeben mit der Bitte, wenn möglich die Daten darauf zu retten. Und dreimal konnte er leider kein einziges Bit retten. Als ich mich bei deinem Nachfolger beschwerte, sagte der Trottel, es sei halt so. Nicht immer gehe es nach dem Wunsch der Kommissare. Wie sagt man so schön: Es ist wie immer, nur schlimmer."

Becker gab seinem Freund die Personendaten von Leistner, das Bild der Frau und ihren Namen. „Und ich soll jetzt für dich in die Datenbank einer harmlosen Kurverwaltung eindringen? Du ahnst aber schon, dass so etwas strafbar ist. Ich könnte ins Gefängnis kommen. Böse Menschen könnten mich in tiefe und finstere Kerker sperren. Wo man auch nichts zu essen bekommt. Und gerade du weißt, wie Hunger wehtun kann. Übrigens, gibt dir die Uschi in der Cafeteria immer noch eine besonders große Portion? Natürlich hat sie keine Hintergedanken dabei. Hat sie wieder einen neuen Wegbegleiter oder stehst du immer noch auf ihrer Wunschliste ganz oben?" „Lass den Unsinn, Wolfgang. Zur Arbeit zurück: Du weißt doch ganz genau, wie träge der ganze Verein reagiert. Und wenn ich doch noch in diesem Jahr einen richterlichen Beschluss zur Freigabe ihrer Daten bekommen sollte, dann stellt sich die Kurverwaltung stur. Das dauert ewig, bis wir die Ergebnisse haben. Du kennst doch den Haufen selbst; da hat sich doch nichts geändert. Also sei so gut und hilf mir!" „So sei es denn, dein Wunsch werde erhört, edler Recke." „Ohne Blödelei geht bei dir wirklich nichts, da hat sich auch nichts geändert. Ein Dankeschön aber schon im Voraus. Du willst sicher auch einen kleinen Obolus für deine umfangreichen

Recherchen? Wie tief muss ich in die leeren Taschen greifen?" „Fast leer, also nur fast. Nicht ganz, Theo. Ich kenne deinen Hang zur Sparsamkeit. Böse Menschen würden es Geiz nennen. Sagen wir mal, ich wünsche mir ein kleines Abendessen in einem noch kleineren Lokal. Das könnte mir gefallen. Klein, aber fein. Und gediegen. Aber zusammen mit Henriette; mein Augensternchen hat natürlich auch Hunger. Du bist übrigens auch eingeladen." „Du bist ein Halsabschneider, du nimmst es vom Lebendigen." „Du darfst auch deine neue Assistentin mitbringen. Die soll sehr hübsch sein. Aber sie klebt wohl zu sehr an dem jungen Rechtsmediziner." „Du bist ein schlechter Mensch. Also dann, das Dinner ist schon bestellt. Bis wann kann ich mit Ergebnissen rechnen?" „Sagen wir in drei Tagen." „Sagen wir morgen!" „Du bist ein Sklaventreiber. Aber so sei es." Sie umarmten sich noch einmal. Tschüss Wolfgang, Tschüss Alter.

Um fünf Uhr in der Frühe klingelte bei Becker das Handy. „Hi, Alter, bist du wach?" Becker brauchte einen Moment, um sich zu finden. „Wieso rufst du mich mitten in der Nacht an, spinnst du?" „Das ist nur die Rache dafür, dass du mich so unter Zeitdruck gesetzt hast. Sei so gegen zehn bei mir. Ich habe was für dich." „Und das sagst du mir jetzt, um diese Uhrzeit. Du spinnst wirklich." Becker drehte sich auf die andere Seite. Aber das Wiedereinschlafen war ihm nicht vergönnt. „Den bring ich um", dachte Theo. Doch dann erlöste ihn Morpheus doch noch und ließ ihn prompt verschlafen.

Becker wurde um acht Uhr munter. Ein Blick auf den Wecker, und er wusste sofort, dass er jetzt Zahnschmerzen hatte und auch einen kurzfristigen Termin bei seinem Zahnarzt. Er rief bei Annette an und teilte ihr sein Leid mit. Sie versprach, den Chef und Beckers Assistentin zu informieren, und wünschte gute Besserung. Becker rasierte sich heute nass und mit Liebe. Dabei summte er einen uralten Schlager vor sich hin. Die Fliege an der Wand verdrehte die Augen. Dann suchte er sich auf dem Altmarkt ein nettes kleines Café für ein ausführliches Frühstück. Gegen zehn lenkte er seine Schritte zur Behausung seines

Freundes. Frau Wilhelm stand vor dem Haus und kehrte die eh schon saubere Straße. Sie grüßte freundlich. „Der Herr Fleischer ist zu Hause; die Henriette ist zur Gymnastik." „Da wird ja jeder Blockwart neidisch", dachte Becker. „Die könnte man glatt bei der Kripo einstellen. Besser hätten wir die Observation von Fleischer und Co auch nicht hinbekommen."

Punkt zehn Uhr hämmerte er an die Tür seines Freundes. Wolfgang hatte in der Nacht die Dateien der Kurverwaltung durchstöbert und drei Adressen von einer Claudia aus Dresden und Umgebung herausgefischt. Vom Alter her kämen alle drei infrage. „Also habe ich mich in die Dateien vom Pass- und Meldewesen der drei Adressen eingehackt und mir die Passbilder der drei Damen heruntergeladen. Die habe ich dann mit dem Urlaubsbild dieser Claudia verglichen und jetzt, Tusch, Applaus, Applaus, habe ich die richtige Adresse dieser Claudia Hoffmann. Ja, diese Frau heißt mit Nachnamen Hoffmann. Sie wohnt hier ganz in der Nähe."

Er reichte Theo einen Zettel. „So nimm denn die Adresse hin!" „Red nicht so geschwollen!" „Also, ich könnte schon etwas mehr Begeisterung für diesen Coup erwarten. Ich habe die gesamte Nacht geschuftet, eingebrochen, Informationen gestohlen und Wissen gebunkert. Spuren beseitigt, besonders das." „Sei unbesorgt, Wolfgang. Erstens: Du bist der Beste. Zweitens: Meine Begeisterung für dich hat sogar schon handfeste Formen angenommen. Ich sollte besser sagen, teure Formen angenommen. Denn nach meinem frugalen Frühstück bin ich zufällig an einer kleinen, aber feinen Lokalität vorbeigekommen. Da nahm ich meinen ganzen Mut zusammen und trat kurz entschlossen ein. Also, alter Knabe, ich lade dich und Henriette übermorgen zu einem kleinen abendlichen X-Gänge-Menü herzlich ein." Wolfgang grinste. „Bist du sicher, dass es die richtige Kneipe war? Deine Lokalitäten verkaufen in der Regel nur Bockwurst und Fischbrötchen." „Das war unterhalb der Gürtellinie, du Spitzbube! Bei deinem letzten gemeinsamen Abendessen gab es nur eine Fischbüchse mit Hering und Tomatensoße und ein halb volles Glas Erdbeermarmelade dazu.

Nicht mal trocken Brot hattest du." „Aber ausreichend Bier hatte ich vorrätig; das musst du zugeben. Außerdem, dieses Unglück konnte nur geschehen, weil Henriette zu ihrer Mutter gefahren war." „Macht nichts, für diese Frechheit mit der Bockwurst sind Champagner und Kaviar gestrichen." „Alles klar, Alter, also tschüss, bis übermorgen."

## Die Wohnung von Claudia Hoffmann

Die Wohnung von Claudia Hoffmann lag im Künstlerviertel in der Äußeren Neustadt. Das Haus war elegant und machte einen gepflegten und vornehmen Eindruck. Das Domizil der blonden Dame befand sich tatsächlich in der 2. Etage, wie auf dem Schlüssel stand. Auf das Klingeln hin öffnete keiner. Nach dem dritten Klingeln zog der Kommissar den Schlüssel aus der Tasche. „Eindeutig Gefahr in Verzug." „Ja, Lebensgefahr", bestätigte seine Assistentin
und griente. „Mal sehen, was für eine Überraschung uns hier erwartet." Der Schlüssel tat seinen Dienst, und die Tür sprang auf. Sie riefen laut in die Stille: „Polizei! Frau Hoffmann? Hallo, ist hier jemand? Frau Hoffmann, hier ist die Polizei!" „Keiner da, schauen wir mal nach dem Rechten."

Vor ihnen lag eine geräumige Wohnung mit lichtdurchfluteten Räumen, liebevoll und mit Geschmack eingerichtet. Von einem geräumigen Flur mit Garderobe und Spiegel gingen die anderen Zimmer ab.

Eine helle Ledersitzgruppe dominierte das Wohnzimmer. „Donnerwetter", sagte die Kommissarin, „diese Möbel sind mit Sicherheit nicht aus Schweden. Hier hat auch nicht zuletzt eine Schraube oder Mutter gefehlt." „Oder eine Schraube hat nicht gepasst; kennen wir alles", ergänzte der Kommissar. Mehrere Sideboards, ein riesiger Plasmafernseher und vier massive Bassboxen vervollständigten die Einrichtung.

An der einen Wand hingen drei auf Leinwand gezogene Bilder, in Pastell gemalte Landschaftsstudien von einer Flusslandschaft, immer das gleiche Motiv: aus Kniehöhe über den Fluss geblickt, der bis zum Horizont führte und dort in den Himmel überging. Immer die gleiche kleine Biegung im Flusslauf, ein sandiges Ufer und ein paar Sträucher in Wassernähe. Und dies jeweils zu einer anderen Uhrzeit gemalt: anderes Licht, andere Farben.

In der Früh sanft gehauchte Nebelstreifen dort, wo Fluss und Horizont zusammenstießen und hinter denen die Sonne stand und den Nebel zum Leuchten brachte. Und aus dem leuchtenden Nebel heraus brach der Fluss mit seinen Wassern wie flüssiges Silber hervor. An den Sträuchern, die am Ufer standen, glitzerten kleine Tautropfen in der Sonne wie eine Sammlung von Diamanten. Das Gegenlicht entfaltete seine ganze Pracht.

Bei dem Pastell zur fortgeschritteneren Uhrzeit schmückte sich der Fluss mit flüssigem Gold und funkelndem Bernstein. „Diese Studien sind verdammt gut gelungen", sagte sich Becker. Da hingen keine billigen Drucke, sondern gut gelungene Pastellmalereien. Das waren reizvolle impressionistische Studien; mit Liebe und goldenen Händchen gemalt. Er hätte sie am liebsten abgehängt und mitgenommen. Sie erinnerten ihn deutlich an die Lichtspiele von Monet. Wie hat diese Frau das nur hinbekommen, dass die Tautropfen an den Sträuchern so glitzern, dass man sie für Kristalle hält.

An der Wand gegenüber hing eine weitere Pastellmalerei. Es war ein Bild von fast zwei Metern Länge und einem Meter Höhe, das eine Ballettszene darstellte. „Das ist purer Degas", staunte Becker, „eine Hommage an diesen Mann und seine berühmten Tänzerinnen." Die Leinwand war mit einem breiten Holzrahmen eingefasst. Der linke Unterarm des einen jungen Mädchens war auf der Leinwand nur angeschnitten dargestellt. Die Malerei ging aber absatzlos auf den breiten Holzrahmen über. Er hatte die gleiche Hintergrundfarbe wie die Leinwand. Der angeschnittene Unterarm der jungen Dame fand hier auf dem Rahmen seine Vollendung. „Klasse", dachte Becker und starrte begeistert auf das Gemälde. Diese Frau hat Ahnung, meinte er mehr zu sich. „Welches

Ballettmädchen hat Ahnung?", fragte seine Assistentin, die hinzutrat. „Quatsch, die Hoffmann hat Ahnung." „Wieso, hat die auch getanzt?" „Natürlich nicht, aber das hier hat sie alles gemalt." „Aha", sagte die Polizistin relativ desinteressiert, „nebenan in dem einen Raum liegt noch kiloweise bekritzeltes Papier." „Kunstbanause", meinte Becker. „Banausin bitte, so viel Zeit muss sein." „Immer das letzte Wort, was habe ich bloß für eine Assistentin?" „Die Beste, was sonst?", schwärmte seine Assistentin und schenkte ihrem Chef einen schmachtenden Augenaufschlag, verbunden mit einem Schmollmundlächeln. Er zeigte sich aber hart gesotten. „Sie kennen aber diesen Spruch von dem einsamen Hotel am Marktplatz?" „Nein, wieso?" „Weil es eben das einzige Hotel am Platz ist. Ob es das Beste ist, ist damit nicht gesagt; es gibt ja keine Konkurrenz." „Sie wissen wohl, dass ich noch ein Galadinner bei Ihnen guthabe. Und zwar bei unserem Lieblingsitaliener." „Wieso das, bin ich Krösus?" „Nein, aber Sie haben beim Poker letztens haushoch verloren. Schon vergessen? Und das Essen war der Preis. Und ich werde Sie so ausplündern, dass Sie sich tage-, was sage ich bloß, also wochenlang nur trocken Brot leisten können. Und meine ganze Verwandtschaft bringe ich mit, auch die halbe. Auch Leute, die ich jahrelang nicht gesehen habe." „Ich werd's überleben. Mir knurrt der Magen. Wir sollten uns befleißigen." „Dieser Mann denkt doch nur ans Essen. Statt seine Gedanken in dem Landesdienst Sachsens zu stellen." „Kein Kommentar."

Vom Wohnzimmer aus ging es in die Küche und ins Schlafzimmer. Durch eine weitere offene Tür blickte man in einen geräumigen Raum, in dem auf zwei ausgezogenen Tapeziertischen mehrere Mappen mit zig Skizzen lagen. „Das schaue ich mir alles mal in Ruhe an", sagte Becker. „Und jetzt schauen wir uns endlich den Rest der Wohnung an", sagte die Frau Polizistin. „Ist ja gut." Sie gingen ins Schlafzimmer.

Das Schlafzimmer war ein liebevoll eingerichtetes Refugium. An der Wand neben dem großen, einladenden Bett hing der Akt einer grazilen Frau. Ihre Gesichtszüge und der zierliche Körper deuteten auf eine Asiatin hin.

Fußwärts, dem Bett gegenüber, hing ein Spiegel von Körpergröße. Dieser hing so, dass sich der Betrachter darin bewundern konnte, wenn man auf dem Bett lag. Der Spiegel war aus getöntem Kristallglas geschliffen. Links oben war ein kleines Kunstwerk ins Glas eingraviert, als einfache klare Linien eingeschliffen: Eine nackte Frau stand, mit dem Rücken zum Betrachter, bis zu den Knien im Wasser eines Flusses und wusch sich. Dabei blickte sie neckisch über die Schulter zum Zuschauer hin. Sie wusste, dass sie beobachtet wird, und genoss es. Auch bei dieser Frau waren asiatische Wurzeln anzunehmen: Eine zierliche Figur und Mandelaugen deuteten darauf hin. Und das alles nur mit ein paar Strichen oder „Kratzern" ins Glas gebracht. Wenn man den Kopf bewegte, leuchteten die in das Glas eingeschliffenen Linien in wechselnden Regenbogenfarben, ein herrliches Farbspiel.

Auf der rechten oberen Seite war mit roter Kunstschrift ein Gedicht in die Tiefe des Glases eingraviert:

*Es waren zwei Königskinder,*
*die Mär ist wahrlich nicht neu.*
*Ich lieb dich deswegen nicht minder*
*und läge mit dir gern im Heu.*

*Wir sind keine Königskinder;*
*wir lieben auch lieber im Bett.*
*Im Heu wär vielleicht es gesünder,*
*nur im Winter fänd ich's nicht nett.*

Der Spiegel war an der Oberfläche von glasklarem Kristallglas in hellem Bernstein überzogen. Beide Gravuren lagen in der Tiefe des Glases. Es war eine plane Oberfläche, keine Schlieren, keine Unebenheiten, alles blitzblank und glänzend, ein faszinierender Anblick.

Becker war begeistert.

Die beiden Polizisten ließen das Ambiente des Schlafzimmers auf sich wirken. Der
    Kommissar sinnierte vor sich hin. „Irgendetwas stimmt hier nicht." „Wieso?" „Die Bilder in der Wohnung sind alles

Gemälde, also gemalt, mit Pinsel und Farbe auf Leinwand. Das hier", er deutete auf den mandeläugigen Nackedei an der Wand, „ist ein Kunstdruck, zwar gut gemacht und sicher auch wertvoll, aber eben ein Druck. Wo bitte ist das Original?" „Das weiß ich doch nicht, bin ich als Kunsthändler unterwegs, oder bin ich Kurator?" „Sie haben heute einen Knoten im Gehirn. Gehen wir mal davon aus, dass die Claudia alle Bilder selbst gemalt hat, und zwar richtig gut, exzellent. Und in ihrem Heiligtum, ihrer Spielwiese, hängt ein Kunstdruck; ist doch komisch, nicht? Ich glaube, dass die Frau Hoffmann, alias Leistner, eine Lesbe war und die Asiatin ihre Partnerin. Sie hat ihre Liebste gemalt und das Original ihr geschenkt. Und deshalb hat sie sich den Kunstdruck an die Wand gehängt. Ihre Partnerin hat sich bei ihr mit diesem faszinierenden Spiegel bedankt. Meinetwegen auch umgekehrt. Und der Herr Leistner hat sich mit beiden gut vertragen, deren Einverständnis vorausgesetzt."
„Sie meinen, er hat aus beiden Kelchen Nektar getrunken?"
„Könnte ich mir so vorstellen, könnte ich mir sogar sehr gut vorstellen." „Wüstling."

„Schauen wir uns mal die Küche an", meinte Herr Becker, „Vielleicht gibt es etwas zu essen", blödelte er. „Bei der Menge, die Sie verputzen, müssten Sie rumlaufen wie eine Tonne auf Beinen", entgegnete seine Assistentin. „Das ist doch nur der blanke Neid, weil Sie die Tendenz zur Breite haben", konterte er. „Diese Frechheit nehme ich Ihnen übel. Sie wissen genau, dass das nicht stimmt." Sie tat beleidigt, schaute kurz über die Schulter, ob es gewürdigt wird, und ging in die Küche.

Die Küche war ein geräumiger Raum mit großen Fenstern und einem Ambiente, das einen Meisterkoch zum Schwärmen gebracht hätte. Helle Farben an den Wänden und auf dem Dekor der passgerecht zugeschnittenen Küchenmöbel. Der Tischler war ein Meister seines Fachs gewesen. Auch die elektrischen Geräte waren vom neusten Stand und unterstützten den Eindruck einer gelungenen Symbiose von Geschmack und Reichtum. „Na gut", sagte der Herr Kommissar, „ich kann eh nur Wasser kochen. So was brauch ich nicht." „Und bei mir wird alles zu Rührei und

Espresso. Alex kann das besser", entgegnete seine Assistentin. Sie standen da und staunten. Wow!

Während der Kommissar noch dastand und vor sich hin sinnierte, begann die Frau, ihrer Neugier nachzugeben. Wir könnten natürlich auch sagen, der allen Polizisten innewohnende Diensteifer brach durch. Sie begann, in den Schränken zu stöbern, Verzeihung, sie untersuchte die Küche nach verdächtigen Spuren. Nachdem sie Bestecke und Geschirr begutachtet hatte, untersuchte sie die Gewürze in den Wandschränken. Auch chinesische und indische Kräuter waren, gut sortiert, vorhanden. Ebenso wie Gewürze aus dem Mittelmeerraum.

Jetzt kamen die Töpfe dran. Die hatten sich in den unteren Schränken versammelt.

Die glänzende Küchenzeile war sauber geputzt. Beim Öffnen der Türen des einen Schrankes fiel an der Stelle, die den Spalt zwischen den zwei Türen bildete, ein kleiner Fleck auf. Man konnte ihn glatt übersehen, wenn beide Türen geschlossen waren. KHK Becker wurde aktiv; er griff in seine Jackentasche und holte ein kleines Fläschchen hervor.

Nach einem Tropfen auf den Fleck fing dieser an zu schäumen. „Blut!", sagten beide. „Hier daneben sind noch zwei Flecken", meinte die Kommissarin. „Ja, aber auf dem Fußboden oder auch sonst an den Möbeln finde ich keine weiteren Flecken", meinte Becker. „Laden Sie bitte die SPUSI zu einem kleinen Imbiss in dieser herrlichen Küche ein; ein Telefonat genügt sicherlich, die sind immer hungrig. Ich schaue mir noch mal kurz das Atelier der Frau Hoffmann an." „Machen Sie, ich geh noch mal ins Wohnzimmer."

Becker sah sich in dem Atelier um. Auf zwei Tapeziertischen lagen Stapel von Zeichnungen in allen Größen, als Farbstudien oder mit Stift. Auch anatomische Studien mit hoher Genauigkeit waren vorhanden. Hände in verschiedenen Haltungen mit Werkzeugen in der Hand oder Beine in allen möglichen Positionen. Zwei Staffeleien standen auch im Zimmer, eine war noch mit Leinwand bespannt. Daneben standen auf einem alten

Gartentisch kleine Töpfe mit Pinseln und Stiften neben zahlreichen Farbpaletten. Um die Staffeleien herum zierten zahllose Farbkleckse den Fußboden. Entlang der einen Wand waren mehrere riesige Tafeln aus Stahlblech befestigt. Eine Reihe von Magnetsteinen erklärte den Zweck dieser Anlage. Hier konnte man Bilder anheften und betrachten. Becker wühlte in den Stapeln auf den Tapeziertischen. Man sah ihm an, dass ihn die Bilder interessierten. Er wühlte und blätterte, dann plötzlich stutzte er. Der Kommissar fischte drei Aquarelle aus dem einen Stapel heraus und heftete sie an die Stahlwände. Dann stand er davor und staunte. Er zog sich einen Hocker heran, setzte sich und betrachtete die Bilder erneut und in Ruhe. „Wahnsinn!", sagte er mehr zu sich. „Was für Wahnsinn?", fragte seine Assistentin, die dazustieß. „Schauen Sie sich mal die drei Bilder an. Was sehen Sie? Die Polizistin schaute kritisch auf die drei Bilder: Eine Frau schaut durchs Fenster nach draußen auf die Straße, und wir haben drei verschiedene Wetterlagen. Richtig?"

„So kann man es natürlich auch sehen", erwiderte Becker. „Aber da muss man viele Filzbrillen gleichzeitig aufhaben." „Es war mir klar, dass Sie jetzt einen Vortrag für die Volkshochschule daraus machen. Aber schießen Sie mal los, bevor Sie an Ihrem Wissen ersticken und ich Ihre Arbeit mitmachen muss." „Irgendwann fahr ich das Weib vermutlich über den Haufen, und ich fühle mich richtig wohl dabei", murmelte der Kommissar. „Ich kann auch hinterher gut schlafen." Beate legte nach: „Ich hab's gehört! Wussten Sie übrigens, dass das Pseudowissen in unserer Bevölkerung enorm zugenommen hat?" „Ich fahr sie doch über den Haufen, mit einer Dampfwalze und ganz langsam", seufzte Becker, dann erklärte er: „Diese Frau schaut nicht einfach aus dem Fenster. Sie hat das Gesicht an die Scheibe gelegt und kühlt die Wange. Sie hat geweint. Die Augen sind noch rot und das Gesicht ist verquollen. Einzelne Tränen laufen ihr noch über das Gesicht. Und draußen regnet es. Regentropfen laufen die Scheibe herab. Die Frau sieht verzweifelt aus. Es hat vermutlich Streit gegeben, und es ist kein Wetter zum Aufheitern; das Wetter passt zu dem Gemütszustand der Frau. Sie stützt ihr Gesicht an die

Scheibe und kühlt es. Es ist keiner da, der sie tröstet; sie ist allein." Beate schaute ihn erstaunt an. „Wer ist dieser Mann eigentlich?", dachte sie. „Das klingt ja so, als hätte er es selbst gemalt." „Das zweite Bild sagt uns etwas anderes", fuhr Becker fort. „Die Frau hat den Mund aufgerissen. Sie schreit, aber vor Wut, nicht aus Verzweiflung. Sie kämpft; schauen Sie sich mal das Gesicht an. Es ist zur Faust geballt und rot vor Zorn. Und vor dem Fenster tobt sich gerade ein Gewitter aus. Es ist stockfinster, nur vereinzelt werfen Straßenlaternen ein sparsames Licht. Gewaltige Blitze durchschneiden die Nacht. Der Regen trommelt und prasselt an die Scheiben. Hier sprechen Wut und Kampf ihre Sprache. Im dritten Bild ist eine völlig andere Szene dargestellt: Draußen scheint die Sonne an einem wolkenlosen seidigen Himmel. Die Frau lehnt auch nicht vor Erschöpfung oder Wut ihren Kopf zum Kühlen an die Scheibe. Sie hat den Kopf einfach ans Fenster gelehnt, ist in Gedanken, und schaut hinaus. Sie wirkt entspannt. Ihr Gesicht ist ruhig und schön. Die Augen strahlen. Sie schaut aus, als habe sie gerade eine glückliche Stunde erlebt. Und draußen lacht die Sonne, dazu ein paar weiße Wattewölkchen am Himmel. Diese Trilogie ist einfach klasse! Die hat sie richtig gut gemacht. So was gehört in die Meisterklasse." „Was haben Sie mit Meisterklasse gemeint?", fragte seine Assistentin. „Das war nur so dahingeredet", erwiderte Becker. „Da fällt mir ein schönes Lied dazu ein." „Zur Meisterklasse?" „Nein, zum Fenster."

Die SPUSI tauchte pflichtbewusst auf und die Wohnung füllte sich mit Lärm und Gewusel. Die beiden Polizisten beschlossen, sich an ihren Schreibtischsessel zu begeben, und trollten sich. Außerdem hatte Becker Hunger.

## Ein Opel landet in der Elbe

Nachts um zwei klingelte bei Becker das Handy: „Polizeioberkommissar Naumann. Herr Becker, könnten Sie runterkommen zur Elbe? Hier gab es einen Verkehrsunfall an der alten Brücke, mit drei Toten. Ein Autofahrer hat sich unserer Alkoholkontrolle entzogen und ist mit 180 Sachen über die Stadtautobahn gerast. Wir hinterher. Der Fahrer wollte nach Neustadt rüber, hat aber bei dem Tempo die Kurve zur Brücke nicht gepackt. Er knallte erst ans Geländer, und dann ging's ab in die Elbe." „Das ist sehr interessant, Herr Naumann. Und jetzt übergeben Sie das Ganze bitte an den Kriminal-Dauer-Dienst. Die sind sogar nachts zuständig." „Äh, ich dachte ..." „Nicht denken, einfach die Nummer vom KDD wählen. Danke, Herr Neumann." Idiot, Becker drehte sich um und schlief sofort wieder ein. Nach einer halben Stunde klingelte das Handy erneut. „Hier ist Alex. Theo, komm bitte sofort runter an die Alte Brücke! Bea ist schon da. Das ist was für euch! Und es ist wichtig. Aber eh ich zu schwatzen anfange, beende ich ganz schnell. Bis gleich." Drei Uhr zehn. Wie kann man um diese Zeit nur so munter sein und so gut drauf. Das ist doch krankhaft. Hängt das vielleicht mit den Leichen zusammen, bei denen er immer rumhängt? Becker stieg missgelaunt in seine Klamotten. „Ich müsste frische Wäsche anziehen; die hier muffelt, mache ich morgen. Wie kann man nur morgens so lustig sein. Und für ein Frühstück reicht die Zeit auch nicht mehr. Der Tag fängt ja wieder mal gut an."

Als Becker ankam, empfing ihn das Blaulichtgewitter der vielen Polizei- und Rettungsfahrzeuge. Das kunstvoll geschmiedete Brückengeländer war an der Straßeneinmündung zur Brücke arg verbogen worden. „Hier müssten enorme Kräfte gewirkt haben", dachte er. Das Geländer war äußerst stabil und mindestens daumenstark. Aber jetzt sah es aus, als hätte ein Riese seine Wut daran ausgelassen. Am Straßenrand lag ein formloser Blechhaufen, der früher mal ein Opel gewesen war. Die Stahlseile, an denen man ihn aus der Elbe zog, hingen noch an ihm herum. Der Schrotthaufen stand inmitten einer gewaltigen Wasserlache, die im Dunkeln wie frischer Teer glänzte. Die gesamte Karosse inklusive Rahmen war verbogen und verzogen: Die Wasserung auf der Elbe war wirklich unglücklich verlaufen. Die Front existierte nicht mehr. Sie war nach innen gedrückt. Der Kofferraum und die vier Türen waren mit schwerem Gerät geöffnet worden. Das Wasser tropfte immer noch aus dem Inneren heraus. Die Feuerwehr hatte ihre Arbeit getan, und die Kollegen standen noch ein bisschen neugierig herum. Zwei Taucher fummelten an ihren Flaschen herum und wollten auch noch etwas mitbekommen. Wenn man schon so zeitig aufstehen musste. Becker ging auf alle zu, „Morgen Männer, verdammt zeitig am Tag." „Morgen, Becker; riecht nach Arbeit." „Ich mag die frühe Morgenstunde sehr." „Das ist uns völlig neu bei dir." Kleines Geplänkel, man kannte sich halt. Dann ging er rüber zu dem Schwarm von Polizisten. „Morgen Leute, was habt ihr schon wieder angestellt?" Er wandte sich an seinen Trupp. „Könnt ihr nicht nachts einfach ruhig schlafen?"

Seine Assistentin warf sich in Pose und begann: „Der Fahrer ist nicht angeschnallt gewesen. Schon der Aufprall an den Brückenpfeilern hat seinem Leben ein Ende gesetzt. Sein Kopf ist von der Vorderfront des Wagens zertrümmert worden. Der Sturz in die Elbe hat ihm nicht weiter geschadet, da war er schon auf dem Weg zu seinen Ahnen."

Der Rechtsmediziner übernahm: „Auf der Rückbank haben zwei Mädchen gesessen. Sie waren angeschnallt gewesen. Beide waren nackt unter einem dünnen Mantel, der ihnen über den bloßen Körper gezogen und zugeknöpft worden war. Die Mädchen hatten High Heels an und waren an den Füßen gefesselt. Außerdem waren ihre Hände einzeln über je eine Seidenschnur an die beiden Oberschenkel gebunden. Sie müssen noch gelebt haben, als das Auto unterging. Schaum stand vor ihrem Mund, also haben sie Wasser in der Lunge gehabt. Alles andere nach der Obduktion." Becker zeigte sich begeistert. Das wird heute nicht sein Tag. Immer noch kein Frühstück. Bea hatte den entscheidenden Einfall. Sie kannte den Herrn Kriminalhauptkommissar und seine Phobie in Bezug auf ein fehlendes Frühstück. „Hier ist erst einmal alles erledigt, Chef. Lasst uns zur Raststätte an der Autobahn fahren. Die haben jetzt schon geöffnet oder immer noch offen. Da könnten wir frühstücken: frisch gekochter Kaffee und Rühreier, Schinken, frische Brötchen und Erdbeermarmelade. Wie das duftet." Becker und Alex schauten sie verblüfft an. Der Herr Kriminalhauptkommissar hatte sofort Pfützen auf der Zunge und sein Magen meldete sich. „Ich wusste, dass Sie meine beste Assistentin sind", erfreute sich der Kriminalhauptkommissar. Auch Alex fand die Idee sehr brauchbar.

Gesagt, getan. Wenig später fand man sich an einem Ecktisch in der Raststätte wieder. Der Kaffee war frisch gebrüht und stark. Er duftete, so wie frischer Kaffee eben duften muss. Und es roch außerdem sehr appetitlich nach gebratenen Spiegeleiern. Beckers Laune war gut, oder, zumindest gebessert. Man unterhielt sich über die toten Mädchen. „Die haben oben und unten Tätowierungen. Das muss ich mir aber noch genauer anschauen", meinte Alex. „Die zwei waren nackt und gefesselt. Vielleicht sollten sie irgendwohin transportiert werden oder wurden von irgendwo her abgeholt." „Mal sehen, was der Erkennungsdienst herausbekommt", steuerte Beate bei. Der Herr Kriminalhauptkommissar nickte und kaute. Sein Gesicht war nicht mehr zur Faust geballt. Er kaute genüsslich. Seine Laune war sichtbar gehoben. Alex spann den Faden weiter: „Ich glaube, so gegen halb zwei könnte ich euch mehr sagen. Bis dahin bin ich mit der Obduktion und den anstehenden Untersuchungen fertig. Bleiben wir mal bei dem Zeitrahmen, einverstanden?" Becker kaute zu Ende, sah Beate an und beide nickten. Dann bissen sie wieder in ihr Brötchen. Die Rühreier waren schon ihrer Bestimmung zugeführt worden.

Becker teilte in der Zwischenzeit mit, dass er wieder am gesellschaftlichen Leben teilzunehmen gedachte: „Der Fahrer ist tot. Viel wird er uns nicht mehr sagen können. Tote Menschen können enorm schweigsam sein. Die ersten Informationen über ihn bekommen wir vielleicht aus unseren Dateien. Dann können wir den Faden weiterspinnen. Hinweise auf die Mädchen bekommen wir am wahrscheinlichsten bei rötlichem Licht. Aber da ist jetzt die falsche Zeit dafür: für bestimmte Fragen zu früh, für andere Fragen zu spät. Das passende Publikum muss halt vor Ort sein. Sehr geschwätzig sind diese Leute sowieso nicht. Da müssen wir genügend Hintergrundwissen haben, um sie ärgern zu können. Und das haben wir momentan noch nicht. Also können wir uns noch ein paar Stunden aufs Ohr legen. Einverstanden? Um zehn könnten wir dann die erste Besprechung ansetzen. Ich schreibe Annette eine Mail, dass wir bis um zehn das Umfeld befragen." „Was für Umfeld, Chef?" „Weiß ich doch nicht. Klingt aber gut. Und jetzt ab ins Bett und in den Obduktionssaal." Er blickte Alex an, „Armes Schwein!" Die drei ließen sich in die Autositze fallen und fuhren der aufgehenden Sonne entgegen.

## In der Rechtsmedizin

Am frühen Nachmittag kam aus der Gerichtsmedizin dann der erwartete Anruf. Alex teilte mit, dass er die beiden Frauen und den Fahrer untersucht habe und es eine Reihe von erstaunlichen Befunden gab. Also machten sich Theo und seine Assistentin auf den Weg in die „Gruft", wie der Herr Kriminalhauptkommissar den Obduktionssaal gern nannte.

Der Herr Rechtsmediziner räusperte sich, blickte in die Runde und begann, zu referieren: „Wir haben hier vor uns zwei tote Frauen im Alter von circa fünfzehn und neunzehn Jahren. Bei genauer Untersuchung der Toten können wir ... das Körpergewicht beträgt ... die Körpergröße ..." „Alex, lass den Unsinn. Sag uns, was du gefunden hast, und wir werden dich dann auch gehörig loben und in unser Abendgebet einschließen." „Du bist und bleibst ein Spielverderber, Theo. Ich habe tagelang auf diesen Auftritt gewartet." „Wir können auch Beifall klatschen oder um deine Leichen herumtanzen." „Banause. Also gut. Gehen wir in MEDIAS RES:

Der versoffene Chauffeur hatte keine Papiere bei sich, aber 800 Euro lose in der Tasche, keinen Schlüssel oder sonst etwas, was uns bei der Suche helfen könnte. Der DNA-Test ist in die Wege geleitet, Fingerabdrücke abgenommen. Insgesamt war die Obduktion bei ihm unauffällig, von der Saufleber, einem ramponierten Pankreas ..." „Was?" „Ihr geht mir heute richtig auf den Geist. Seine Bauchspeicheldrüse war nicht mehr ganz taufrisch. Außerdem hatte er Ösophagusvari ... nein, vergesst es. Es steht alles ganz genau im Obduktionsbericht."

Die Frau Kommissarin fragte neugierig: „Alex, kann es sein, dass du heute schlecht geschlafen hast und auch schlecht gelaunt bist?" „Du fehlst mir noch in meiner Sammlung. Mir fehlt Schlaf, und ich bin heute in der Früh über deine Hausschuhe gestolpert. Einer stand nämlich im Bad herum. Kanns du mir bitte schön sagen, was der da zu suchen hatte?" „Armer Kerl. Mein Hausschuh hat ihn arg gestört. Er stand, wo er nicht hingehört." Bea setzte ihr süßestes Lächeln auf. „Irgendwann dreh ich dir den Hals um, du freche Göre." „Nur aus gemeinnützigem Interesse heraus." „Sei ja still, Theo. Ich bin nachts um zwei über den blöden Hausschuh gestolpert, die Zahncreme steckte in Beas Morgenmantel, und das Klopapier war alle. Ich habe es zu spät bemerkt. Merde. Und da soll ich vor Freude jodeln. Ich habe ein Recht auf schlechte Laune. Und euch bringe ich gleich um, wenn ihr weiter an mir rumnörgelt. So, jetzt ist mir leichter." Alle drei grienten, und man kam wieder zur Sache.

„Die Frauen haben keine Papiere bei sich gehabt, genauso wie der Fahrer. Aber das sagte ich bereits.

Die Jüngere der beiden scheint zwischen 15 und 17 Jahren zu sein. Die andere wahrscheinlich um die 19. Ich habe mehrere Röntgenaufnahmen gemacht und darüber das vermutliche Alter bestimmt. Wachstumsfugen und so weiter, ihr kennt das ja.

Beide Mädchen hatten über der rechten Brust, unterhalb der Clavicula!" „Wo?" „Schlüsselbein, einen Namen eintätowiert, Sandra und Maike. An den Beinen waren sie komplett mit Laser enthaart worden, ebenso in der Intimzone. Der Allgemeinzustand der Mädchen war gut, da gibt es nichts zu meckern, ebenso der Zahnstatus. Die Zahnpflege und -kontrolle unterlagen vermutlich deutschem Standard.

Nun zu weiteren Einzelheiten: Die Mädchen hatten enge Pupillen und der Bluttest ergab, dass sie mit Opiaten und Neuroleptika abgeschossen worden waren. Die Menge war beträchtlich. Sie konnten vermutlich nicht mal den Arm heben, so platt müssen sie gewesen sein.

Beide trugen undurchsichtige schwarze Kontaktlinsen, waren praktisch also blind. Außerdem hatten sie Kopfhörer auf.

Kurzum, die Mädchen wussten nicht, wo sie hingefahren wurden, konnten nichts sehen oder hören und konnten auch nicht ausreißen. Das Fesseln war unnötig. Sie wurden als lebende Fracht entgegen ihrem Willen von A nach B gebracht: Verkauf, Verleih oder Austausch und Umschichtung im Rotlichtmilieu."

„Hast du Material für einen DNS-Test entnommen?" „Ist schon in Arbeit. Die Fingerabdrücke von allen dreien habe ich auch schon abgenommen. Ihr könnt die Abdrücke mitnehmen und durch die Dateien jagen."

Am Nachmittag besprachen die beiden Kommissare das vorläufige Ergebnis. Die Fingerabdrücke hatten nichts ergeben. Die Identität aller drei war unbekannt. Sie waren weder in der Täterdatei noch in der Vermisstendatei zu finden. Auch die Führerscheindatei erbrachte keinen Treffer. Waren die Mädchen in eine Liebesfalle geraten? Wurden sie entführt? Wurden sie verkauft? Wenn ja, von wem an wen?

Wir wissen auch nicht, ob es sich um Deutsche oder Ausländer handelt. Eigentlich wissen wir überhaupt nichts, außer der Tatsache, dass Mädchen und Fahrer vermutlich aus der Rotlichtszene stammten. Hinweise auf Migration gab es auch keine, so laut Rechtsmedizin.

## KOK Stein, Frühstück in der Cafeteria

Frau Hellmann traf ihren Chef auf dem Flur am Kaffeeautomaten, an dem ein kleines Schild prangte: „DEFEKT!" „Der Tag geht wieder einmal richtig gut los. Morgen, Frau Hellmann, heute wird es bestimmt auch noch regnen." „Sie sind ein Morgenmuffel, Chef. Ich kümmere mich mal um Kaffee für uns zwei. Ich habe mir einen heißen Draht zur Kantine erarbeitet, worauf ich übrigens außerordentlich stolz bin. Da bekomme ich auch außer der Reihe einen kleinen Wunsch erfüllt." „Ich wusste, dass Sie meine beste Mitarbeiterin sind." „Und Ihre Einzige, nicht zu vergessen." „Ja, stimmt, in unserer Abteilung sind mit mir eigentlich vier Kriminalisten beschäftigt. Aber Kati ist hochschwanger; das Kleine kommt wohl noch in dieser Woche auf die Welt. Es soll ein Mädchen sein. Sie lernen Kati, also Frau KOK Seidel, sicher bald kennen. Sie kommt öfter mal vorbei. Sie möchte die Verbindung zu uns nicht abreißen lassen. Kati ist eine wirklich gute Kollegin, arbeitet selbstständig, sehr kollegial und viele graue Zellen. Ich arbeite gern mit ihr zusammen." „Und wer ist die oder der Vierte?" „Der junge Mann wurde intern versetzt." „Und das heißt?" „Er ist jetzt bei ‚Eigentumsdelikte' tätig und sucht gestohlene Fahrräder. Die Jungen vom ‚Eigentum' brauchten dringend noch einen Mitarbeiter, der sich mit Begeisterung auf gestohlene Fahrräder stürzt." „Und was heißt das wirklich?" „Mein Gott, Frauen, also, ihm wurde ein verantwortungsvoller Job übertragen. Außerdem suchen sie dort auch nach gestohlenen Schrauben und Muttern; und er liebt Schrauben und Muttern unsagbar. Er bekleidet eine durchaus interessante und verantwortungsvolle Tätigkeit." „Aha", dachte sich die Frau KHK Hellmann. Der Chef öffnete die Tür und ließ sie, Kavalier alter Schule, zuerst eintreten. Dann blieb er wie angewurzelt auf der Schwelle stehen. Bea sah regelrecht, wie seine Kinnlade herunterklappte. An ihrem Schreibtisch saß ein Mann ihres Alters. Er hatte sich mit Jackett, weißem Hemd und Krawatte gewamst. Auf dem Schreibtisch lagen und standen seine Utensilien: eine Schreibtischunterlage, eine Schale mit Stiften, Notizblöcke und mehrere gerahmte Bilder. Ihre Büroutensilien lagen in einem Körbchen auf dem kleinen Besuchertischchen an der Wand, ebenso wie ihr Laptop. „Morgen Chef, morgen Süße." „Spät kommt ihr, doch ihr kommt. Der weite Weg entschuldigt euer" „Florian, was soll das", unterbrach ihn Becker. „Lass den Unsinn!" „Ich bin dir als Verstärkung zugeteilt worden. Und während du wie immer frühstückst, könnte ich mich doch schon in den aktuellen Fall einarbeiten; sag mir mal den Code." „Mal langsam, aber ganz langsam. Darf ich vorstellen: Frau KHK Hellmann, Herr KOK Stein. Du sitzt am falschen Schreibtisch, Florian. Den hier machst du bitte sofort wieder frei für die Kollegin. Du nimmst also deinen persönlichen Kram hier wieder runter, und das sofort. Das war erstens …" „Moment mal, Theo, ich habe immer an diesem Schreibtisch gesessen. Ich bin hier der Dienstältere! So läufts nun mal, war schon immer so! Die Kleine wird sich schnell dran gewöhnen. Am Tisch da drüben ist sogar ein Internetanschluss, was soll's also." „Und zweitens, ich habe keine Verstärkung angefordert. Wieso bist du also hier?" „Du hast Verstärkung angefordert, vor einem Vierteljahr! Eher war niemand verfügbar." „Hab ich nicht, das war eine Fehleingabe vom Personalbüro; die wurde sofort korrigiert." „Jetzt bin ich wieder hier!" „Ich geh mal Kaffee holen", sagte Bea und kroch vorher aus ihrem Mantel. Der Herr KOK sprang mit Blitzesschnelle auf und versuchte, ihr aus dem Mantel zu helfen. Dabei strich er sanft über ihre Schultern, den Rücken hinunter. „Das wird eine gute Zusammenarbeit", säuselte er. Frau Hellmann stieß ihn zurück. „Nehmen Sie Ihre Pfoten weg." Bei Herrn Becker drängten sich die geschwollenen Halsschlagadern über den Hemdkragen hervor. Er kochte innerlich, zumindest ließ der krebsrote Hals diese Vermutung zu. „Bin gleich wieder da", sagte Bea und zog die Tür hinter sich sanft ins Schloss. Dann blieb sie stehen und lauschte. „Wenn ich dich noch einmal erwische, dass du die Kleine angrapschen willst oder sie auch nur verbal anmachst, dann schlag ich dich windelweich, und jetzt räumst du deinen Krempel zusammen und gehst wieder gestohlene Muttern und Schrauben suchen!"

Bea nickte beruhigt mit dem Kopf und trollte sich Richtung Kantine. Als sie zurückkam, hing Krieg in der Luft. Diese Luft war mehr als frostig. Vor ihrem Schreibtisch, auf dem Fußboden verstreut, lagen die Schreibtischutensilien des Oberkommissars, als ob einer mit dem Unterarm mal kurz über die Tischplatte gefegt hätte. Das Körbchen mit Bürokram stand wieder auf ihrem Schreibtisch, ebenso ihr Laptop. Der junge Mann stand mit hochrotem Kopf vor Becker, der erschreckend ruhig wirkte, wie das Auge in der Mitte eines Orkans.

„Wir sind noch nicht fertig miteinander, Theo. Das wird ein Nachspiel haben! Ich werde die ‚Interne' einschalten. Die Kollegen im Haus werden nicht begeistert von dir sein, wenn ich das alles erzähle." „Raus hier, aber plötzlich!" „Das wirst du …" „Raus!" Becker trat einen Schritt auf Stein zu. Der Herr Kriminaloberkommissar räumte zügig das Schlachtfeld. Er warf die Tür so kräftig ins Schloss, dass der Schlüssel zu Boden fiel und der Türrahmen erzitterte. Der Knall war sicher im gesamten Haus zu hören „Irgendwann wird ihn jemand erschießen, vielleicht bin ich das sogar selbst", sagte Becker.

Er riss das Fenster auf. „Machen Sie bitte auch Ihres auf, ich brauche dringend frische Luft. Und dies hier war unser vierter Mann, brauchbar, intelligent, teamfähig. Und durchaus erfahren bei der Suche nach rostigen Muttern und Schrauben." Becker grinste dreckig. „Falls Sie es noch nicht wussten, Frau Hellmann: Der Diebstahl von Muttern und Schrauben wird immer gefährlicher; dies wird unsere gesamte Wirtschaft ruinieren. Aber Stein wird es richten. Er wird mit eisernem Besen kehren."

„Er ist wirklich nicht gut auf diesen Armleuchter zu sprechen", dachte die Frau Hauptkommissar.

„Was hat es nun eigentlich mit diesen Muttern und Schrauben auf sich, Chef? Ist das nur Ihr Spott über diesen Knaben, oder was?" „Ach, meine Kleine", grinste der Herr KHK, dann trank er seinen ersten Schluck Kaffee.

„Stein hat einmal eine Razzia mit viel Aufwand durchgezogen und sich schon vorher im kommenden Ruhm gesonnt. Allen hat er erzählt, was für einen großen Fisch er an der Angel hat.

Er hat richtig große Reklame vorab gemacht. Es ging um eine größere Menge mit Schmuck und Uhren, Münzen und Gold. Gefunden hat er aber nur eine kleine Holzkiste mit alten rostigen Schrauben, die ein paar Halbwüchsige in einer Schlosserei geklaut hatten und beim Schrotthändler verhökern wollten. Das Gelächter war entsprechend groß und lang anhaltend." „Auweia, das war ja ein Volltreffer", lachte Bea. Dann kostete auch sie von dem braunen Gebräu. In diesem Moment klingelte das Telefon: „Hellmann, guten Morgen Frau Lehmann; ja, ich geb Sie mal weiter. Die Chefsekretärin", und sie reichte das Handy rüber. „Morgen Annette, was hast du so früh am Morgen auf dem Herzen?" „Der Stein war gerade hier und hat sich krankgemeldet. Er sagte, es würde länger dauern und quasselte was von Mobbing oder so. Habt ihr euch beide mal wieder gekabbelt?" „Nein, er ist nur knapp seiner Exekution entgangen." „Ich wusste es schon immer: Er ist einer unserer Besten." Becker schaute auf seine Armbanduhr. „Es ist schon kurz nach neun. Darf ich dich zu einem kleinen Frühstück unten einladen?" „Also gibt es ein winzig kleines Problemchen zu klären? Ich will ja nicht raten, welches, und ich will auch nicht Kassandra sein, deshalb empfehle ich, du solltest die Frühstücksrunde um Denise erweitern, sofern dein Portemonnaie dies erlaubt. Notfalls fängst du an zu singen und gehst mit dem Hut rum." „Einverstanden, wir treffen uns jetzt gleich in der Kantine, bring den Hut mit. Rufst du bitte Denise an, danke. Bis gleich."

Der Kommissar wandte sich Frau Hellmann zu. „Ein paar Worte zur Erklärung: Wir können jetzt nicht zu zweit da runtergehen. Ich würde Sie gern zum Frühstück einladen nach dieser Theatervorstellung hier. Aber Sie sind noch zu neu im Haus. Die zwei Damen, Denise ist die Chefsekretärin von ‚Eigentumsdelikte', würden sehr schweigsam sein. Die können sogar ein Schweigegelübde einhalten, was bei Frauen sicher selten ist." „Frechheit!" „Die beiden haben einmal zwei Wochen lang nicht mit mir gesprochen, kein einziges Wort. Ich weiß bis heute nicht warum." „Die Botschaft hört ich wohl …" „Heute bitte keine Klassiker mehr, mir reichts. Also, mit den beiden kann man

Pferde klauen. Ich bin mir sicher, dass der Stein nicht umsonst hier plötzlich auftauchte. Der Kerl hat nicht einmal eine Büroklammer ohne Berechnung angefasst. Ich will wissen, ob hier im Haus irgendetwas läuft, das wir wissen sollten, wissen müssen. Vielleicht gibt es auch schon diskrete Flüsterpropaganda auf den Fluren? Ich will Hintergrundinformationen haben, falls es welche gibt. Die beiden Mädels sind verdammt gut vernetzt und haben auch noch große Ohren. Sie hören das Gras wachsen, auch jenes, welches noch nicht mal gesät worden ist. Auch riechen sie den Braten schon, bevor er auf dem Herd steht."
　　Sprach's und verschwand. Der Kommissar begab sich zur „Dienstbesprechung" und die Frau Kommissarin stöberte im Internet. Sie brauchte dringend neue Schuhe. Nach einer Stunde tauchte Becker wieder auf. Schuhe hatte sie keine gefunden. Dazu brauchte sie mehr Zeit. „Machen wir eine kurze Dienstbesprechung, Frau Hellmann. Im Olymp gibt es keine Aktivitäten in unsere Richtung, persönlich nicht und auch nicht auf unseren Fall bezogen. Annette und Denise haben während des Frühstücks noch ein bisschen herumtelefoniert. Also da ist nichts, und so etwas höre ich gern. Auch in der Gerüchteküche wird nichts für uns gekocht, also auch negativ. Ich bin mir aber sicher, dass Stein nicht ohne Berechnung die Show hier abgezogen hat. Entweder es gibt innerhalb unseres Hauses stinkgeheime Absprachen zwischen einigen Kollegen, also Richtung Mittäterschaft oder sogar Haupttäter, oder er wird von außen gesteuert. Ich glaube, hier interessiert sich jemand, und das ist gewiss nicht irgendjemand, für unseren Fall. Aber was wollte der Kerl hier? Informationen, klar, was sonst", überlegte Becker laut. „Vielleicht habe ich ihn zu schnell rausgeschmissen. Er hat uns nicht in seine Karten schauen lassen, schade. Ich hätte noch ein Weilchen warten sollen. Es war dumm von mir. Ich hab's." Frau Hellmann schaute auf. „Der Kerl wollte den Code von unserem Fall – während du frühstückst wie immer, kann ich mich schon in den aktuellen Fall einarbeiten; sag mir mal den Code. So der Stein. Mit dem Code hätte er sich jederzeit über den aktuellen Stand der Ermittlungen informieren können."

„Genau, Sie sind ein Ass, manchmal aber auch mit Doppel-A." Die Frau Kommissarin lächelte ihn an. „Denken Sie an die Lagerkapazität in den Kühlfächern der Rechtsmedizin, und denken Sie an die Arbeitswut meines Freundes." „Na gut, ich nehm die Hälfte zurück", grinste Becker, „und ich gebe Ihnen schriftlich, sogar mit Durchschlag, dass Sie meine beste Assistentin sind." „Diese Schleimspur. Da ist ja gefährliche Rutschgefahr angesagt. Aber wo Sie recht haben ..."
Becker überlegte. „Als Stein mitbekam, dass er die Sache falsch angepackt hatte, drehte er durch. Er ist bekannt für seine unkontrollierten emotionalen Ausbrüche", meinte der Kommissar. „Wenn wir davon ausgehen, dass er gesteuert wurde, kann es auch passieren, dass sich bestimmte Personen Zugriff zu den Ermittlungen verschaffen und wir nichts mitbekommen!", stimmte die Kommissarin zu. „Sie haben recht. Und er muss gesteuert worden sein; es gibt jemanden, der ihn hergeschickt hat. Und der hat Steins Auftritt hier gut vorbereitet, damit der Kerl hier möglichst reibungslos andocken kann. Ich habe Stein noch nie mit Hemd und Krawatte gesehen. Ich kenne ihn nur unrasiert und in zerknitterter Schmuddelwäsche. Auch die Idee mit dem Zitat stammt mit Sicherheit nicht von ihm. Ich habe noch nie aus seinem Mund ein Zitat gehört. Wenn der Herr Oberkommissar den Mund aufgemacht hat, kamen entweder ein blöder Witz oder eine Plattitüde heraus. Zitate waren ihm völlig fremd. Bei Herrn Stein ist Schiller allenfalls ein Modelabel, und ich bezweifle, dass er den ‚Wallenstein' je in die Hand genommen, geschweige denn gelesen hat, keinen einzigen der drei Teile." „Also müssen wir unsere Informationen schützen, aber so, dass man uns nicht Unterschlagung von Informationen oder Behinderung von polizeilichen Ermittlungen vorwerfen kann."

„Richtig, Frau Hellmann, wir brauchen eine doppelte Buchführung oder etwas Ähnliches. Nur habe ich keine Ahnung, wie so etwas funktioniert. Und unsere eigenen IT-Spezialisten sollten wir wohlweislich nicht mit einbeziehen."

„Ich kenne eine Möglichkeit: Wir sollten ein Chiffriersystem benutzen, und ich kenne ein gutes."

„Schießen Sie los!" „Es gibt ein System, das ich aus den USA mitgebracht habe. Es ist phänomenal. Ich glaube nicht, dass man es knacken kann. Es heißt ArgBau und wohnt in den Wolken." „In den Wolken, wo sonst." „Es war ein Scherz. Aber der Großteil des Programms ist tatsächlich in den Clouds untergebracht, wegen der Größe. Und es ist auch relativ einfach zu bedienen. Was verschlüsselt werden soll, kann man auswählen. Verschlüsselt werden Namen und Personalpronomen, also Müller, Meier, Lehmann und ich, du, er sie es. Dann auch geografische Regionen, also Orte, Straßen, andere Städte, geografische Regionen, Bezüge zu Land- und Forstwirtschaft und Zeitangaben, also Monat, Tag, Uhrzeit. Das Programm merkt sich die Seite, die Zeile, den ersten und letzten Buchstaben des zu verschlüsselnden Begriffes und die Uhrzeit der Eingabe. Die zu verschlüsselnden Begriffe erkennt es automatisch, indem es auf bekannte Internetspeicher zurückgreift, also Namenskarteien, geografische Dateien, wie Atlanten, Städteführer usw. und Zeitangaben oder Uhrzeiten. Außerdem wird in Echtzeit gespeichert, wann für den bestimmten Begriff die Codierung erfolgte und über die Uhrzeit kann man auch decodieren." „Das klingt wie ein Märchen." „Eher wie Science-Fiction, ist aber keine. Mal ein kleines Beispiel: Die Frau Müller, Christa, erzählte in der Vernehmung am 23.03.20, dass Herr Bernhardt in Kamenz eine Zweitwohnung habe. Die codierte Form lautet dann evtl.: Die ‚Waldlichtung' erzählte in der Vernehmung ‚Pulverschnee', dass ‚Roggenfeld' in ‚Shakespeare' einen ‚Montag' habe. Das wäre dann in unserem Programm zu lesen, sehr aussagekräftig, finde ich."

## Der Auftritt des Herr Oberst – Flurbereinigung

Das laue Herbstwetter lud zum Wandern ein. Oder aber zum Angeln an der Elbe. Dabei konnte man so schön die vorbeifahrenden Schiffe betrachten und die Seele baumeln lassen. Vor dem Anlegesteg unseres Kutters hielt ein alter Opel. Ein älterer Herr stieg aus. Er war unauffällig gekleidet, sah aus wie tausend andere Freizeitsportler oder Urlauber: Seine Weste und die Outdoorhose waren von Wofskin, in dem typischen Hellgrau, das ältere Herrschaften gern trugen. Unter der Weste ein grobes Baumwollhemd, helles Braun in Braun im Karomuster, dazu derbe Wanderschuhe. Seinen Kopf zierte ein alter wettergegerbter Strohhut. Wenn der Mann an einem vorbei ging, hatte man ihn danach sofort wieder vergessen, so interessant erschien er. Zwei stämmige hochgewachsene junge Männer begleiteten ihn, groß, durchtrainiert und ernst zu nehmen. Auch sie waren unauffällig gekleidet. Der Mann holte eine Angelrute mit Zubehör aus dem Kofferraum und ging über den Anlegesteg zum Kutter. Die beiden Männer stellten sich rechts und links des Stegs und warteten, d. h., sie beschauten angeregt die Elbe.

Einer der vier vom Kutter sah den Mann durchs Bullauge. „Der Oberst kommt!" „Verdammt, das gibt Ärger!", sagte der Chef. Der ältere Herr betrat ruhig und gemessen die Kajüte. Danach änderte sich sein Verhalten sofort. „Steht gefälligst auf, wenn ich komme!", bellte er. Sie standen aber schon, der Chef und seine drei „Unterchefs". „Ihr Stuhl, Herr Oberst." Der Mann setzte sich auf den Campingstuhl und stellte seine Angel zwischen die Beine. „Ich möchte was zu trinken!" „Whiskey, Wodka oder Korn? Bier haben wir auch da, Herr Oberst." „Ich möchte eine Flasche Wasser oder vielleicht einen O-Saft." „Damit können wir leider nicht dienen, Herr Oberst." „Ihr seid ein Haufen von dämlichen Säufern. Euer Gehirn habt ihr auch schon versoffen. Sonst müsste ich nicht hier sein." „Ich weiß nicht …" „Schnauze! Ihr habt Unruhe in die Region gebracht, ihr Idioten. Nur deshalb bin ich hier, um das zu klären. Wir brauchen Ruhe, um ordentlich arbeiten zu können!" „Ich weiß immer noch nicht …"

Der Chef versuchte, sein Gesicht zu wahren. Der Oberst klärte sofort die Situation. Er geiferte den Chef an: „Max Müller-Seifert, du hältst den Mund. Du redest nur, wenn du gefragt wirst! Hast du verstanden?" „Jawohl, Herr Oberst." „Wie kann sich ein erwachsener Mann nur einen Doppelnamen zulegen. Dazu auch noch mit dem Vornamen Max beglückt. Absolut niveau- und geschmacklos. Wieso lag eine Kiste mit Fentanyl am Elbufer rum, Ihr Idioten!" Solche plötzlichen Themenwechsel waren des Anglers Stärke. „Wer hat die da reingeschmissen? Habt ihr gedacht, die Bullen würden sie übersehen. Nein, die suchen jetzt nach dem Besitzer. Und sie suchen noch viel mehr nach dem Vertriebsnetz. Wie konnte das passieren, ihr Luschen!" Der Alte kochte vor Zorn. Er war krebsrot im Gesicht und sah aus, als könne er jederzeit explodieren und Schaden anrichten. „Los, sag was, du Chef!" Der Mann grummelte etwas vor sich hin. „Lauter, ich kann nichts verstehen! Mach gefälligst den Mund richtig auf."

„Der eine Segler war betrunken, und da ist es halt passiert. Er hat sie aus Versehen über Bord gehen lassen, als er die Fracht umstapelte." „Als er die Fracht umstapelte, als er die Fracht umstapelte. Ja, glaubt ihr denn, wir sind hier bei der Heilsarmee? Wer soll denn den Schaden ersetzen? Ihr vielleicht, ihr Flaschen? Ich brauche Ruhe im Revier und keine schwimmenden Drogenpäckchen auf der Elbe!" Er wischte sich mit einem Taschentuch den Speichel vom Mund und fuhr fort. „Wieso glaubt ihr eigentlich, dass ein Opel schwimmen kann? Das müsst ihr ja wohl, sonst hättet ihr ihn nicht baden gehen lassen. Autos schwimmen aber nicht, verdammt noch mal! Besorgt euch gefälligst Kraftfahrer, die nicht nur saufen können, sondern auch fahren! Was? Ich höre nichts!" „Ja, Herr Oberst." „Was war eigentlich auf dem Altmarkt los. Wieso wurde da ein Mann am helllichten Tag von euch beiden erstochen. Am helllichten Tage; seid ihr denn nicht irgendwann mal nüchtern?" „Es war der Segler, der die Kiste mit dem Fentanyl hat über Bord gehen lassen." „Aber er war doch nicht etwa auf dem Altmarkt segeln?" „Nein, aber wir hielten es für eine gute Idee, ihn in aller Öffentlichkeit abzustechen und gleich abzutransportieren. Bei der Menschenmenge dort fällt es gar nicht auf, dachten wir. Da geht das in dem Gewühle unter." „So, dachtet ihr?" Der Oberst schnaufte verächtlich und schaute die beiden an. Und dann schüttelte er ungläubig sein Haupt. „Wie kamt ihr zwei eigentlich auf die irre Idee, euch im Milieu Peter und Paul zu nennen? Habt ihr je mal eine Kirche von innen gesehen? Eure Namensvetter waren Apostel, keine Idioten. Aber auch das werden wir heute noch regeln. Wisst ihr zwei eigentlich, wer mich gestern um Mitternacht aus Tokio anrief? Ein guter alter Freund. Aus Japan, um Mitternacht. Er gab mir den Rat, mal in YouTube nach dem Altmarkt zu suchen. Und dort sah man genau diese Szene: Zwei Männer stechen einen anderen ab und verladen den Sterbenden in einen Sprinter. Und rundherum standen Tausende von Japsen, staunten und brannten das alles auf ihr Handy. Das war doch mal was anderes, als ständig alte Gemäuer wie Zwinger oder Schloss zu besichtigen. Das war Action! Aus Tokio angerufen! Von diesen Schlitzaugen. Ihr hirnlosen Idioten! Die ganze Welt hat das Video gesehen. Die Kripo hat vermutlich gejubelt über dieses Video. Die haben mit Sekt auf uns angestoßen. Besser lässt sich doch ein Mord gar nicht dokumentieren und aufklären." „Wir hatten Masken aus Silikon auf, Herr Oberst. Die verfälschen die Gesichtskontur. Der Tote ist in der Schweinefarm verwertet worden, und der Wagen wurde abgefackelt. Also keine Spuren. Es kann uns nichts passieren, Herr Oberst." „Euch passiert mehr, als ihr denkt! Ist euch mal die Idee gekommen, dass man mit einer guten Software diese Silikonmasken wegretuschieren kann, indem man die Wärmewerte vom Gesicht mit einbezieht? Außerdem sieht man euch auf dem Video laufen und rumhantieren. Da kann man doch sicher eine Gestaltenanalyse durchführen: Größe, Figur, geschätztes Körpergewicht, Laufstil. Und irgendwann haben sie euch. Und dann haben sie auch uns am Arsch. Haltet die Bullen nicht für doof. Sie sind es vielleicht ein bisschen, aber sie sind nicht ganz dämlich! Unterschätzt sie nicht. Aber wir werden das Problem klären, hier und jetzt. Merde." Der Herr Oberst war ganz ruhig geworden. Er nahm seine Angelrute in die Hand, und auf dem T-Shirt von Paul tauchte ein roter Punkt auf. Dass es sich um ein Laservisier handelte, konnte der nicht mehr begreifen. Es machte Blubb, und in seiner Brust klaffte ein Loch. Dann bekam auch Peters T-Shirt einen Blutfleck. Beide rutschten an der Kajütenwand langsam nach unten und hinterließen dabei eine breite Blutspur.

„Alles muss man allein machen", murmelte der alte Herr. Er ging zur Reling hinaus und rief zu den jungen Männern am Steg: „Ich brauche die Campingausrüstung." Einer der beiden Jungen brachte ein Päckchen nach unten. „Danke, mein Sohn, geh jetzt wieder nach oben." „Jawohl, Herr Oberst."

Der alte Mann ging in die Kajüte zurück, wo ihn zwei völlig verängstigte Männer erwarteten. „Jeder Mensch ist ersetzbar. Das ist einfach so", nahm er das Gespräch wieder auf. „Soweit ich weiß, sind die beiden bisher nicht polizeibekannt." Er schmiss das Päckchen vor ihre Füße. „Ihr zieht jetzt sofort die Schutzanzüge an, dann packt ihr die zwei Idioten in die Plastesäcke. Danach schrubbt ihr die gesamte Kajüte. Aber gründlich, mehr als gründlich. Wieso hör ich nichts?" „Jawohl, Herr Oberst!" „Hier ist eine kleine UV-Lampe. Mit der sucht ihr nach übersehenen Blutflecken. Ich kontrolliere das! Heute Nacht bringt ihr die Leichen auf die Schweinefarm. Aber passt auf, dass euch dabei kein Kamerateam vom ZDF erwischt. Bei euch ist ja alles möglich. Die Klamotten der beiden werden verbrannt und die Körper sofort verfüttert. Eure Kleidung wird natürlich auch verbrannt. Verstanden?" „Jawohl, Herr Oberst." „Wir sehen uns."

Ein älterer Mann mit Angelausrüstung verließ den Kutter. Er ging behäbig den Steg nach oben, stieg in das Auto, und der Opel fuhr davon. Alles völlig uninteressant. „Man muss alles selber machen", grummelte er.

## Zwei Warnschüsse

Das Telefon klingelte: „Becker."
„Hör zu Becker, du Arschloch!", KHK Becker schaltete das Telefon auf laut und gab seiner Assistentin einen Wink. Sie drückte auf die rote Taste an der Basisstation. Das Gespräch wurde aufgezeichnet. „Du solltest nicht in Sachen herumstöbern, die dich nichts angehen. Stell die Suche nach dem Mörder von dem Leistner einfach ein, und mach es auch! Du hältst eine Handgranate in der Hand, mit gezogenem Stift! Es liegt an dir, du Arschloch, ob die hochgeht oder nicht. Die reißt dich in den Abgrund und deine süße kleine Kommissarin mit dazu. Das ist doch der ganze Spaß nicht wert, Becker. Also, sei vernünftig! Wir rufen kein zweites Mal an. Sei einfach brav! Mach uns keinen Ärger, Becker!"
Becker und seine Assistentin schauten sich an. „Das wird ungemütlich, junge Frau!" Die Frau KHK Hellmann nickte. Auch sie hatte den Ernst der Lage begriffen. „Wir müssen in ein Wespennest gestochen haben", war ihr kurzer Kommentar. „Wir gehen zum Chef, sofort." Beide schlugen bei Annette auf und machten ihr die Dringlichkeit klar. „Becker und Hellmann", rief sie dem Chef zu, dann winkte sie beide durch.
Der Kriminalrat saß hinter seinem Schreibtisch und schaute sie fragend an. Er war gut aufgelegt. „Was ist passiert? Gibt's im ‚italienischen Dörfchen' keine freien Plätze mehr für euch, oder habt ihr beide den Zwinger gesprengt?" Becker reichte ihm wortlos die kleine Kassette mit dem Telefonmitschnitt.
Der Kriminalrat spielte sie ab und nickte. „So etwas habe ich erwartet. Nein, erwartet nicht, eher befürchtet." Er griff in sein Jackett und reichte einen Brief an seine beiden Mitarbeiter weiter.

*„Sehr geehrter Herr Kriminalrat,*
*es tut mir leid, dass wir auf diese Art und Weise miteinander kommunizieren müssen.*
*Ein Gläschen Wein in einer gemütlichen Atmosphäre und ein anderer Anlass wäre mir lieber gewesen. Aber ungewöhnliche*

*Umstände erfordern ungewöhnliche Maßnahmen. Aber die Realität rechtfertigt meine jetzigen Schritte und fordert sie. QUOS EGO!*
*Lieber Herr Schröder, ich habe mit Besorgnis zur Kenntnis nehmen müssen, dass die Arbeit des Herrn KHK Becker in bestimmten Kreisen für Unruhe sorgt. Mein Unternehmen sorgt auch für Ruhe und Sicherheit in unserer Region und in bestimmten Kreisen. Wir benötigen dazu aber auch einen reibungslosen Arbeitsablauf. Deswegen mein Anliegen: Sorgen Sie, Herr KR Schröder, bitte dafür, dass die von o. g. Becker geleitete Arbeitsgruppe ihre jetzigen Ziele nicht weiterverfolgt. Ich bin überzeugt davon, dass Ihnen dazu ausreichende und unverfängliche Möglichkeiten zur Verfügung stehen.*
*Fassen Sie diesen Brief bitte nicht als Drohung auf; es ist lediglich der Rat eines besorgten alten Mannes, dem die Ruhe in gewissen Kreisen am Herzen liegt und der diese Ruhe auch erhalten möchte. Es profitieren sicherlich beide Seiten davon. Auch kann ich mir nicht vorstellen, dass es Sie nicht erschüttert, wenn der Wagen eines Bestattungsunternehmens vor Ihrer Haustür steht. Sie haben doch Familie; schützen Sie diese! Und noch unangenehmer ist Ihnen sicher der Gedanke, dass Sie selbst in einem Zinksarg liegen und in eines dieser schwarzen Autos geschoben werden.*
*Einen zweiten Brief wird es nicht geben, da selbst meine Möglichkeiten begrenzt sind.*
*Ich wünsche Ihnen und Ihrer Familie Gesundheit und ein langes Leben!*
*Ein Freund Ihrer Familie"*

Schröder schaute seine Kommissare an, faltete diesen Brief zusammen und sagte: „So, ihr zwei, ich glaube, jetzt wird es heiß. Gibt es etwas, was ich unbedingt wissen muss, jetzt mal ehrlich. Der Spaß hat soeben aufgehört. Wir befinden uns ab jetzt im Krieg. Ich will nicht sagen, dass ich das brauche oder gewollt habe, aber vermutlich muss es sein. Wir müssen mit dem Gesindel aufräumen oder die fegen uns einfach weg!" Becker schüttelte den Kopf. „Es gibt nichts, was wir vor Ihnen verbergen, Herr

Kriminalrat. Ich, nein wir, würden Sie bestimmt nicht ins Messer laufen lassen, Chef. Es betrifft mich ja auch direkt, und ich bin nicht lebensmüde. Und Beate ist genauso gefährdet." Schröder schaute sich Becker etwas verwundert an, dann nickte er. „Da haben Sie völlig recht, Becker."

## Besuch von Frau KOK Seidel

Es war eine etwas unruhige Nacht, die KHK Becker hinter sich hatte. Am nächsten Morgen saßen sie bei ihrem Morgenkaffee, stellten sich auf den Arbeitstag ein und malten Männchen in ihre Notizblöcke. Es regnete, und man war etwas schweigsam.
Es klopfte zweimal kurz an die Tür, dann wurde sie zügig geöffnet. Eine junge Frau trat selbstbewusst ein. Becker schaute auf und plötzlich begann er, zu strahlen. Es war, als wäre bei ihm soeben die Sonne aufgegangen. „Kati, Mädel!" Er sprang auf, und beide umarmten sich herzlich. Der Kommissar half der Frau aus dem Mantel und geleitete sie vorsichtig zu einem Stuhl, den er vom Besuchertisch an seinen Schreibtisch herangerückt hatte. „Du bist ganz schön rund geworden. Wann bist du dran? Aha, es bleibt also bei nächster Woche. Es wird immer noch ein Mädchen, nicht noch ein kleines Anhängsel gefunden? Aber dein Mann wollte doch eine kleine Büchse, war es nicht so? Aber ich sollte euch beide erst einmal miteinander bekanntmachen. Darf ich dir Frau KHK Hellmann vorstellen. Sie sorgt dafür, dass ich ohne dich hier nicht im Chaos versinke und verstärkt unser Team." Und zu Beate gewandt: Das ist Frau KHK Seidel. Ich habe Ihnen schon von ihr erzählt. Ich vermisse sie wirklich sehr", sagte er, „und ich hoffe, sie kommt bald wieder." Und weiter zu seiner Assistentin:
„Wir haben schon viele Schlachten gemeinsam geschlagen."
„Donnerwetter", dachte Bea, „der Herr Kriminalhauptkommissar dreht ja richtig auf."

Nachdem Becker die Kati mit Kamillentee versorgt hatte, Annette brachte ihn und stillte dabei ihre Neugier, plauschte man über Babys, junge Mütter und werdende Väter. Dann noch ein kleiner Ausflug in die guten alten Zeiten; Annette wurde es langweilig. Sie verkrümelte sich. Der Herr Hauptkommissar weihte jetzt Kati umfassend in die bisherigen Ermittlungen des neuen Falles ein. Die KHK Seidel steuerte einige interessante Aspekte bei, und Bea merkte schnell, dass diese Frau ernst zu nehmen war. Sie war offensichtlich klug und konnte schnell denken und logische Schlüsse ziehen. Sie hatte durchaus Power, das konnte man schon nach den ersten paar Minuten sagen. Zwischen den beiden schien absolutes gegenseitiges Vertrauen zu herrschen, dachte Bea. Man könnte fast ein bisschen eifersüchtig auf diese Kati sein.

Die Frau Seidel kannte den KOK Stein natürlich auch. „Ihm traue ich alles zu, nur nichts Gutes. Und er passte auch nicht hier zu uns rein. Soweit ich mich erinnere, hatte er mit der Teamarbeit von jeher Probleme. Wenn etwas gut lief, dann heftete er es an seine Fahne. War es kein Fünfer im Lotto, dann war die Gruppe daran schuld. Gegenüber Frauen war der Kerl prinzipiell negativ eingestellt. Er hielt sich immer für intelligenter als das weibliche Geschlecht. Und er war faul. Arbeit geh weg, jetzt komm ich. Florian ist eben ein echtes Ekelpaket. Und er ist so überzeugt von sich. Ob er in Bezug auf Loyalität verlässlich ist, sei dahingestellt, zumindest sollte man es kritisch betrachten. So, jetzt habe ich mir Luft gemacht. Da fällt mir ein, hattest du nicht auch den Verdacht, Theo, dass es einen Maulwurf bei uns gibt? Als du die Fälscherwerkstatt hochgenommen hast, sind doch ein paar hochverdächtige Personen plötzlich verschwunden. Irgendjemand muss sie gewarnt haben, war deine Meinung. Erinnerst du dich?" Sie schaute ihn an. Der Kommissar brummte etwas Undefinierbares und deutete ein diskretes Kopfschütteln an. Er war nicht bereit, über dieses Thema jetzt zu debattieren. Seine Assistentin hatte längst die Ohren gespitzt. Sie war mehr als neugierig, hatte sie doch einiges von dem Geschwätz in den Fluren bereits mitbekommen. Es wurde viel im Präsidium über ihren Chef gemunkelt: über Methoden, hart an der Grenze zu Staat und Recht, aber ebenso über richtig gute Ermittlungsergebnisse. Auch über gewisse Grauzonen, in denen er sich wohl bewegen sollte. Aber keiner wusste etwas Genaueres, alles nur Gemunkel. Nicht einmal „sicheres Hörensagen". Und ihr Chef schwieg prinzipiell zu dem Thema. Sie hatte schon ein paarmal nachgehakt. Er begann plötzlich, schwer zu hören, oder redete unverfroren am Thema vorbei.

## Schusswechsel mit Boris, Marias Festnahme

*Eine Woche später*

Boris hatte sich eine Woche lang an und mit Maria ausgetobt. Die verabreichte Mischung aus Sexualhormonen und Psychopharmaka führte wie stets zur Gefügigkeit der Frau und zu ihrer Schwangerschaft. Aber jetzt waren die Tropfen aufgebraucht und er ausgelaugt. Die sieben Tage waren herum, und er musste Maria wieder abgeben. Aber ihm war klar: Er würde sich bis an sein Lebensende auf dieses Erlebnis aus Wollust und Willigkeit erinnern. Dieses Weib war ihr Geld wirklich wert. Und schwanger war sie auch. Na also. Das hatte er doch richtig gut hinbekommen. Er war seinem Ruf gerecht geworden. Er würde sie außerdem ab jetzt im Haupthaus oder auf der Stutenfarmfarm besuchen können, so oft er wollte.

Diese Woche war so ganz nach seinem Geschmack gewesen. Keiner störte das junge Glück auf dem Boot. Und Maria würde toben vor Wut, wenn sie wieder klar denken konnte. Was ihm noch einen zusätzlichen Genuss bescheren würde. Jetzt aber lag die Frau beduselt unten in der Kajüte. Sie döste vor sich hin und schlief ihren Drogenrausch aus. Er hatte ihr noch eine Dosis Neurocyt verabreicht, damit sie nicht aufmüpfig wurde und brav weiterdöste.

Die von der „Firma" an den Frauen praktizierte Hirnwäsche hatte bisher noch immer funktioniert. Und damit würde sie auch bei ihr wirken, basta. Also würde diese Braut brav im Schoß der „Firma" auf ihn warten und ihm stets zu Diensten sein, wobei sie vermutlich aber teuer bleiben würde. Aber Geld war nicht das Problem. Es war sonniges, fast noch sommerliches Wetter, obwohl es bereits Herbst war. Er hatte noch einen Kater von der Nacht, den er mit Wodka vertreiben wollte. Außerdem hatte er fürsorglich mit Bier nachgespült. Er stand auf Deck am Steuer seiner Jacht und döste gelöst und zufrieden vor sich hin. Dass der Ausflugsdampfer vor ihm ein Anlegemanöver einleitete, um an den Steg heranzukommen, nahm er erst zu spät wahr. Boris konnte nicht mehr rechtzeitig ausweichen. Sein Boot kollidierte mit dem etwas größeren Passagierschiff. Der Dampfer war nicht mehr ganz neu. Er war noch zu Kaisers Zeiten gebaut worden und damit aus stabilem Stahl. Plaste gab es damals noch nicht. Die Jacht war leider bedeutend jünger. Sie sah recht hübsch aus: schmuck und sportlich. Mit Plaste und Leichtmetall leicht und windschlüpfrig gemacht. Und so hatte der Zusammenstoß ihre gesamte rechte Seite und das Heck stark demoliert. Die zersplitterte Plasteverkleidung trieb auf der Elbe herum. Die Matrosen des Dampfers hatten ein Seil heruntergeworfen, um das kleinere Boot vor dem Abtreiben zu bewahren; Steuerung und Antrieb waren bei ihm ja leider ausgefallen. Boris stand auf der Brücke seiner ramponierten Jacht und brüllte den Kapitän des Dampfers an. Der brüllte zurück, spuckte ins Wasser und zeigte Boris einen Vogel, was den Russen zu einer weiteren Fluchkanonade veranlasste. Die Wasserschutzpolizei war schnell zur Stelle. Das Polizeiboot legte längsseits an und drei Polizisten kamen an Bord. Boris erfasste die Bedeutung und Dringlichkeit der Situation nicht so recht. Er schmiss mit leeren Flaschen nach den Polizisten, danach verschanzte er sich unter Deck. Er wollte den Männern den Zutritt zum Innenraum des Boots verwehren. Als sie es schafften, in die Kajüte einzudringen, schmiss er mit schmutzigem Geschirr nach ihnen. Die Polizisten wollten Pfefferspray einsetzen, dazu kam es aber nicht mehr. Boris gab abermals mehrere russische Flüche von sich. Dann riss er seinen Revolver aus dem Hosenbund und eröffnete sofort das Feuer auf die überraschten Polizisten. Sein Alkoholspiegel stand aber einer höheren Zielgenauigkeit im Wege. Zwei Schüsse knallen in die Kabinendecke und hinterließen im edlen Teakholz hässliche Löcher. Die Männer zogen sich hinter die Kabinentür zurück. Sie versuchten, mit dem Schiffer zu verhandeln. Der sang aber russische Volkslieder und schoss abermals zweimal auf sie. Seine Trunkenheit war jedoch unverändert, was den Polizisten durchaus zugutekam. Diese hatten sich im Treppenaufgang hinter dem Türpfosten notdürftig in Deckung gebracht. Boris stand am Tisch und fuchtelte wild mit der Waffe herum. Da meldete sich Maria unter Stöhnen zurück. Der Russe drehte sich kurz zu ihr um. Die Polizisten nutzten die Gelegenheit und eröffneten das Gegenfeuer. Zwei Kugeln traf den Trunkenbold in die Brust. Sie hoben ihn von den Füßen und warfen ihn an den Rand der Bettcouch. Ein roter Faden lief aus seinem Mund, und das Hemd über der Brust färbte sich blutig ein. Der Russe war tot. Und auf der Couch fanden die Beamten eine vor sich hin sabbernde halb nackte Frau, die völlig zugedröhnt war. Außerdem lag neben der Schlafstätte eine große Plastetüte mit Gras.

Maria wurde in einen Krankenwagen verpackt und landete in der Notaufnahme der Dresdener Uniklinik. Nach einer Erstuntersuchung wurde sie in die Ausnüchterungszelle der nächsten Polizeiwache gebracht. Nach 12 Stunden war die Frau aufgeklart und wurde am späten Vormittag in die Polizeidirektion verbracht, wo die KHK Becker und Hellmann schon auf sie warteten.

Bisher hatte die Polizei nicht die geringste Ahnung davon, was bei oder nach dem Zusammenstoß der beiden Schiffe genau passiert war. Bisher war nur klar, dass auf die Polizei geschossen und eine zugedröhnte Frau gefunden worden war. Außerdem lag neben der Couch eine Tüte mit Gras, und in der Waschkabine fand die Polizei eine größere Menge von Fentanyl und Kokain.

## Marias Vita I: verkauft und geschwängert

Becker und Frau Hellmann begrüßten Maria. Sie war bildhübsch, wie aus einem Modejournal herausgeschnitten. Becker starrte sie an. Figur wie eine griechische Göttin. Und diese Augen, strahlendes tiefes Blau. Wo habe ich so was schon mal gesehen? Man könnte darinnen versinken, wie in einem tiefen See, einfach untergehen. Eine wunderschöne Frau. Seine Assistentin stieß diskret an die Kaffeetasse, und das leise Klirren von Kaffeelöffel und Untertasse holte den Mann wieder in die graue Realität des Polizeidienstes zurück. Frau Hellmann schaute ihren Chef an und grinste nur. „Ist ja gut", dachte Becker.

Maria war klar im Kopf und wusste, wo sie sich befand. Die Kriminalisten boten ihr Platz an und begann mit der Vernehmung. So eine Vernehmung gab es nicht allzu oft im Dresdener Polizeipräsidium. Maria wurde nicht befragt. Das wäre auch schwierig gewesen. Sie ließ sich nicht unterbrechen und redete wie ein Wasserfall, ohne Punkt und Komma. Sie benutzte die Sprache der Straße, fluchte wie ein altes Marktweib. Diese Sprache, oder besser ausgedrückt, deren Wortwahl stand im krassen Gegensatz zu ihrer äußeren Erscheinung. Becker war etwas erstaunt über diesen Auftritt.

Boris hatte sie geschwängert. Das hatte sie mitbekommen. Sie tobte, „so eine Drecksau, der Kerl." Wer war sie denn! „Alle, wenn es denn sein musste, aber nicht dieser nach Knoblauch und Schweiß stinkende Russe." Sie wusste genau, was mit ihr geschehen war: Er hatte sie für eine gewisse Zeit gekauft, um sich mit ihr zu vergnügen und sie dabei zu schwängern. Mit einer Mischung aus Hormonen und Psychopharmaka hatte er sie gefügig gemacht. Jetzt musste er sie zurückbringen zur „Firma". Sie gab den Polizisten zu verstehen, dass sie dieses Kind auf keinen Fall bekommen würde und sie wegmusste. Sie musste schnell weg und weit weg.

Becker nutzte eine Lücke in ihrem Redestrom und fragte, warum Sie denn das Kind nicht wolle? Es war eine dämliche Frage. Er merkte es sofort. Seine Assistentin sah ihn schräg von der Seite an. Er konnte ihre Gedanken lesen: Sie waren auch schon mal besser, Herr Kriminalhauptkommissar. Auch die Antwort von Maria war auch schon klar.

„Sind Sie wahnsinnig geworden? Wenn ich denen wieder in die Hände falle, werde ich auf eine Stutenfarm gebracht. Dort verpassen sie mir eine Gehirnwäsche, und nach spätestens vier Monaten bin ich begeistert davon, dass ich geschwängert wurde oder werde. Diese Hirnwäsche funktioniert hundertprozentig. Sie hat noch nie versagt. Ich habe selber daran mitgearbeitet." Becker horchte auf. Was hatte sie da gerade gesagt? „Ich werde hinterher begeistert sein, dass ich geschwängert wurde. Und jeder, der ausreichend dafür zahlt, kann mich vögeln und seinen Samen in mich hineinspritzen. All diese reichen Fettsäcke aus der Führungsriege der ‚Firma', die mich kennen und vernaschen wollen, die ich aber nie an mich herangelassen habe. Und die könnten jetzt für einen bestimmten Preis mit mir schlafen und mich schwängern. Sie würden es so richtig genießen. Und ich wäre auch noch begeistert dabei. Und sie würden prahlen: ‚Ich habe die Maria flachgelegt, und jetzt bekommt sie einen dicken Bauch, von mir!' Oder jeder, der bei uns regelmäßig Frischfleisch abliefert, dürfte mich als Rabatt mal besuchen. Vielleicht gäbe ich auch als Extrahäppchen an der Fleischtheke eine gute Figur ab: Neu im Angebot! Nicht billig, aber ein echter Genuss.

Das geht auf keinen Fall! Übrigens, ich muss mal dringend für kleine Mädchen." Becker gab der Uniformierten, die vor der Tür wartete, einen Wink. „Bringen Sie die Dame aufs Klo! Und gehen Sie mit hinein, also nicht bis in die Kabine, wohl aber in den Toilettenraum, verstehen Sie. Und stellen Sie sich vors Fenster. Nicht dass uns die Frau abhaut."

Nicht nur von der Wortwahl her, auch vom Tonfall her war dies etwas unhöflich formuliert für eine Kollegin. Auf ihren fragenden Blick hin beging er einen groben Fehler. Er beleidigte den Stolz der Polizistin. „Es ist schon viel passiert bei solchen Toilettengängen. Sogar Verbrecher sind dabei verschwunden. Manche sind nie wieder aufgetaucht. Und da hilft auch keine Ausrede." Er hatte schon verloren, bevor das letzte Wort heraus war.

Die Beamtin schüttelte sich kurz und reagierte: „Herr Kriminalhauptkommissar! Das reicht!" „Ist ja gut, Sie hätten das auch ohne mich richtig gemacht, ich weiß ja. Ich schätze Sie als sehr kompetent ein, also richtig kompetent." "Er schüttet doch tatsächlich noch Öl ins Feuer", dachte Beate. "Ich habe von vielen Seiten gehört, dass Sie richtig gut sind." Es war heute nicht sein Tag. Ihr Blick hätte ihn fast umgebracht. "Er hält mich tatsächlich für blöd!", dachte sie. "Was habe ich dir heute nur getan, du A...loch", stand in ihren Augen zu lesen. Becker merkte, dass er schlecht drauf war und sich danebenbenommen hatte, aber warum nur? Bestand eine gewisse Nähe zu seiner eigenen Vergangenheit? Oder war die junge Frau daran schuld? War er von der Situation überrollt worden? "Ich werde der Kollegin ein Fischbrötchen spendieren müssen", dachte er laut, als die Polizistin mit Maria losging. Seine Assistentin grinste. "Das haben Sie richtig gut hingekriegt, Chef. Man könnte Sie glatt als Frauenbeauftragten einsetzen. Sind Sie betrunken? Übrigens, Sie sollten ihr im Dunkeln für eine gewisse Zeit nicht über den Weg laufen. Sie haben an ihrer Kompetenz gekratzt. Und wir Frauen sind so verletzlich, und so was von nachtragend." "Ich bin vermutlich in ein Fettnäpfchen getreten", konstatierte Becker, "also Fischbrötchen." "So ein Quatsch. Probieren Sie es vielleicht mit einer anständigen Entschuldigung und mit einer Schachtel Pralinen, aber nicht eine von Uschi da unten. Vielleicht kann sie das von der Vollstreckung Ihres Todesurteils abhalten."

## Kaffeepause mit Schröder

Nach Marias Rückkehr ging das Verhör weiter und zog sich in eine Endloslänge.

Becker und seine Assistentin verließen das Vernehmungszimmer und wollten sich die Beine vertreten und einen Kaffee trinken.

Als sie an dem Nebengelass mit dem Spiegel zum Verhörraum vorbeikamen, stand die Tür offen und ihr Chef hatte es sich dort bequem gemacht. "Sind Sie vielleicht heute mit dem linken

Bein aufgestanden, Herr Kriminalhauptkommissar? So viel zu dem Thema. Jetzt zum anderen: Da habt ihr beide ja ein ganz schönes Früchtchen eingefangen. Entweder ist sie eine Lügnerin vor dem Herrn oder es ist Ihnen, nein uns, ein richtig großer Fang ins Netz gegangen." Die beiden grinsten, und Becker erwiderte: „Ich glaube auch an den großen Fang. Vielleicht eine kleine Gehaltserhöhung für uns, Herr Kriminalrat? Bei der Aussicht bekomme ich große runde Augen." „Nun werden Sie mal nicht unverschämt, Becker!" „Ich glaube, der Kaffee wird kalt. Wir müssen …", versuchte Frau Hellmann, die Situation zu entspannen, bevor sie peinlich wurde. Der Kriminalrat hatte den Einwurf seines Ermittlers sowieso nicht so richtig ernst genommen. „Ihr bekommt nie eine Gehaltserhöhung! Für so was muss man artig sein, nicht so wie Sie", flachste er den beiden hinterher, als sie sich Richtung Cafeteria davonmachten. „Und passt gefälligst auf die Maria auf, dass sie euch nicht aus dem Fenster klettert, falls die Kollegin das nicht schafft." „Ich hab's ja verstanden", murmelte der Herr Kriminalhauptkommissar vor sich hin. „Immer auf die Kleinen."

## Marias Vita II: Leben auf der Straße

Maria hatte nach einer Rauchpause am Vernehmungstisch wieder Platz genommen. Sie lümmelte im Lehnstuhl und schaute die beiden interessiert und vielleicht auch ein bisschen belustigt an. Bei Becker war während der Pause der Adrenalinspiegel fleißig gestiegen. Er hockte ihr kampfbereit gegenüber. Das war hier und jetzt sein Spiel. So etwas brauchte er. Er würde dieses Weib ausquetschen wie eine Zahncremetube. Man sah ihm seine Anspannung an: Den Kopf war nach vorn geschoben, wie bei einem Bullen, zum Angriff bereit. Er sah sich im Ring, Angriff. Die Frau Kriminalhauptkommissar sah, dass es heute nicht sein Tag war. „Was ist mit ihm los? So kenn ich ihn doch gar nicht.

Er war zu heiß, und es würde schiefgehen." Sie übernahm die Gesprächsführung.
„Können Sie uns ein paar Worte zu Ihrer Person sagen, Frau ...?" „Sagen Sie einfach Maria. Alle sagen Maria zu mir." „Wie hießen Sie denn vorher?" „Hab ich vergessen." „Gut, Maria, können Sie mir etwas über sich erzählen. Ich möchte mir gern ein Bild von Ihnen machen." „Machen Sie nur, machen Sie. Mit 13 Jahren wurde ich zur Nutte gemacht. Und es machte mir richtig Spaß. Ich hab es genossen. Das verstehen Sie zwar als Bulle nicht, aber es war so. Übrigens, soll ich zu Ihnen als Frau lieber ‚Bulette' sagen? Keine Reaktion? Na, dann eben weiter mit ‚Frau Bulle'. Mein Vater fuhr ständig Taxi. Ich hatte den Eindruck, dass er lieber in seinem Taxi saß als bei uns zu Hause. Meine Mutter war immer bei irgendeiner Freundin, ständig. Und ich war allein zu Hause, auch ständig. Kein Familienleben, keine Liebe, keine Zuneigung. Nur Leere und Kälte. Irgendwann hatte ich die Nase voll und riss von zu Hause aus. Ich ging auf die Straße. Meine Eltern waren eh kaum in unseren vier Wänden. Die werden vermutlich erst später einmal gemerkt haben, dass ich mich abgemeldet habe.

Um zu etwas Geld zu kommen, bettelte ich. Es gab eine Reihe von Männern, die Mitleid mit armen Mädchen wie mir hatten und mir einen Schein zuschoben.

Außerdem trug ich Zeitungen aus. Da waren auch Straßen dabei, wo man als Mädchen nachts nicht allein hingehen sollte.

Es gab Zeitschriften, die nur monatlich zugestellt wurden. Als ich einen Packen in den Briefkasten eines Kunden steckte, entdeckte ich, dass ein Pornoheft dabei war. Ich hatte so etwas noch nie in der Hand gehabt. Interessiert hat es mich schon. Also schlug ich es auf, nachdem ich die Plastehülle abgerissen hatte. Ich hatte seit fast einem Jahr regelmäßig meine Regel, und es kribbelte in der Hose bei dieser Zeitschrift. Aber wie weiter? Da trat aus dem Dunklen des Hausflurs ein Mann an mich heran. Es war der, der das Heft abonniert hatte. ‚Na, Kleine, haste Hummeln in der Hose oder in der Muschi?' Na klar hatte ich. Er trat hinter mich und fuhr ganz langsam mit seinem rechten

Arm in meinen Ausschnitt. Mit der Hand umfasste er meine linke Brust und streichelte sie ganz sacht. Ich hatte keinen BH an, und er hatte freies Feld und freie Fahrt. Es tat nicht weh. Ich hatte auch keine Zeit, um zu protestieren oder zu schreien. Ich empfand ein wohliges Kitzeln und eine Gänsehaut lief mir über den Rücken; meine Brustwarzen wurden steif. Hach, war das herrlich! Er drehte mich zu sich um, zog die Hand zurück und umarmte mich. Dann fasste er in meine Haare, zog meinen Kopf zu sich heran und küsste mich, erst auf die Lippen und dann in den Mund. Das war ein Gefühl! Meine Brustwarzen wurden noch fester und mein Höschen feucht. Er presste mich an sich und flüsterte in mein Ohr: ‚Was bist du nur für eine süße kleine Schlampe. Komm doch heute Abend zu mir. Dann zeig ich dir, wie es geht. Und, es tut gar nicht weh, macht aber Riesenspaß.‘ Natürlich klingelte ich am Abend bei ihm.

Der Mann zeigte mir alles, was guttut und was man auf dem Strich brauchte. Er hat mir nie wehgetan. Er hat mir immer gezeigt, wie man's besser macht, wenn ich mich dämlich angestellt habe. Ich hatte deshalb immer ein herrliches Gefühl beim Sex; ich habe mich sauwohl gefühlt dabei. Nach einer Woche hatte ich meinen ersten Dreier. Es war wie ein Rausch. Danach lernte ich eine Menge ‚Freunde‘ von dem Mann kennen, die mich alle mal zu sich einluden. Einer verplapperte sich, und ich war erschrocken, wie viel Geld er für unsere ‚Sitzungen‘ bezahlte. Das war ja pure Sklaverei. Ich wollte weg, wollte mich absetzen. Es war aber zu spät. Denn nur drei Tagen später verkaufte mich mein Kerl. Dumm gelaufen. Ich bekam irgendein Schlafmittel in den Kaffee geschüttet und wurde im Heizungskeller eines Hotels wieder munter. Nachdem ich ewig warten musste und in der Zwischenzeit gründlich ausschlafen konnte, musste ich mich nackt ausziehen. Zwei Männer betatschten mich und fanden mich ‚ganz nett‘. Ich bekam High Heels und Handschellen verpasst. Dann wurde ich an einer Hundeleine nackt ‚vorgeführt‘ und erlebte das Feilschen um mich voll mit. Bei diesen Summen wurde mir schummrig im Kopf, und mir wurde zum ersten Mal klar, wie wertvoll ich bin, also wie hübsch und wie begabt. Mein Selbstwertgefühl stieg in diesen wenigen Minuten um ein Vielfaches. Ich bekam richtig gute Laune. Wir Mädels – ich wurde nicht allein verhökert – bekamen billige T-Shirts und Hotpants verpasst und wurden in einen Sprinter verfrachtet. Manche Mädchen weinten. Ich war aber gut drauf. Ich hatte endlich meinen Wert erkannt. Ich wusste, dass für mich der Eintritt in eine völlig neue Welt begonnen hatte.

Wir bekamen auch gute Verhaltensregeln mit auf den Weg: ‚Wenn ihr schreit oder Ärger macht, gibt's Prügel.' Das war dem Kerl durchaus zuzutrauen.

Ich konnte aber ausreißen. Der Fahrer von dem Zubringer war dämlich. Auf einem Rastplatz an der Autobahn ließ ich mich überreden, ihm einen zu blasen. In seinem schönsten Moment quetschte ich ihm kräftig die Eier zusammen. Er schrie auf und sackte zusammen. Ich nahm seine Papiere und ließ die anderen Mädchen aus dem Kleintransporter. Also landete ich wieder auf der Straße. Bei den Unterlagen von dem Kerl waren ein paar Tausend Euro dabei, die mir erst mal als Übergangsgeld dienten. Aber dann wurde es Winter und saukalt. Ich musste irgendwo unterkommen.

## Marias Vita III: Bordell, Chefgeliebte, Gehirnwäsche

Ich landete in einem illegalen Puff irgendwo in Österreich. Dort lernte ich den Chef unserer Firma kennen. Seinen richtigen Namen weiß ich nicht. Er hat zig Namen. Er kam als Kunde und wurde schnell mein Lieblingsfreier. Eines Tages fragte er mich, würdest du mit mir kommen? Ich bin aber verheiratet. Er erzählte mir, dass ich seine Hauptfrau sein würde und dass er im Rotlicht arbeitete. Ich sagte sofort: ‚Ja, mit dir immer!' ‚Dann warte einfach, es wird funktionieren. Aber halt die Klappe; erzähle den anderen Weibern nichts.' Ich war skeptisch. Der Besitzer vom Puff wollte ja bestimmt eine ‚Abfindung' für mich haben.

Am nächsten Morgen kam der Chef früh in den Puff und sagte, dass er wohl gestern in meinem Zimmer einen wertvollen Ring verloren habe. Der Klubbesitzer war schon immer ganz frühmorgens da. Er war geizig und rechnete täglich die Einnahmen der Nacht nach. Dazu brauchte er die Ruhe, die er früh hatte. Er kam mit dem Chef in mein Zimmer, weckte mich grob und zerrte mich aus dem Bett. ‚Werd munter, du Schlampe! Wo hast du den Ring, du Miststück.' Der Chef griff in die Hosentasche und holte eine Pistole mit Schalldämpfer heraus. ‚Ab ins Bett', sagte er und deutete mit dem Lauf der Waffe auf mein Bett.

Dem Bordellbesitzer klappte die Kinnlade herunter. ‚Na los, hopp!', half der Chef nach. Der Mann kletterte in mein Bett. Der Chef zog ihm die Decke über den Kopf und legte auch noch das Kopfkissen drauf. Dann hielt er den Lauf der Pistole an den Kopf dieses armen Trottels. Er drückte zweimal ab. Es war so gut wie nichts zu hören: Der Schalldämpfer und die Kissen schluckten jedes Geräusch. Die beiden Geschosse durchschlugen den Kopf und blieben in einem Zeitungsständer stecken. Ich sammelte die beiden Patronenhülsen auf und pulte die Kugeln aus den Zeitschriften. Beides steckte ich ein. Keiner merkte etwas von den Schüssen. Wir gingen hinunter und waren auf den Weg zum Hinterausgang. Da kam uns eine Putzfrau entgegen. Es machte nur ‚Blob!', dann war der Weg frei. Sie sank ohne einen Laut zu Boden. Der Chef fing sie auf, damit der Eimer und der Besen beim Umfallen nicht schepperten und ließ sie sanft zu Boden gleiten. Wieder hob ich die Hülse auf. Das Geschoss war auch hier glatt durchgegangen und steckte im Putz an der Wand gegenüber. Mit der Ecke einer kleinen Blechschaufel, die auf ihrem Putzwagen lag, popelte ich es heraus und nahm es mit. Ich drückte ihn an mich und sagte, dass ja nicht jeder wissen muss, wer hier aufgeräumt hat. Der Chef gab mir einen dicken Kuss, und wir verließen den Puff. Als wir draußen waren, pfiff er kurz durch zwei Finger und schon tauchte ein unauffälliger Wagen auf. Wir stiegen ein. Der Wagen fuhr los. Der Chef stellte mich vor: ‚Das ist Maria. Sie gehört nicht zum Mobiliar, auch nicht zu den Schlampen. Sie gehört zu mir, nur zu mir, alles klar? Sie

wird im Management angesiedelt und mir bei der Führung des Ladens helfen. Verstanden?!' Man hatte verstanden.
Und so wurde ich die Geliebte des Chefs. Ich konnte ihn voll befriedigen; darauf bin ich richtig stolz. Seine Frau hatte nichts gegen mich. Wir schliefen manchmal sogar zusammen in einem Bett. Sie vernaschte jeden, der nicht bei ‚drei' auf dem Baum war, aber sie stellte sich dabei primitiv an und war froh, dass sie durch mich mehr Luft bekam. Etwas anderes als vögeln konnte sie nicht. Sie war eine hübsche, aber leere Dose. In der Firma war sie nicht zu gebrauchen.
Ich wurde neu eingekleidet. Noch nie hatte ich so edle Sachen am Körper getragen. Meine linke Hand ziert jetzt ein Brillantring und die rechte einen Trauring mit einem Aufstecker davor, auch echt Diamant. Ich habe mehrere Designerbrillen als Accessoires und einen Lieblingsfriseur. Der Chef stellte mich seinem Vater vor und gab ihm aber auch gleich zu verstehen, dass ich für ihn tabu sei. Der Alte akzeptierte das."

Becker hatte sich heruntergeregelt und wollte jetzt auch wieder mitspielen. „Wer oder was ist denn die Firma, Maria?" „Ich glaube, dass ich das alles nur träume. Das ist nur Konjunktiv 2. Es kann möglich sein, kann aber auch nicht. Nichts ist für den Staatsanwalt verwertbar. Alles nur Inhalt meiner irren Träume, alles schwarz-weiß. Und diese Träume werden erst farbig, wenn ich an einem sicheren Ort bin. Verstanden, Herr Polizist?"
„Kommen Sie zum Thema zurück! Was macht diese Firma?"
„Wir besorgen uns Mädchen und Frauen, die durch uns angelernt, vermarktet und ihrem Gebrauch zugeführt werden." „Aha, interessant." „Tun Sie doch nicht so, Sie Bulle. Was glauben Sie, wie viel Polizisten schon über unsere Schlampen hinweggestiegen sind. Alles gutes und williges Fleisch. Vielleicht haben Sie auch Appetit?" „Wenn Sie nicht sofort den Ton und das Thema wechseln, landen Sie sofort in einer Zelle, und dann ist Schicht im Schacht. Nichts mit ‚sicheres Haus'."
„Seien Sie doch nicht so penibel: Was glauben Sie, was für hübsche und gefügsame Mädchen wir haben." „Maria!"

Die Frau Kommissar sprang ein und übernahm das Ruder. „Erzählen Sie uns doch was Näheres über Ihre Firma, Maria."

## Hinter dem Spiegel, Becker und Schröder

Theo ging kurz nach draußen. Er musste sich etwas abkühlen. Sein Chef hockte wieder oder immer noch neugierig vor dem Spiegel. Er hatte eine Tasse Kaffee vor sich stehen und paffte an einer kalten Pfeife. „Na, Herr Kriminalhauptkommissar, wäre das nichts fürs Bett?" „Da können Sie auch gleich mit bloßen Händen in die Glut fassen und hoffen, dass Sie sich nicht verbrennen." „Stimmt leider. Was halten Sie von dem Ganzen, Becker?" „Das kann alles sein, Chef." Schröder nickte: „Ich glaube aber immer noch an einen großen Wurf, auch wenn wir bisher wenig wissen. Und ich hoffe natürlich auf eine besonders große Belohnung." Er grinste. „Stellen Sie sich vor, Becker, Sie würden die ‚Große Verdienstmedaille in Gold mit Platin und Eichenlaub für vorn und hinten' bekommen und dazu eine güldene Urkunde im DIN-A2-Format." „Chef, Sie wissen doch: Orden und Bomben treffen immer die Falschen. Fünfzig Euro mehr auf dem Gehaltszettel wären mir lieber." „Mit Ihnen kann man einfach keinen Spaß zu machen, Becker. Aber ich glaube immer noch an Blech und Gold und Geld. Jetzt eben für mich allein, wenn Sie nicht möchten. Das ist ein großer Wurf, glauben Sie mir. Ich rieche das."

„Wie kommen Sie auf die Idee, dass das Weib keine Spinnerin ist, Chef?" „Ganz einfach, ich habe einen bekannten Juwelier hergebeten. Er hat die Ringe der Frau begutachtet. Raten Sie mal, was die wert sind." „Keine Ahnung, viel?" „Der beiden Brillantringe liegen bei geschätzten 6.500 Euro, und nur die Steine. Und der Trauring bei zwei Komma acht. An dem Geschwätz der Frau scheint etwas dran zu sein. Versauen Sie die Show nicht, Becker! Und die Stilettos von ihr werden nur in

Florenz gefertigt und liegen bei circa vierhundert Euro, sagt die Frau des Goldschmiedemeisters. Und die weiß es bestimmt." Der Herr Kriminalhauptkommissar sah seinen Chef an. „Ich geb mir Mühe, es zu versauen, Chef." „Ach Becker", Schröder schüttelte weise sein Haupt.

Der Herr Kriminalhauptkommissar ging noch mal zu kleinen Jungen und dann zurück in den Verhörraum, wo seine Assistentin das Ruder sicher in der Hand hatte. Maria antwortete artig, aber auch mit einem gewissen Stolz auf die Fragen: „Die Firma ist riesig und über das ganze Land verteilt. Unser Wirkungskreis und Einfluss ist riesig. Wir nennen Polizisten, Politiker, Wirtschaftsbosse und Idioten unsere Freunde. Wir haben im Team zwei Internisten, drei Hausärzte und zig Gynäkologen mit mehreren Hebammen. Außerdem nennen wir eine hochmoderne Schwarzdruckerei und eine Schweinefarm unser Eigen. Zudem verfügen wir über ein ausgeklügeltes, aber lautlos funktionierendes Verkaufs- und Transportsystem."

„Was ist mit dieser Gehirnwäsche?", mischte sich Becker wieder ein. „Wir nutzen das Stockholm-Syndrom aus, nur dass wir es optimiert haben. Unsere Gehirnwäsche wurde von zwei Psychologen entwickelt. Ich habe meine Kenntnisse von der Straße mit eingebracht und dafür gesorgt, dass das Ganze praxisrelevant wird.

Es geht darum, dass die Weiber gefügig gemacht werden, sich bei uns aber auch wohlfühlen. Sie sollen nicht ausreisen wollen. Und wenn die Schnepfen etwas wollen, dann das, was wir auch wollen."

„Aha, und wie funktioniert das?" Maria kichert. „Wie wäre es mit einer Pizza und einem Glas Rotwein? Vielleicht bin ich dann ja betrunken und plaudere." Sie lächelte die beiden siegessicher an.

Becker kochte vor Wut. Seine Assistentin hatte auch langsam die Nase voll mit dem Flittchen.

„Na gut." Der Kommissar seufzte und griff zum Telefon: „Annette, tu mir bitte einen Gefallen, und es sollte fix gehen:

Rufe einen Taxifahrer an. Er soll zum nächsten Italiener fahren und Pizza holen und eine Flasche Rotwein dazu. Aber mit Rechnung! Was für Rotwein und Pizza? Das ist mir völlig egal, bestell irgendwas. Und das bitte gleich und per Telefon ... Das ist mir doch schnuppe. Ich erkläre es dir später. Nein, ich habe keine schlechte Laune. Nein, mir ist auch keine Laus ... Mach das jetzt bitte, und zwar schleunigst. Der Taxifahrer soll das Gesöff und den Kleister schleunigst herbringen und damit basta. Danke." Dann wuchtete er das Telefon in die Basisstation. Maria grinste. „Diesen Wunsch kann man Ihnen nun wirklich nicht abschlagen." Seine Assistentin sah ihn schräg von der Seite an: „Sie sind heute wirklich gut drauf."

„So, die Maria geht solange in eine Zelle zurück, und wenn der Gruß aus bella italia da ist, holen wir sie wieder raus. Wache! Die Frau geht vorerst zur Aufbewahrung an die Garderobe zurück! So Maria, und jetzt raus hier, und ohne Diskussion. Sonst können Sie von einem sicheren Haus nur träumen." Maria lächelte ihn an, rümpfte die Nase und zuckte mit den Schultern. Dann verschwand sie mit einem aufreizenden Gang nach draußen, gefolgt von einer streng schauenden Polizistin.

Becker stand auf, rekelte sich und schaute seine Assistentin an: „Kommen Sie mit dem Weib klar? Die ist doch einfach ein Miststück. Wie die über die Frauen spricht, die von den Verbrechern gefangen gehalten werden. Als ob es Schäferhunde wären. Diese Frau, so schön sie auch ist, wirkt auf mich wie ein gefühlloser Klumpen Fleisch; die hat ein Gemüt wie ein Fleischerhund."

Beate nickte und formulierte bedächtig ihren Eindruck von Maria: „Sie weiß, dass sie hübsch ist, und spielt das natürlich aus, auch hier. Die Frauen werden in der Firma zu Sex-Sklavinnen gemacht, so gehalten oder eben verkauft. Vielleicht hat Marias Gefühllosigkeit mit ihrer Kindheit und der Zeit auf der Straße zu tun. Sie scheint völlig empathielos. Vielleicht ist sie sogar psychisch krank. An ihrem Chef scheint sie aber zu hängen. Aber vermutlich ist das keine Liebe, sondern nur Berechnung. Sie ist kalt wie Hundeschnauze. Sie leidet sicher auch an dem

Stockholm-Syndrom." Was mich wundert, sind die zwei verschiedenen Ausdrucksformen ihrer Sprache: Einmal spricht sie den typischen Slang eines Straßenmädchens, einer Nutte, und dann benutzt sie Ausdrücke wie eine studierte Führungskraft von einem Verbrechersyndikat." „Das ist mir auch aufgefallen", entgegnete Becker. Die beiden schlenderten über den Flur, schauten kurz nach draußen und vertraten sich die Beine. Sie philosophierten, wie es mit Maria weitergehen sollte. „Sie sollten vielleicht mal bei Annette vorbeischauen, nur mal so angedacht", änderte seine Assistentin das Thema. „Hm, sollte ich, vielleicht." „Am besten, Sie kaufen gleich zwei Schachteln Pralinen: eine für die Polizistin und eine für Ihre Lieblingssekretärin. Aber keine Kinderschokolade, die gerade im Angebot ist." Beate kannte bereits Beckers Sparsamkeit. „Am falschen Ende sollte man nicht sparen." „Ich bin nicht geizig, verdammt noch mal. Ständig werden über mich solche ..." Da klingelte das Telefon: „Dein Kleister und das rote Gesöff ist da." Aufgelegt. „Was ist?" „Nichts. Das Taxi ist da. Ich gehe mal kurz bei Annette vorbei." „Oha!"

Seine Assistentin sinnierte: Warum fällt er heute so aus der Rolle? Ist das wegen der aufreizenden Kurven oder steckt noch etwas anderes dahinter? Auf alle Fälle hat es mit dieser Frau zu tun.

Nach einer halben Stunde kam Becker von der Chefsekretärin zurück und war besserer Laune. „Warum waren Sie vorhin so aufgekratzt?", fragte seine Assistentin. „So ein in sich selbst verliebtes Stück Dreck habe ich noch nicht erlebt. So eine Kombination von Egomanie und Narzissmus ist selten. Die fehlende Empathie kittet beides zusammen. Das hat bei mir einfach das Fass zum Überlaufen gebracht. Ich habe mit einer ähnlichen Sache privat gewisse Erfahrung gemacht." „Was ist da gewesen?" „Ach, das ist lange her. Hab ich schon vergessen." „Oha."

Maria hatte ihr Mahl beendet und das Verhör ging weiter. Die Frau Kommissar übernahm die Führung. „Wie hat es geschmeckt, Maria?" „Es war ein richtiger Fraß, aber besser als gar nichts." „Undankbares Luder", dachte Becker. „Machen wir mal weiter, wo wir aufgehört haben", so die Kommissarin.

Becker begann: „Wie kam die Aufgabe, die Mädchen und Frauen zu beschaffen, auf Sie zu?"

„Es ging damit los, dass wir eine Zeit lang Mangel an Frauen hatten. Das Angebot war zu klein oder zu wertlos. Das Geschäft muss aber laufen. Da kam mir die Idee mit der Straße. Wir kaufen keine Frauen mehr auf, wir holen sie uns selbst. Wir schalten die Zwischenhändler aus." „Und wie haben Sie die Frauen ‚eingefangen'?" Die Assistentin gab sich neugierig.

„Ich habe einen kleinen Transporter. Damit fuhr ich in die sozialen Brennpunkte. Also dorthin, wo die meisten Obdachlosen hausen: die Gegenden um Bahnhöfe, Einkaufszeilen usw. Nicht zu vergessen die herrlichen Hochhäuserblocks. Die sind ja regelrechte Supermärkte für Frischfleisch. Für diese chaotischen sozialen Zustände können wir nichts. Deshalb brauchen wir auch kein schlechtes Gewissen zu haben. Unsere Gesellschaft hat diese Zustände ermöglicht und erst wahrgemacht, nicht wir. Wir sind wie der Fuchs oder Wolf im Wald. Wir sorgen nur für Ordnung in diesem sozialen Chaos."

„Und wie sorgen Sie für Ordnung?", fragte Becker. „Sie haben einfach obdachlose Frauen ihrer Freiheit beraubt, gefügig gemacht und dann verkauft!"

„Wie gewählt Sie sprechen: Sie haben obdachlose Frauen ihrer Freiheit beraubt. Da ist ja sogar ein Genitiv drin, gibt's den bei der Polizei überhaupt? Also, besorgt brauchen Sie über diese Weiber nicht zu sprechen. Das sind alles Schlampen. Alkoholisiert, antriebslos, häufig auch drogenabhängig. Mädchen und junge Frauen, die von zu Hause weggelaufen sind und die nichts mit sich anzufangen wissen. Keiner braucht sie. Ihr Leben ist sinnlos. Wir geben diesem Leben wieder einen Sinn. Wir holen sie von der Straße und lassen sie dienen. Dafür versorgen wir sie rund um die Uhr mit allem, was sie brauchen. Die kriegen ein Dach übern Kopf, ein warmes Bett und kostenloses Essen und Trinken. Das ist wie ‚all inclusive' für diese Schlampen." Becker schaute seine Assistentin an. Die verstand seinen Blick und zuckte ratlos mit den Schultern.

„Und wie haben Sie das ‚Einfangen' der Opfer konkret gemacht?"

„Ich hab die Weiber einfach reingelegt, das war's. Ich gebe mich als Bestandteil einer kirchlichen Hilfsorganisation aus. Vorn an der Frontscheibe von meinem Sprinter hing ein Kruzifix und an der seitlichen Tür klebten ein paar Bilder von Maria und Josef und anderen kirchlichen Größen, leider alle schon tot, sorry. Außerdem trug ich eine billige Kette um den Hals mit einem kleinen Kreuz und einer unechten Reliquie. Man musste der Kette ansehen, dass sie billig war: Das macht die ganze Fürsorge für die armen Bedürftigen glaubhafter. Dieser ganze christliche Kram, alles gelogen, alles Schwindel. Aber meine Brillantringe, die sind echt! Dafür lohnt es sich zu kämpfen. Nicht für irgendwelche Toten, die man an Holzpfähle genagelt oder erschlagen hat."

Es klopfte von draußen an den Spiegel. „Machen wir eine kleine Rauchpause!", sagte Becker.

„Möchten Sie ein Glas Wasser?" „Nein, kein Wasser, danke." Aber Maria brauchte einen Schluck Rotwein. „Nach dem Mittagsmahl trinke ich immer einen Schluck. Und der Fraß von dem Italiener war scheußlich, also brauche ich zwei Schluck."

Die beiden Kriminalisten verständigten sich mit einem Blick und fielen in den Pausenmodus. Maria trank ein Glas Wein und die zwei Polizisten trafen sich im Vorraum mit ihrem Chef.

„Das klingt ja erschreckend", sagte Schröder. „Ich komme nicht umhin zu glauben, dass der Spuk hier wahr ist, dass hier wirklich organisiertes Verbrechen vorliegt. Und ein verdammt gut organisiertes.

Gut, weiter", dachte der Kriminalhauptkommissar. „Bringen wir das Infernale hinter uns."

Man hatte sich nach einer kurzen Pause wieder eingefunden. „Machen wir weiter, Maria. Wie haben Sie das Ganze durchgezogen? Wie lief das?"

„Also zuerst schaute ich mir die Mädchen in Ruhe an. Ich ging zu Fuß durch die Straßen und war zu allen freundlich. Wenn ich mir in Gedanken ein paar von den Schlampen ausgesucht hatte, besuchte ich sie mit dem Auto. Ich machte auf Nächstenliebe. Ich verteilte heißen Tee oder Kaffee und warme Suppen oder Wurstbrote. Dazu gab es auf Wunsch Rotwein oder ein kleines Fläschchen mit Hochprozentigem. Ich setzte mich neben sie und unterhielt mich mit den Weibern. Ich hatte Zeit. So baut man Vertrauen auf.

Ganz wichtig ist, dass die Schlampen nicht gesucht werden, wenn wir sie einkassiert haben. Also müssen wir das vorher abklären. Es ist nicht gut, wenn eine völlig konfuse Familie sich plötzlich an das Töchterchen erinnert und eine riesige Fahndung einleitet. Oder die Frauen vielleicht auch jetzt schon polizeilich gesucht werden." „Mein Gott", dachte Becker, „die CIA wäre stolz auf solch eine Mitarbeiterin." „Und wie geht es weiter?", erkundigte sich seine Assistentin. „Ich gab einige gute Ratschläge, wie ‚in Paris ist man als Obdachlose besser versorgt', oder ‚in Basel oder Wien wird man besser behandelt', in der Hoffnung, dass die Schlampen das in ihrer Umgebung erzählen und so niemand aus ihrem Umfeld Verdacht schöpft, wenn sie weg ist. Die ist eben einfach nach Wien abgetaucht. So geht das. Wenn die Schlampen genug Vertrauen zu mir hatten, gab ich ihnen einen Schluck Rotwein mit einem starken Schlafmittel, das auch schnell wirkt. Wenn sie schläfrig wurden, lockte ich sie in mein Auto. ‚Ruh dich einen Moment aus, ich habe einen Schlafsack im Auto und eine Luftmatratze.' Und dann zog oder führte ich sie in meinen Sprinter. Als sie wieder munter wurden, waren sie im Haupthaus."

„Und was passierte im Haupthaus mit den Mädchen und Frauen? Was ist überhaupt das Haupthaus?", fügte Frau KHK Hellmann hinzu. „Das Haupthaus? Ach ihr beiden, ich habe euch doch vorhin schon mitgeteilt, dass ich erst was Konkretes sage, wenn ich in Sicherheit bin. Schon vergessen? Aber vielleicht ein paar Worte zu unseren ‚Spezialitäten'.

Unser Geschäft lief richtig gut. Der Chef war begeistert von mir und überhäufte mich mit Geschenken. Ich bekam Geschmack auf die Jagd nach Frischfleisch. Ich genoss es, wie die Schlampen und Flittchen mir langsam, aber sicher ins Netz gingen. Wie sie umerzogen und verkauft wurden oder einen dicken Bauch bekamen und sich noch darüber freuten.

Als ich merkte, dass es gut lief, kam mir die Idee mit den Lesben und Schwulen. Viele Menschenhändler verkaufen Mädchen und Frauen. Das sind aber häufig wertlose Stücke, Massenware. Aber unser Fleisch ist kostbar, wertvoll. Unsere Weiber sind stolz auf ihren Status! Sie pflegen ihn regelrecht. Und die Lesben und homosexuelle Männer sind das Feinste von der Fleischtheke. Die haben selbst international einen Seltenheitswert und hohen Preis. Wir hatten eine Marktlücke gefunden. Diese seltenen Spezies einzufangen, erforderte viel Einfühlungsvermögen, Fingerspitzengefühl und auch verdammt viel Zeit. Deshalb sind Männlein und Weiblein im Vertrieb dann so richtig teuer.

Aber erst einmal musste die Ware ‚auf Linie' gebracht werden, damit man mit ihnen ordentlich arbeiten kann. Wenn Sie Äpfel ernten, müssen die zuerst gesäubert und sortiert werden, bevor man sie an den Obsthändler oder Bäcker verkauft, klar? So ist das mit jeder Ware. Also auch mit unserer."

„Was verstehen Sie direkt darunter, Maria?", fragte der Kommissar. „Wenn die Schlampen in das Haupthaus kommen, müssen sie erst mal ausschlafen. Wir haben sie ja sediert. Und, sie sind dreckig. Sie kommen ja von der Straße. Außerdem haben die meisten eine Schleppe, also eine eitrige Infektion der Haut, ist hoch ansteckend. Die muss erst einmal behandelt werden. Also werden sie gewaschen, die Wunden behandeln und insgesamt die Haut gut gepflegt. Sollten schon Narben da sein, sind sie bei mir durch das Raster gefallen. Die Weiber landen dann wieder auf die Straße, irgendwo. Fast alle Obdachlosen haben Alkoholprobleme oder brauchen Drogen. Wir haben gute Ärzte. Die Weiber werden im Bett angebunden, medikamentös entgiftet und bekommen nie mehr Alkohol oder Drogen. Als ‚Ersatzdroge' wird warmer Kakao angeboten. Der schmeckt und spricht gut an, eigentlich besser an, als ich dachte; ich weiß auch nicht warum.

Während dieser Zeit werden sie taxiert. Alle Frauen von sechzehn und darunter gehen später in die ‚Ponnybar'. Alle von siebzehn bis achtzehn werden nochmals begutachtet: Wenn sie als jung genug durchgehen, landen die Flittchen auch in der Ponnybar. Erscheinen sie reifer in Ihrem Äußerem, gehen sie auf die Stutenfarm. Alles, was älter ist, landet eh dort."

## Gehirnwäsche, Ponnybar, „sichere Wohnung"

„Sie sprachen von Hirnwäsche bei den Mädchen. Wie funktionierte das real?" „Ach, bei den Schlampen von der Ponnybar haben wir nicht so einen riesigen Aufwand betrieben wie bei den Weibern von der Stutenfarm. Die blieben ja bei uns. Da haben wir gründliche Arbeit geleistet. Wir sind halt Profis! Aber bei der Ponnybar haben wir es uns einfacher gemacht. Nachdem die Weiber sauber und entgiftet waren und ihre Haut tipptopp aussah, wurden sie für zweieinhalb Tage gefesselt und in einen engen Sarg gelegt. Dort drinnen herrscht absolute Finsternis. Keine Decke, keine Heizung. Die Toilettenfrau hat gerade Urlaub. Es gibt auch kein Essen auf Rädern. Es gibt nichts. Das Einzige, was es gibt und was auch gut funktioniert, ist die Luftzufuhr. Die ist aber so diskret, dass sie nicht wahrgenommen wird. Ach so, das hätte ich beinahe vergessen: Musik gibt es auch. Wir mögen Kultur. Wir haben aus dem Bolero von Ravel ein mittleres Stück herausgeschnitten. Und das läuft die ganze Zeit als Schleife, über alle 60 Stunden.

Nach diesen sechzig Stunden sind alle Schlampen zerbrochen. Die sind völlig fertig, die Weiber, alle. Die sind körperlich erschöpft und psychisch fertig. Wir stellen sie dann höflich vor die Wahl: Entweder in den Sarg zurück, und der Sensenmann wartet schon oder eine Sexsklavin zu werden. Die Mädels sind eingeschissen, haben uriniert und ihre Unterwäsche klebt an ihnen vor Dreck. Sie stinken wie eine übervolle Jauchengrube. Was glauben Sie, was die Schlampen wählen? Wir haben sie zerbrochen und jetzt setzen wir sie nach unseren Regeln wieder zusammen. Beim Öffnen des Sarges wird die Tür zum Badezimmer nebenan immer geöffnet, und es duftet nach Badeschaum und Deo. Das warme Badewasser läuft in die Wanne; man kann es plätschern hören, und es riecht nach Rosenduft und Seife. Da will keine wieder zurück in den Sarg. Ist noch nie passiert! Das haben wir doch herrlich gemacht, nicht? War zum Großteil meine Idee."

Becker schaute sie entsetzt an: „Ich überlege gerade, was man mir tut, wenn ich Ihnen jetzt und hier die Gurgel zuschnüre, Sie Miststück." „Tun Sie doch nicht so, Sie kleiner Polizist. Geben Sie zu, dass wir spitze sind. Und außerdem: Sie haben doch sowieso nichts zu entscheiden. Ihr Chef sitzt mit Sicherheit hinter diesem Spiegel. Der könnte auch mal wieder geputzt werden. Ein Dreck ist das hier. In unserem Etablissement können Sie vom Fußboden essen. Also, Ihr Chef hinterm Spiegel entscheidet, nicht Sie."

Seine Assistentin übernahm: „Wie werden die Frauen ‚erzogen‘, Maria?" „Die waren doch alle noch so jung und gut zu formen. Wir arbeiteten nach dem Prinzip ‚Zuckerbrot und Peitsche‘. Wenn die Flittchen brav waren, gab es gutes Essen auf weißen Tischdecken, dazu Konfekt. Massagen und Wohlfühlsex rundeten die Sache ab. Entsprachen die Mädchen nicht unseren Erwartungen, dann wurde gefoltert. Wir schlugen nicht. Wir verwendeten eine elektrisch geladene Peitsche. Funktioniert wie ein Weidezaun, nur etwas effektiver und macht keine blauen Flecke. Der Stromschlag zuckt durch die Arme oder Beine, als ob ein Blitz durch die Muskeln fährt. Und immer klingt der Bolero dazu. Die Weiber bekommen schon weiche Knie, wenn sie nur den Ravel hören. Da brauchen wir nicht mal körperlich zu strafen. Den Schlampen wird klargemacht, dass sie sich auf dem Niveau eines Schäferhundes befinden: Sie werden dressiert und erzogen, und dann ins Ausland verkauft.

Wir machen eigentlich nichts anderes, als den Weibern ihre weitere Prognose als Schäferhund aufzuzeigen: Wenn sie ihren Herrn verwöhnen, all seine Wünsche erfüllen, dann werden sie von ihm mit Leckereien belohnt. Dann geht es ihnen richtig gut.

Wenn sie ihn aber verärgern, wird er sie züchtigen oder sogar töten. Wir erzählen ihnen auch, dass wir sie wieder zurücknehmen, wenn sie sich bei ihrem Herrn sträuben, wie schlechte Ware. Dann wird ihr Erlebnis mit dem Sarg wie ein Erholungstrip für sie sein."
Becker hakte nach: „Bis jetzt ging das ja alles auf die ‚harte Tour', also mit Schmerz und Gewalt. Und was ist mit dieser Hirnwäsche, die Sie erwähnt haben?" „Das ist bei den Flittchen von der Ponnybar nicht schwer. Wir helfen den Weibern einfach bei ihrer Erziehung: Wenn sie aus dem Sarg ‚auferstehen', begreifen sie, dass sie zu Sklaven gemacht werden, zu Sexsklaven, oder dass sie sterben müssen. Sie entscheiden sich für das Leben. Und wir erklären ihnen ihren Zustand an dem bewussten Schäferhund:
Ein braver Schäferhund wird von seinem Herrn lieb gehabt; es geht dem Hund gut. Also hämmern wir den Flittchen ein, ein guter Schäferhund sein zu wollen. Und das begreifen sie ganz schnell. ‚Ich will ein guter Schäferhund sein.' Das klingt jedoch idiotisch. Ich will eine gute Sklavin sein – das ist schon besser, klingt aber auch nicht so gut. Aber ein ‚braves Mädchen' zu sein, ist nicht anstößig. Das müssen die Weiber begreifen.
Wir zeigen den Flittchen Bilder und Clips von gefügigen Nutten. Nutten, die sich beim Sex nicht sträuben, die dabei lachen und ihn genießen. Die Message ist: So geht es braven Mädchen.

## „Braves Mädchen"

Aber was macht ein braves Mädchen aus? Nun, man muss nur die leere Hülle des ‚braven Mädchens' mit unseren Wünschen füllen, damit die notwendigen Verhaltensmuster abgerufen werden können. Die ständige Wiederholung von Begriffen oder Verhaltensmustern weist uns den Weg. Die Psychologie zeigt es uns.
Wenn Sie unser Programm jeden Tag sechs Stunden lang zu hören bekommen und wenn Sie es zwei Stunden lang nachsprechen müssen, dann formt das Ihre Psyche und prägt Ihr Verhalten neu.

Sie sitzen alle im Kreis und sprechen den Text im Chor. Wenn es beim Nachsprechen zu Stockungen kommt, dann werden alle Schlampen mit der Peitsche gezüchtigt. Alle, nicht nur die, die es verbockt hat. Die Restlichen bedanken sich danach bei der Zicke. Die reißt sich danach zusammen. Das nennt man Erziehung in der Gemeinschaft. Es haben schon die alten Griechen ihre Kinder in der Gemeinschaft erzogen.

Und so geht es: Der Text wird immer wieder aufgesagt, immer wiederholt, sogar beim Schlafen. Über Lautsprecher am Bett, aber da ganz leise. Aber trotzdem ist es da:

# Ich will ein braves Mädchen sein, ich will ein braves Mädchen sein.
# Ich will immer ein braves Mädchen sein. Ich will immer ein braves Mädchen sein.
# Ein braves Mädchen ist folgsam, ein braves Mädchen ist folgsam.
# Ein Mädchen wird bestraft, wenn es nicht brav ist. Ein Mädchen wird bestraft, wenn es nicht brav ist. Und alles wird ständig wiederholt, bis es von allein aus dem Mund kommt.
# Ein Mädchen muss hart bestraft werden, wenn es nicht brav ist. Ein Mädchen muss hart bestraft werden, wenn es nicht brav ist.
# Ein braves Mädchen liebt immer seinen Herrn, ein braves Mädchen liebt immer seinen Herrn.
# Ein braves Mädchen verwöhnt seinen Herrn mit Liebe, ein braves Mädchen verwöhnt seinen Herrn mit Liebe.
# Ein braves Mädchen erfüllt seinem Herrn jeden Wunsch. Ein braves Mädchen erfüllt seinem Herrn jeden Wunsch.
# Ein braves Mädchen tut alles, was sein Herr will. Ein braves Mädchen tut alles, was sein Herr will,
# Ein braves Mädchen belügt seinen Herrn nicht. Ein braves Mädchen belügt seinen Herrn nicht.
# Ein braves Mädchen will immer brav sein. Ein braves Mädchen will immer brav sein.
# Ein braves Mädchen wird von seinem Herrn ganz toll geliebt. Ein braves Mädchen wird von seinem Herrn ganz toll geliebt.

# Der Herr tut alles für sein braves Mädchen. Der Herr tut alles für sein braves Mädchen.
# Der Herr liebt sein braves Mädchen. Der Herr liebt sein braves Mädchen.
# Der Herr ist stolz auf sein braves Mädchen, weil es ihn im Bett verwöhnt. Der Herr ist stolz auf sein braves Mädchen, weil es ihn im Bett verwöhnt.
# Ich will immer ein braves Mädchen sein. Ich will immer ein braves Mädchen sein.
# Ich will immer ein braves Mädchen sein. Ich will immer ein braves Mädchen sein.

Das brennt sich ein. Nach ein paar Wochen sucht das Hirn nicht mehr nach Lösungen auf die Probleme oder Fragen. Es nimmt die Lösungen, die schon da sind, schon parat liegen. Es benutzt einfach den eingeschliffenen und kürzesten Weg zur Problembearbeitung und hat seine Ruhe, und die grauen Zellen können schlafen. Ein Organ, das nicht mehr voll gebraucht wird, regelt sich herunter. Unser Organismus arbeitet energieoptimal. Ein Gehirn, welches nicht mehr voll arbeiten muss, bietet dann auch nicht die komplette Angebotsliste an. Die Schlampen werden geistig träge und stellen sich keine neugierigen Fragen mehr. Es lebt sich ja auch so viel leichter. Deshalb akzeptieren sie auch unsere Bedingungen und halten sich an die Regeln. Sie machen ganz automatisch das, was bequem ist. Wer will schon ständig Spartakus sein. Man schwimmt einfach mit und ist dabei beruhigt und zufrieden.

Und so sind aus den Schlampen schnell brave Mädchen geworden. Artig und fügsam. Dafür werden sie ja auch belohnt, Zuckerbrot und Peitsche. Ihr Lohn ist ein Lob vor den Augen der anderen, das macht stolz. Dazu kommen Schokolade, gutes Essen und mehr Freizeit mit unserem Fernsehprogramm.

Wenn sie dann noch die Sex-Clips sehen, wo es Mädchen gut geht, wie sie sich auf dem Bett mit den Freiern rumlümmeln, wie sie lachen und Sekt trinken, dann möchten die Schlampen selbst bald ein braves Mädchen sein, Herr Kommissar." Maria

blinkerte Becker an. Aber der hatte in der Zwischenzeit begriffen: Das Weib ist ein Stück Dreck und nutzt ihre weiblichen Vorzüge für ihre Verbrechen.
„Geben Sie zu, Sie armes Würstchen, dass wir gut sind. Aber das ist nur die halbe Wahrheit. Wir fotografieren und filmen unsere Mädchen regelmäßig, in Pose vor der Kamera und im Bett in Action. Alles professionell, gestylt und nackt. Und dann loben wir die Schlampen, ihren Sex und ihre schönen Körper. Die Weiber sind richtig scharf darauf, gefilmt zu werden und Nutten zu sein. Die Schlampen werden schneller gefügig, als Sie denken. Die Nutten sehen sich gern auf den Bildern und warten mit Ungeduld darauf, verhökert zu werden, denn dann kommen sie endlich aus unserem Drill heraus. So läuft das, Herr Polizist."

„Respekt!", sagte Becker. „Und was hat es mit der Stutenfarm auf sich?"

Es klopfte an den Spiegel. „Wir machen eine kurze Pause", sagte Frau Hellmann. „Aha, der Chef hat geklopft." Maria lächelte amüsiert. „Dann gehen Sie mal und fragen Sie, was Sie tun dürfen oder tun müssen."

Draußen wurden die beiden von Schröder erwartet. „Wir machen jetzt erst einmal Schluss und bringen sie in eine sichere Wohnung. W3 ist frei. Und wenn die Frau sicher untergebracht ist, dann machen wir weiter. Das war erstens. Und jetzt zweitens: Wir wollen die Dame bei guter Laune halten, unbedingt. Sonst gehen uns vielleicht wichtige Informationen verloren. Dieser Wink mit dem Zaunpfahl galt Ihnen, Becker. Vielleicht können wir einen großen Schlag gegen das organisierte Verbrechen führen. Das riecht hier richtig nach Menschenhandel und Drogen. Vielleicht gibt es auch eine Beziehung zu dem Toten aus der Elbe. Also halten wir die Frau bei guter Laune. Alles klar, Herr Becker?" „Okay, Chef." „Passen Sie auf ihn auf, Frau Hellmann, ich kenn ihn!"

## Transport zu der sicheren Wohnung, Beckers Feierabend

Der KHK Becker begab sich in die Einsatzzentrale und organisierte für Maria einen zivilen Pkw zur Fahrt nach W3. Der Fahrer war POK Krause und wurde zur Verschwiegenheit verpflichtet. Außer dem Fahrer organisierte Becker noch als Personenschutz Frau POK Ölschläger und, eigentlich mehr als eine Lehrstunde gedacht, eine junge Polizeischülerin namens Schulze, die hier ihr erstes Praktikum absolvierte.

KHK Becker und seine Assistentin kontrollierten noch den Abtransport der Frau, dann läuteten sie beide den Feierabend ein.

Becker tobte sich beim Boxtraining aus und wollte im Trainingszentrum unter die Dusche und dann in seine Stammkneipe. Aber die Dusche blieb stumm. Also setzt er sich durchgeschwitzt ins Auto und fuhr heim.

Von dem Bauernfrühstück bei seiner Lieblingswirtin nahm er Abstand. Aber unter der Dusche nahm sein selbst gekochtes Menü im Kopf schon Gestalt an: Er hatte noch Kartoffeln von gestern übrig. Die würde er in Bratkartoffeln verwandeln. Kross gebraten, dazu Zwiebeln und Salami, klein geschnitten. Das Ganze gewürzt mit Pfeffer, Salz und Paprika sowie etwas Majoran. In die zweite Pfanne kommt dann klein geschnittene Blutwurst, mit Zwiebeln und Apfelscheiben. Nach dem ersten Anbräunen kommen dann vier gequirlte Eier in die Pfanne, abgeschmeckt mit Pfeffer, Salz und Paprika. Und fertig sind die Rühreier nach Art des Hauses. Auf dem Teller zusammen mit den Bratkartoffeln ergibt das Ganze ein leckeres Bauernfrühstück a la Becker. Damit die Mahlzeit nicht zu trocken bleibt, würden zwei Flaschen Bier das Mahl abrunden, vielleicht noch ein kleiner Klarer dazu. Becker hüpfte aus der Dusche auf seine Badematte, trocknete sich ab und stellte das Bier kalt. Es schmeckte schon das Bauernfrühstück auf der Zunge. Schnell schlüpfte er in sein Freizeitlook, und jetzt ab in die Küche. Es klingelte. „Lass es klingeln", dachte Becker. Ich habe keinen Dienst. Es klingelte heftiger, dann wuchtete eine Faust mehrfach gegen die Tür.

„Vielleicht ein Wasserrohrbruch oder so was", dachte Becker. Er öffnete. Er schaute etwas verdutzt drein „Herr Kriminalrat. Was …" „Lassen Sie mich endlich rein, Becker. Ich will nicht auf der Treppe mit Ihnen plaudern." Schröder drängte sich in die Wohnung.

## Schröders Bauchgefühl, Fahrt zu W3

„Ich habe ein ungutes Bauchgefühl, Becker. Der Russe ist erschossen worden. Auf das Kind hat keiner mehr direkten Anspruch, und die Mutter will es nicht. Maria könnte es sich vielleicht abtreiben lassen und freiwillig zu ihrem Platzhirsch zurückkehren. Sie kennt schließlich ihren Wert und könnte ihm verzeihen. Und er könnte überlegen, ob es sich wirklich lohnt, sie dem Wolfsrudel zum Fraß vorzuwerfen, ich meine, ob es sich rechnen lässt. Oder ob er sie wieder aufnimmt in seine ‚Familie'. Maria sagte doch selbst, dass ihr Chef mehr oder weniger an oder auf ihr klebt. Er hat die Frau wohl unfreiwillig ‚ausgeliehen'; wurde aber dabei von dem Russen überrumpelt. Dieser Kerl hat sich aber verabschiedet, ist jetzt bei seinen Vorfahren. Der Boss hätte jetzt seine Geliebte wieder, die ihm seine Wünsche an den Augen abliest, und dazu noch eine brauchbare Mitarbeiterin für seine Firma. Ich glaube, diese Variante würde sich besser rechnen. Was ist, wenn beide Verbrecher in diese Richtung denken? Dann wird uns das Weib auf der Nase herumtanzen. Vielleicht wird sie uns bereits morgen früh Lügen auftischen, dass sich die Balken biegen.

Sie hat eine Nacht lang Zeit, sich ihr weiteres Handeln zu überlegen, ihre Lügen sich zurechtzulegen. Und danach wird sie uns entwischen oder wird von diesem Verbrecherhaufen befreit.

Mich stört einfach die Zeitspanne, die sie durch diese Nacht erhält. Noch ist sie vielleicht bereit, uns Einzelheiten anzubieten. Weil sie noch in eine sichere Wohnung will. Was aber, wenn sie sich morgen Früh anders entschieden hat und auf die sichere

Wohnung pfeift. Sie wird uns entschwinden. Husch, husch, weg ist sie. Ich traue ihr durchaus zu, dass sie das schafft. Sie hat nicht nur die notwendigen Reize anzubieten. Sie hat sicher auch eine blühende Fantasie. Wir stehen dann nicht nur vor einem Berg von Lügen. Wir stehen dann da wie ein Haufen Trottel. Was aber weit schlimmer ist, uns geht die Möglichkeit verloren, einen internationalen Menschenhändlerring unschädlich zu machen. Falls es den gibt. Und den gibt es bestimmt! Ich will ihr die Zeitspanne von dieser Nacht einfach nicht geben!"

In Beckers Hirn begannen, viele Lämpchen zu leuchten und Rädchen sich zu drehen. Schröder könnte recht haben. „Ihre Argumente sind nicht vom Tisch zu wischen.

Was wollen wir jetzt machen, die Dame auf die Streckbank legen und etwas an ihr herumziehen?" „Hören Sie auf zu blödeln, Becker. Mir ist es ernst."

„Meinem Hirn ist es auch ernst. Aber meinem Magen ist es noch ernster. Ich habe bisher nicht zu Abend gegessen." „Vergessen Sie mal Ihre Gefräßigkeit, Becker. Wir holen jetzt Frau Hellmann ab. Die wartet schon vor ihrer Haustür auf uns und dann fahren wir zur W3." „Das macht mich traurig, richtig traurig." „Weil Ihre Assistentin schon so lange wartet?" „Nein, dass ich auf mein schönes Bauernfrühstück verzichten muss. Hören Sie meinen Magen knurren?"

„Sie sehen auch richtig ausgehungert aus. Aber zu Ihrer Beruhigung, ich habe den Wagen vollgepackt mit vielerlei Gesottenem und Gebratenem." Becker hüpfte in seine Klamotten und dann in Schröders Auto. Schröder gab Gas. „Warum haben Sie uns nicht einfach ins Präsidium bestellt, und wir fahren von dort aus zu Maria?" „Erinnern Sie sich an den Fall mit der illegalen Druckerei? Sie haben sich damit einen Namen gemacht in der Dresdener Kripo. Wenngleich Ihre Ermittlungsmethoden, lassen wir das. Aber als wir dann zum Zugriff kamen, mussten wir feststellen, dass die Vögel ausgeflogen waren. Es kann natürlich Zufall gewesen sein. Diese Druckerei zog wohl regelmäßig um, aus Sicherheitsgründen. Aber wer weiß? Es war verdammt viel

Geld im Spiel, die machten es ja außerdem selber, so eine Frechheit. Vielleicht spielten aber auch Beziehungen und Insiderwissen eine Rolle." "Sie haben recht, aber wie wollen wir es jetzt durchziehen? Vorsicht, die Ampel hat Rot!" "Mist, aber das war nur ein bisschen Rot. Eigentlich mehr Rosa. Also immer mit der Ruhe, Becker. Wir werden die Dame mit einem exzellenten Mahl bei guter Laune halten, ausquetschen, und dann noch heute Nacht in eine andere Einrichtung verbringen. Ich halte das für eine optimale Variante. Sie dürfen mich loben, Becker." "Ich werde Sie bei der Polizei verpfeifen. Bei Rot über eine ..." "Alte Petze! Nun sage ich Ihnen zur Strafe nicht, was ich alles an Leckereien im Kofferraum habe." Die beiden Männer hatten die richtige Welle zueinander. Die Chemie stimmte, wenn auch der dienstliche Abstand immer eingehalten wurde. Frau Hellmann stieg zu und wurde in auf den neuesten Stand gesetzt. Dann raste man weiter zur W3. "Frau Hellmann, der Becker will mich verpfeifen, weil ich bei Rot über eine Ampel bin. Ich hoffe, Sie wissen, was Sie zu tun haben." "Ja, ich werde ihm die Hand dabei führen", lachte Beckers Assistentin. "Wie kann eine so hübsche Frau nur so abgrundtief schlecht sein?", schoss Schröder zurück. Insgesamt herrschte eine lockere Stimmung unter den dreien. War es die Ruhe vor dem Sturm?

Sie kamen in W3 an und überraschten Maria. Die zwei Polizistinnen hatten beim Italiener Pizza bestellt, aber das Essen war noch nicht geliefert worden. Maria keifte wie ein Waschweib; so konnte man mit ihr doch nicht umgehen.

Schröder übernahm die Führung. "Wir müssen umplanen, Maria. Ihr Hiersein ist mir nicht sicher genug. Ich bin schließlich für Sie verantwortlich. Besonders, wenn Sie mit uns zusammenarbeiten. Wir speisen jetzt erst einmal gemütlich zusammen und unterhalten uns in Ruhe. Wir haben beide vieles zu bereden. Und Sie haben ja noch nicht genachtmahlt, wie ich erfuhr. Ich habe etwas Schnuckliges zum Essen mitgebracht. Und dann bringen wir Sie in eine andere Wohnung, die sicherer ist." "Das klingt gut. Was gibt es denn zu essen?" Becker spitzte sofort die

Ohren. „Als Vorspeise biete ich Scampi an oder Sepia, aber auch einen leckeren Muschelsalat. Als Hauptspeise Tagliatelle mit Pfifferlingen, Spaghetti Al Frutti di Mare, Steinpilzrisotto, Forelle im Ofen gebacken oder zwei verschiedene Pizzen. Vorher als Aperitif einen Sherry Medium oder ein Glas Portwein. Zum Fisch einen Sauvignon blanc, als Alternative oder nach dem Schmaus einen herrlichen Bordeaux. Jeder Franzose würde uns beneiden. Zur Umrahmung des Ganzen eignet sich ein trockener Champagner. Ich hoffe, wir können Ihren Gaumen ausreichend verwöhnen." Maria zeigte sich zufrieden und langte zu. Die drei Kriminalisten taten es ihr gleich. Schröder hatte die Rolle des Gastgebers übernommen, und er moderierte elegant die lockere Gesprächsrunde. Dass es sich um ein Verhör handelte, kam kaum zum Tragen. Er ließ Maria reden und steuerte diskret aus dem Hintergrund die Themen.

## „Sichere Wohnung W3"

Frau Hellmann knüpfte an das Gespräch im Präsidium an. „Wie und wann werden denn die Frauen verkauft und abtransportiert?" „Nach circa sechs bis acht Wochen sind sie fertig geformt. Sie können Striptease, table dance und Bauchtanz und natürlich alles, was mit Sex zu tun hat. Die Damen sind mittlerweile gefügig und brav. Unsere Weiber sind richtig gut. Die High Society der Umgebung erfreut sich dran, bis die Schlampen verkauft werden. Richtig gutes Fleisch.

Der Verkauf läuft über ein eigenes Portal im black.net. Wir haben eine Webseite und stellen die Bräute in einem Katalog vor: körperliche Maße, jeweils fünf Nacktfotos und psychische Besonderheiten. Zu einem bestimmten Zeitpunkt werden die Schlampen dann versteigert. Danach geht es heim in den Harem oder in einen Edelklub, alles im Orient. Es wird kein einziges Mädchen innerhalb der EU verkauft. Vorsicht ist die Mutter in der Porzellankiste. Nicht, dass doch mal eine Schlampe offiziell gesucht wird, vielleicht im Fernsehen. So viel Aufsehen mögen wir nicht. Wir mögen überhaupt kein Aufsehen. Der Transport erfolgt sicher und lautlos über die Elbe." „Über die Elbe? Sollen die schwimmen?" „Haha, nein. Aber wir haben bestimmte Boote, wo wir sie sicher unterbringen können. Sie werden etwas sediert und einlogiert. Wir haben die Kähne ein klein wenig umgebaut, sodass die Ware bei einer Kontrolle nicht gefunden wird. Dann machen wir eine kleine Bootsfahrt, bis nach Hamburg. Dort wird die Fracht umgeladen. Dann geht es nach Amsterdam und von da ab mit Privatjets Richtung Orient. Funktioniert prächtig. Wir haben nie wieder was von den Weibern gehört. Aber auch keine Beschwerden über sie."

### Die Stutenfarm

Becker schaltete sich ein: „Wie es in der Ponnybar ausschaut, wissen wir jetzt. Und man muss sagen, es ist sehr professionell aufgezogen." „Sag ich doch!", gluckst Maria und strahlt die drei Polizisten an. Schröder hatte sich im Stuhl zurückgelehnt, die Arme überkreuzt und überließ seinen beiden Mitarbeitern die Bühne. Er schaute sich das Schauspiel als Regisseur an und sammelte im Kopf die Informationen. „Aber was hat es mir der Stutenfarm auf sich, Maria?", fing Becker wieder an. „Na, hab ich Ihr Interesse geweckt? Die Stutenfarm ist etwas ganz Feines. Wobei das Wort ‚Stutenfarm' nur der Oberbegriff ist. Der Oberbegriff für zahlreiche geheime Familien-Wohngemeinschaften, über ganz Deutschland und Europa verteilt.

Mädchen und Frauen, die nicht in die Ponnybar passen, werden alle fünfzehn Monate geschwängert. Die Babys werden dann illegal verkauft. Natürlich mit den besten Papieren ausgestattet. Und selbstverständlich nur für einen bescheidenen Obolus. Wir haben ja auch unsere Unkosten. Die Schlampen werden wie die aus der Ponnybar auf unserer Website im black.net angeboten: auch hier Körpermaße, Charaktereigenschaften, Bildmaterial und ein Zeitpunkt, ab wann die Weiber wieder verfügbar sind. Man kann sie also auch vorbestellen. Wir bieten den kinderlosen Paaren einen besonderen Service an: Der Ehemann darf sich als biologischer Vater des Babys versuchen. Er kann sein Sperma abgeben. Wir holen es von einem ihm genehmen Treffpunkt mit einer Tiefkühlbox ab. Natürlich erfolgt bei der Geburt dann ein Vaterschaftstest. Bei Behinderung nehmen wir das Kind zurück oder liefern es gar nicht erst aus. Aber der Clou ist, dass der Erzeuger die werdende Mutter selbst schwängern kann. Na, ist das nicht herrlich? Er kann zwei Tage und in der Nacht dazwischen mit der Frau nach deren Eisprung intim sein. Vorher werden seine Spermien auf Zeugungsfähigkeit geprüft. Das kann keiner von der Konkurrenz anbieten. Wir nehmen ihm noch eine gewisse Spermamenge zur Sicherheit ab, falls er es in den zwei Tagen nicht geschafft hat." Becker nahm einen großen Schluck Bordeaux, Frau Hellmann starrte Maria fassungslos an und Schröder schüttelte seinen Kopf. „Wenn ich es richtig verstanden habe: Die Frau wird über zwei Tage vergewaltigt und dabei geschwängert. Dann wird ihr das Kind auch noch weggenommen. Und 15 Monate danach beginnt das alles wieder von vorn." Becker schüttelte entsetzt den Kopf. „Das ist ja, Maria, das macht mich fassungslos", stammelte er. „Nun habt euch nicht so, ihr drei", reagierte Maria. „Babys werden auf der ganzen Welt organisiert gezeugt und verkauft. Das ist ein Riesenmarkt. Wir machen es nur ein bisschen eleganter, besser. Wir helfen den Paaren, die keine Kinder bekommen, und sorgen für das entsprechende Angebot. Alle Babys sind gesund und den biologischen Müttern geht es gut; die sind zufrieden."

# Gehirnwäsche

Maria hatte einen kleinen Schwips und gab voller Stolz ihre Interna preis.

„Wie schaffen Sie es, dass die Frauen mitspielen, und auch noch freiwillig?" „Sehen Sie, und hier kommt unsere Gehirnwäsche ins Spiel. Sie funktioniert immer!"

Diese Umerziehung basiert auf folgenden Säulen:

# absolute Abschottung von außen
# Glauben an unsere Verschwörungstheorie und danach leben
# eine glückliche Familie anbieten
# genau strukturierter Tagesablauf
# Erziehung durch Lob und Sex als Belohnung, elektrische Peitsche als Bestrafung

Frau Hellmann hakt nach: „Und wie funktioniert das im Einzelnen?"

„Wenn Sie jemanden beeinflussen wollen, dann sollte es so sein, dass kein Dritter diese Person zusätzlich beeinflusst. Das gibt sonst Ärger. Wenn wir also eine Frau psychisch beeinflussen und von uns abhängig machen wollen, dann darf sie von außen nicht auch noch beeinflusst werden. Also strikte Abtrennung von draußen.

Das Draußen hat nicht mehr zu existieren. Also kein Fernsehen, kein Rundfunk, keine Presse und kein Telefon, weder Festnetz noch Handy. Wir haben natürlich auch Fernsehen für unsere Schlampen und schöne Musik. Das sind aber alles unsere Konserven, die wir gezielt zur Verfügung stellen. Wir unternehmen alles, um die Abgrenzung zur real existierenden Welt zu maximieren.

Dabei muss man natürlich einen ordentlichen Schnitt machen, keine Kommunikation mit oder nach außen. Ich hab's ja schon erwähnt.

Wir sind aber weitergegangen: Es gibt bei uns keine Wochentage und keine Monate. Bei uns gibt es einfach keinen Mittwoch, den 3. Juni. Damit erfolgt das Vergessen vom Leben draußen wesentlich schneller. Man unterhält sich nicht mehr darüber, was man an einem Wochenende alles gemacht hat oder machen kann, wenn es keine Wochenenden mehr gibt. Der Sieben-Tage-Rhythmus verschwindet aus der Erinnerung. Man vergisst schneller ohne zeitliche Zuordnung. Die Weiber fangen an, diese Zeiteinteilung zu vergessen, und damit auch das, was sie draußen zu einem gewissen Zeitpunkt erlebt haben. Also die Erinnerungen, die an ganz gewisse Zeitpunkte oder Perioden geknüpft sind.

Bei uns gibt es dafür die Mondphasen. Wir haben den zunehmenden Mond, den abnehmenden, den Vollmond und den Neumond. Danach richtet sich alles. Kein Januar oder Mai, kein Montag oder Freitag." „Warum nehmen Sie den Mond als Zeitmesser?", fragte Becker. „Der Monatszyklus einer Frau richtet sich nach dem Mond. Der Mond bietet sich also als Zeitmesser an."

## Die Weltuntergangstheorie

„Der wichtigste Pfeiler in unserer Gehirnwäsche ist die Weltuntergangstheorie. Wenn die Schlampen aus der Sedierung erwachen und die Entwöhnung von Alkohol und Drogen abgeschlossen ist, dann wird den Damen ein Szenario vom Weltuntergang vorgegeben. Eine
 Viruspandemie grassiert auf der Erde und sucht sich ihre Opfer. In fünfzig Jahren wird die gesamte Weltbevölkerung ausgestorben sein, die Erde tot. Aber: Es gibt einige Menschen, die sind immun gegen dieses Virus. Das sind Menschen, die in ihrem Dasein schon viel Leid ertragen mussten und überlebten. Dazu zählen oft auch Leute, die auf der Straße leben. Das klingt glaubhaft. Es gibt einen geheimen Plan von der WHO, stinkgeheim, um die Erde vor dem Aussterben zu retten: Die immunen

Menschen müssen eine neue Weltbevölkerung aufbauen, innerhalb dieser 50 Jahre. Da mitzuhelfen, das ist ethisch und moralisch gesehen die humane Pflicht eines jeden. Klingt gut, nicht? Da die Frauen keinerlei Verbindung nach draußen haben, kann man ihnen alles einreden, was einigermaßen glaubhaft ist. Nach spätestens sechs bis acht Wochen glauben sie auch alles. Und so läuft das: Bei den Frauen wird erzählt, dass von ihnen heimlich Speichelproben entnommen und in Speziallaboren untersucht wurden. Und unsere Schlampen wurden nur deshalb von der Straße geholt, weil sie zu denen zählen, die immun gegen das Virus sind. Sie werden deshalb in das Welt-Rettungsprogramm der WHO aufgenommen. Sie können die Welt retten, nur sie. Sie müssen die Welt retten! Endlich haben die Weiber eine Aufgabe, eine Pflicht. Und erhalten Anerkennung. Jetzt sind sie wichtig, jetzt hat ihr Leben einen Sinn bekommen. Und wie kann man eine Weltbevölkerung erschaffen, aufbauen? Durch Vermehrung! Man legt ihnen nahe, sich von Männern, die auch immun sind, schwängern zu lassen. Und so erläutert man ihnen das genau: Sie müssen viele Kinder gebären, zwei oder drei reichen nicht, sonst ist die Erde ausgestorben, bevor eine ausreichende Menge von Neu-Menschen verfügbar ist. Alle 15 Monate sollte deshalb eine Geburt erfolgen, natürlich alles ärztlich kontrolliert. Natürlich hätten die Frauen keine Zeit, sich um die vielen Kinder zu kümmern. Das würde sie außerdem bei der Erfüllung ihrer Aufgabe behindern. Deshalb wird die Aufzucht der Kinder von der WHO übernommen. Und diese Kinder werden mit Sicherheit gesund sein, immun gegen das Virus, und es wird ihnen gut gehen. Besser als ihren Müttern früher. Klingt doch praktikabel, oder? Wir sorgen auch dafür, dass keine enge Beziehung von der biologischen Mutter zu dem Embryo entsteht, wie das in der Natur ja eigentlich der Fall ist. Die Frauen werden nicht ‚geschwängert'. Dieses Wort ist bei uns verhasst. Wir sprechen eher davon, dass die Blüte bestäubt worden ist. Eine Blüte auf einer bunten Wiese. Und in den Weibern wächst eine neue Menschheit heran. Das Wort Baby oder Embryo ist bei uns verpönt. ‚Da wächst etwas in dir heran, in deinem Bauch. Die neue Weltbevölkerung.

Und wir alle werden sie großziehen, die ganze WHO. Also nicht die Mutter. Und bald wirst du einen guten und gesunden Wurf haben.' Und basta. Kein Gespräch über Baby, Geburt und Mutterliebe und solchen Quatsch. Das verunsichert nur. Natürlich wissen die Frauen, dass sie Kinder gebären. Aber so lässt sich das Problem nach hinten schieben.

Wenn das Kind geboren ist, bekommen die Weiber sofort, nachdem die Plazenta komplett draußen ist, eine Injektion, die ein Schlafmittel enthält mit einem produzierten Gedächtnisverlust über ein bis zwei Tage, und einen Hormoncocktail, der dafür sorgt, dass keine oder kaum Milch einschießt. Sie bekommen das Kind auf gar keinen Fall zu Gesicht. Sie erfahren auch nicht, ob es ein Junge oder ein Mädchen ist. Wenn die Damen nach ein oder zwei Tagen wieder aufmuntern, ist alles schon vorbei, und die Schlampen werden gefeiert. Es gibt ein riesiges Fest zu Ehren der Frau: Geschenke, Alkohol und viel Zärtlichkeiten vom Familienmann.

Zu unseren Großfamilien komme ich noch; wir haben rassige Familienmänner. Und zu den Weibern sagt man: ‚Das war ein herrlicher Wurf, den du hingelegt hast.' Und basta.

Die beste medizinische Versorgung wird ihnen angeboten, außerdem eine großzügige Rundumversorgung, die wirklich alles abdeckt. Außerdem noch ein Leben im Rahmen einer Gemeinschaft, einer Großfamilie. Sie sind nicht allein, nicht einsam. Im Alter erwartet sie dann ein luxuriöses Dasein in einer Seniorenresidenz, denn die Welt wird sich ja bei ihnen bedanken, nichts wird für sie zu teuer sein. Das alles ist ein gutes Zugmittel, Rundumversorgung bis zum fröhlichen Ende.

Dieses Absterben der Weltbevölkerung und der Neuaufbau werden mit pseudomedizinischer Untermalung als Vorlesungsreihe wie bei einem Studium angeboten. Täglich mehrere ‚Vorlesungen'. Wir haben fünf verschiedene Themen, die aber immer mit demselben Wortlaut angeboten werden. Diese Vorlesungen erfolgen sogar nachts, dann mit leiser Stimme über neunzig Minuten.

Nach wenigen Wochen können die Weiber das Geschwätz auswendig, und es wird trotzdem immer wieder angeboten. Die Teilnahme daran ist natürlich Pflicht. Die Notwendigkeit des Gebärens schleift sich ein. Die Bereitschaft dazu kommt dann konsekutiv nach. Hinzu kommt, dass die Weiber in Gemeinschaft sind. Wenn eine sich bereit erklärt, sich schwängern zu lassen, dann ziehen auch die anderen über kurz oder lang nach. Herdentrieb nennt man das wohl. Hinzu kommt, dass bei Befolgen unseres ‚Angebots' Lob und Vorzugsleistungen auf die Schlampen warten, sprich zusätzliche Filme, mehr Freizeit, bessere Schokoladenauswahl, mehr Streicheleinheiten.

Ein ganz besonderes leckeres Angebot ist der Sex, den wir anbieten. Es gibt Grundbedürfnisse des Menschen, wie Essen und Trinken, Schlafen und Bewegung. Aber natürlich darf die Fortpflanzung nicht fehlen. Sonst sterben wir ja aus. Damit der Pflicht aber auch Genüge getan wird, hat der liebe Gott sie mit der Kür gekoppelt, hat die eigentliche Kopulation mit Genuss gekoppelt. Das Ganze nennen wir nun Sex. Euphorie und Freude sind der Lohn für unser körperliches ‚Geschufte'. Außerdem erhält die Partnerin vom anderen Geschlecht auch Zuwendungen. Sie wird geherzt und gestreichelt, geküsst und geleckt. Sie fühlt sich richtig wohl dabei. Ihr Selbstwertgefühl wird gestärkt. Dass es so nebenbei dann auch feucht wird und spritzt, ist eigentlich eine kleine Randerscheinung, wenn man die Zeitdauer, die Menge und Stärke der auf sie einflutenden Gefühle bei Vor- und Nachspiel mit einbezieht. So wie ein Mann wunderbar zu steuern ist, wenn es zur Sache geht, so kann man eine Frau, die im Rausch ist, ebenso manipulieren. Man kann sie unter Zuhilfenahme ihrer Sinne steuern und erziehen. Die ganze Haut wird zur Erotikzone: Die Gefühle schießen an die Decke, wenn ein richtiger Mann das Spiel gekonnt durchzieht. Und man lässt sich Zeit dabei. Dieses Lustparadies bieten wir an. Wir trainieren ihnen die Sucht auf sexuelle Bedürfnisse an, den Trieb. Da will keine sich verweigern oder ausgeschlossen werden. Die Weiber können bestimmen, wann, wie oft und wie sie verwöhnt werden möchten. Unsere Männer sind alle gut gebaut, hassen Alkohol, und sind keine Raucher. Ihre einzige Freude ist der weibliche Körper und das Vergnügen, die Frau anzuheizen, explodieren zu lassen. Sie glauben gar nicht, wie schnell die Weiber das kleine Zuckerli lieb gewonnen haben. Bis zu drei oder vier Mal die Woche wollen sie damit verwöhnt werden. Und besonders nach der Geburt wird es ihnen angeboten."

Maria hob ihre Champagnerschale und prostete den dreien zu. „Wir sind einfach gut, ich meine, richtig gut."

Sie kam in Fahrt. Es machte ihr sichtlich Spaß, ihr Tun vor den Kriminalisten auszubreiten. Maria bot ihre Erfahrungen dar wie auf einem Fortbildungslehrgang. Sie war hier die Chefin, die aus dem Nähkästchen plauderte.

Becker war anzusehen, dass er sie am liebsten abgemurkst hätte. Die Pluspunkte, die er ihr beim ersten Kontakt aufgrund ihres Äußeren zuerkannte, waren längst aufgebraucht. Ihr Blick aus diesen blauen Augen hatte seine Wirksamkeit verloren. Übrig blieb nur der Hass auf diese Verbrecherin.

Schröder nahm einen kräftigen Schluck aus seinem Kognakglas und schüttelte den Kopf: „Was Sie sagen kann wahr sein, kann aber auch nicht." Er war sich aber klar, dass alles stimmte, was Maria bisher erzählt hatte, vielleicht ein bisschen übertrieben, aber trotzdem wahr. Sein Bauchgefühl sagte es ihm. Auch er hatte längere Zeit im Außendienst gearbeitet und wusste, dass man das Bauchgefühl hin und wieder ernst nehmen sollte. „Wie haben Sie das Ganze organisiert?"

## Die Großfamilie

„Neben den ‚Vorlesungen' spielt die Familie und der gleiche, sich ständig wiederholende Tagesablauf eine wichtige Rolle.

Was den Schlampen auf der Straße gefehlt hat, war die Familie oder Rotte, Herde, also die Gemeinsamkeit. Der Mensch ist ein Herdentier, auch ein Gewohnheitstier, weil es sich so unkomplizierter leben lässt, weil wir das Leben so als sicherer empfinden. Die Evolution hat uns das gelehrt. Also geben wir den Weibern eine Familie. In der Gemeinschaft sind sie auch besser steuerbar. Wir formen für sie eine Familie: vier Frauen und ein Mann – ein bisschen Mix muss sein, die Natur will es so. In dieser Vierer-zu-eins-Gemeinschaft fühlen sie unsere Stuten wohl. Es gibt keine Probleme im Zusammenleben. Die Schlampen müssen nur mitbekommen, dass sie alle gleich sind. Natürlich mit kleinen individuellen Unterschieden." „Wie haben Sie das realisiert?" Frau Hellmann war neugierig. „Wenn ein Bauer früher vier neue Ferkel auf dem Viehmarkt gekauft hat, dann tupfte er jedem Schweinchen einen Tropfen Diesel auf die Nase. Dieser Geruch überdeckte alle individuellen Geruchsunterschiede. Die Tierchen stanken gleich und glaubten, aus demselben Stall zu sein, und waren damit Schwestern. Dachten zumindest die Ferkel. Sie stritten sich nicht, sie akzeptierten sich gegenseitig. Wir haben das Konzept einfach übernommen.

Die Frauen sind auch alle gleich untergebracht. Ein riesiges Loungemöbel als Kombination aus Krankenhausbett und Couch sind ihr Zuhause. Das ist bei allen Weibern gleich. Allerdings sind die Bettwäsche und die Kissen individuell ausgewählt.

Diese Couch hat eine normale Breite und ist weich gepolstert und mit ausreichend Sofakissen und Decken ausstaffiert. Die Kopf- und Fußteile sind schwenkbar bis zu 90 Grad. An beiden Seiten ist jeweils ein halbes Bett noch zusätzlich aufklappbar, sodass eine Doppelbettcouch entsteht. Es ist also ausreichend Platz zum Austoben vorhanden. Damit keine herunterfällt, können sogar Bettgitter hochgeklappt werden. Das alles ist mit Fernbedienung bedienbar.

Natürlich ist die Höhe auch verstellbar.

Damit eine gewisse Intimität erreicht wird, sind an der Decke Drahtseile gespannt. Die Vorhänge sind doppelt gehängt und absolut schalldicht. Damit bekommen die Nachbarn nicht mit, was gerade passiert.

Sind die Vorhänge zurückgezogen, so entsteht ein saalähnlicher Raum. Damit sehen sich alle, können miteinander schwatzen oder sich gemeinsam einen Film anschauen. An der Wand gegenüber befindet ist eine große Filmleinwand. Die Weiber können sich die Filme aussuchen.

Außerdem haben sie am Bett noch eine Kombination von Fernseher und Musik, wenn die Vorhänge zugezogen sind, wie im Krankenhaus. Neben der Couchkombination steht ein Beistelltischchen für ihren persönlichen Kram. Über jedem Bett hängt eine große Tageslichtlampe mit Vollspektrum, damit die Schlampen mit ausreichend Tageslicht versorgt werden. Außerdem sind die Weiber täglich für ein bis zwei Stunden an der frischen Luft. Alle Stutenfarmen haben kleine, vor Sicht geschützte Außenbereiche. Ich sags ja, beste Tierhaltung." Becker sagte: „Ich verliere gleich die Beherrschung, machen wir mal eine Pause." Die drei Kriminalisten vertraten sich an der frischen Luft die Beine und ließen Dampf ab. „So ein Miststück!", sagte die Kommissarin. Schröder nickte. „Mir ist auch flau im Bauch. Hier werden Menschen zu Tieren gemacht." „Ich könnte das Miststück umbringen", ergänzte Becker.

„Kommt, machen wir weiter!", so Schröder.

Maria plauderte weiter im Dozententon: „Neben jeder Couch steht eine komplette Kraft- und Gymnastikstation, damit die Stuten fit bleiben. Vorgesehen sind zwei Stunden Sport am Tag, natürlich an die Schwangerschaft angepasst."

## Der Überfall

Die Befragung endete gegen drei Uhr. Schröder rief in der Einsatzzentrale unter einer internen Nummer an und bestellte einen Polizisten mit einem zivilen PKW für die Überführung von Maria in eine andere Wohnung. Maria und die beiden Polizistinnen krochen in den kleinen Opel und fuhren los, die drei Kriminalisten in Schröders Wagen mit etwas Abstand hinterher. Es war kein Verkehr auf der Straße; die Strecke wurde als sicher eingeschätzt.

Die drei unterhielten sich über Maria und ihre kriminelle Organisation. Das Autoradio dudelte im Hintergrund. Eine langweilige Reportage über den Verschnitt von Obstbäumen plätscherte aus den Lausprechern, dazwischen etwas volkstümliche Musik. In einer Linkskurve gab es zwei Schläge unter dem Auto, vielleicht im Radkasten. Schröder verlor die Kontrolle über den Wagen, und sie rutschten nach rechts in den Straßengraben. Alle drei waren Gott sei Dank angeschnallt, wurden aber kräftig durchgeschüttelt. Als sie die Türen zur Straße hin öffneten, krachten Schüsse. Schröder rief: „Raus, in den Straßengraben, Deckung." Sie krochen aus dem Wagen, zogen ihre Waffen und hockten sich in den Graben. „Die Schweine haben Nagelketten auf die Straße gelegt. Ich kann die Dinger sehen, zwei Stück", kommentierte Schröder die Rutschpartie in den Graben. Er war fassungslos. „Man hat uns überfallen und schießt auf uns. Und das in Dresden, nicht in Texas! Ich kanns nicht fassen." Schröders Kriminalhauptkommissar hatte auch einen Beitrag zu liefern: „Und das nach so einem schönen Essen." „Becker, wenn wir hier lebend wieder rauskommen, versetze ich Sie ins Archiv, für ganz lange Zeit", nörgelte Schröder. „Das war nur Galgenhumor", rechtfertigte sich Becker im Flüsterton. Er ergänzte: „Wir haben kein Netz, verdammte Scheiße! Es passt wirklich alles zusammen. Die sind wirklich gut. Besser hätten wir das auch nicht hingekriegt."

In unregelmäßigen Abständen fielen vereinzelte Schüsse. Sie lugten über den Straßenrand. Der Pkw vor ihnen war nicht zu sehen. Das lag an der Krümmung der Kurve; sie mussten weiter nach vorn kriechen. Was sie auch taten. „Ich hasse diese ägyptische Finsternis", fluchte Schröder leise, nachdem er über einen Baumstumpf gestolpert war und sich an einem herabhängenden Ast den Kopf stieß. „Wir haben Neumond, da ist es besonders finster", steuerte Frau Hellmann klug bei. „Halten Sie einfach die Klappe", fauchte Becker. „Mir reicht es auch ohne weibliches Rahmenprogramm." Schröder verschluckte seinen Kommentar.

Sie krochen weiter vorwärts Richtung ersten Wagen, schön auf Deckung bedacht. Es fielen keine Schüsse mehr. „Irgendwie klangen die komisch", flüsterte Becker. „Ja", bestätigte Schröder,

„auf dem Schießstand klingt das irgendwie anders." „Da vorn steht unser Auto", raunte Frau Hellmann. Sie hatten sich zu dem Auto vorgearbeitet. „Die Türen stehen auf, die Lichter brennen noch, aber der Motor ist aus", fasste Becker den ersten Eindruck zusammen. „Das hilft uns wenig weiter", so Frau Hellmann. „Na ja, zumindest wissen wir jetzt, dass sie uns nicht die Batterie geklaut haben", kommentierte Becker lakonisch. „Becker, das ist der falsche Zeitpunkt", fauchte Schröder. „Ein bisschen schwarzer Humor in einer schwarzen Nacht kann nicht so schlecht sein", dachte Becker laut. „Das Archiv erwartet Sie", brachte sich Schröder in Erinnerung. „Ich kriech mal rüber zum Auto. Dort herrscht ja absolute Stille, sieht nicht gut aus. Mal sehen, was da los ist", bot sich Becker an. „Ich sollte besser gehen", erwiderte Schröder. „Nein, ich gehe. Ich bin durchtrainiert und insgesamt schneller. Außerdem, geschossen wird momentan nicht. Das richtet meinen Mut auf." „Armleuchter." „Ihr bleibt noch einen Moment in Deckung."

## Der gestoppte Wagen, die Toten

Becker kroch vorsichtig auf die Straße. Als er das Auto erreicht hatte, richtete er sich auf. „Um Gottes willen, kommt her, die sind tot." Die beiden Polizisten eilten zu dem Wagen. Maria und der Fahrer waren tot. Der Fahrer hing im Gurt. Sein Kopf war nach vorn gesunken. Am linken Hinterkopf waren zwei Einschusslöcher zu sehen und das Blut war über den Hals in den Kragen hineingelaufen. „Kleinkalibrige Waffe", bemerkte Schröder, „keine Austrittsöffnungen. Die Geschosse stecken noch im Kopf." „Maria ist nicht erschossen worden. Ich kann keine äußere Verletzung erkennen, soweit das bei den Lichtverhältnissen zu sagen ist", teilte Frau Hellmann weiter mit. „Das ist merkwürdig. Und wo sind unsere beiden Polizistinnen? Sie liegen nicht tot im Graben oder in der Nähe im Wald. Wir haben nichts gesehen", meinte Becker. „Es liegt auch niemand im Umkreis des Autos. Wir hätten es bemerkt", sagte Hellmann.

„Die Schweine haben sie als Geiseln mitgenommen", mutmaßte Schröder. „Das ist ja ganz schlimm!" „Immer noch kein Netz, so ein Mist!", schimpfte Becker. „Vielleicht kommt uns ein Auto entgegen, und die Leute haben ein Netz oder können Hilfe holen." Es kam aber kein Auto. Die Verbrecher hatten die Straße vorn abgesperrt und eine Umleitung gelegt, waren halt Profis.

Becker dachte laut nach: „Das Ganze scheint ja stabsmäßig organisiert worden zu sein.

Und es wurde innerhalb kürzester Zeit durchgezogen. Kein Stuhlkreis und dummes Geschwätz, sondern zügiges Handeln. Das müssen Leute mit Ausbildung sein, ehemaliges Militär oder Polizei. Da steckt außerdem Erfahrung im Umgang mit solchen Situationen dahinter. Mit was für einer Mafiaorganisation haben wir es hier zu tun. Sind das die Russen oder die Albaner, die Legion oder wer sonst? Außerdem kann man eine undichte Stelle bei uns nicht ausschließen. Ich werde verrückt, verdammt noch mal."

Schröder nickte, dann legte er fest: „Ich gehe nach vorn, die Straße entlang. Irgendwo werde ich wieder ein Netz haben. Dann rufe ich den Polizeipräsidenten an und berate mich kurz mit ihm. Und dann lassen wir das ganze Orchester aufspielen. Sie beide verkriechen sich hier im Wald. Es sind zwar keine Schüsse mehr gefallen, aber man weiß ja nie."

## Beate und Theo im Wald

Hellmann und Becker standen zwischen den Bäumen in Deckung. Es war kalt geworden. Bald würde der erste Tau fallen. Ein leichter Wind war aufgekommen.

Der Kommissar zog sein Jackett aus, knöpfte sich den oberen Hemdknopf auf, zog sich den Krawattenknoten nach unten und atmete tief die frische Waldesluft ein.

Beates Blazer lag in Schröders Auto. Sie hatte den oberen Knopf ihrer Bluse geöffnet, die Spange aus ihrem Haar gezogen und schüttelte es durch. Eine kleine Windböe wehte Theo einen Hauch von ihrem Körperduft zu ihm herüber. Theos Sinne reagierten sofort. „Hat sie heute früh ein leichtes Parfüm aufgelegt oder ist es ihr Deo oder beides? Vielleicht ist es auch einfach nur der Duft von ihrem Haar und ihrer Haut", dachte er, „... verdammt, bin ich verrückt? Wir stehen nachts allein im Wald, auf uns wurde geschossen, wir haben beide eine Knarre in der Hand, und ich empfinde den Körpergeruch meiner Kollegin als interessant, finde ihn aufregend. Bin ich noch normal?" Sie standen in der Morgenkühle. Becker nahm seine Jacke und hängte sie Beate um. Danke. „Manchmal ist er ein richtiger Stiesel oder ein Scheusal und Besserwisser. Aber manchmal ist er auch ein richtiger Kumpel, sogar das kann er", dachte Beate.

## Lautsprecherboxen im finsteren Wald

Die beiden Kriminalisten tasteten sich vorsichtig durch das Unterholz. Plötzlich zuckte sie zusammen und rief „Aua!" Sie hatte sich mit der Schulter an einen Kasten gestoßen, der an dem Stamm einer Buche angebunden war. „Scheiß Nistkasten", nölte sie und fingerte nach ihm. „Hier ist ein Strick dran, nein, ein Stückchen Kabel oder so was, komisch." „Eine Amsel braucht auch Beleuchtung, besonders in der Nacht. Wie soll sie sonst ihre Zeitung lesen, wenn's dunkel ist. Tagsüber hat sie keine Zeit, da muss sie sich um die Jungen kümmern", gab Becker seinen Senf dazu. „Moment mal!", Frau Hellmann hatte den Kasten befingert. „Das ist kein Kabel. Das ist einfach ein Stück Draht. Damit ist der Kasten am Stamm festgebunden. Und das ist auch kein Nistkasten. Fassen Sie das Ding mal an. Hier vorn ist eine Membran. Das ist eine Lautsprecherbox." Bei Becker kam die erleuchtende Erkenntnis zuerst: „Die Schweine haben uns reingelegt!

Das waren keine echten Schüsse; die kamen aus Lautsprecherboxen", schlussfolgerte er. „Deswegen klangen die auch irgendwie anders. Ich hab's doch geahnt."

## Verstärkung kommt

Sie hörten Turbinengeräusche in der Luft. Über ihnen kreisten plötzlich drei Hubschrauber mit eingeschalteten Suchscheinwerfern. Die beiden Polizisten kamen aus dem Wald heraus auf die Straße und winkten. Der eine Hubschrauber blinkte mehrfach SOS zurück und begann, über ihnen zu kreisen. Schröder kam zurück und erzählte. Er hatte den Polizeipräsidenten erreicht. Der war aus allen Wolken gefallen. Man hatte eine strikte Nachrichtensperre verhängt und das gesamte Orchester in Bewegung gesetzt. Becker teilte Schröder die Neuigkeit mit den Lautsprecherboxen mit. Der schüttelte nur den Kopf. „Das ist so gut durchdacht und organisiert. So etwas habe ich in meinen ganzen Dienstjahren noch nie erlebt."

Die einzelnen Dienstgruppen trafen nacheinander ein und nahmen ihre Arbeit auf. Zuerst war der KDD da. Dann kam die Rechtsmedizin. Alex schüttelte den dreien die Hand, drückte Beate an sich und klopfte Theo auf die Schulter, dann machte er sich an die Arbeit und sprach sich mit dem Chef der SPUSI ab. Schröder, Becker und die Frau Hellmann ließen sich erschöpft in einen Streifenwagen fallen und sich ins Präsidium fahren.

## Wie weiter?

Sie saßen im Arbeitszimmer von KR Schröder und hielten Kriegsrat. Sie hatten eine Schlacht verloren, anders konnte man es nicht einschätzen. Wie hoch der erlittene Schaden insgesamt war, ließ sich zur jetzigen Zeit überhaupt noch nicht einschätzen. Alle drei hatten ein Glas Wodka vor sich stehen, und man sah jedem die Erschöpfung und die tiefe Erschütterung an: Maria war tot, der Fahrer war tot, die beiden Polizistinnen verschwunden. Lief das nur auf eine Erpressung hinaus oder, falls man Maria Glauben schenkten konnte, hatte man Schlimmeres zu befürchten: die Polizistinnen töten, weil sie Zeuginnen waren oder sie verkaufen und schnell außer Landes schaffen?

Kriminalrat Schröder hing mit bleichem Gesicht und durchgeschwitztem Hemd hinter seinem Schreibtisch. „Was für ein Fehler ist uns passiert, ist mir passiert? Ich übernehme die Verantwortung für diesen Scherbenhaufen. Aber trotzdem, wo und an welcher Stelle ist der Fehler passiert, haben wir wirklich getrieft oder war es einfach eine zufällige Verkettung dummer Zufälle?"

Becker begann, das Ganze noch einmal Revue passieren zu lassen.

„Ich habe die Fahrt in die W3 organisiert. Krause ist gefahren. Wer wusste, dass wir am späten Nachmittag einen Fahrer nach W3 und zusätzlich Personenschutz brauchen? Die Einsatzzentrale und wir drei.

Der Fahrer ist zurückgefahren und hat sich wieder in der EZ gemeldet." Schröder ergänzte: „Als wir dann in der Nacht nach Meißen zur W5 fahren wollten, habe ich einen mir gut bekannten und absolut vertrauenswürdigen Kollegen angerufen, und nur ihn. Dieser war zwar in der EZ, aber ich habe ihm klargemacht, dass das Ganze stinkgeheim ist.

– Rothe, sagen Sie nichts, hören Sie nur zu, also kein Wort aus Ihrem Mund. Legen Sie jetzt auf, sagen Sie den anderen, dass Ihre Frau angerufen hat. Sie hat Karten für die Oper für morgen von der Nachbarin bekommen und wollte Ihnen das unbedingt sofort mitteilen. Sagen Sie jetzt – Ja, mein Schatz, oder mein

Schlumpf oder was so immer Sie sonst zu Ihrer Gattin sagen und legen Sie auf. Dann rufen Sie mich unter meiner Handynummer an. – Er rief tatsächlich sofort zurück. Ich sagte, er soll mit seinem Privat-Pkw zur W3 kommen. Mehr nicht. Er konnte also nichts verraten, weil er nichts Konkretes wusste. Aber vielleicht hat er am Empfangspunkt geplaudert. Fragen wir mal nach." Die drei begaben sich Richtung Anmeldung und Personenkontrolle.

**Der Mann an der Pforte**

Schröder sprach den Polizisten an der Pforte an. Der war ein gestandener Mann, der in den nächsten Wochen in den verdienten Ruhestand gehen würde. „Herr Heinze, haben Sie den Kollegen Rothe gesehen, als er die Dienststelle verließ?" „Natürlich, Herr Kriminalrat. Der Rothe hat sich doch noch von mir verabschiedet." „War jemand Fremdes zugegen?" „Wie meinen Sie das, Herr Kriminalrat?" „Stand jemand am Schalterfenster oder am Tresen? Oder war irgendeine Person, egal ob Polizist oder Zivilist, zu dieser Zeit auf dem Parkplatz? Der ist ja hell erleuchtet." „Nein, da war keiner. Es war ja auch schon mitten in der Nacht."

Becker schaltete sich ein: „Opa Heinze, was hat denn der Rothe gemacht, als er hier durch ihre Tür ging. Beschreib uns das mal bitte." „Na, Junge, der Rothe hat tschüss gesagt, ist dann einfach durch die Tür gegangen, direkt auf unseren Parkplatz." „Was hat er denn da gemacht, Heinze?", hakte Schröder nach. „Na, er hat das Blaulicht aus dem 3er geholt und es in seinen Privat-Pkw gelegt. Ich dachte, der hat vermutlich noch einen geheimen Auftrag, was Verdecktes oder so." Der Polizist am Schalter schaute leicht verwirrt das Trio an. Hatte er etwas falsch gemacht? Er wollte ja bald in Pension gehen. Die Frau Kommissarin richtete ihn wieder auf: „Es ist alles in Ordnung, Herr Heinze. Sie haben nichts falsch gemacht. Haben Sie vielleicht mit jemanden über POM Rothe gesprochen?" „Nein, hab ich nicht." Frau

Hellmann bohrte nach: „Vielleicht, dass Sie ihn gesehen haben, als er das Blaulicht aus dem Dienstwagen in seinen Privat-Pkw gepackt hat?" „Nein, das haben doch alle gesehen." „Wieso haben das alle gesehen?", fragte Schröder erschrocken. „Na, die Tür zur Einsatzzentrale steht doch immer sperrangelweit offen. Wenn da drinnen jemand steht, dann kann er natürlich auch auf den Parkplatz schauen." „Danke, Herr Heinze", sagte Frau Hellmann. Man begab sich zurück in Schröders Büro. „Ich glaube, das war's", sagte Schröder, „mir wird schlecht. Die ganze Einsatzzentrale konnte das gesehen haben oder es wurde ihnen erzählt. Na herrlich! Das kann ja lustig werden.

Es wird langsam hell. Ich muss noch mal mit dem Polizeichef sprechen; ich bin für Beibehaltung der Nachrichtensperre. Legen Sie sich ein paar Stunden aufs Ohr. Wir sehen uns dann am späten Vormittag wieder."

## In der Rechtsmedizin

Der tote Polizist und Maria wurden in die Rechtsmedizin transportiert. Alex begann sofort mir der Obduktion.

Der Todesursache des Polizisten war schnell erkenntlich. Man hatte ihn erschossen. Die Kugeln wurden aus dem Schädel herausgeholt und in das KTI geschickt. Es waren Kleinkalibergeschosse, so wie Schröder vermutet hatte. Weitere Besonderheiten gab es bei der Untersuchung nicht.

Bei Maria war die Todesursache nicht sofort ersichtlich. Sie wies keine äußeren Verletzungen auf. Im Magen wurden Reste des opulenten Mahls gefunden, aber keine Toxine oder andere Hinweise auf Vergiftung. Im Blut fand der Rechtsmediziner aber dann die Ursache ihres Ablebens: Blausäure, in hoher Konzentration.

Aber wie ist das Kaliumzyanid in ihren Körper gekommen? Der Gerichtsmediziner konnte selbst bei mehrfacher und übergründlicher körperlicher Untersuchung keine Eintrittswunde finden. Irgendwo muss eine kleine Verletzung der Haut sein, anders geht es nicht. Er konnte trotz seines Ehrgeizes, der sein Tun anheizte, nichts finden. Einatmen als Zuführungsart scheidet aus. Dazu war die Zeit zu kurz. Sie muss ja unmittelbar beim Überfall ihrem Leben ein Ende gesetzt haben. Oder aber sie wurde von den Verbrechern ermordet.

Der Rechtsmediziner schob die Tote durch das CT. Ganzkörper-CT, letzte Möglichkeit. In kleinen Schnitten und mit hoher Auflösung gefahren konnte der Körper der Leiche dann auf dem Bildschirm scheibchenweise betrachtet und beurteilt werden. Dabei fiel an der Innenseite der linken Wange eine verdächtige kleine Schleimhautverdickung auf.

Er sezierte die verdächtige Stelle an der linken Wange und wunderte sich: Er fand eine Schleimhauttasche, chirurgisch exzellent angelegt. Und in ihr ein klitzekleines flaches Tütchen aus Folie, das mit Sicherheit steril eingebracht und unter die Schleimhaut geschoben worden war. In ihm fand er noch Reste von Zyankali. Die Öffnung der Tasche war nach dem Einbringen mit Nahtmaterial verschlossen worden und zugewachsen. Maria müsste also diese kleine Schleimhautasche angestochen und das Gift herausgedrückt haben. Aber womit? Alex fand bei ihrer Kleidung kein Messer oder etwas anderes Spitzes.

Der Herr Rechtsmediziner verließ der Obduktionssaal und ließ sich in seinem Büro in seinen Schreibtischsessel sinken. Er war müde und abgekämpft. So richtig störte ihn aber nur, dass er nicht weiterwusste. Wie kam das Gift in den Körper der Frau? Es regte ihn auf. Es hellte auch seine Laune nicht auf. Er telefonierte mit der SPUSI und dem KTI. Die hatten aber auch im Wagen nichts Brauchbares gefunden.

Es war gegen elf Uhr. Der Rechtsmediziner rief bei den Kriminalbeamten an und klagte sein Leid. Er musste erst einmal abschalten und ein bisschen schwatzen. Er wollte bedauert werden.

Daraufhin begaben sich die beiden zu ihm in die „Gruft", um ihn zu trösten. Ihre Vorschläge zum Tatablauf waren aber nicht so recht hilfreich. Der Stress ließ bei ihnen nach und beide waren zum Giggern aufgelegt, was Alex zusätzlich ärgerte. Beate meinte, dass sich die Frau in die Wange gebissen hatte. „Frauen tun das öfter ...", behauptete sie selbstbewusst. „Weißt du das nicht?" „Vielleicht hat sie sich auch mit der großen Zehe die Wangentasche aufgekratzt", fügte Theo bei. Alex sah Theo respektlos grinsen. Er wurde veralbert, nicht ernst genommen. Das konnte er jetzt absolut nicht brauchen. Er wollte getröstet werden oder wenigstens einige vernünftige Ratschläge hören.

Da kam ihm die zündende Idee. Theo hatte ihm unbewusst mit seiner Witzelei den entscheidenden Tipp gegeben. „Los, macht euch raus hier! Ich muss weiterarbeiten. Damit wenigstens einer was Richtiges macht." Die beiden Kommissare gaben noch ein paar flachsige Bemerkungen von sich und schlenderten ins Präsidium zurück.

Alex war bei dem Gespräch mit den Kommissaren etwas wieder eingefallen, dem er bisher keine größere Bedeutung beigemessen hatte: dass bei Maria der Fingernagel des kleinen Fingers der rechten Hand spitz zugeschnitten war. Die anderen Nägel waren rund gefeilt. Er nahm sich die Leiche noch einmal vor. Dann der erlösende Befund. Der Fingernagel war relativ kurz, aber dreieckig zugeschnitten. Die eine Seite war scharf wie ein Rasiermesser. Der Rechtsmediziner untersuchte den Finger auf Spuren unter dem Nagel und wurde fündig: Schleimhautreste und Zyankalispuren unter dem Nagel. Das hatte er bisher leider übersehen. Damit war klar: Maria hatte sich die Tasche selbst aufgestochen und den Tod der Mitgliedschaft auf einer ihrer Farmen vorgezogen. Sie wusste wohl zu gut, wie es in der Stutenfarm zuging. Wenn die Verbrecher sie hätten umbringen wollen, dann wäre Erschießen wesentlich einfacher gewesen. Alex hing sich ans Telefon und rief die Kriminalisten an: „So, ihr Banausen, ..." Dann berichtete er von seinem Erfolg.

## Besprechung bei KR Schröder

Becker telefonierte mit seinem Chef und teilte ihm das Ergebnis der Gerichtsmedizin mit. Schröder fauchte etwas in den Hörer und beorderte die beiden in sein Büro. Krisenbesprechung. „Er scheint schlechte Laune zu haben", teilte Becker seiner Assistentin mit.
Die zwei klopften an und betraten das Heiligtum. Sie sahen es sofort: Schröder war geladen, aufgeladen. Er kochte vor Wut. Es war ihm auch gut anzusehen. Sein Jackett hatte er ausgezogen und über den Stuhl geschmissen, den Schlips abgelegt und das Hemd fast bis zum Bauchnabel aufgerissen. Der Herr Kriminalrat sah aus, als brauche er jemandem, den er mit seinem Briefoffner erdolchen könne. Der Herr Kriminalrat hatte ein anregendes und verlaufsoffenes Gespräch mit dem Polizeichef hinter sich bringen müssen.
„Setzen Sie sich!", fauchte er. „Wir haben ein paar Probleme zu klären, über die wir nur wenig oder gar nichts wissen. Jedenfalls nichts Verwertbares. Das macht die Sache ja erst so richtig interessant. Ich könnte senkrecht ... Genau das ist es, was ich so liebe. Irgend so ein Idiotenverein führt uns vor wie Anfänger in einem Rot-Kreuz-Kurs. Wir tappen wie Blinde durch den Wald. Apropos Wald, über diese Veranstaltung will ich gar nicht erst reden. Jedenfalls jetzt noch nicht. Blöderweise war ich selbst auch noch daran beteiligt. Und ich will mich nicht vor der Verantwortung drücken; ich bin ja kein Politiker. Ich hätte aber den Stahlhelm aufsetzen sollen, bevor ich bei unserem Chef antrat. Gong, gong, gong. Immer drauf auf meine Rübe. Als ich ging, brauchte ich die Tür gar nicht mehr aufzumachen. Man konnte mich einfach durch den Schlitz unten durchreichen.
Nun zur Sache: Ganz im Vordergrund steht die Suche nach den beiden entführten Polizistinnen. Hat man sie getötet? Nein, das hätte man auch im Auto machen können. Zwei Schüsse, alles schnell und unkompliziert. Man hat sie also mitgenommen. Wohin? In das Haupthaus? Gibt es das überhaupt, so wie Maria es beschreibt? Und wo steht dieser Schuppen, oder wohl eher

dieser Bunker? Will man unsere Kolleginnen als Geisel austauschen, aber gegen wen oder was? Oder uns erpressen? Will man sie foltern und aushorchen, um mehr über unseren Polizeiapparat zu erfahren? Will man sie als Sexsklavinnen verkaufen oder als Muttertier gebrauchen? Wir haben keine Ahnung, was da läuft. Will man die Frauen außer Landes bringen, weil sie zu viel gesehen haben? Die Suche nach ihnen hat oberste Priorität. Egal, was es an Geld oder Überstunden kostet. Egal, welche Zugeständnisse wir machen müssen. Sie sind welche von uns. Wir lassen keinen zurück. Ich will die beiden wieder hier bei uns sehen, lebend, vor mir stehend.
Von dem toten Polizisten will ich gar nicht erst reden. Der braucht ein ordentliches Begräbnis und keine dämliche Presse. Aber das liegt in der Hand unserer Administration. Das Ganze hängt natürlich mit Maria und ihrer Organisation zusammen. Das Weib soll in der Hölle brennen.

So viel zu diesem Thema. Ordnen wir das noch nicht benannte Chaos mal in zeitlicher Reihenfolge:
Da ist ein Toter am Elbufer. Er ist aber nicht ertrunken oder in eine Schiffsschraube geraten, wie sich das an einem Fluss so gehört. Nein, dummerweise hat er Gift geschluckt. Wie konnte er nur auf diese blöde Idee kommen. Das erschwert massiv unsere Arbeit. Konnte der Kerl das nicht berücksichtigen?
Dann schwimmt eine Kiste mit Drogen auf uns zu. Fentanyl heißt das Zeug wohl. Liegt einfach so am Elbufer rum. Und wir wissen wieder mal nichts. Außer der Tatsache, dass sie nicht mit der Luftpost kam. Aber auch das ist nicht sicher. Die Aufklärung übernahm die Drogenabteilung. Alles streng geheim, wie ich heute früh in der Cafeteria von einem Streifenpolizisten erfuhr. Streng geheim hat er mir das mitgeteilt, was sonst. Bisher war die Suche nach den Besitzern der Kiste leider ohne Ergebnis. Dass die Drogenabteilung aus Trunkenbolden und Haschfreunden besteht, pfeifen in Dresden die Spatzen von den Dächern."
„Chef, aber hallo!" „Becker, unterbrechen Sie mich nicht, wenn

ich in Fahrt bin. Aber Sie haben ja recht, und ich nehme alles über diese Drogenschnüffler zurück.

Das alles reicht aber noch nicht: Wir haben auch einen durch die Luft fliegenden Opel, der auf der Elbe seine ersten Schwimmversuche machte. Langsam wird mir die Elbe unheimlich. Seine Unfähigkeit zum Wassern oder zur Landung brachte uns drei Tote ein, davon zwei splitternackte Mädchen. Rotlicht lässt grüßen. Verdammt, haben wir nicht noch andere Farben als Rot? Und, als hätten wir nicht genug zu tun, noch die Katastrophe um Maria: Schießerei auf der Elbe. Dazu ein betrunkener und bekiffter Russe, der erschossen werden musste.

Und dann Maria selbst, das ist unser Desaster. Ich glaube, hier hat jemand die Büchse der Pandora geöffnet. Prometheus hat davor gewarnt. Und als Folge: ein erschossener Polizist, der vermutlich als Zeuge im Weg war. Dann eine bildhübsche Leiche. Beide werden uns leider nichts mehr sagen können. Tote sind meist sehr schweigsam.

Wir vermuten, dass die Dame in Menschenhandel verstrickt war, vermutlich in der Führungsebene eines Menschenhändlerringes tätig. Außerdem besteht bei ihr der Verdacht auf Beihilfe zum Mord an einer Reinigungskraft und einem Bordellbesitzer. Es liegt außerdem der Verdacht auf Freiheitsberaubung in unzähligen Fällen nahe, in Tateinheit mit Zwang zur Prostitution, Nötigung, Menschenhandel, Körperverletzung und Babyhandel. Da haben wir ja fast das ganze Strafgesetzbuch durch.

Ich glaube, wir können das, was uns Maria erzählt hat, aufgrund des aktuellen Geschehens mittlerweile als wahr einstufen.

Ich vermute, dass alle Fälle irgendwie miteinander zu tun haben. Der Drogenhandel muss in diesen Fällen mit der Prostitution und dem Menschenhandel zusammenhängen.

Und man hat alles getan, um die Spuren zu verwischen. Koste es, was es wolle.

Bei Leistner haben wir Drogen gefunden und Geld. Auch die Rolex war nicht ganz kostenlos. Die beiden toten Mädchen aus dem Opel waren zugedröhnt. An den Ufern der Elbe wird das

Zeug kostenlos und gleich kistenweise verteilt. Auch Maria befand sich im Land der Träume, als sie uns in die Hände fiel. Und der Russe hatte mehr Drogen in sich als Blut. Das Mistzeug ist für vieles gut: Produzieren, Transportieren, Verkauf, Manipulieren und Gefügig-Machen – Fazit: Man kann viel Geld damit verdienen. Drogen spielen in diesem Konstrukt sicher eine Riesenrolle. Ich weiß, dass ich mich wiederhole, Becker. Aber warten Sie gefälligst mit Ihren Kommentaren ab, bis ich fertig bin.

Es gibt aber noch andere Probleme, die mir Kopfschmerzen bereiten: Eine stadtbekannte Künstlerin, gut bekannt in der Kunstakademie, ist seit einigen Tagen verschwunden. Ich habe es vorhin erst erfahren. Die Akte lag bisher bei der Vermisstenstelle. Und die haben Tag und Nacht nach der Frau gesucht, was sonst. Erfolglos. Ab jetzt dürfen wir."

Schröder war für seinen manchmal sarkastischen Tonfall bekannt. Meist brannte dann die Luft.

„So, Kinder, was machen wir jetzt: am besten krank oder Urlaub."

Schröder hatte sich abreagiert. Seine Sprache hatte den scharfen Tonfall verloren. Er atmete tief durch und schloss die unteren Hemdknöpfe wieder.

Dann griff er in die obere Schreibtischschublade und holte drei Gläschen heraus. Die Flasche dazu stand im Bücherregal hinter dicken Jahrgangsbüchern, die noch nie jemand gelesen hatte. Er ließ sich in seinen Schreibtischsessel fallen, atmete noch einmal tief durch und schenkte ein. „Mein Gott, war das eine Strafpredigt beim Alten. Ich dachte, er bringt mich um.

Also, was müssen wir jetzt tun?

Zuerst mal ausschlafen. Mit müden Augen produziert man Fehler. Dann müssen wir eine Sonderkommission bilden, auf Wunsch des Polizeipräsidenten.

Damit haben wir auch ein schönes Aushängeschild für unsere Freunde von den Medienanstalten. Ich halte eine Sonderkommission auch aus anderen Gründen für brauchbar. Sie kann die Routinearbeit für uns machen. Aber wir sollten die Kollegen an der kurzen Leine halten. Nicht einbinden in die eigentliche

Ermittlungsstrategie. Viele Köche verderben den Brei. Kein Wissen weitergeben, weil wir nicht genau wissen, wo es landet. Ich denke immer noch an einen Maulwurf in den eigenen Reihen! Wir hatten das Thema schon mal auf dem Schirm. Damals, als wir die Schwarzdruckerei stürmten und die Verbrecher schneller waren. Wir sahen noch nicht mal das Rote von ihren Rücklichtern. Sie hatten das alles exzellent aufgeklärt, Becker, Ehre wem Ehre gebührt, aber der Teufel hatte wohl seine Hand im Spiel. Die Nachforschungen nach einem Maulwurf führten aber leider ins Leere. Also Vorsicht mit der Preisgabe von Informationen. Anders ausgedrückt-keine Weitergabe von Informationen! Es darf aber nicht auffallen. Füttert die SOKO mit nichtssagendem Mist, ohne dass es auffällt."

„Chef, halten Sie uns für blöd?" „Becker, keine Suggestivfragen stellen." Schröder griente.

„Die SOKO kann sich auf die Suche nach dem Unterschlupf von Drogenlaboren machen, falls es welche gibt, und nach einem Lager für dieses Dreckszeug. Ich denke da an Gärten, größere Felder, in deren Mitte etwas blühen und gedeihen könnte, ohne dass man es von außen sieht.

Außerdem müssen wir uns um leer stehende Häuser, alte Fabriken und alte Gemäuer kümmern. Setzt Drohnen ein! Man sollte daran denken, dass solche Labors Licht und Wärme brauchen. Wenn also in einem Areal, wo nur 3 EFH stehen, ein Stromverbrauch wie in einer Maschinenfabrik vorliegt, sollten wir aktiv werden.

Bei dem Mädchenhandel muss man das Rotlichtmilieu durchleuchten. Ich bin überzeugt, dass es dort ein paar unscheinbare Türen oder abgesperrte Keller gibt, wo wir findig werden könnten. Am besten gleichzeitige Aktionen, damit die Mädchen nicht hin- und hertransportiert werden können.

Auch der Hafen muss durchleuchtet werden. Die Schiffe unter die Lupe nehmen; haben sie geheime Kabinen oder wenigstens Schlafstätten? Die Wasserwege als Transportmittel für Drogen oder Frauen zu benutzen, ist eine gute Idee. Die Gefahr einer

Kontrolle oder eines Wegeunfalls ist wesentlich geringer. Aber auch diese Arbeit kann die SOKO übernehmen. Das Wichtigste aber ist die Suche nach unseren beiden Kollegen. Über den Fortgang dieser Ermittlungen geht kein Wort nach außen. Hier meine ich auch gegenüber den Kollegen! Nur wir drei wissen über den Stand der Ermittlungen Bescheid! Ist das klar?"

„Jawohl, Chef!", kam es als Chor von den beiden Kriminalisten.

Schröder hielt inne und schaute seine kleine Streitmacht an. „Gibt es bis hierher Fragen?"

Es gab keine. Er nahm einen kräftigen Schluck und schenkte sich nach.

„Nun zu einem heiklen Thema: Ich gehe mal davon aus, dass sich die Verbrecher riesig freuen, unsere Kolleginnen als Geiseln zu haben. Hätte man sie umbringen wollen, wäre im Auto schon die Gelegenheit gewesen. Die Schweine werden uns erpressen wollen oder die Frauen einfach verkaufen. Was muss das für ein Vergnügen sein, eine deutsche Polizistin im Harem oder im Puff zu haben? Wir müssen unsere Kolleginnen unbedingt befreien. Hoffentlich ist es noch nicht zu spät. Ich gehe mal davon aus, dass es sinnlos wäre, wenn wir das Rotlichtmilieu umkrempeln und das Unterste zuoberst kehren. Wie wir bei dem Überfall gesehen haben, war die Aktion bestens organisiert und durchgeführt. Nicht zu vergessen, in welcher Zeitspanne das alles durchgezogen werden musste. Das waren richtige Profis, hier waren Bäcker am Werk und keine Krümel.

Anzunehmen, dass die beiden Frauen jetzt in irgendeinem Dresdener Bordell hocken oder in einem finsteren Kellerloch, ist schlicht und einfach naiv.

Egal, was man mit den Frauen vorhat, man wird sie schnell über die Grenze bringen wollen, wenn es nicht schon passiert ist. Wir werden mit Helikoptern, Straßensperren und unserem anderen Kram kaum Erfolg haben, wenngleich der Einsatz schon läuft. Aber wir müssen es tun. Aber diese Mafiaorganisation ist ja nicht blöd.

Ich möchte, dass jedes Schiff, jede schwimmende Holzlatte, die sich auf dem Weg nach Tschechien befindet, kontrolliert wird. Das Folgende habe ich schon organisiert: Kurz hinter Pillnitz steigen überraschend zwei Kollegen vom SEK auf jeden Kahn und untersuchen ihn. Das Schiff, der Kahn oder was auch immer, kann dabei weiterfahren. So entstehen keine Staus. Nach ca. einer Stunde wird wieder angehalten, und die Kollegen von der schnellen Truppe gehen von Bord und fahren per Auto zurück. Ich habe mit dem Chef unseres SEK bereits gesprochen. Die machen mit. Die Wasserschutzpolizei sichert das An-Bord-Gehen ab, damit kein Schiff durchbrennt und auch kein Unfall passiert. Ob die Aktion von Erfolg gekrönt ist, weiß ich nicht. Ich glaube aber, wir sind das unseren Kolleginnen schuldig.

Wir bewegen uns bei dem, was ich jetzt anspreche, in einer verdammt grauen Grauzone. Das ist mir klar. Aber es geht um unsere Mädels! Man sollte deshalb auch über unorthodoxe Methoden sprechen. Ich denke da nämlich noch in eine ganz andere Richtung.

Ich denke dabei speziell an Sie, Becker." „Aha oder oha."

„Ich weiß, dass Sie eine lockere, meinetwegen auch zufällige, Beziehung zu Größen in der IT-Szene haben. Ich nehme es einfach mal an. Vielleicht hab ich was gehört, ganz zufällig, in einer Kneipe. Bei Dämmerlicht und von zwielichtigen Personen. Es ist also nur eine Annahme, ein haltloses Gedankenkonstrukt. Wir wissen ja beide, dass solche Kontakte und Aktivitäten verboten sind."

Becker war etwas blass geworden, sagte aber nichts, nickte nur leicht mit dem Kopf. „Interessant, Chef, was Sie von mir halten. Aber es klingt ja fast wie ein Loblied, wenn auch ein schwarzes. Also, was erwarten Sie von mir? Wie weit darf ich Ihrer Meinung nach die Gesetze überschreiten? Und wie wollen Sie mich aus dem Knast holen, falls Einer uns die Sache krummnimmt."

Beate schaute verdutzt auf das, was sich gerade vor ihren Augen abspielte: Der Chef der Kripo ermunterte gerade den Chef der Mordkommission dazu, den Datenschutz zu unterlaufen und verdeckte Ermittlungen im Internet durchzuführen oder zumindest Kontakt zu

Leuten aufzunehmen, die das konnten und taten. Und das Schlimmste, ihr Kollege zeigte sich nicht so überrascht. „Ich wollte Ihnen nicht zu nahetreten, Becker. Aber vielleicht finden Sie zufällig in einer dunklen Kneipe jemanden, der seine Erfahrungen zur Verfügung stellen kann, um zwei junge Polizistinnen zu retten. Verstehen Sie mich, Herr Hauptkommissar?" „Vielleicht, ich ahne es zumindest. Aber möglicherweise sollten Sie die Rechnungen bezahlen, die bei einer solchen Suche in den Kneipen entstehen. Mein Salär ist nicht ..." „Nun werden Sie mal nicht unverschämt, Becker." Verstehendes Lächeln zwischen beiden. „So, und jetzt ausschlafen und morgen frisch an die Arbeit, ihr beiden." Becker und Hellmann waren entlassen.

## Gemeinsamer Abend bei Becker

Sie räumten ihre Schreibtische auf. Der Feierabend war dringend nötig, um Energie für die nächsten Tage aufzutanken. Die Polizistin sprach ihren Chef an: „Hätten Sie noch Lust, mit mir irgendwo ein Glas Wein zu trinken? Ich glaube, bei unserem Italiener ... Ich muss den Tag erst mal verdauen und mit jemandem schwatzen." „Ich habe nichts dagegen. Aber warum schütten Sie nicht bei Alex Ihr Herz aus? Wir könnten ihn auch mitnehmen." „Alex ist zu irgendeinem dämlichen Kongress in München. Er sagt, dass er den unbedingt zur Auffrischung in seinem Fachgebiet braucht. Also bin ich Strohwitwe." „Gut, aber wir könnten auch bei mir schwatzen. Bei mir zu Hause ist es bequemer. Zudem habe ich sowohl Bier, Rot- und Weißwein als auch Hochprozentiges im Angebot." „Klingt gut. Und was gibt es zu essen?" „Kochendes Wasser schaffe ich noch. Das Rezept ist recht einfach." „Klingt wie ‚Geiz lässt grüßen'." „Sie sind und bleiben eine alte, hässliche, undankbare und niederträchtige Hexe." „Da haben Sie völlig recht, Chef. Hauptsache aber, Sie haben genug kochendes Wasser da."

„Ihre Schuhe bitte ausziehen. Sie können die großen Filzlatschen hier an die Füße ziehen. Frauen mit kalten Füßen haben automatisch immer schlechte Laune." „Ich habe immer warme Füße und nie schlechte Laune. Darf ich mich kurz frisch machen?" „Zweite Tür links sind Bad und Toilette." „Danke, bis gleich."
Becker schmiss eine ordentliche Portion Würstchen in den Topf. Für jeden Geschmack etwas: Bockwurst, Wiener, Weißwürstchen, Krakauer und Knacker. Es würde reichen und ein Glas Bier dazu würde munden. Mit vollem Bauch ließ sich auch gut miteinander reden.

Beate bestaunte in der Zwischenzeit das Bad: groß und hell, alles tipptopp sauber. In der einen Ecke stand ein prächtiges Arrangement aus verschiedenen Grünpflanzen mit großen bunten Blumen, eine leuchtende Blütenpracht. Beate staunte. Und das bei einem Mann. Sie musste die Pflanzen unbedingt anfassen, ob sie echt waren oder nicht. Sie waren.

Auf dem Flur schon roch es nach heißer Wurst. Essen. „Ja, das ist jetzt gut", dachte sie, „und ein großes Bier, zusammen mit ein oder zwei Korn."

Das Wohnzimmer war auch sehenswert: funktionell, aber geschmackvoll und sehr gemütlich eingerichtet. Er hockte mit angezogenen Beinen auf der Couchgarnitur und lächelte sie an. „Na los, sagen Sie was." Er wollte jetzt bestimmt für die Wohnungseinrichtung gelobt werden, dachte Bea. Der Kerl hat mit Sicherheit einen Innenarchitekten zurate gezogen. Die Bude sieht zu gut aus für einen Mann. Und dazu noch die Blumen. War hier vielleicht eine Frau am Werke? Muss ich rausfinden. Polizistinnen müssen neugierig sein.

Aber lassen wir das erst mal. Die Würstchen dampften auf dem Teller und Becker hatte zwei Gläser mit Bier eingeschenkt. Das lockte. Sogar süßen Senf zu den Weißwürstchen hatte er.

„Also dann, guten Appetit und Prost!"

Sie langten beide zu, und Beate schaute sich im Wohnzimmer um. Mit vollem Munde reden geht eh nicht, also schauen. Mehrere Bilder an der Wand. Ein Bild stach ihr besonders ins Auge. Es war recht groß und rahmenlos. Bestimmt einmal

anderthalb Meter. Es zog den Blick regelrecht an. Das Bild war in Schwarz, einfach nur schwarz. Aber die Schwärze nahm zur Mitte des Bildes hin zu. Das Schwarz wurde immer tiefer. „Wie macht man das?", dachte sie. „Einfach noch ein- oder zweimal darüberstreichen? Bestimmt nicht. Und ich dachte immer, schwarz sei schwarz." Und dann war da ein großer roter Klecks, mitten auf dem Bild. Als hätte man einen Pinsel vor Wut und mit Wucht an die Leinwand geworfen. Das schwärzeste Schwarz, das sie je gesehen hatte, und aus ihm heraus erwuchs ein schreiendes Rot. Der rote Klecks bestand aus mehreren Rottönen, die zusammen diese explodierende Röte erzeugten. Das tiefste Schwarz kreierte ein schreiendes Rot. Ein schreiendes Fanal. Nur diese beiden Sachen auf dem Bild: die Finsternis und das schreiende Rot. Wahnsinn. Becker lächelte. „Gefällt es Ihnen?" „Es fängt den Blick förmlich ein. Ich muss immerzu hinschauen. Was ist das?" „Es ist eine Farbstudie. Sie könnten auch sagen, es sei abstrakte Malerei. Es gibt hier keine Form, nur die Farben wirken. Hier werden Emotionen ausgedrückt. Keine Form, nur Ihre Gefühle. Die ändern sich, und morgen wird Ihnen das Bild vielleicht ein bisschen anders erscheinen. Lassen wir das jetzt. Das Essen wird kalt und das Bier warm."
„Woher haben Sie das Bild?"
„Das ist eine lange Geschichte. Dafür bin ich heute zu müde."
„Dumme Ausrede. Hat das Bild einen Namen?" Becker nickte. „Es heißt ‚Der Schrei'." „Unsinn, den gibt's doch schon. Munch lässt grüßen." „Ich hab diesen Namen auch schon mal gehört. In welchem Fußballverein spielt der Mann doch gleich?" „Manchmal sind Sie richtig gut, Becker." „Ich weiß, ich weiß. Also, wenn wir uns das Bild von Edvard Munch mal ins Gedächtnis rufen: Bei ihm kommt die Gewalt von außen. Schauen Sie sich das Gesicht des Mannes an. Man sieht den Druck, die Gewalt, die auf ihn ausgeübt wird und die diese wahnsinnige Angst hervorruft. Ein Meisterwerk! Aber bei diesem Bild hier kommt die Gewalt von innen heraus, bricht sich frei. Ein Schrei, ein Herausbrüllen. Hier macht sich jemand Luft. Der Schrei einer gequälten Seele nach Rache und Vergeltung. Und es ist auch die

Kraft da für diese Rache und Vergeltung. Wie eine Urgewalt, die sich mit Wucht Bahn bricht."

„Ich bin fasziniert, Chef. Sie könnten glatt im Museum als Führer fungieren." „Kunstbanause", konterte Theo. Seine Assistentin lächelte ihn an. „Aber mal ein ganz anderes Thema: Woher haben Sie diese herrlichen Blumen im Bad? Diese grüne Oase sieht ja fantastisch aus." „Sie sind ein Geschenk von einem guten Freund. Er war vor einigen Jahren auf einer wissenschaftlichen Reise über Wochen am Amazonas und hat sie mir als Geschenk mitgebracht." „Sie sind wunderschön."

Bea fand es gemütlich bei Becker. Sie hatten beide die Probleme der letzten zwei Tage noch einmal Revue passieren lassen und sich ihren Frust von der Seele geredet. Es ließ sich auch gut mit ihm blödeln und sie konnte endlich abschalten.

Es war ein schöner Abend. Zudem war sie satt und zufrieden. Die Würstchen und das Bier hatten ihre Arbeit ordentlich erledigt. Sie fläzte sich in die Couchecke, legte die Beine hoch, wippte sich die Filzlatschen von ihren Füßen und steckte die Beine unter die Wolldecke neben ihr. Sie fühlte sich so richtig wohl.

Jetzt war ihr nach einem Schluck Wein. „Haben Sie ...?" Er hatte. „Ich kann Ihnen einen trockenen Rotwein von der Unstrut anbieten." Sie kostete. „Igitt, der ist ja quietschsauer." „Der ist nicht sauer, dieser edle Tropfen aus der Heimat ist nur trocken, nicht sauer." „Das ist alles relativ, sehr relativ, Herr Hauptkommissar. Auch ein schlechter Burgunder kann ein ausgezeichneter Essig sein." „Irgendwann drehe ich Ihnen doch den Hals um. Aber ich habe noch einen Bordeaux irgendwo versteckt. Vielleicht erfreut der Ihren Gaumen."

„Her mit dem Gesöff." „Seien Sie vorsichtig, sonst beleidigen Sie ganz Frankreich. Bei Essen und Trinken verstehen die keinen Spaß. Außerdem haben die Franzosen die Fremdenlegion, und die versteht erst recht keinen Spaß." Er entkorkte die Flasche und dekantierte kurz, viel zu kurz, wie ihm klar war. Aber er wollte die Dame nicht warten lassen und schenkte ein. Sein Gast nahm einen kleinen Schluck und spülte den Mund. „Der schmeckt. Der schmeckt richtig gut." „Dafür hat die Flasche auch 27 Euro

gekostet. Wissen Sie, wie viel Bier ich dafür trinken könnte? Außerdem, Sie sollten den Wein nicht gurgeln, sondern trinken, in kleinen Schlückchen; die Betonung liegt hier auf klein. Da schmeckt er besser." „Ich weiß, Sie haben nur die eine Flasche, Sie Geizkragen." Beate fühlte sich wohl. Der Abend gefiel ihr. Warme Füße, die Würstchen und das Bier. Darauf der Bordeaux. Eine angenehme Wärme stieg in ihr auf. Ihr ging es richtig gut. Beckers Stimme wurde leiser, und eine gesunde Ruhe breitete sich in ihr aus.
„Junge Frau, aufwachen!" Becker zog Beate am Unterarm. Sie brauchte einen Moment, um sich zu finden. „Ich bin wohl eingeschlafen. Ich glaube, ich gehe schleunigst nach Hause." Sie gähnte ausführlich und setzte sich aufrecht. „Vielen Dank für das Essen, insgesamt für den Abend. Es war schön, dass ich heute Abend nicht allein sein müsste. Vielen Dank noch mal." „Ich bestelle Ihnen ein Taxi."

## Einsetzung der SOKO

Die Frau Kommissarin war etwas knapp mit der Zeit. Sie hätte fast verschlafen. Trotzdem blieb sie am Kaffeeautomaten im Flur stehen und zapfte sich zwei Becher Kaffee. Diese bugsierend betrat sie ihr Büro. Ihr Chef saß schon an seinem Schreibtisch und schlürfte seinen morgendlichen Muntermacher. Und, staune-staune, auf ihrem Schreibtisch stand ebenfalls eine dampfende Tasse Kaffee. Daneben lag ein mit Schokolade gefülltes Croissant. „Damit Sie mir nicht verhungern, Frau Kollegin. Guten Morgen. Es war ein schöner Abend gestern, vielen Dank." Beate schaute ihn leicht verdutzt an. Sie war angenehm angetan von dieser Geste. Das hätte sie nicht erwartet. Sie fand den Abend allerdings auch schön. Sie hatte sich wie zu Hause gefühlt und sich wunderbar entspannt nach dem Stress der letzten Tage. Becker war ein wunderbarer Gastgeber gewesen: höflich, charmant und liebenswürdig. Sicher, er hatte auch Ecken und Kanten, war also nicht windschlüpfrig oder ein Dummschwätzer. Und das fand sie gut so. Obgleich er nur Würstchen auf den Tisch brachte. Aber ihr Besuch war ja nicht angekündigt. Und der Bordeaux hat richtig gut geschmeckt.

Becker nahm einen Schluck von seinem schwarzen Gebräu und wandte sich ihr zu. „Ich hatte heute früh ein kurzes Gespräch mit Schröder. Wir haben uns abgestimmt, wie es konkret weitergehen soll. Als Verbindungsglied zwischen der SOKO und uns habe ich Frau KOK Schneider vorgeschlagen. Ich kenne sie gut und habe Vertrauen zu ihr. Frau Schneider ist vom Diebstahldezernat. Ich habe mit ihr schon gesprochen."

Das Telefon klingelte. Becker ging ran. „Guten Morgen, Annette, wir sind schon unterwegs." Er blickte seine Assistentin an. „Der Kaffee muss kalt werden, Frau Hellmann. Wir müssen in die Bibliothek. Unser Chef hat die Mitglieder der von ihm einberufenen SOKO dorthin bestellt und den ‚Einführungsvortrag' wohl schon gehalten. Also, auf in den Kampf." Beide

eilten stehenden Fußes in die Bibliothek. Annette stand vor der Tür. „Nun aber hurtig, ihr zwei." Becker setzte eine gewichtige Miene auf und beide traten ein.

Schröder nickte ihnen zu und leitete den Übergang ein. „Herr KOK Becker wird Sie jetzt über die Einzelheiten informieren." Er trat einen Schritt zur Seite und überließ Becker das Ruder.

„Guten Morgen, liebe Kolleginnen und Kollegen. Der Herr Kriminalrat hat Ihnen ja schon mitgeteilt, dass es um die Suche nach geheimen Aufenthaltsorten im Rotlichtmilieu geht, wo Mädchen gefangen gehalten und der Prostitution zugeführt werden.

In den stadtbekannten Sündenpfuhlen in der Eros-Szene werden wir wohl keinen Hinweis dazu finden. Ich möchte, dass Sie überall dort suchen, wo man leer stehende Räume nutzen kann, also alte Fabrikanlagen, Gärtnereien, bäuerliche Betriebe, leer stehende Häuser und Ähnliches. Vielleicht läuft das Ganze auch über Scheinfirmen: Modebranche mit Stofflagern, Nähereien, Wäschereien, nur mal so gedacht.

Wir glauben auch, dass die Mädchen mit Schiffen über die Elbe verbracht werden.

Also, die Schiffe unter die Lupe nehmen: Haben sie geheime Kabinen unter Deck oder wenigstens versteckte Schlafstätten? Nehmt die Hundestaffel mit dazu. Die Wasserwege als Transportmittel für Drogen oder Frauen zu benutzen, ist eine gute Idee. Die Gefahr einer Kontrolle oder eines Wegeunfalls ist wesentlich geringer.

Also muss die gesamte Hafenregion verstärkt überwacht und überraschend kontrolliert werden, vor allem zu ungewöhnlichen Zeiten. Nicht nachts um zwei, sondern mittags um zwölf. Nachts rechnet jeder Trottel damit, dass er kontrolliert werden kann, und trifft Vorsichtsmaßnahmen. Aber um die Mittagszeit denkt keiner an eine überraschende Polizeiaktion. Auch die Zeit zwischen unseren Dienstübergaben, also zwischen fünf und sieben, ist interessant. Da denkt auch die Masse, dass die Polizei mit sich selbst beschäftigt ist.

Ein anderes Problem ist das plötzlich verstärkte Auftauchen von Drogen. Nicht dass sie in unseren Breiten unbekannt sind, aber die Situation hier hat sich verändert, nicht zum Guten hin. Es geht uns nicht nur um den Konsum von Suchtmitteln. Wir glauben nämlich auch, dass neuerdings ihre Herstellung hier bei uns erfolgt. Nicht mehr in Tschechien, wie meist bisher, sondern in irgendwelchen geheimen Laboren bei uns. Und das ist hier in Dresden neu. Also durchleuchten wir auch in diese Richtung alle Gärtnereien, leer stehende Scheunen, verdächtige Wohnungen und Dachböden. Auch Keller werden gern benutzt.

Die Labore oder Plantagen brauchen viel Strom: für Wärme, Lüftung und Licht. Schauen Sie sich also den Stromverbrauch an! Also alles durchforsten, wenn notwendig auch zweimal. Die Koordination der einzelnen Maßnahmen übernimmt Frau KOK Schneider vom Diebstahldezernat. Sie ist auch der Ansprechpartner für anfallende Fragen. Wir treffen uns täglich um acht, um unsere Agenda zu besprechen und abzugleichen, und um siebzehn Uhr zur Berichterstattung."

## SOS, Notruf für Wolfgang

Nachdem die Mitarbeiter der SOKO in ihre Aufgaben eingewiesen waren, zogen sich unsere beiden Kommissare in ihr Büro zurück. Schröder schaute kurz noch mal zur Tür herein. Alles gut? Alles gut.
Die beiden Kommissare führten ihre verspätete Morgenbesprechung durch. Der Kaffee war in der Zwischenzeit kalt geworden. Becker kritzelte auf seinem Notizblock herum und gab Allgemeinwissen aus dem Telefonbuch von sich. Sie merkte, dass er nicht mehr ganz bei der Sache war. Kaum waren beide fertig mit der morgendlichen Andacht, teilte er mit, dass er sich jetzt auf die Suche nach bestimmten Kneipen begeben würde. Er meinte, es gäbe auch Gaststätten, die schon am frühen Morgen interessant waren. Das wäre aber nichts für kleine Mädchen, teilte er ihr mit. Anders ausgedrückt, er wollte sie in der Bude hier alleine hocken lassen. Sie war leicht angesäuert. Die Frau Kommissarin wusste aber, dass es Geheimniskrämereien zwischen Becker und Schröder gab und dass Becker bestimmt mit Schröders Zustimmung unterwegs war.
Aber dieses undurchsichtige Dunkel zwischen den beiden würde sie auch noch lichten. Die Kommissarin begann, das bisher angefallene Material noch mal zu ordnen und zu sichten. Kurz darauf schaute Schröder herein. „Wo ist denn der Herr Becker?", fragte er scheinheilig. „Er sucht Kneipen auf. Ohne kleine Mädchen wie mich, wie er mir mitteilte." „Aha", meinte Schröder und nickte wissend mit dem Kopf. „Wenn er wieder da ist, soll er sich umgehend bei mir melden!" „Ei gewiss doch, Chef." Bea war sauer. Man ließ sie dumm sterben. Das hatte sie nicht so gern. Schröder grinste, nickte ihr freundlich zu und verschwand.

Becker setzte sich in sein Stammcafé am Altmarkt und rief seinen Freund und IT-Spezialisten an. Nur der Anrufbeantworter war an, Mist. „Wolfgang, ich brauche deinen Rat. Jetzt, sofort. Zwei Polizistinnen sind in Lebensgefahr. Ich brauche deine Hilfe. Lass alles stehen und liegen und melde dich sofort, bitte! Ich brauche ..." „Was ist los, Alter?" „Zwei Polizistinnen wurden entführt und ..." „Lass gut sein, komm sofort her. Henriette ist in ihrem Büro; wir sind allein." „Bin auf dem Weg, bin in zehn Minuten da."

Vor dem Haus stand die Frau des Hausmeisters, wie immer mit einem Besen in der Hand.

„Hat die nichts anderes zu tun, als zu tratschen? Die alte Schachtel hat mir heute Morgen noch gefehlt", dachte Becker. „Steht sie schon wieder da oder noch immer oder steht sie ständig? Wenn ich ihr Mann wäre, hätte ich das Weib schon längst in der Elbe versenkt", dachte Becker und rang sich eine freundliche Miene ab.

„Wenn Sie zu Herrn Fleischer wollen, der ist zu Hause. Er war heute Morgen beim Arzt, sein Kreuz, wissen Sie?" „Ich weiß es nicht, aber es ist schön, das von Ihnen zu hören." „Seine Frau ist aber auf Arbeit, also im Büro. Haben Sie eine Ahnung, als was die Henriette arbeitet?" Sie schaute ihn neugierig an. Sie weiß eben doch nicht alles, die alte Hexe. So ein Pech, und die Neugier soll sie zerreißen. „Tut mir leid, Frau Wilhelm. So gut kenne ich die beiden denn doch nicht. Aber trotzdem vielen Dank. Wenn wir Sie nicht hätten." „Na, einer muss doch für Ordnung sorgen, nicht, Herr Kommissar?" „Das stimmt. Dann schönen Tag noch." Und nach diesem tiefschürfenden Gespräch stieg er die Treppe zu seinem Freund hinauf.

Die Klingel war intakt, und er wurde bereits erwartet. „Komm rein, setz dich, Alter. Was ist passiert?" „Du kennst doch Frau Ölschläger?" „Die Sandra? Natürlich. Eine hübsche Maus." „Sie wurde von Mädchenhändlern gestern entführt, Details später, und wir haben Angst, dass sie ins Ausland verschleppt wird. Wir wissen nicht, ob man uns erpressen will oder vorhat, sie ins Rotlichtmilieu zu verkaufen. Vielleicht wird sie auch geschwängert und als Leihmutter missbraucht." „Du machst Spaß, wobei man mit so was keinen Spaß macht." Becker schüttelte den Kopf. „Nein, das ist mein voller Ernst. Außerdem war eine Polizeipraktikantin, erst 18 Jahre alt das arme Mädchen, in ihrer Begleitung." „Und die ist auch abhandengekommen? Man kann euch wirklich nichts in die Hand geben. Verkauft ihr euer weibliches Personal jetzt im Sommerschlussverkauf?" Becker war sauer. „Du bist ein absoluter Idiot. Die beiden werden da draußen irgendwo missbraucht oder verscherbelt. Oder beides, und du machst Witze darüber. Es ist mir Ernst, Wolfgang. Dein Geblödel bringt uns nicht weiter. Schalt gefälligst dein Gehirn ein. Ich brauche dringend deine Hilfe. Wir haben nicht den geringsten Anhalt, was mit den beiden passiert." In Wolfgang sickerte langsam der Ernst der Lage durch, und er schaltete von Blödeln auf Denken und Arbeit. Beides verstand er ausgezeichnet. „Wie heißt die Praktikantin?"

„Svenja Schulze." „Vielleicht solltest du mir das komplette Drama erzählen und nicht nur scheibchenweise." Becker tat es, Wolfgang hörte zu. „Jetzt brauch ich einen Schnaps", sagte er, nachdem Becker geendet hatte. „Das ist kein Drama, Alter, das ist eine Katastrophe. Das riecht ja nach kompletten Kontrollverlust! Und dazu noch der Verdacht auf einen Maulwurf. Besser kann es wirklich nicht kommen." Becker nickte und pflichtete ihm bei. „So etwas hat es bei uns noch nie gegeben." Fleischer hatte auf Arbeitsmodus geschaltet. „Hau ab, Alter. Du störst jetzt. Ich rufe dich sofort an, wenn ich etwas in Erfahrung bringen konnte." Becker nickte. „Und kein Wort zu Henriette oder sonst wem!" Wolfgang nickte und Becker trottete davon. Er sah sich in der Verantwortung und in der Pflicht. Zwei Kolleginnen in den Händen von Verbrechern und keiner rief bisher an, um zu verhandeln, um Forderungen zu stellen. Sie wollten die Frauen also behalten: sie foltern und umbringen, missbrauchen und oder verkaufen. Alles grauenvoll. Ihm war übel zumute. Aber sein Freund war Profi und Mitbegründer der Hackerszene in Dresden. Er würde alles tun, um seine ehemaligen Kolleginnen zu finden.

Am Abend klingelte Beckers Handy. „Kannst du herkommen, Theo? Komm alleine!"

Wolfgang stand in der Tür und wartete schon. „Henriette ist zur Gymnastik. Komm rein. Ich habe mir fast die Finger verbrannt. Die Websites von dem Verein sind alle hoch gesichert. Mit ein bisschen Pech lässt sich ein Cyber-Angriff zurückverfolgen. Wer hat an der Wall herumgekratzt, um hereinzukommen. Die haben einen neuartigen Abgreifschutz mit Bumerangeffekt und Memoryfunktion eingebaut. Das bedeutet, in kürzester Zeit kann man den Pfad wiederfinden, durch den man eingedrungen ist bzw. aus einzelnen Bruchstücken den Pfad zusammensetzen, durch den der Hacker eingedrungen ist. Nach sechs Sekunden musste ich aus diesem black.net raus, sonst hätten die mich aufgestöbert. In dieser kurzen Zeit kann man natürlich nicht allzu viel Informationen abgreifen. Also, es gibt einen Mädchenhändlerring irgendwo in Deutschland, der einen Katalog von jungen Mädchen in einem Trailer anbietet. Ich gehe mal davon aus, dass es sich um den von uns gesuchten Verbrecherring handelt.

Für jedes Mädchen eine Seite im Katalog mit fünf Nacktfotos und eine kurze Angabe zur Person: Nationalität, Sprache, Größe, Gewicht, Körperumfang und Kleidungsgrößen. Es gibt regelmäßige Märkte im Internet, bei denen die Mädchen versteigert werden. Also kein Menschenhandel in irgendeinem Hotel oder Ähnliches, wo die Mädchen vor Ort anwesend sind. Der Zeitpunkt für diese Internet-Märkte wird als bekannt vorausgesetzt. Wenn man den Code kennt, kann man die Mädchen einzeln aufrufen und erfährt dann mehr über sie. Klar ist aber, dass der Weg rückverfolgbar ist. Es ist also brandgefährlich, sich in dieses Netz einzuloggen. Momentan werden aktuell sieben Mädchen angeboten. Die kleine Svenja Schulze ist leider auch dabei. Sie heißt jetzt Katja. Hier gibt es noch eine Besonderheit. Über ihr Titelbild ist schräg ein Streifen gelegt mit: # *UNGEBRAUCHT! # SOFORTVERKAUF!*

Hier besteht akute Gefahr! Bei den Frauen, die als Leihmütter angeboten werden, ist es ähnlich. Es gibt ebenfalls ein Angebot im Katalog und den Termin, wann sie wieder zur Kopulation zur Verfügung stehen. Auch hier kann man die Frauen anklicken. Die Sandra ist leider auch dabei. Auch hier der Verweis: # *SOFORT VERFÜGBAR!*" „Wahrscheinlich ist sie gerade empfängnisbereit. Wenn mal was schiefgeht, dann aber richtig. So ein Mist." Becker begab sich ins Präsidium zurück und sofort zu KR Schröder.

Das Gespräch mit Schröder war kurz. „Das ist eine Katastrophe", fasste Schröder zusammen. „Die armen Frauen. Weiten Sie Ihre Suche aus, Becker. Völlig egal, was es kostet. Geld und Überstunden spielen keine Rolle. Sie haben freie Hand. Das sind wir unseren Kolleginnen schuldig. Und wenn wir irgendeinen Verdächtigen haben, sollten Sie ihn straff und zielgerichtet befragen, verstanden? Ich decke Sie! Ihr mir unbekannter Freund sucht doch hoffentlich weiter?" „Ja natürlich!" „Er ist ein guter Mann, ich weiß.

Ich war in der Zwischenzeit in unserer IT-Abteilung. Ich dachte erst, ich bin im falschen Film ... Aber natürlich werden wir suchen, Herr Kriminalrat. Aber es ist eben verdammt schwer, in diesem black.net etwas zu finden. Gibt es das überhaupt? Wenn man da nicht selbst dazugehört ... Aber das wissen Sie ja ...

Einer von der Truppe spielte Schach auf dem Computer, ein anderer schraubte an seinem Kasten herum. Hier war absoluter Stress. Wer hat bloß diese Luschen eingestellt. Ein Haufen von Versagern. Also, Becker, ich hoffe, dass Ihre Bemühungen von Erfolg begleitet sind. Und grüßen Sie Ihren ‚Kneipenfreund' von mir. Grüßen Sie auch seine Frau." „Mach ich, Chef."

## Suche nach Verstecken für Drogen- und Menschenhandel

Nachdem die SOKO an ihre Arbeit herangeführt worden war und eine großflächige Suche nach Unterschlupfmöglichkeiten für die Kriminellen eingesetzt hatte, setzten sich Becker und Hellmann zu ihrer typischen Beratung zusammen. Ein Briefing um die Quintessenz ihrer bisherigen Ergebnisse.

Becker: „Ich glaube, dass die Verbrechen zusammenhängen. Bei Leistner haben wir Gras gefunden. Seine Freundin Claudia hatte wohl auch mit Drogen zu tun. Außerdem ist sie uns abhandengekommen. Das ist verdächtig. Die beiden sind doch ein Paar. Vielleicht leiten sie beide das Drogenlabor. Einer braut und kocht, der andere vertreibt die Lustigmacher." „Könnte hinkommen", stimmen ihm seine Assistentin zu. „Er hat Tiefbau studiert und ist im Bauamt beschäftigt. Soweit wir das einschätzen können, ist er für die bauliche Sicherheit von alten Gemäuern in Dresden verantwortlich.

Sagt zumindest das Bauamt. Er könnte also recht gut in ihnen ein Versteck für seine kriminellen Zwecke eingerichtet haben."

„Richtig, wir sollten uns alle alten Gemäuer und Keller, egal ob gemauert oder in den Berg hineingeschlagen, anschauen", fügt die Kommissarin hinzu. „Auch die Weinberge hier und in der Umgebung sind von Bedeutung. In ihnen drinnen verlaufen ja viele kleinere Gänge und Gewölbe, die gewerbsmäßig genutzt werden." „Das war mir klar, dass Sie nur ans Trinken denken, Chef. Es gibt aber bestimmt noch bunkerähnliche Anlagen als Überbleibsel aus dem Krieg. Außerdem könnten in alten Grufen und Höhlen, die vielleicht sogar unter Naturschutz stehen, komplette Drogenlabore und Lager eingerichtet sein."

„Auch gemauerte Stollen und Abflüsse aus der Kanalisation könnten als Unterschlupf dienen. Davon gibt es sicher eine ganze Reihe, die man stillgelegt hat, weil sie durch einen geänderten Kanalisationsverlauf überflüssig geworden sind. Auch Stollen und Schächte von alten Brauereien, die zur Kühlung dienten, sollten wir uns anschauen", ergänzte Becker.

Gesagt, getan. Die beiden Kriminalisten nahmen sich den Stadtplan und Leistners Unterlagen aus dem Bauamt vor und planten den zeitlichen Ablauf ihrer Durchsuchungsaktionen für die nächsten Tage.

Sie knieten sich tagelang in die Arbeit und krochen guten Mutes durch dunkle Gemäuer. Sie quälten sich durch unzählige Gänge, Gewölbe und Keller. Aber ein Labor, in dem es kocht und brodelt oder in denen ein Drogen-Versandhandel stattfand, war leider nicht auffindbar.

Auch geheime Gefängnisse für die entführte Frauen und Mädchen fanden sie nicht.

Es gab auch keine Erfolge bei der Suchaktion durch die SOKO. Beide waren jeden Abend abgekämpft und ohne Erfolgserlebnis. Ihre Laune war schlecht und die Stimmung fiel auf den Gefrierpunkt. Außerdem stand ihnen ständig KR Schröder im Nacken.

## Essen beim Italiener

Die beiden Kriminalisten hatten sich nach einer Woche zusammen mit Alex abends zu ihren Lieblingsitaliener zurückgezogen, um sich bei einem mediterranen Mahl und einem Schlückchen Rotwein die Wunden zu lecken.

Die aufwendige Suche der beiden hatte nichts erbracht. „Wir haben jeden Ziegelstein in Dresden zweimal umgedreht", meckerte der Herr Hauptkommissar. „Dreimal mindestens", ergänzte Beate. „Viermal mindestens", erweiterte der Herr Rechtsmediziner großzügig. Becker ignorierte diesen Einwand. „Es gibt keinen Keller und kein anderes Gemäuer, in dem wir nicht herumgestöbert haben", so die Kommissarin. „Stimmt", ergänzte Becker, „gefunden haben wir aber nichts außer Schutt, Müll und Ratten. Der Schröder fällt in Weinkrämpfe oder schmeißt mit dem Tintenfass nach mir, wenn ich ihm unsere Überstundenzettel präsentiere."

Beide waren sich aber immer noch einig, dass Leistner eine der Schlüsselfiguren in dieser Gang sein müsste. Er konnte durchaus Zugriff auf eine Drogenküche oder ein Lager für harte Drogen haben. Die Annahme, dass Leistner seinen beruflichen Zugang zu den alten Gemäuern nutzte, bot sich einfach an.

„Ja", ergänzte die Frau Kommissarin, „und die Jungen von den Suchmannschaften der Bundespolizei haben auch die Nase gestrichen voll. Sie müssten ja am meisten von allen durch die Keller und Gewölbe kriechen."

„Ach ihr zwei. Ihr tut mir so leid!" „Willst du's dir mit uns verderben, Alex?", hinterfragte seine Freundin. „Will ich nicht, aber ihr habt mich ja nicht ausreden lassen. Das ist unhöflich."
Der Kommissar schaute ihn neugierig an: „Ich warne dich, Alex!" „Nicht doch, der Nebensatz hätte nämlich gelautet: Ich habe eine Bombenidee!" „Auch das noch. Nicht nur, dass der Wein nach Kork schmeckt ...", meckerte Becker. „Bei Bomben denke ich immer daran, dass uns der ganze Kram auch um die Ohren fliegen kann", ergänzte die Frau Kommissarin. „Ihr seid zu negativ eingestellt, habt ihr keine innovative Problemlösung angedacht? Keine kreativen Ansätze? Glaubt an das Licht am Ende des Tunnels und kämpft euch vorwärts", dozierte der Doktor. „Alex, bleib bei deinen Leichen", drohte Becker mit leicht erhobener Stimme. „Auch solche Sprüche können dir mal um die Ohren fliegen", warnte er den Rechtsmediziner.

„Aber nicht doch", so Alex, „war alles nur Spaß. Wollte euch nur necken. Aber jetzt mein Beitrag, Licht aus, Spot an, Applaus, Applaus." „Wieso ist der so lustig, während wir beide so sauer sind?", fragte Becker. „Kommen wir zur Sache, also gehen wir in medias res", dozierte Alex weiter. „Sagen Sie Ihrem Freund, dass er mit seiner Gesundheit spielt, wenn er weiter so eine Show hier abzieht. Der Wein schmeckt nicht nur nach Kork, er ist sogar richtig sauer." „Entschuldigung, manchmal sitzt mir halt der Schalk im Nacken. Also, ich habe in einem alten Film gesehen, dass im Zweiten Weltkrieg alle Stadtpläne und Wanderkarten im Maßstab nur verzerrt wiedergegeben wurden. Man wollte verhindern, dass feindliche Bomber sich daran orientieren konnten.

Irgendein kleines Areal im Plan stimmte noch 1:1 mit dem angegebenen Maßstab überein, aber dann wurde der Maßstab fließend verändert. Die auf dem Plan ausgemessenen Größen stimmten dann nicht mehr ganz so exakt mit dem Originalmaßstab überein, obwohl dieser am Kartenrand ausgewiesen war." „Wie meinst du das?" „Wenn nach dem Plan eine Nebenstraße nach 150 Meter in die Hauptstraße einbog, konnten es in der Realität schon nach 80 Metern sein oder erst nach 170 Metern. Außerdem wurden oft Karten vereinfacht: Wenn zwei kleine Nebenstraßen knapp nebeneinander in die übergeordnete Straße einmündeten, so sparte man sich die Häuser dazwischen und ließ sich die Straßen schon vorher vereinigen. Spart auch Zeit.

Außerdem wurden viele Karten per Hand kopiert, besonders noch zu Kaisers Zeiten. Auch hier war eine gewisse Freizügigkeit geläufig. Wurde ja nicht kontrolliert. Manche baulichen Gegebenheiten wurden einfach ignoriert oder falsch eingezeichnet."

„Und was willst du uns jetzt erzählen, mein Schatz?" Die beiden waren neugierig geworden.

„Ich habe mit dem PC gespielt. Ich legte die Kopien aller Stadtpläne, deren ich habhaft werden konnte, übereinander und habe sie an bestimmten Fixpunkten verglichen bzw. ausgerichtet, zum Beispiel Elbverlauf, Zwinger, Schloss, Kreuzkirche usw. Dann habe ich die wichtigsten Straßenzüge miteinander verglichen, dann die kleineren und bin auf eine Reihe von Ungereimtheiten gestoßen: unterschiedliche Straßenlängen, räumlich verschobene Kreuzungen, falsch oder fehlerhaft eingezeichnete Gebäude. Auch die Kanalisation wurde nicht verschont. Hier wurde auch etwas zu frei gezeichnet und kopiert. Es waren natürlich alles nur kleinere Fehler: Es wurde keine Kirche oder Museum vergessen oder großzügig versetzt. Auch die Elbe floss noch in die richtige Richtung und mündete nicht in den Zwinger. Ich habe diese Fehler auf einem Zusammenschnitt aller Stadtkarten farbig markiert. Vielleicht sollten wir das Ganze mal eingehender betrachten. Es ist auch vorgekommen, dass man versehentlich in den ersten Nachkriegsjahren bauliche Besonderheiten von einem Gebäude in das Nachbarhaus einzeichnete; Fachkräfte waren damals Mangelware."

„Das ist interessant. Aber wieso könnte uns das weiterhelfen?" „Ich habe mehrere Fälle herausgefunden, wo ein altes Gewölbe oder was es auch immer war, verschwand oder ein Haus weiter auftauchte. Das wäre doch ein Ansatzpunkt." „Alex, du bist ein Schatz!", Bea bedachte ihn mit einem bezaubernden Lächeln und einem Küsschen auf die Wange. „Wie bist du überhaupt auf die Idee gekommen? Sie liegt ja weit abseits von medizinischen Problemen", fragte der Kommissar. „Bea war in den letzten Tagen so fertig, dass sie noch vor neun im Sessel eingeschlafen ist. Da wollte ich helfen bzw. das wollte ich ändern. Die Mutter von Schwester Ivonne arbeitet im Katasteramt. Sie holt donnerstags immer die Kleine von Ivonne aus der KITA. Wenn Mama noch nicht fertig ist mit ihrer Arbeit, dann trinkt die Oma bei mir eine Tasse Kaffee, und wir schwatzen. Die Kleine malt in der Zwischenzeit Sonnen und Strichmännchen in alte Werbeprospekte und Kalender. Und so hat die Oma mir ganz nebenbei von diesem Dilemma erzählt. Sie war wieder einmal sauer, weil eine Eintragung in das Register nicht genau stimmte. Diesmal war es nur eine falsche Hausnummer, aber ich habe mich daran erinnert und nachgehakt." „Jetzt schmeckt der Wein kaum noch nach Kork, ist auch gar nicht mehr sauer, nur trocken", teilte der Kommissar mit, „morgen schauen wir uns das alles mal an."

## Der Schusswechsel

Gesagt, getan. Es gab vier Orte, wo Gewölbe oder Ähnliches in einer unterschiedlichen Lage eingezeichnete waren. Zwei hatte man nach dem Krieg zugeschüttet, ein Gewölbe war in eine Tiefgarage umgewandelt worden und ein Keller an einer alten Tankstelle war noch zu inspizieren.

„Hier könnte es sein!", rief die Frau KHK Hellmich. Sie fuhren parallel zum Elbufer ein kleineres Gässchen ab. Rechts von ihnen ging es steil nach oben: ein Hang, von dem es auf der anderen Seite zur Uferstraße und zur Elbe hinabfiel. Links lag eine lang gezogene Häuserzeile. „Hier muss es sein. Hier links muss irgendwo eine alte Tankstelle sein." „Hier ist nichts. Wir sind jetzt schon das zweite Mal hier langgefahren. Wir haben irgendetwas übersehen." „Quatsch, der Stadtplan ist falsch. Die Theorie von Alex stimmt vielleicht nicht. Die Pläne waren einfach zu alt, wurden zu oft kopiert; da schleichen sich Fehler ein." „Lassen Sie uns einfach aussteigen und mal zu Fuß suchen!", meinte die Kommissarin. „Ich wusste, dass mir heute nichts erspart bleibt", konterte Becker.

Sie stiegen aus. Ein alter Mann, der seinen Dackel ausführte, schaute interessiert herüber, während sein Hund neugierig an den Häuserrändern entlang schnupperte und seine „Zeitung" las.

„Kann ich Ihnen helfen?" „Wir suchen ein älteres Gebäude, das ein Kellergewölbe oder etwas Ähnliches hat oder hatte. Vielleicht gehörte es der Stadt oder einer anderen öffentlichen Einrichtung, vielleicht war es ein Museum oder ein Gebäude der städtischen Verwaltung oder so etwas." „Hier gibt es nur diese Wohnhäuser, schon seit den 30er-Jahren." „Aber hier links müsste doch mal eine alte Tankstelle gewesen sein." „Ja, also", der ältere Herr brachte sich in Stellung, kleine Stadtführung, „die Gegend hier heißt immer noch ‚an der Stiller-Tanke'. Die Leute nennen dieses Fleckchen einfach noch so." „Und da stand kein größeres Haus?" „Ich glaube, Sie werden lästig. Sind Sie von der Presse?" „Nein", erwiderte Kommissarin Hellmann freundlich, „wir sind von der Kripo. Ich bin KHK Hellmann, und das ist mein Kollege KHK Becker. Hier sind unsere Ausweise." „Wollen Sie die Tankstelle verhaften oder das Haus stürmen?", lachte der Mann. „Aber wenn Sie Zeit haben, erzähle ich Ihnen mal die ganze Geschichte von unserer Tankstelle, alte Männer werden schnell redselig:

Schon meinen Großeltern haben hier gewohnt. Als Kind bin ich durch diese Gassen getobt oder habe am Hang hier rechts Räuber und Gendarm gespielt. Auf der anderen Seite des Hanges geht es zur Elbe runter. Die eigentliche alte Tankstelle, die man Stiller-Tanke nannte, war hier auf der rechten Seite, nicht links. Hier rechts hatte sich nach dem Ersten Weltkrieg ein kleines Fuhrunternehmen niedergelassen. Es hieß nach seinem Besitzer ‚Stiller-Transporte', Lkws, eine Holzbaracke und zwei Tanksäulen für die Laster. Außerdem mauerte man einen alten unterirdischen Abfluss zur Elbe hinunter aus. Und da floss bestimmt nicht nur Wasser runter. Hier gab es aber nie eine offizielle Tankstelle. Wenn man jedoch dem Besitzer etwas Geld in die Hand drückte, dann konnte man sein Auto tanken und brauchte nicht bis ins Zentrum zu fahren. In den 20er-Jahren ging das Unternehmen pleite. Der Besitzer und die Autos verschwanden. Die baufällige Holzbaracke und die zwei kaputten Zapfsäulen blieben stehen. Ebenso blieb der gemauerte Abfluss zur Elbe erhalten, nur dass er nicht mehr benutzt wurde. Es war jetzt alles kanalisiert. Mit einer Stahlblechtür wurde der Zugang verschlossen. Aber wir als Kinder hatten natürlich den Trick schnell heraus, wie man in den Tunnel hineinkommt. In den 30er-Jahren ließ Hitler die Wohnhäuser hier auf der linken Straßenseite bauen. Auf der rechten Seite gab es jetzt schmale Gärten. Die Baracke und die Zapfsäule wurden abgerissen, aber der Tank in der Erde nicht entsorgt. Man legte eine kleine Wendebucht darüber an. Die Gegend hieß im Volksmund aber immer noch ‚an der Stiller-Tanke'. Und weil sie so hieß, und weil man wegen des zunehmenden Verkehrs Tankstellen brauchte, baute man hier links, also links, nicht rechts, eine richtige Tankstelle dazu, genau gegenüber der alten Stelle. So konnte man jetzt auch günstig wenden. An die alte Tankstelle auf der rechten Straßenseite konnte sich kaum noch jemand erinnern; getankt wurde jetzt links. Bei dem Bombenangriff auf Dresden brannte alles ab. Die Häuser wurden später neu aufgebaut. Die Gärten fielen einer Straßenverbreiterung zum Opfer. Da die Wendebucht, wo der unterirdische Tank drunter war, in die Böschung rechts hineinreichte, störte sie nicht sonderlich und man ließ sie stehen. Ebenso blieb der Tunnel rechts zur Elbe erhalten. Und da stehen sie heute noch, da drüben, also rechts."

„Wir haben auf der falschen Seite gesucht", resümierte Becker. „Gut", meinte Frau Hellmich, „schauen wir rechts nach, mir soll es recht sein und sicher ist es auch rechtens." „Mir ist etwas hungrig; da liebe ich keine Wortspielereien", frotzelte Becker. „Sie haben doch vor einer halben Stunde in der Kantine gefrühstückt, Herr Kriminalhauptkommissar. Wenn ich nicht irre, waren es zwei Rühreier mit Brötchen. Zuvor haben Sie aber noch Ihr Frühstückspaket aufgefuttert: zwei Doppelschnitten und ein Apfel." „Sie sind hässlich, abgrundtief hässlich, Frau Assistentin. Ihre Haare allein. Und wie man nur mit so einem Kleid herumlaufen kann. Jetzt werden mir schon die Bissen vom Munde abgezählt. Iih, sind Sie hässlich." „Ihr Magen knurrt so laut, dass man das Hundegebell von dem Dackel nicht mehr hört. Sie werden noch vor dem Mittagsmahl des Hungers sterben." „Jetzt hat sie mir auch noch einen Genitiv um die Ohren gehauen. Da muss man ja hungrig werden."

Sie wechselten die Straßenseite. „Hier ist nichts, außer der Wendebucht. Doch, hier ist was!" Hinter Sträuchern versteckte sich ein kleines eisernes Türchen, rostig; die graue Rostschutzfarbe war schon lange abgeplatzt. Die Tür war zu. Ein altes Kastenschloss verhinderte den Zugang. Neben der kleinen Pforte ein uraltes Emaille-Schild, wo die Glasur auch schon am Abblättern war: „Wasserwerke der Stadt Dresden".

„Hier geht es zu jener berühmt-berüchtigten Nachtbar", erklärte Becker im Tone eines Stadtführers, „leider ist es noch zu hell. Da hat die Lokalität noch geschlossen." „Haha. Wir sind hier in Dresden. Ich meine in Berlin oder München ..." „Irgendwann wird Sie die Elbe verschlingen mit ihrer reißenden Strömung und den abgrundtiefen Strudeln. Das macht sie immer so mit garstigen Mädchen. Die Nachtraben werden Sie hineintreiben in die Flut und gluckgluck, weg sind Sie. Dresden ist ein kulturelles Highlight und mit einer bewundernswerten Gastronomie ausgestattet. Und das lernen Sie bis morgen auswendig, Frau Assistentin." „Jawohl, Chef."

Der Polizist rüttelte noch einmal kurz an der altersschwachen Tür, aber zu ist zu. Das alte Kastenschloss erfüllte noch seinen Zweck. „Nicht mit mir", grummelte Becker und griff in die Innentasche seines Jacketts. Ein Schlüsselring mit vielen Dietrichen kam zum Vorschein. Er schaute abschätzend auf seine Werkzeuge und nahm mit sicherem Griff ein gebogenes Stück Stahl zur Hand. Fachgerecht ging er zu Werke. Es knirschte ein bisschen im Schloss, dann ließ es sich drehen. Seine Assistentin sah ihn kritisch an. „Ich geh mal davon aus, dass Sie gleich sagen werden, ohne Durchsuchungsbefehl dürfen wir hier nicht rein", meinte er. „Mitnichten, nicht einmal mit Tanten", entgegnete sie. „Ich habe morgens keine Lust auf Blödeleien, die nicht von mir selbst kommen." Sie lächelte ihn an und zuckte mit den Schultern, „Dann eben nicht, Chef, Sie werden es bereuen." Er zog die Tür auf, und sie traten ein.

Im Inneren war es stockdunkel. Die Luft war feucht und kalt; es roch nach Moder und Schmodder. An der Wand neben der Tür fanden sie einen Lichtschalter. Vereinzelte Birnen an der Decke warfen ein trübes gelb-traniges Licht in die Schwärze. Vor ihnen lag ein Gang, lang und mit Natursteinen ausgemauert. Er führte schräg nach unten und endete irgendwo in der Dunkelheit. Die Wände glitzerten feucht, und von der Decke fielen vereinzelt Tropfen in die Pfützen am Boden und unterbrachen die völlige Stille, platsch ... platsch.

Becker empfand die Kühle in dem Gang als unangenehm. Ihm fröstelte, und er bekam schlagartig ein unangenehmes Gefühl im Bauch und seine gute Laune kippte. Das wird bestimmt kein Rundgang durchs Grüne Gewölbe, dachte er.

An den Wänden standen rechts und links aufgereiht mehrere Container aus flachem Gitterstahl, vollgepackt mit Pappkartons. Die beiden Polizisten tasteten sich vorsichtig vorwärts. Klippklapp, klippklapp, klippklapp. Becker empfand das Geräusch nicht nur als störend. Auch seiner Laune war es nicht dienlich. Er raunzte seine Assistentin an: „Ziehen Sie endlich Ihre dämlichen Schuhe aus. Das Klappern der Absätze hört man meilenweit. Wenn noch keiner weiß, dass Besuch unterwegs ist, so weiß er es jetzt." Die Kommissarin zog ihre Stilettos aus. „Wo soll ich denn jetzt mit den Schuhen hin?" „Na in irgendeine Tasche. Sie schleppen doch immer Ihre Handtasche mit. Wo ist die denn?" „Hab ich im Auto gelassen. Und ich habe keine Taschen an meinem

Kleid." „Typisch Frau", murmelte Becker in sich hinein. „Geben Sie her, ich stecke sie in die Taschen von meinem Jackett." Sie schlichen weiter. Plötzlich erlosch das Licht im gesamten Gang. „Ich wusste, heut ist ein Scheißtag", brummte der Kommissar. Zu sehen war niemand, zu hören war aber auch nichts. Platsch, ein Wassertropfen fiel in eine der Pfützen, das einzige Geräusch. „Diese ägyptische Finsternis, man sieht die Hand vor Augen nicht. Ein kohlpechrabenschwarzes Ende wird das hier mit uns nehmen", raunte Becker ärgerlich, und weiter: „Ich hätte heute im Bett bleiben sollen." Er holte einen kleinen Kugelschreiber mit Taschenlampe aus seinem Jackett. Dieses kleine Männerspielzeug war sicher nicht für kriegerische Aktivitäten bestimmt, gab aber einen respektablen hellen Schein ab. Dieses Ding war auch noch mit einem Korkenzieher bestückt, für alle Fälle. Mit einem Ringgummi befestigte er das Lämpchen an den Lauf seiner Waffe. Der Lichtschein reichte höchstens 10 Meter weit, danach diffuses Grau, dann wieder tiefstes Schwarz. Die Finsternis drückte aufs Gemüt. Man könnte sagen, dass sich des Kommissars Laune von Sekunde zu Sekunde weiter verschlechterte. Irgendwo in der Finsternis fiel eine massige Tür zu, wumm. „Weiß der Teufel, wo wir hingeraten sind", sann er vor sich hin. Er biss die Zähne zusammen, Kopf hoch und durch. „Die sollten hier mal die Fenster putzen, kein Wunder, dass es so finster ist. Hier muss unbedingt die Stadtreinigung her", raunte er und versuchte, auf gute Laune zu machen. „Ja, und der Teppich hat es besonders nötig. Gelüftet werden sollte auch mal wieder", entgegnete die Kommissarin; sie spielte mit.

Irgendetwas in der Schwärze fiel scheppernd zu Boden. Dann blitzte es plötzlich vor ihnen auf, dazu der ohrenbetäubende Knall eines Schusses, der in dem Gewölbe nachdröhnte. Noch zwei Schüsse, wieder das erschreckende Gedröhne in den Ohren. Die ersten beiden Kugeln verschwanden irgendwo hinter ihnen in der Finsternis. Der dritte Schuss traf einen Container auf der anderen Seite des Ganges und jaulte als Querschläger über ihren Köpfen hinweg in die Wand neben ihnen. Ein Stückchen Putz platzte heraus und fiel nach unten. Becker löschte schnell sein Lämpchen. Die beiden kauerten sich hinter einen der Container an die Wand. Der Kommissar schnarrte seine Assistentin an: „Ziehen Sie endlich Ihre Knarre! Das hier ist kein Spiel." „Die hab ich in der Handtasche gelassen, und die liegt im Auto." Beckers Magen rebellierte. Das Frühstück stand an Oberkante Unterlippe. „Das geht nicht gut aus", dachte er. „Ich hab's gewusst. Was hab ich nur verbrochen, dass ..." „Bleiben Sie hinter mir, hinter meinem Rücken, die ganze Zeit. Klar?" „Ja, Chef." „Und über die Waffe reden wir noch!" „Ja, Chef, Entschuldigung! Warum schießen Sie nicht zurück?" „Sehen Sie irgendetwas, auf das man schießen könnte? Hier ist es finster wie in einem Bärenarsch. Wir wissen nicht, wo unsere Gastgeber sind, und die wissen nicht, wo wir sind. Vermutlich ist das unsere Rettung." Sie hockten da und warteten. „Mal sehen, wer das bessere Nervenkostüm hat", dachte Becker. Nach einer Weile: „Sind die Schweine überhaupt noch da? Es ist nichts zu hören. Aber das war schon vor den Schüssen so. Wir warten noch ein Weilchen!" Zu hören waren nur die schnellen Atemzüge der beiden Polizisten. Becker stellte fest, dass ihm nun nicht mehr kalt war. Das Unterhemd klebte ihm auf dem Rücken, und er war durchgeschwitzt bis auf den Slip. Die Unterwäsche klebte unangenehm auf der Haut. Sogar in der Kimme war es feucht. Noch ein paar endlose Minuten in der nervenzehrenden Stille. Der Kommissar griff in sein Jackett und holte seinen Schlüsselbund hervor. Er holte aus und warf die Dietriche weit nach vorn. Der Schlüsselbund schlug mit einem metallischen Klirren auf und rutschte noch ein paar Meter weiter. Sofort fielen wieder drei Schüsse. Die zweite Kugel streifte ihren Container und zerriss einen der Kartons. „Verdammt, war das knapp", wisperte Becker, „da läuft es einem eiskalt über den Rücken." „Mir ist ganz schlecht", flüsterte die Polizistin. „Wenn die Schweine ein Nachtsichtgerät dabeihaben, sind wir tot", dachte Becker, „Mausetot. Augen auf und durch, verdammt noch mal!" „Wir trinken heut Abend zusammen einen richtigen Schnaps", munterte er auf, „Oder zwei. Wir stehen das durch, ich fühl das, ich weiß das!" „Ja, Chef", sagte ein leises Stimmchen. Wieder Schüsse, wieder drei; warum immer drei? Sind das drei Täter oder warum? Zwei Geschosse schlugen in die Decke über ihnen ein, dann Stille. Plötzlich wurde es hell. Ein leuchtendes Viereck am Ende des Ganges tat sich auf, und man sah die Umrisse von Personen, die sich ins Licht hinauszwängten. Der Kommissar eröffnete sofort das Feuer. Jetzt lohnte es sich, zu schießen! In den vierten Schuss hinein fiel die Tür mit einem dumpfen metallischen Rumms wieder zu. „Das klingt wie die Luke von einem Bunkerausgang", dachte der Polizist. „Wir bleiben noch eine Weile hocken, falls einer von dehnen den Rückzug deckt." Nach einer gefühlten Ewigkeit brannte der Kommissar sein Zwerglämpchen wieder an. „Los, vorwärts!" Dann stürzte er mit der Pistole in der Hand Richtung Ausgang, Frau Hellmann hinter ihm her, noch auf Deckung bedacht. Sie rannten an zwei Seitengängen vorbei, bevor sie den Ausgang erreichten. Eine große eiserne Tür, die sich spielend leicht öffnen ließ. Die Scharniere und das Schloss waren frisch geölt. Dann waren sie draußen! Über ihnen blauer Himmel mit ein paar Wattewölkchen. Eine frische Brise wehte von der Elbe her. „So ist das Leben", dachte Becker. Sie befanden sich auf einem steilen Abhang, der zur Uferstraße und zum Fluss hinunterführte. Er war überwuchert von Gestrüpp. Die Öffnung des Ganges war in den Hang hineingelegt worden, fiel also kaum auf. Durch das umgebende Gesträuch am Hang war sie von der Straße und der Elbe aus vermutlich nicht zu sehen. Fluss und Straße machten an dieser Stelle außerdem eine leichte Biegung, sodass man auch aus größerer Entfernung diese Stelle nicht einsehen konnte. Sie waren allein, keine Gegner. Becker griff zum Handy; Gott sei Dank, ein Netz. Er rief den KR Schröder an und gab einen Kurzbericht ab.

Mindestens neun Mal war auf sie geschossen worden. Becker zog die junge Frau an sich und umarmte sie. „Wir haben es geschafft, Mädchen! Wir leben! Sie zittern ja ... Ich habe auch weiche Knie, und mir ist schlecht. Vielleicht sollten wir jetzt das du einführen; wir haben die Feuertaufe überstanden. Ich bin der Theo und der Ältere von uns beiden. Ich darf dir also das Du anbieten."

„Ja, alter Mann. Ich bin die Beate, also die Bea. Und für dein Alter siehst du gut aus, und ich bin heilfroh, dass du im

Schützengraben neben mir warst." Sie versuchte, Stärke zu zeigen, trotz des Gummis in ihren Knien.

In der Zwischenzeit bewies der Chef der Mordkommission seine Fähigkeiten: Innerhalb weniger Minuten spielte plötzlich das ganz große Orchester auf: Vier Streifenwagen sperrten die Straße oben und unten ab. Mehrere Notarztwagen standen daneben. Blaulicht über Blaulicht flackerte. Zwei Einheiten des SEK durchkämmten die Uferböschung, schusssichere Westen, Sturmgewehre schussbereit. Hunde wuselten dazwischen und durchstöberten aufgeregt und mit Gebell das Gestrüpp. Über ihnen kreisten gleich mehrere Helikopter. Einer drehte über ihnen kleine Kreise am Himmel, andere suchten die Umgebung ab. Das gleiche Bild bot sich auch auf der Elbe. Ein Boot der Wasserschutzpolizei hatte ihnen gegenüber Stellung bezogen. Hinter dem Bord-MG hockten schussbereit zwei Polizisten. Weitere Boote suchten die Uferböschung ab. Kommissar und Kommissarin setzten sich auf die Bunkeröffnung im Hang und lehnten sich an die offene Tür. Sie atmeten tief durch. Jetzt erst merkten sie, wie fertig sie waren, völlig ausgebrannt. Die Zunge klebte am Gaumen, der Körper war wie gerädert, die Muskeln bestanden aus Blei, die Gelenke aus Gummi. „Hier sind Blutspuren, Theo, sogar gleich zweimal, schau, hier und dort auch. Du hast das Gesindel getroffen! Hoffentlich tut's ihnen richtig weh. Die sollen verrecken!", schimpfte die junge Frau.

Der Kripochef kam zu ihnen nach oben gekrabbelt. „Gott sei Dank, ihr lebt!" Kurze Pause. „Eure Schuhe müssten mal wieder geputzt werden. Auch euer Outfit sieht insgesamt erschreckend aus: verdreckt, nass. Was bildet ihr euch denn ein? Wo bleibt denn da die Vorbildfunktion der Dresdener Polizei!" Er grinste, „War ein kleiner Scherz!" Dann umarmte er sie und drückte sie beide fest an sich. „Mein Gott bin ich froh, dass euch nichts passiert ist. Da sind mir gleich viele Steine vom Herzen gefallen. Ich verzeihe euch alles, sagen wir mal, fast alles", grinste er, „falls es was zu verzeihen gibt. In welches Fettnäpfchen seid ihr denn getreten? Vermutlich wieder mal in alle, typisch Becker. Also beichtet." Kurze Pause, Rückkehr zum Dienstton. „Denken Sie daran, Becker. Ich finde alles heraus. Deswegen bin ich der Chef von diesem Laden hier!" „Jaja, ich weiß. Sie holen noch Tote aus ihren Särgen und pressen aus ihnen Geständnisse heraus. Und in so mancher Urne brennt noch Licht", frotzelte Becker zurück. „Wir wollten Sie nicht hintergehen, Chef! Aber wir sind uns noch nicht sicher in unserer Beurteilung", unterstützte die Kommissarin ihren Mitstreiter. „Bitte?" „Wir sind uns noch nicht sicher, ob unsere Vermutungen richtig sind oder sich als Spinnereien erweisen. Wir wollten Sie nicht mit Ungereimtheiten belästigen. Sobald wir etwas Sicheres wissen, sind Sie der Erste, der es erfährt." „Gut, warten wir's mal ab. Aber wehe, wenn da irgendetwas läuft, von dem ich nichts weiß. Anderes Thema: Wie oft wurde auf Sie beide geschossen? Sie sagten, neunmal." „Stimmt, und neunmal daneben." „Wie oft haben Sie geschossen, Becker?" „Insgesamt viermal, Chef." Und Sie, Frau Hellmann?" „Gar nicht", erwiderte KHK Becker schnell. „Wir wollten eine Waffe mit vollem Magazin in Reserve haben. Da hat man bessere Übersicht über den verbleibenden Munitionsvorrat." „Klingt vernünftig", schluckte Schröder die Kröte. „Gut, ihr zwei, das heißt natürlich nicht gut. Sie gehen jetzt nach Hause und ruhen sich aus. Morgen früh acht Uhr Besprechung bei mir. Um zehn und elf Uhr Termin bei einem Seelenklempner in der Uni-Klinik; habe ich schon ausgemacht. Und kommen Sie nicht auf die Idee, zu schwänzen. Aber bevor Sie heimwärts schlendern, statten Sie dem Notarzt da unten einen Besuch ab. Der wartet schon sehnsüchtig auf Sie. Es gibt keine Verletzten oder Tote. Sie sind also seine einzigen Opfer. Er wird sich mit Begeisterung auf Sie stürzen. Also, auf geht's. Und ich trete den geordneten Rückzug an, die Pflicht ruft. Der Polizeichef und der Chef der Kripo wollen informiert werden, und eine kurze Mitteilung an die Presse muss auch noch rausgeben werden. Die werden sich wie die Geier auf uns stürzen."

Gerade kam KHK Seifert, der Chef der SPUSI, aus dem Gang gekrabbelt. „Ihr glaubt nicht, was wir alles gefunden haben. Nur mal grob geschätzt und auf die Schnelle: circa 7.500 Ampullen Fentanyl, 7.000 Ampullen reines Morphin, 3.000 Pillen Ecstasy und, nicht verpackt, circa 500 Kilogramm Crystal Meth. Drei kleinere Zwischengänge haben wir noch gar nicht geöffnet. Mal sehen, was uns dort erwartet. Außerdem fanden wir ungefähr 250 Kilogramm einer teigigen Substanz, von der ich nicht die geringste Ahnung habe, was es sein könnte, Sprengstoff oder Lustmittel." „Koste doch einfach mal", riet Becker. „Entweder du fliegst in die Luft, dann wissen wir, dass es Sprengstoff war, oder du bist happy. Dann ist es auch gut." „Idiot. Das ist ein Riesenfund, so was habe ich in meinen 20 Dienstjahren noch nicht erlebt. Theo, du bekommst den Verdienstorden. Sie natürlich auch, junge Frau. Verzeihung Chef, Sie bekommen dann natürlich den Großen Verdienstorden am Band, an einem besonders langen Band vermutlich." „Ich hätte nichts dagegen. Aber es wäre schön, wenn ich nur endlich wüsste, was uns Becker wieder eingehandelt hat", meinte der Kriminalrat. „Jaja, der Theo. Er liebt Heimlichkeiten und pokert gern", erwiderte KHK Seifert. „Ich trolle mich", versprach KR Schröder und machte sich an den Abstieg. Seifert verschwand wieder in dem Gang, um noch einmal seinen „Reichtum" zusammenzuzählen.

Die beiden Kommissare krochen ebenfalls nach unten, Richtung Notarzt. Der Notarzt war ein Freund von Alex. Er kannte natürlich auch Beate. In fünf Minuten war alles erledigt. Den beiden steckte die Belastung noch so richtig in den Knochen und so beschlossen sie, den Schapps trinken zu gehen, den Theo versprochen hatte. „Wir trinken einen Grog. Ich kenne hier ein kleines, gemütliches Café. Der Koch kommt aus dem Norden. Er weiß, wie man richtigen Grog macht. Ich kenne auch ein richtig gutes Grog-Rezept. Willst du es wissen?" „Du erzählst es mir doch sowieso. Ich habe übrigens noch nie Grog getrunken." „Das sieht man dir auch sofort an." „Frechheit, also, wie lautet das Rezept?" „Man nimmt Rum, viel Rum. Rum muss sein, Zucker darf sein, und Wasser braucht nicht zu sein." „Mir war klar, dass von dir nur Unsinn kommt. Ich muss ganz dringend mal aufs Klo!" „Typisch Mädchen. Wir sind auch schon da, nur noch über die Straße."

Die Begrüßung war überaus herzlich; das Klo und der Waschraum glänzten in Sauberkeit. Schnell noch etwas frisch gemacht und dann ab zum Grog.

Das Personal umstand beide und versuchte, ihnen Einzelheiten von diesem spektakulären Polizeieinsatz aus der Nase zu ziehen. Nach kurzer Zeit dampfte der Grog vor ihnen. „So", sagte Theo, jetzt erst mal tief durchatmen. „Und nun zu deiner Waffe: Bist du von allen guten Geistern verlassen! Von der Waffe hängt unser Leben ab! Hier draußen laufen unzählige gefährliche Gestalten rum, betrunken oder nüchtern, vom Idioten bis zum Hochschulabsolventen. Und die wollen uns alle ans Leder. Dass ich dir das erzählen muss, erschüttert mich maßlos. Ich denke, du warst beim FBI. Habt ihr dort nur mit Steinen geworfen?"
„Ich war doch bei den Analysten. Wenn wir gerufen worden, war die Ballerei schon vorbei. Die Einsatzkräfte vor Ort hatten dann schon immer aufgeräumt. Es tut mir leid! Ich werd's nicht wieder tun! Und vielen Dank, dass du dem Schröder nicht gepetzt hast! Wie kamst du auf die geniale Ausrede?"
„Mein Kind, Kunst kommt von Können. Ich hätte jetzt vielleicht auch etwas Treffenderes als Kunst und Können erwidern können, aber es fiel mir nichts Besseres ein. Also, wenn ich dich noch mal ohne Waffe beim Einsatz erwische, ziehe ich dir die Ohren so lang, dass du drüber stolperst! Und das meine ich ernst."
Sie nickte brav, und sie meinte es auch ernst. Man trank noch einen zweiten Grog, dann ließen sie sich mit einem Taxi heimwärts kutschieren. Der Taxifahrer meckerte über den Verkehrsstau, den irgendjemand verursacht hatte, ständig diese Verkehrsbehinderungen in Dresden, und beide spielten die Unwissenden und schimpften mit.

Dass ein polizeilicher Großeinsatz ausgelöst worden war und den Verkehr an der Elbe lahmgelegt hat, erahnte Alex schon durch die Unruhe, die plötzlich über die Fluren des Präsidiums geisterte, als er sich aus seinem „Kellerverlies" ins „Headquarter" der Polizei begab: Die eher ruhige und gelassene Atmosphäre hatte sich in das hektische Treiben eines Bienenschwarmes verwandelt. Türen knallten, laute Rufe, rennende Kollegen. Durch die Fenster zum Hof sah man das ständige Vor- und Abfahren von Autos mit Blaulicht. Dazu die Flüsterpropaganda in den Gängen, die solche Situationen prompt begleitete, ein Sammelsurium von aktuellen Nachrichten und Fake News. Selbst in einem gut organisierten Apparat wie der Dresdener Polizei war die Neugier ein nicht zu unterschätzender Katalysator. Alles wurde gierig aufgesogen, egal wie wichtig oder unsinnig diese Meldungen auch waren. In welcher Gefahr sich seine Freundin befand, erahnte er erst, als mehreren Kollegen bei ihm nachfragten, wie es Beate gehe. Ein zielgerichtetes Telefonat, und er setzte sich sofort in seinen BMW und fuhr nach Hause. Er brauchte nicht lange zu warten, da lieferte Theo seine Freundin ab. „Sie braucht ein bisschen Ruhe und einen großen Schnaps, ansonsten ist Bea in Ordnung. Ich brauche auch erst mal eine Auszeit. Tschüss Alex, alles andere morgen." Alex nahm seine Freundin in die Arme und drückte sie an sich. Das arme Mädchen, was war passiert. Er trug sie zur Couch, zog sie an sich und streichelte sie. Jetzt brachen die Deiche, und die Tränen kullerten ungehindert über ihre Wangen. Schluchzend erzählte sie ihm ihr ganzes Abenteuer.

Er hörte zu und fing langsam an, zu begreifen, was sie in den wenigen Stunden alles ertragen musste. Sie erzählte ihm alles, vom alten Mann mit dem Dackel, der falschen Straßenseite und der Gefahr in dem Gewölbe, von der Finsternis, den Schüssen und ihrer Angst. Auch dass sie die Waffe im Auto hatte liegenlassen. Das war Alex aber dann doch zu viel. „Du spinnst wohl. Die Waffe gehört an den Mann! Sie wird am Mann getragen, immer! Und nichts anderes!" Er drückte sie an sich, streichelte sie, und fühlte, wie ihr Haar auf seiner Haut kitzelte, wie verführerisch es roch. „Mein armes kleines Mädchen. Es wird alles wieder gut, mein Schatz." Dann legte er noch mal einen Kommandoton auf: „Wenn du noch mal deine Kanone vergisst, dann spreng ich dir die Ohren ab. Dann läufst du rum wie eine Bockwurst." Sie drückte ihn an sich. Jeder wollte etwas von ihren Ohren. Der eine wollte sie langziehen, der andere sie wegsprengen, komisch. Der Grog zeigte seine Wirkung; sie war leicht beduselt und schlief erschöpft ein. Er nahm sie hoch und trug sie ins Bett. Er kuschelte er sich neben sie und genoss ihre Nähe und Wärme.

## Und es geht weiter

Am nächsten Morgen waren beide Kommissare wieder nüchtern und ausgeruht, wenngleich das gestrige „Abenteuer" Spuren in ihrer Psyche hinterlassen hatte. Sie sahen auch etwas zerknittert aus. Beide hielten ihr morgendliches Briefing ab, saßen an ihren Schreibtischen und kritzelten Strichmännchen in Notizblöcke. Sie bissen die Zähne zusammen. „Augen zu und durch" und „Uns kann keiner" waren die Sprüche, die die Stimmung hochhielten. Die SPUSI war mit der Aufarbeitung des Tatortes beschäftigt. Bea und Theo waren jetzt per du. Damit mussten die beiden auch erst einmal fertig werden. Schröder hatte auch schon einmal hereingeschaut und sich nach ihrem Befinden erkundigt, bevor er sich um „höhere Polizeiarbeit" kümmern musste. Die Presse, der Chef, das Ministerium und so weiter und so fort.

Also beschlossen unsere beiden, die Aufarbeitung des gestrigen Tages hinauszuschieben und sich erst einmal mit dem bereits vorhandenen Material zu beschäftigen. Becker fasse kurz die Ergebnisse dieser Beratung zusammen.

„Also, was haben wir", überlegte er laut: „In der Wohnung der Frau Hoffmann hängen wertvolle Gemälde. Wenn wir etwas über die verschwundene Frau erfahren wollen, dann führt der Weg über ihre Bilder. Und wenn wir über diese etwas erfahren möchten, dann müssen wir einen in Dresden durchaus berühmten Mann, den ich weitläufig kenne, besuchen. Er ist Professor an der Hochschule für Bildende Künste und kennt die Frau Hoffmann sicherlich gut. Außerdem glaube ich, dass er weiß, wie man sich solche, heute recht seltenen, Farben beschaffen kann. Bei einigen Gemälden hat sie Farben benutzt, die man nicht einfach bei Rewe kaufen kann. Ich glaube, wir kommen nicht um einen Hausbesuch bei diesem Künstler herum." „Einverstanden", pflichtete ihm Bea bei. „Wir können ganz gut etwas frische Luft gebrauchen. Schnappen wir uns also einen freien Dienstwagen und ab geht's." Sie konnte nicht das leichte Grienen in Beckers Gesicht übersehen. „Ist etwas?" „Es ist. Man kann zu ihm nicht so einfach hinfahren wie zu einem Tante-Emma-Laden an der

Ecke. Man muss sich anmelden." „Anmelden? Wer ist das denn, der Kaiser von China?" Becker grinste wieder. „Wart's ab." Er nahm das Handy und ging nach draußen. Nach kurzer Zeit kam er zurück. „Wir können ihn heut Nachmittag besuchen", teilte er mit. Bea fand das alles komisch und mit Sicherheit übertrieben.

## Besuch bei Prof. Stegner

Mit dem Dienstwagen fuhren beide am Nachmittag in die „bessere" Gegend. Bea war neugierig geworden.
Des Professors Villa stammte aus den 20er-Jahren. Der Weg zum Haus führte durch einen gepflegten Vorgarten zu einem alten Portal mit wuchtiger Tür, die herrliche Schnitzarbeiten zierten. Der Kies knirschte leise unter den Sohlen. Becker klingelte. Man hörte Schritte hinter der Tür. „Jaja, ich komme." Ein Hüne mit weißem Schopf, der buschig und störrig sein Haupt bedeckte, öffnete. Seine lichte Höhe reichte sicher an zwei Meter heran. Die ehrfurchtheischende leicht gekrümmte Nase erinnerte an einen Greifvogel, der neugierig die Umgebung sondierte. Eine beeindruckende Erscheinung.

Er trug hellbraune Lederschuhe, keine „Hauslatschen". Dazu eine sandfarbene Leinenhose mit weißem Hemd, oben leicht aufgeknöpft. Das um den Hals lässig geschlungene rote Halstuch brachte Farbe ins Bild. Ein seidener Morgenrock vervollständigte sein Outfit. Er strahlte Becker an. „Schön, dass Sie wieder mal vorbeischauen, mein Sohn. Ihre Besuche sind seltener geworden." „Darf ich Ihnen meine Kollegin vorstellen, Herr Professor, Frau Hauptkommissarin Hellmann." „Angenehm, Professor Stegner. Küss die Hand, gnädige Frau." Und er tat dies auch. Er hauchte einen angedeuteten Kuss auf ihre rechte Hand, ohne mit seinen Lippen die Haut zu berühren. Er riss ihre Hand auch nicht nach oben zu seinem Mund hin, als wolle er ihr den Arm ausrenken, sondern führte die Hand bis in etwa Brusthöhe und beugte sich zu ihr herab. Er wusste also, wie es geht. Sie war perplex. Das hatte sie noch nie in der Realität erlebt, nur in alten Filmen gesehen. Was war das für ein Mann? „Ich freue mich, dass Theophil so eine nette Kollegin hat. Treten Sie ein, alle beide."

„Ihre Schuhe können Sie anlassen, Sie müssen aber die Filzgaloschen überziehen", murmelte Becker leise. Der Hausherr bugsierte sie ins Wohnzimmer. Beate war platt. So ein Interieur hatte sie bisher auch nur in älteren Filmen gesehen. Es wunderte sie aber nicht mehr. Hier schien alles wie aus einem alten Film zu sein, nur eben echt, nicht auf der Leinwand.

Den Mittelpunkt des großen Raumes bildete eine riesige imposante Sitzgruppe aus Leder, die sich einladend in einen kompakten Holzrahmen aus Rotkirsche einfügte. In der Mitte der Sitzgruppe stand ein ausladender Tisch. Wuchtig, aber nicht so massiv, dass er störte. Ein großer Strauß mit frischen Gartenblumen darauf verlieh dem Ganzen eine angenehme anheimelnde Atmosphäre, ebenso wie der bunte Asternstrauß am Fenster. Blumen gaben Wohnungen immer eine persönliche Note. An den Wänden standen zwei riesige Bücherregale, die bis unter die Decke reichten und die gesamte Wandbreite einnahmen. Eine eindrucksvolle Bibliothek hatte hier ihr Zuhause gefunden. Ein Buch stand neben dem anderen. Viele Bücher waren in Leder gebunden, andere in farbiges Covern. Dazwischen lagen Stapel von Zeitschriften oder losen Blättern mit Skizzen. An dem Regal war oben eine schmale Laufschiene angebracht. Man konnte an ihr eine schmale Leiter verschieben und so jedes Buch im Regal erreichen. Die Frau Kommissarin hatte ein altes Ölgemälde in Erinnerung, nachgedunkelt, mit Goldrahmen. Spitzweg, Biedermeier. Ein Bibliothekar stand auf solch einer Leiter und widmete seine ganze Aufmerksamkeit den Büchern. Aber das hier war kein Gemälde, das hier war eben alles echt, alles Realität. Man konnte das Ensemble anfassen. Es roch angenehm nach Leder, Holz und Bibliothek. Und dem typischen Staub, der schon immer alte Bücher umgab und sie veredelte. Wow.

„Darf ich Ihnen etwas anbieten? Theophil, Sie wie immer Kaffee mit Milch und ohne Zucker, richtig? Und Sie, gnädige

Frau, Kaffee oder Tee? Ich kann Ihnen einen herrlichen chinesischen Tee anbieten. Es gibt im Süden Chinas eine herrliche Stadt, Kun Ming genannt, die unter den Einheimischen die ‚Stadt des ewigen Frühlings' genannt wird. Sie liegt auf etwa achtzehnhundert Meter Höhe und ist die Hauptstadt der Provinz Yunnan. Die Bauern dort bauen köstliche Teesorten an den Berghängen an. Ich durfte die Teeplantagen besuchen und beschnuppern, ein Gedicht. Wirklich ewiger Frühling. Ein Blütenmeer, das riecht und riecht. Und die Gastfreundschaft dieser Menschen ist grenzenlos. An den ständig wehenden Wind muss man sich aber erst gewöhnen, ebenso an die dünne Luft. Aber ich fahre gern dahin."

Der Herr Professor deckte den Tisch: geklöppelte Platzdeckchen aus Spitze, nicht weiß, sondern in kräftigen Farben. Das Geschirr war so dünn, dass es durchscheinend war. Und es war handbemalt, eine herrlich bunte Blütenpracht war hier auf Tassen und Untertassen erblüht. Becker bekam seinen Kaffee mit Milch hingestellt, dazu ein kleines Stückchen Schokolade auf einem kleinen Tellerchen; nicht einfach so auf den Teller gelegt. Nein, es lag auf einer Stoffserviette. Der Tee wurde vom Herrn Professor selbst präsentiert. Der Trank zeigte ein helles Grün und roch wie ein frisch gemähter Rasen nach einem Regen. Man konnte den Boden der Tasse sehen. Der Professor nahm das Milchkännchen und begann zu philosophieren: „Ich gebe die Milch gern tropfenweise hinzu. Da man bis auf den Boden der Tasse schauen kann, sieht man den Milchtropfen nach unten fallen, und dann löst er sich in ein kleines Wölkchen auf." Er tropfte die Milch vorsichtig in ihre Tasse und freute sich wie ein kleiner Junge an den Wölkchen, die er produzierte. „Männer!", dachte Beate. „Wenn man zu viel Milch dazugibt, vermischt sich alles, und der Tee schmeckt katastrophal. Zu viel Milch; man muss ihn dann wegkippen." Er tropfte weiter Milch in ihren Kaffee und freute sich. Ein kleiner Schwaps beendete die Spielerei. „So ein Murks, genau das ist jetzt passiert. Peinlich. Den Tee kippen wir weg. Ich hole Ihnen neuen." Er stand auf, stellte eine frische Tasse vor sie hin und verschwand in der Küche.

„Sie brauchen die Tasse nicht umdrehen und nach den Schwertern suchen. Sie ist tatsächlich aus Meißen, so wie das andere Geschirr hier auch. Und das Tafelsilber ist wirklich Silber. Er hat eine Küchenfee, die es regelmäßig putzt", so die Belehrung von Becker.

Die zwei Wände, die nicht von Bücherstapeln verdeckt waren, hatte der Professor in eine Galerie verwandelt. Ein Bild beeindruckte die Kommissarin besonders. Stegner bemerkte es.

„Das Bild gefällt Ihnen, gnädige Frau? Warten Sie, ich schalte mal die LED ein. Auf dem Tisch lag eine Fernbedienung, mit welcher der Herr Professor die einzelnen Bilder seiner Galerie illuminieren konnte. So, jetzt wird es besser ausgeleuchtet. Ich habe es von einer Kollegin abgekauft. Sie wollte es mir als einen neu aufgetauchten Rubens ‚verkaufen'. Es war natürlich ein Scherz von ihr. Sie wollte mich auf die Probe stellen. Aber das Bild ist so gut gemacht, dass ich im ersten Moment wirklich an einen Rubens dachte, den ich noch nicht kannte. Sie hatte seine Maltechnik und den Stil komplett übernommen, Pinselführung, Lichtverhältnisse, Farbauswahl. Ich habe nur an der Art der Leinwand und an einigen speziellen Farben gemerkt, dass das Bild kaum 14 Tage alt war. Sie hat ein goldenes Händchen gehabt. Da geht es nicht nur um die Maltechnik, um Farben und Untergrund. Man muss verdammt viel wissen über den Maler. Man muss wie ein Detektiv in das Umfeld und die Zeit des Künstlers eintauchen: Wie hat er gemalt, in welchem psychischen Zustand war er bei der Arbeit an dem Bild? Wie hat er gelebt? War er beim Malen manchmal auch nüchtern?" Stegner lachte. „Lebte der Kerl als armer Schlucker? Trieb er sich im Theater, in Spelunken und Ähnlichem herum oder lebte er brav in Familie und war vielleicht sogar Hofmaler? Hielt er Mätressen oder wusste er, wo bestimmte Damen zu finden sind? Ohne dieses Hintergrundwissen wird das Bild schlicht und einfach nur Murks." Stegner war in seine Rolle als Professor gefallen und referierte, und das konnte er auch gut.

„Schauen wir uns das Motiv mal genauer an: Eine nackte junge Frau wird von einem Teufel entführt, auf sein Pferd gezerrt. Es ist ein noch junger Teufel. Er sieht schrecklich aus, ein Strauchdieb, ein Haderlump. Diesem Kerl würde man nicht mal ein schrottreifes Auto mit leerem Tank anvertrauen, geschweige denn seine Tochter. Er hockt auf seinem Pferd und zieht die junge Dame zu sich aufs Ross. Aber schauen wir uns mal sein Gesicht an: Er will eine Frau rauben; es muss vorher sicher Streit gegeben haben. Er müsste von seiner Aggressivität geschüttelt werden. Er müsste sie herausschreien, herausbrüllen. Um sich selbst Mut zu machen und um andere abzuschrecken. Sonst hätte man nicht die Kraft und den Willen zu so einem ungeheuren Frevel. Aber Hass und die Wut werden hier nicht herausgeschrien. Sie fehlen, stellt man beim genauen Hinschauen fest. Der Mund ist nur halb geöffnet, nicht zum Schreien aufgerissen. Und die Augen sind auch nicht blutunterlaufen. Wenn man sich das Gesicht des jungen Rüpels anschaut, dann sieht man es nicht vor Zorn und Gier verzerrt, sondern eher vorsichtig sondierend. Wie ein junger Mann am Rand der Tanzfläche in einer Disco: Trau ich mich? Tanzt sie mit mir? Geht sie mit mir raus? Ich trau mich. Er zerrt also die junge Frau auf sein Pferd. Aber wie. Er zerrt sie nicht mit ungestümer Gewalt zu sich auf den Hotten. Es sieht eher so aus, als würde er ihr hochhelfen. Seine Hände greifen nicht in ihr Fleisch hinein, grapschen sich nicht in ihr fest. Man könnte meinen, er passt auf, dass er ihr nicht wehtut. Und schauen wir uns seine Hände einmal genau an. Er hat zwar starke Arme, behaart, kräftig, gewaltfähig. Aber die Hände selbst sind zart, fast weiblich. Diese Hände wollen nicht verletzen.

Nun schauen wir mal genauer zu der jungen Frau hin. Sie hat den Mund weit geöffnet, schreit ihren Protest heraus. Das muss sie auch, denn um sie herum lungern Dutzende Nymphen, Elfen und noch anderes Gesindel aus dem Olymp. Sie muss jetzt schrecklich entsetzt sein, sonst ist sie gesellschaftlich sofort geächtet. Aber ihr Gesicht ist nicht angstverzerrt. Ihre Augen sind nicht vor Schreck geweitet. Im Gegenteil, die Augenpartie erscheint eher, als wäre die Frau neugierig ... Na Kleiner, was wird jetzt mit uns beiden? Vielleicht deutet sich da auch schon ein verstecktes Lächeln im Hintergrund an, wie bei einem Hund, der vorn noch bellt, aber hinten schon mit dem Schwanz wedelt. Und vielleicht zerrt der kleine Unhold die Frau auch nicht mit roher Gewalt auf sein Ross. Vielleicht hilft sie nach, hüpft ihm ein bisschen, na sagen wir, ein kleines bisschen, entgegen. Ein Schuft, der Arges dabei denkt. Und schauen wir uns jetzt einmal die arme nackte Frau an: Sie ist jung und hübsch. Und in ihr tanzen natürlich die Hormone. Sie weiß, dass sie vollschlank ist. Aber das bereitet ihr keine schlaflosen Nächte. Sie verfügt über wunderschöne Rundungen. Und sie sieht sehr zufrieden mit sich und ihren Pfunden aus. Ich glaube nicht, dass die junge Dame sich nachts Gedanken über Diäten oder ähnlichen Unsinn macht. Sie wird des Nächtens ordentlich schlafen. Und nun zu der Nacktheit dieser Naturschönheit: Sie ist nur mit einem hauchdünnen Schal bedeckt. Er ist durchscheinend, eben hauchdünn. Aber gerade dort, wo es interessant würde, liegt dieser Stofffetzen so ungünstig, dass er dummerweise Falten wirft und man nicht hindurchschauen kann. Man sieht nichts. So ein Pech aber auch. Und es bleibt unserer Fantasie überlassen, was unter den Falten wohl zu sehen sei. Und eines möchte ich als Ergänzung noch bemerken: In unserer Zeit zeigen die meisten Mädchen am Badestrand wesentlich mehr nackte Haut als diese junge Dame, die sich gerade entführen lässt. So schön kann man Erotik darstellen, anregend, erregend, aber nicht schmutzig. Aber jetzt habe ich ewig über dieses Bild referiert. Und ich glaube, Theophil hätte das sicher genauso gut gekonnt." Dessen Gesicht überzog sich mit einer leichten Röte. „Herr Professor, ich bin doch nicht ..." „Doch, doch, sind Sie schon."

„Und weil ich gerade Theophil angesprochen habe: Das Bild an dieser Wand ist ein Geschenk von ihm und meiner Frau an mich gewesen. Es ist das schönste Bild, das ich von meiner Frau habe. Sie ist leider bei einem Autounfall ums Leben gekommen. Die beiden haben es heimlich kreiert und mir zum Geburtstag geschenkt. Ich wusste nicht, dass sie Modell gesessen hat. Es ist faszinierend gemacht. Die Platzaufteilung und Pinselführung sind hier mehr als gelungen. Ein Strich mehr, und das Bild wäre überladen gewesen und Plunder. Ein Strich zu wenig, und es hätte leer, wie arm gewirkt. Ja, manchmal kann ein einziger Strich alles verderben." Er malte, als wolle er es unterstreichen, Strichmännchen auf seinen Notizblock und dozierte weiter: "Allein die Farbwahl, der Kontrast und die Lichtaufteilung könnte man schon als ein kleines Meisterwerk bezeichnen. Ich bin stolz auf Theophil, und ich weiß, was für ein Potenzial in ihm steckt. Schade, dass er sich nicht weiter mit der Malerei beschäftigt hat und sich der Polizei zuwendete.

Aber ich rede und rede. Was hat Sie denn eigentlich zu mir geführt, wenn ich fragen darf? Doch bestimmt nicht die Neugier über das Wohlbefinden eines alten Mannes." Er legte den Stift, mit dem er die ganze Zeit gespielt und gekritzelt hatte, zur Seite und kramte aus einem Glashumpen voller Stifte, der auf dem Fensterbrett stand, eine Pfeife mit langem dünnem Stiel hervor. Er stopfte Tabak in den Pfeifenkopf und rauchte sie an. Ein würziger Duft legte sich über das Zimmer. Es roch nicht einfach nach Tabak, sondern da lag zusätzlich ein Duft von Wald und frisch gesägtem Holz darüber. „Eine herrliche Pfeife. Sie raucht sich ganz leicht. Ich bekam sie von einem Häuptling in Brasilien geschenkt. Ich war vor drei oder vier Jahren für ein paar Monate zu einer Studienreise am Amazonas. Da habe ich ihn und seine Familie kennengelernt. Entschuldigung, Sie rauchen auch? Theophil raucht nicht, das weiß ich. Ich könnte Ihnen eine herrliche, sagen wir mal, Damenzigarette anbieten. So etwas bekommen Sie hier nicht zu kaufen." Die Frau Kommissarin lehnte dankend ab. Der Herr Professor lehnte sich zurück, schaute beide an, lächelte und kritzelte etwas auf seinen Notizblock. „Also, wo drückt der Schuh?" „Kennen Sie die Frau Hoffmann?" „Ja natürlich, eine sehr begabte Künstlerin. Sie hat wirklich ein goldenes Händchen und ein unglaubliches Fachwissen, könnte jederzeit eine Professur bei uns antreten. Sie hat mir ab und zu einige ihrer Bilder gezeigt, und ich war immer schwer beeindruckt. Wissen, gepaart mit unglaublicher Begabung, dazu Kunstverständnis und Handwerk. Um was geht es denn?" „Sie ist verschwunden.

Vermutlich wurde sie getötet." „Das tut mir leid", der Professor spielte mit seinem Stift, „wundert mich aber nicht. Ich glaube, bei ihr war die Liebe zu klingender Münze größer als die Freude zum Malen. NON OLET. Kunst war bei ihr vermutlich nur Mittel zum Zweck, keine Befriedigung an sich. Es ging ihr mehr um schnöden Mammon."
„Kennen Sie irgendwelche Freunde oder Bekannte von ihr?"
„Eigentlich nicht. Ich weiß nur, dass sie eine Bekannte hat, die ihr bestimmte Farben gemixt oder besorgt hat. Die alten Meister haben oft Stoffe als Farben benutzt, die heute bei uns verboten sind, zum Beispiel Quecksilber. Da ist es gut, wenn man jemand hat, der einem hilfreich, vielleicht auch über bestehende Sicherheitsstandards hinweg, zur Seite steht." „Sie wissen aber nicht deren Namen oder etwas anderes, was uns als Polizisten weiterhelfen würde?" „Soweit ich mich erinnere, ist diese Bekannte, also eine Frau, in einer Apotheke tätig. Vielleicht ist sie auch selbst Apothekerin. Ich weiß aber nicht, wo sie zu finden ist. Wir hatten ja auch keinen engeren Kontakt. Aber, Moment mal, ich erinnere mich, dass mir Frau Hoffmann einmal die Adresse eines Apothekers gab, der dieser Bekannten ab und zu ein paar Mixturen für ausgefallene Farben zukommen ließ. Falls ich mal Bedarf habe. Ich glaube, ich habe die Adresse noch irgendwo." Er erklomm die kleine Holzleiter an der Regalwand und suchte in einem Stapel von losen Blättern. „Nein, hier nicht." Er durchwühlte eifrig einen Sekretär aus dem 18. Jahrhundert, aber auch hier wurde er nicht fündig. Die beiden schauten sich an und waren sich auch unausgesprochen sicher, dass er nie diese Notiz finden würde. Becker nickte seiner Kollegin diskret zu und gab das Zeichen zum Aufbruch. „Ich hab's", verkündigte der Professor stolz und lief zu einem kleinen Sideboard. Er zog die unterste Lade heraus und schüttete einen Riesenstapel loser Zettel auf den Tisch, wo sie umherflatterten und sich in einem heillosen Durcheinander auf der Tischplatte verteilten. „Na also, sag ich doch", meinte er im Brustton der Überzeugung und zog einen Zettel aus der Tasse von Bea, strich ihn an seinem Pullover trocken und sagte: „Nein, der nicht." Er begann, in dem

Zettelchaos herumzustochern. Die beiden lehnten sich zurück und schauten ihm interessiert und belustigt zu.
„Hier hab ich die Adresse", triumphierte der Professor. „Ich sag's ja." Er hielt eine vergilbte Seite aus einem Notizblock hoch. „Aha, eine Apotheke aus Meißen, sag ich doch." Er reichte den Zettel weiter. „Sie können ihn behalten, vielleicht dient es der Gerechtigkeit", erklärte er so großzügig, als verschenke einen Monet. Aha, die Burgapotheke. Theo und Beate grinsten ein bisschen in sich hinein. Die Rache folgte ihnen auf den Fuß. Der Professor schaute sie beide schmunzelnd an, setzte sich wieder und nickte ihnen zu und sog an seiner Pfeife. Dann ließ er so ganz nebenbei eine Bombe platzen:
„Ich vermute, Sie sind beide nicht miteinander liiert? Eigentlich schade. Sie passen gut zusammen, wenn ich das mal so ausdrücken darf. Wirklich schade." Becker wurde rot vom Scheitel bis zur Sohle. „Herr Professor, das ist doch wohl ..." Beate fühlte, wie ihr die Hitze in Gesicht und Hals schoss. Vermutlich wechselte sie gerade die Farbe von blass in Purpurn. „Es gibt unzählige Nuancen von Rot, gnädige Frau, von Ocker bis zu Zinnober", erläuterte der Professor schmunzelnd und in aller Frechheit. „Gleich scheuer ich ihm eine", sagte sich Beate. „Was Sie sich hier erlauben, ist eine Frechheit, Herr Stegner! Das ist so eine Unverschämtheit! Theo, wir gehen!" Beate raste. Der Herr Professor schaute sie mit einem unschuldigen Dackelblick an und zuckte mit den Schultern. „Ich weiß ob der Frechheit, gnädige Frau. Aber ich glaube, das musste ich einfach hinterfragen. Lassen Sie bei einem alten Herrn Gnade vor Recht ergehen, Frau Hellmann. Und es war gut gemeint." Becker hatte mittlerweile seine Sprache wiedergefunden. „Ich wusste gar nicht, dass Sie jetzt auch als Kuppler tätig sind, Herr Professor." „Auweia, da habe ich aber in ein gewaltiges Wespennest gestochen", konsternierte der Professor. „Noch mal: Es tut mir leid! Aber ich hab da was für Sie." Er riss ein kleines Blatt aus seinem Notizblock und reichte es Ihnen. Es war ein Cartoon von Becker und Beate. Die Frau Polizistin warf einen erstaunten Blick auf das Blatt. Wann und wie schnell hat er das gezeichnet? Er

hat doch nur hier und da beim Pfeiferauchen ein paar Striche irgendwo hingeschmiert. Die Körper der beiden waren nur als Karikatur dargestellt. Ihre Konturen nur angedeutet, mit schnellem Strich fixiert. Ein kritischer Blick zeigte Bea, dass trotzdem ihr Busen ausreichend gewürdigt worden war, ebenso hatte er ihre Beine ins rechte Licht gesetzt. Sie war zufrieden. Die Köpfe der beiden waren aber vollständig durchkomponiert. Sie war schockiert. In welcher Zeitspanne hatte er das gemalt, so nebenbei? Beim Pfeiferauchen? Er hatte doch nur zwischendrin, während sie sich unterhielten, sie ein paarmal abschätzend angesehen und hier und da etwas gekritzelt, ein paar Striche nur, während er mit seinem Stift gespielt hatte. Aber auf dem Zettel schaute sie ihr eigenes Spiegelbild an. Der Herr Professor hatte ihr einen lockigen Pferdeschwanz angedichtet, der sich elegant um ihren Hals schlang und auf der Schulter ruhte. Sie trug aber aktuell eine Kurzhaarfrisur; das war früh im Bad zeitsparender. Sie hatte aber lange Zeit Pferdeschwanz getragen und sich nur ungern von ihm getrennt. Und ihre eigenen Augen schauten sie aus dem Blatt Papier heraus an. Sie konnte es nicht fassen, das waren hundertprozentig ihre Augen. Und sie strahlten. Diese Frau auf dem Blatt strahlte Becker an. Der schaute zärtlich zurück und ein wissendes Lächeln umspielte seinen Mund. In ihrem Magen fing es an, zu rumoren. „Der Alte spinnt! Der denkt wohl, weil er Professor ist, kann er sich alles erlauben." Becker hatten das Bild und die Bemerkung von Stegner auch schwer getroffen. Nach einer Verlegenheitspause beschlossen sie alle, die Session aufzulösen. Es war vermutlich besser so.

Der Professor brachte sie noch zur Tür. Dieser Kerl zeigte nicht das geringste Schuldgefühl.

„Grüßen Sie mir bitte auch Ihre ehrenwerte Frau Mutter von mir, Frau Hellmann. Und verzeihen Sie mir den Fauxpas! Übrigens, Sie sind hier jederzeit gern wiedergesehen." „Das fehlt mir noch", dachte die Kommissarin.

Sie standen wieder auf der Straße. Beide hatten ihre gewohnte Gesichtsfarbe wiedererlangt. Beate atmete tief durch. „Was war das jetzt hier? War ich in einer anderen Welt? Ich muss zugeben, das Ganze hat mich ein wenig mitgenommen, meinetwegen auch schwer beeindruckt. Könntest du ein paar erklärende Worte ..." Becker konnte:

„Die Stegners sind eine alte Künstlerfamilie, die noch aus Kaisers Zeiten über ausreichend Reichtum verfügt. Das meiste ist im Ausland sicher angelegt. Ich glaube, die mussten in ihrem Leben nie wirklich arbeiten. Der Großvater des Professors war ein bekannter Violinspieler, der auch am Konservatorium in St. Petersburg seinen Bogen geschwungen hat. Der Vater des Herrn Professor war Pianist. Der war auch mal kurz weg, angeln an den Ufern der Moskwa. Vielleicht ist damals schon die Verbindung zu den Russen geknüpft worden. Politisch hielten sich die Stegners im Dritten Reich unauffällig; sie schlängelten sich so durch das Tausendjährige Reich hindurch, das heißt, sie fielen nicht auf.

Stegners Eltern und Großeltern haben im antifaschistischen Untergrund gearbeitet, so nannte man das später zu DDR-Zeiten. Sie haben eine Widerstandsgruppe unter den Künstlern in Dresden geleitet und der Roten Armee geheime Informationen zugespielt. Und das Ganze vermutlich auch mit großem Erfolg. Und die Nachrichten waren offensichtlich von hoher Wichtigkeit. Denn als die Russen hier einrückten, sind sie bei den Stegners ein und aus gegangen. Und haben nichts angerührt. Ihr gesamter Besitz blieb unangetastet. Als die DDR dann gegründet wurde, hat sich keiner von den Obrigkeiten an diese Familie herangetraut. Es war immer der warnende Zeigefinger des Großen Bruders im Hintergrund: QUOS EGO! Und das war deutlich genug! So viel zu Herrn Prof. Stegner", beendete Theo seine Erklärungen. Zu den anzüglichen Äußerungen des Professors sagte Becker kein Wort. Es war ihm sicher zu peinlich. Und vielleicht rumorte es auch in seinem Bauch.

## Die Apotheke in Meißen

Am nächsten Morgen wurde beim morgendlichen Striche malen und der obligaten Tasse Kaffee der Schlachtplan für den Tag entwickelt.

„Wenn wir weiterkommen wollen in unserem Fall, dann müssen wir den Pillendrehern in Meißen einen Besuch abstatten", überlegte KHK Becker laut am nächsten Morgen. „Warst du schon mal in Meißen? Es ist ein herrliches Städtchen, ganz in der Nähe, auch an der Elbe gelegen. Man könnte fast hinlaufen. Du in deinen Schuhchen natürlich nicht. Dazu braucht man Schuhe zum Laufen." „Ich habe eben da unten keine Ständer aus Birkenholz. Meine Gehwerkzeuge sind zierliche Füßchen. Und die brauchen Eleganz und modischen Schick. Bei deinen Borkenstämmen da unten ist das ganz was anderes. An solche Füße gehören handgeschnitzte Holzpantinen aus Holland oder gleich Elbkähne." Becker hatte gut gefrühstückt heute Morgen. Er grinste nur: „Bei Ruderbooten hätte ich vielleicht nichts gesagt. Aber Elbkähne scheinen mir denn doch etwas übertrieben. Aber gut, wir fahren mit dem Bus." Gesagt, getan.

Die Burgapotheke lag nahe am Marktplatz. Es war ein schönes altes Gemäuer in einer kleinen Gasse nahe dem Markt. Es fügte sich gut in den Baustil von Schloss und Markt ein. Drei ausgetretene Stufen führten nach oben und innen. Eine junge Frau begrüßte die beiden Polizisten freundlich, und Becker brachte ihr Anliegen vor. „Kommen Sie bitte hinter den Tresen. Mein Großvater kann Ihnen sicherlich in der Sache weiterhelfen." Sie ging voran. Der Raum, den eine schwere Eichentür vom modernen Verkaufsraum abtrennte, umfasste das Sammelsurium der letzten hundert Jahre Pharmakologie. Zahlreiche Messinstrumente aus Messing und Chrom standen etwas ungeordnet herum. Kupferne Kessel, Mörser und Töpfe füllten die noch freien Plätze aus. In Regalen staubten Gläser und Flaschen aus braunem und grünem Glas und mystischen Aufschriften vor sich hin. Man glaubte sich in einer Ausstellung der pharmakologischen Geschichte ab den 20er-Jahren. Statt heller Scheiben waren in zwei Fenstern noch die Butzenscheiben erhalten, durch die ein weiches, rötliches Licht fiel.

Ein älterer Herr ruhte in einem Schaukelstuhl. Er hatte den Stuhl in die einfallenden Sonnenstrahlen gerückt. Der Senior hatte sein Jackett ausgezogen und über die Lehne des Stuhls gehängt. Jetzt saß er im Stuhl, das Hemd oben geöffnet und den Schlips gelockert. Eine aufgeschlagene Zeitung war ihm aus den Händen gefallen. Er hielt ein kleines Schläfchen. Die Straßenschuhe hatte er ausgezogen und fein säuberlich neben den Fußtritt gestellt, auf dem er seine Füße ausgestreckt hatte. Die junge Frau streichelte seinen Kopf. „Opa, wach auf. Hier sind Herrschaften von der Polizei." Der Opa wurde munter, rekelte sich, gähnte und ließ seine Gelenke knacken. Er tauchte langsam in die Realität wieder ein. „Moment." Dann stand er auf und zog die Lederschuhe wieder an. Aus einer Seitentasche seines Jacketts zauberte er einen kleinen Schuhlöffel hervor, der ihm die Arbeit erleichterte. Nachdem er Hemd und Schlips in den richtigen Sitz gebracht und auch sein Jackett übergezogen hatte, gähnte er noch einmal verhalten. Dann straffte sich der alte Herr, gab sich einen Ruck und wandte sich den Polizisten zu. „Gestatten, Johannes Fischer, Apotheker. Wie kann ich Ihnen helfen?"

Becker stellte seine Kollegin und sich vor und erläuterte ihr Ansinnen. Der Senior hatte noch ein gutes Gedächtnis. Die Tatsache, dass ihn der Polizist mit „Herr Apotheker" ansprach, hatte sein Erinnerungsvermögen ganz sicher auch noch unterstützt. „Ich kann mich noch recht gut an die Rezepturen erinnern. Ich bin vermutlich der Einzige, der hier im Umkreis so etwas noch kreiert. Das sind noch Relikte aus alten Zeiten. Ich erinnere mich, dass Quecksilber dabei war und Arsen, allerdings in vertretbaren Mengen. Meist habe ich die Rezeptur mit einem Botendienst an die Kollegin geschickt. Aber manchmal kam die junge Frau, es war wohl eine Vietnamesin, auch selbst und hat die Rezeptur abgeholt. Einmal hatte sie auch ihre Freundin dabei, eine blonde hochgewachsene Frau. Die Asiatin war eine richtige Apothekerin, hatte also Pharmakologie studiert. Sie war sehr belesen, verfügte über ein breites Fachwissen. Ihre Freundin war wohl in der Malerei zu Hause. Die Dame war etwas zickig. Die Vietnamesin war das blanke Gegenteil: gebildet und höflich. Wir haben hier drinnen zusammen Tee getrunken. Sie hat sich für meine alten Gerätschaften interessiert. Wirklich eine nette junge Dame." „Herr Apotheker, wissen Sie noch, wie die Lieferadresse dieser Rezepturen war?" „Ja, junge Frau. Da müssen irgendwo noch ein paar Lieferscheine existieren. Meine Nichte hat sie sicher abgeheftet. Sie ist in solchen Sachen sehr gewissenhaft. Sandra ist übrigens auch eine richtige Apothekerin. Sie hat das Pharmakologie-Studium mit Bravour bestanden. Ich bin richtig stolz auf meine Kleine." „Opa, es ist gut jetzt." „Jaja. Und sie wird die Familientradition fortsetzen und unsere Apotheke weiterführen, das macht mich froh." „Warten Sie bitte einen Moment, ich schau mal in den Abrechnungen nach." Es dauerte nicht lange, und sie kam mit einem Lieferschein zurück. „Das hier bringt Sie bestimmt nicht weiter. Es steht nur, Apotheke in Dresden, genaue Adresse bekannt, s. Navi, auf dem Lieferzettel." Der alte Herr runzelte die Stirn. „Dumm gelaufen, glaube ich. Aber wir haben beim Tee uns über ihre Apotheke unterhalten. Bei schönem Wetter saßen die zwei Frauen gern vor der Tür. Gleich daneben war wohl ein Café oder etwas Ähnliches. Die Serviererin hatte immer einen kleinen Tisch für die beiden reserviert. Am späten Nachmittag glänzte die Kuppel der Frauenkirche in der Sonne. Dieses Bild konnten sie von dem Tischchen aus sehen; es muss sie beeindruckt haben, sonst hätten sie es nicht erzählt. Und sie hörten wohl auch die Glocken läuten. Mehr fällt mir zu dem Thema leider nicht ein. Vielleicht bringt es Sie doch etwas weiter."

## Die Apotheke in Dresden

Nachdem Herr und Frau Kommissar eine Elbforelle verspeist und Wein von bester Hanglage verkostet hatte, fuhren beide mit dem Schaufelraddampfer wieder nach Dresden. Der Raddampfer wurde noch zu Kaisers Zeiten gebaut. Aber gute deutsche Wertarbeit und gut gepflegt und gewartet. Man kam also lebend in Dresden wieder an.

Es war früher Nachmittag. Man könnte jetzt im Büro die Apotheken in ganz Elbflorenz durchhecheln. Man könnte aber auch durch die Gassen der Altstadt schlendern und nach Cafés in der Nähe der Frauenkirche suchen. Vielleicht könnte man auch einen Eisbecher dabei genießen. Natürlich war das Geläut der Kirche auch außerhalb der Altstadt zu hören. Die Richtung des Windes war natürlich auch von Interesse. Und das in der Sonne glänzende Kuppeldach war sicherlich meilenweit zu sehen. Also war der Versuch, das Café und die Apotheke in der Altstadt durch bloßes Suchen zu finden, mit einem Lotteriespiel vergleichbar.

Aber es war eine gute Ausrede, sich vom Büro fernzuhalten. Und wer spielte nicht gern mal Lotterie? Man weiß, dass man dabei mit großer Sicherheit eine Niete ziehen wird, kauft das Los aber trotzdem. Der Reiz ist einfach da, wenn man vor dem bunten Firlefanz der Losbude steht. Und wenn man endlich eine Apotheke gefunden hat, die dem Los entspricht, dann müsste dort nur noch eine Asiatin arbeiten.

Man drängelte sich durch das Gewühl von Touristen und suchte verzweifelt nach einer Apotheke. Deren gab es viele in der Altstadt, aber keine mit einem kleinen Café in der Nähe.

Eigentlich wollten sie sich verabschieden und das Tageswerk beenden, als man ein niedliches Café fand. Beate ließ sich mit einem Seufzer auf einen freien Stuhl fallen. „Das war höchste Eisenbahn. Meine Füße tun weh. Ich war nicht auf einen Gewaltmarsch vorbereitet."

„Typisch Frau", erwiderte Becker. Die Frau Kommissarin legte ihre Füße auf einen Stuhl und zog ihre Pumps aus. „Ah, ist das herrlich!" Sie betrachtete kritisch ihre Füße und fand, dass sie schöne Füße, und nicht nur Füße, sondern auch schöne Beine habe. Becker meinte das auch, tat aber nicht dergleichen. Er ließ seinen Blick in die Runde schweifen. „Das gibt's doch nicht!" „Was gibt's nicht?" „Schauen Sie mal, nebenan ist eine kleine Apotheke." „Dann bestellen Sie bitte eine eisgekühlte Chinesin bei der Kellnerin. Dann passt alles zusammen. Ich bestelle jetzt einen schönen großen Eisbecher mit Erdbeeren. Der tut sicher auch meinen Füßen gut." „Ich glaube nicht, dass die in den armen Becher passen. Nur mal so geschätzt." „Sie werden irgendeinmal an Ihren giftigen Kommentaren ersticken." „Was halten Sie von Waffenstillstand für heute?" Sie hielt viel davon. Die Kellnerin nahm die Bestellung an und hatte auch Zeit für einen kleinen Schwatz. „Ja, die Jasmin. Ihr gehört die Apotheke. Wenn keine Kundschaft in der Apotheke ist, dann sitzt sie gern hier. Ich halte immer einen Stuhl für sie frei. Man kann sich mit ihr nett unterhalten. Und sie ist eine kluge Frau. Und sehr höflich. Aber das sind die Chinesen wohl alle. Nächste Woche ist die Jasmin wieder da. Sie flog für zwei Wochen nach Taiwan. Da ist sie öfters." Nach dem Eisbecher statteten die beiden Kommissare der Apotheke einen Besuch ab, um genau das Gleiche zu hören.

## Briefing, Zettel, Festnahme Steiner, das Geständnis

Als beide Kommissare am nächsten Morgen mit gefüllter Kaffeetasse bei ihrem Briefing saßen, kam Annette zur Tür herein. Das schlechte Gewissen war ihr ins Gesicht geschrieben. Sie sah nicht so richtig fröhlich aus. Theo schaute sie nur an. „Was hast du angestellt, Annette? Du schaust so ungesund aus." „Ich habe was verbummelt und jetzt erst wiedergefunden. Und es war wichtig." „Was hast du angestellt, Mädel?" „Das KTI hat an einer Pfanne aus der Küche von der Frau Hoffmann Blutspuren und Haare gefunden. Sie haben die DNA bestimmt und uns mitgeteilt. Ihr wart nicht im Haus. Ich habe die Ergebnisse entgegengenommen und vergessen, an euch weiterzugeben. Heute Morgen fiel mir der Zettel wieder in die Hände." „Dumm gelaufen, meine Liebe. Soll ich dir den Kopf jetzt abhacken oder absägen?" „Ich weiß ja, dass ich Murks gebaut habe. Aber warum haben die Kerle vom KTI die Ergebnisse nicht über unseren PC geschickt, wie es sonst üblich ist. Diesen Zettelkram hasse ich. Also, ich habe es verbockt." „Zeig mal her. Aha, hier steht's. Jetzt wissen wir, warum unsere Ermittlungen nicht weitergehen. Frau Hauptkommissarin, schärfen Sie schon mal die Axt. Ich schlage diesem Weib doch den Kopf ab. So, und wie geht es jetzt weiter?" „Wir müssen unseren ‚Kundendateien' im Netz durchforsten. In der Hoffnung, dass wir eine Übereinstimmung finden", bemerkte die Kommissarin. „Das hab ich schon gemacht", bemerkte Annette. „Wir haben einen Treffer." „Wieso haben wir einen Treffer? Du hast doch gar keinen Zugriff auf die Täterdateien", erkundigte sich Becker. „Ich hab den PC vom Chef genommen", gab die Sekretärin kleinlaut zu. Becker begann es, Spaß zu machen, Annette ein bisschen zu quälen. „Damit hattest du also auch Zugriff auf alle aktuell laufenden Ermittlungen im Haus, auf alle Täterdateien, auf gesuchte Personen und auf den Bestand der Reservatenkammer. Und noch viel mehr. Was sagt denn der Schröder dazu? Wahrscheinlich weiß er es gar nicht. Aber ich überlege gerade, was das für Gespräche unten in der Cafeteria geben wird. Das wird einschlagen wie eine Bombe. Endlich gibt es mal was Interessantes in der Kaffee- oder Mittagspause. Die lieben Kollegen werden sich das Maul fusselig reden; das wird ein Spaß. Stecken Sie die Axt wieder weg, Frau Kriminalhauptkommissarin. Ich werde der Delinquentin den Kopf abfeilen. Das dauert länger und macht mehr Spaß." Annette hatte inzwischen begriffen, dass Becker sie nicht zur Schnecke machen wollte und auch nicht petzen würde. Sie atmete tief durch und schaute ihn an. „Irgendwann bring ich dich um, Theo, mich so zu erschrecken." „Nun gut", sagte Theo, „eines ist aber schon ein wenig auffällig: Nicht nur, dass du über, sagen wir mal eventuelle, Spirituosen unseres Chefs genaue Übersicht hast, du kennst auch deren Verstecke. Und, man höre, du darfst auch noch sein Passwort benutzen.

Du glaubst doch nicht im Ernst, dass wir dir abnehmen, der Chef wäre nicht anwesend gewesen. Läuft da was zwischen euch beiden?" Annette schaute die Kriminalisten erschrocken an. „Ihr müsst doch verrückt sein, ihr zwei, alle beide! Da ist nichts, überhaupt nichts! Setzt ja keine Gerüchte in Gang; ich warne euch!"
„Siehst du, Frau Hauptkommissarin. Das kommt raus, wenn man auf den Busch klopft."
„Lass den Unsinn, Theo. Du bringst sie ja völlig in Verlegenheit...Wir glauben Ihnen, dass da nichts ist, wirklich. Theo hat nur geblödelt. Sie kennen ihn doch, Frau Lehmann."
Becker kam zum Dienstlichen zurück. „Wer ist es also, Annette?" „Der Mann heißt Steiner, Armin Steiner. Er ist wegen Körperverletzung auffällig geworden. Deshalb wurde er polizeilich erfasst. Das Verfahren wurde aber gegen Sozialstunden und einem Geldbetrag eingestellt." „Gut", sagte die Kommissarin, „und wo finden wir den Kerl?" „In Eisenach." „Gib mir die Adresse; ich erledige den Rest." KOK Becker begab sich in die Einsatzzentrale und leitete die Festnahme des Verdächtigen ein. Nach zwei Stunden kam die Rückmeldung, dass der Herr Steiner von den örtlichen Kräften festgesetzt worden sei. Er befände sich auf dem Transport nach Dresden.

Neugierig, wie Becker war, hängte er sich ans Telefon. „Aha, das ist ja spitze gelaufen ..."

Dann ließ er seine Assistentin an der Nachricht teilhaben: Die haben einen Gasalarm vorgetäuscht. Zwei Feuerwehrautos vor der Tür, Tatütata, Klingel-klingel im ganzen Haus, Gasalarm! Zu den anderen Mietern: Ist nur Übung, keine Gefahr. Bei Steiner-Gasalarm, wir müssen auf Gasaustritt prüfen! Sofort. Oder wollen Sie mit dem ganzen Haus in die Luft fliegen. Steiner hatte natürlich mitbekommen, dass vor dem Haus die Feuerwehr stand und überall geklingelt wurde. Er öffnete, und ein Bulle von eins neunzig und zwei Zentnern in Feuerwehrkluft rannte ihn einfach über den Haufen. Bevor Steiner auch nur „guten Tag" sagen konnte, war er im Besitz von Armreifen aus Edelstahl. Und jetzt durfte er sogar auf Staatskosten von Eisenach nach Dresden reisen. Sogar mit Personenschutz. Wenn das nichts ist.

## Geständnis für den Mord an Leistner

Steiner traf am späten Nachmittag in Dresden ein und wurde sofort den Kollegen der Mordkommission vorgeführt. Die Kommissare verfügten, dass er erst einmal in der „Aufbewahrung" untergebracht wurde.

Bei seinen Sachen, die ihm von den Kollegen in Eisenach abgenommen worden waren, befand sich ein zerfleddertes Stück Papier, wohl Teil eines Briefes, kein Kuvert, keine Adresse dazu. Es steckte in der rechten Innentasche seiner Jacke, das heißt, es war durch sie hindurch ins Futter gerutscht, weil die Naht der Tasche aufgedröselt war. Der Fetzen hätte leicht übersehen werden können. Becker lobte in Gedanken die dortigen Kollegen für ihre Gründlichkeit und begann, den Wisch zu lesen. Dann ließ er sich auf einen Stuhl plumpsen und rief seine Kollegin. „Komm schnell mal her, Bea. Schau dir das mal an: … hast recht. Es war ein herrliches Wochenende, mein Schatz. Ich hoffe, das Bild gefällt dir. Wenn du Montag wieder auf dein blödes Bauamt musst, stell es dir auf den Schreibtisch. Ich würde mich freuen …" Dann war der Zettel zu Ende.

Die beiden schauten sich an. „Das ist ein Fünfer im Lotto!" „Glaub ich auch", so seine Assistentin. „Das ist ein Brief von der Hoffmann an den Leistner." „Der Rest eines Briefes", korrigierte Becker grienend. „Musst du immer das letzte Wort haben?" „Ja, und heute Abend trinken wir kühles Bier und köstlichen Wein. Dein Alex ist auch eingeladen."

Steiner wurde aus der „Aufbewahrung" in den Verhörraum gebracht. Er war noch völlig von der Rolle angesichts dieser Überrumpelung. Becker begann mit dem Verhör. „Wir schneiden das Gespräch mit, Herr Steiner. Sind Sie über Ihre Rechte aufgeklärt?" „Ja." „Möchten Sie einen Anwalt?" „Nein, aber einen Kaffee und einen Whiskey." „Erst die Arbeit, dann das Vergnügen, Steiner." Becker legte los: „War das Nikotin flüssig oder als Pulver? Wo haben Sie es überhaupt her?" „Aus China. Es war flüssig, in Ampullen." Jetzt begriff Steiner, dass er überrumpelt worden war. „Können wir einen Deal machen, Chef?" „Natürlich. Wir machen viele Deals am Tage, schon beim Brötchen

kaufen. Bieten Sie uns was Vernünftiges an." „Was soll ich Ihnen denn anbieten?" „Sagen Sie uns, warum Sie Frau Hoffmann erledigt haben." Der Frau Kommissarin fiel die Kinnlade herunter. „Sie glauben wohl, dass Sie mich reinlegen können! Aber nicht mit mir." Becker hakte nach: „Fassen wir mal zusammen. Sie haben soeben zugegeben, dass Sie den Herrn Leistner getötet haben. Außerdem teilten Sie uns mit, dass Sie dazu Nikotin aus China benutzt haben. Richtig?" „Richtig, aber Sie haben mich übertölpelt." „Jetzt kommen die Rückzugsgefechte", dachte die Kommissarin. „Wir haben Sie nicht unter Druck gesetzt, Herr Steiner. Wir haben Ihnen sogar einen Rechtsanwalt angeboten", unterstützte die Kommissarin ihren Chef.
„Das Gift kommt aus Indien. Und ich kenne die Frau Hoffmann überhaupt nicht. Ich weiß nicht einmal, wo sie wohnt."
Die beiden Kriminalisten schauten sich an, Rückzugsgefechte. Und das kann dauern.

## Beckers Clou

Steiner wurde in eine Zelle verfrachtet. Ab jetzt schwieg er. Er schwieg wie ein Grab, einige Tage. Einen Rechtsanwalt wollte er immer noch nicht. Nachdem er seine Funkstille gebrochen hatte, tischte er den Polizisten einen Mix aus Lügen und Scheinwahrheiten auf. Er war außerordentlich zäh. Er konnte stundenlang irgendwelche Halbwahrheiten mit einer erstaunlichen Sicherheit und Überzeugung verbreiten, um dann eine Minute später das Gegenteil zu behaupten. „Das habe ich nie gesagt." Dieses ewige Spiel ohne Ergebnis ging den Kriminalisten ans Gemüt und auf die Nerven. Sie saßen mittlerweile mit geröteten Augen und innerer Unruhe am Tisch, während Steiner vor sich hin log. Aber auch bei ihm zehrte der Kleinkrieg an den Kräften.
Becker und Schröder standen am Fenster zum Verhörraum und starrten genervt auf das Geschehen drinnen.

Die Laune des Kriminalrates war nicht unbedingt die beste. Es lief nicht so, wie er es sich wünschte. Drinnen gab Frau KHK Hellmann ihr Bestes, seit Stunden schon.

„Seit acht Stunden verhören wir heute den Mann schon, gestern über den ganzen Tag", moserte der Polizeirat. „Wir sind uns sicher, dass er der Täter ist. Aber dieser Verbrecher sagt kein einziges vernünftiges Wort. Ich könnte explodieren. Ich bring den Kerl um. Heute ist Freitag. Die Woche war eh schon stressig genug, ein Haufen ungeklärter Probleme und dann noch die dümmlichen, ich meine ‚gut gemeinten' Ratschläge von unseren Politikern aus dem Rathaus und denen im Ministerium. Ich wollte heute meine Frau edel ausführen und ein bisschen feiern. Wir wollen unseren Hochzeitstag nachholen, den ich leider vergessen habe. Grinsen Sie nicht so dämlich, Becker. Aber das können wir wohl abschreiben." „Haben Sie schlechte Laune, Chef?" Der Polizeirat starrte ihn ob dieser Frechheit perplex an. KHK Becker brachte sich in Position: „Bestellen Sie ruhig die Plätze in Ihrem Lieblingsrestaurant, Herr Kriminalrat. Ich bin mir sicher, dass wird heute ein richtig schöner Abend für uns alle." „Noch so ein dummer Spruch, und ich degradiere Sie!" „Lassen Sie mich einfach machen. Ich mach das auf meine Weise!" „Also gut, legen Sie los! Aber ich weiß von nichts! Ich kenne Sie nicht mal! Aber ich kenne Ihre mitunter abartigen Wege, haarscharf an der Grenze, und so weiter, und so weiter ... Ach was, scheißegal, bringen Sie's zu Ende, Becker, ganz egal wie! Oder ich bringe dieses Schwein da drinnen doch noch um!"

Als Becker hereinkam, legte die Kommissarin eine Pause ein und schaute ihn an. Sie wirkte völlig erschöpft. Die nassen braunen Locken hingen ihr unordentlich in die Stirn. Sie war hochrot im Gesicht und verschwitzt, Schweißperlen auf der Stirn. Die Augen wurden von dunklen Ringen eingerahmt. Der Stress der letzten Tage und die aufreibenden Stunden im Verhörraum forderten ihren Tribut. Der Ventilator summte vor sich hin, aber die Luft war zum Schneiden. Der Raum war fensterlos. Die Wasserflasche auf dem Tisch war schon lange leer. Der Häftling hielt den Kopf gesenkt, die Augen geschlossen und er stöhnte leise vor sich hin. Die anderthalb Tage Dauerverhör setzten ihre Zeichen. Er war bleich wie die Wand hinter ihm. Auch er hatte große Augenringe, seine Wangen waren in der kurzen Zeit der U-Haft eingefallen. Der ungepflegte Drei-Tage-Bart verstärkte das Bild seines körperlichen Verfalls, des Ausgebrannt-Seins. Das dreckige Hemd war unter den Achseln und am Kragen durchgeschwitzt. Er roch, und nicht einmal angenehm.

Becker setzte sich mit dem Hintern auf die Tischkante, direkt vor den Häftling, schaukelte auf dem alten, wackligen Tisch hin und her, sah den Mann an und begann: „Heute ist Freitag, später Nachmittag. Und es waren gestern und heute Scheißtage. Machen wir doch einfach Schluss, Herr Steiner. Was halten Sie von einem Kännchen Kaffee in Ihrer Zelle? Vielleicht noch ein Stück Torte dazu? Oder ist Ihnen Kuchen lieber? Schöner Obstkuchen mit Streuseln, oder vielleicht doch ein Stück Schwarzwälder? Gehen wir doch das Wochenende ruhig an, Herr Steiner. Nach dem Kaffee dann ein kleines Schläfchen bis zum Abendessen. Der Schlaf ist ja in den letzten Tagen etwas zu kurz gekommen. Zum Nachtmahl vielleicht etwas Schnuckliges vom Italiener, Pizza oder Pasta? Das hier bringt doch alles nichts mehr, Herr Steiner. Hm, Steiner?" Der Kommissar klopfte dem Häftling kumpelhaft auf die Schulter. „Schauen Sie mir in die Augen, sehen Sie mich an. Komm Steiner, Augen auf! Na also. So schlimm ist das doch alles nicht. Hm, Herr Steiner? Nicht doch eine Tasse Kaffee oder ein Espresso? Warum haben Sie eigentlich die Frau mit dem Fleischklopfer erschlagen und nicht einfach erstochen. Das Messer lag doch auf der Spüle rum." „Hab ich doch. Mit dem Käsemesser."

„So ein Ding mit Löchern in der Schneide?" „Genau." „Na also. War doch nicht so schwer!" Die Frau Kriminalhauptkommissarin schaute perplex ihren Partner an. Ihre Gedanken: Das geht doch nicht! Das widerruft der Steiner morgen sofort. Das erkennt kein Richter an! Auch der Kriminalrat draußen schüttelte den Kopf. So ein Idiot, das geht nie durch, das muss er doch wissen. Aber richtig gut gemacht. Könnte von mir sein.

Aber das zerreißt uns jeder Verteidiger. Aber gut, richtig gut. Diese Showeinlage glaubt mir kein Kollege. Aber der Kerl wird es widerrufen, leider. Und auch noch ohne Rechtsanwalt! "So, Herr Steiner, bevor wir uns auf Kaffee und Kuchen stürzen, sagen Sie uns noch bitte, wo die Leiche liegt. Übrigens, ich kenne ein schönes Café um die Ecke, sogar mit großer Terrasse unter Bäumen. Und dann dieses Wetter dazu. Also, wo haben Sie die Frau abgelegt, ist doch nicht so schwer." Steiner fuhr sich mit den Händen über sein schweißverschmiertes Gesicht, schniefte ein paarmal und sah den Polizisten verstört an. Er wollte nur noch schlafen. Wollte, dass es vorbei ist. Kurze Pause, dann: "Sie liegt im Wald, circa 500 Meter von der Straße weg, hinter Tharandt." "Das ist ja nicht weit weg. Da kommen wir noch rechtzeitig zu unserem Käffchen und danach ein schönes Nickerchen. Wir fahren jetzt einfach hin, und Sie zeigen uns das." Die Kommissarin hatte sich vom Schreck erholt und räusperte sich. "Sei still!", raunzte Becker.

Der Polizeirat wischte sich den Schweiß aus dem Gesicht. "Und das Ganze ohne Anwalt", dachte er. "Das geht schief; das klappt nie! Der büxt uns aus. Husch, husch, weg ist er. Wir müssten den ganzen Wald absuchen, das ganze Gebiet. Jeder wird uns für deppert halten oder betrunken, für absolute Trottel." KHK Becker legte nach. Er war zu Höchstform aufgelaufen: "Sie haben ja freiwillig gestanden, Herr Steiner, ich meine, Sie haben das Geständnis, denn das war es ja, von sich aus abgelegt. Das wird Ihnen hoch angerechnet werden vom Richter. Es hat Sie ja keiner dazu gezwungen, noch mal: Keiner hat Sie gezwungen, das jetzt und hier zu tun. Richtig?" Steiner schaute den Polizisten verwirrt an: "Ja, eigentlich schon." "Eben, und einen Anwalt haben Sie auch nicht dabei gebraucht. Sie haben keinen verlangt. Und das ist gut. Es verstärkt noch mal den positiven Eindruck, den Sie durch Ihr freiwilliges Geständnis beim Staatsanwalt und Richter hervorgerufen haben. Verstehen Sie das, Herr Steiner?" "Jaja, irgendwie schon. Ich habe ..." "Genau, Steiner, Sie haben ...", unterbrach ihn der Kommissar, "... Sie haben das einzig Richtige getan. Das wird sich wirklich gut auf

Ihren weiteren Werdegang auswirken. Das verstehen Sie doch, Herr Steiner." „Ja, irgendwie schon." „Eben, und deshalb sollten wir das Ganze jetzt schriftlich festhalten, sozusagen den i-Punkt aufs Ganze setzen. Hier ist ein Zettel, und darauf schreiben Sie, ja was schreiben wir denn da am besten. Also ich würde schreiben, hier, nehmen Sie den Stift endlich in die Hand, ich würde schreiben: Ich, Name, Vorname, Datum, habe freiwillig gestanden, so schreiben Sie doch, ohne unter Druck zu stehen, haben Sie, ohne unter Druck, und mit freiwilligem Verzicht auf einen Rechtsbeistand, die Frau Hoffmann, Claudia, am 12. Zehnten dieses Jahres, haben Sie? In ihrer Wohnung erstochen zu haben. Ich habe die Leiche im Tharandter Wald verscharrt, nein, nicht verscharrt, abgelegt, klingt besser. Haben Sie? Fertig? Na also, und jetzt noch Ihre Unterschrift. So, und jetzt ab in das schöne Café um die Ecke, vorher aber noch schnell in den Tharandter Forst. Los, auf geht's!" Der Häftling stand völlig verwirrt auf. Was war jetzt mit ihm passiert? Der Kommissar drückte auf Tempo. Jetzt nur schnell machen, damit das nicht noch in die Binsen geht. Er nahm den Häftling am Arm und zog ihn nach draußen. „Kommen Sie, der Kaffee wartet, und wenn wir nicht trödeln, reicht die Zeit vielleicht noch für ein Prosecco nach der Torte, übrigens, wo haben Sie das Messer gelassen?" „Ich will nur noch schlafen!" Er schubste den Mann vor sich her nach draußen. „Das können Sie doch, sobald wir zurück sind, und keiner wird Sie stören dabei. Was haben Sie mit dem Messer gemacht?" „Ich habe es hinter die Spülmaschine geworfen. Die Rückwand der Spüle ist aus Profilblech. Die Ränder sind verstärkt zur besseren Stabilität, und in der Mitte entsteht so eine kleine Aussparung nach innen. Ich habe die Spüle nach vorn gekippt und das Messer in den schmalen Hohlraum geworfen. Das findet keiner." „Wie recht er hat", dachte Becker. Unsere SPUSI hat es jedenfalls nicht gefunden. „Klingt gut, hätte ich auch so gemacht. Aber jetzt los!" Zur Kommissarin gewandt: „Du kommst doch mit? Die SPUSI folgt uns auf dem Fuß", sagte er und reichte ihr den Bogen mit dem Geständnis. „Pack das gut weg!", murmelte er und „Ich glaube, das Wochenende fängt richtig gut an."

KR Schröder setzte sich auf den Stuhl, der vor dem Fenster zum Verhörraum stand. Das musste er erst mal verdauen. So etwas hatte er noch nicht erlebt. „Das glaubt mir kein Mensch, erst recht nicht ein Anwalt oder Richter", sinnierte er. „Aber wenn er uns die Leiche zeigt ... Er hat ja das Geständnis unterschrieben und uns die Tatwaffe präsentiert. Ja, wenn er uns die Leiche wirklich zeigen würde, aber vielleicht ist das wieder einer seiner hässlichen psychologischen Tricks. Wir fahren stundenlang im Wald herum, und plötzlich kann er sich an nichts mehr erinnern und zieht alle Aussagen zurück." Schröder war von Hause aus ein pessimistischer Mensch. Er ruckelte unruhig auf dem Stuhl umher, zog den Schlipsknoten nach unten, öffnete den obersten Hemdknopf, zog den Schlips noch mal etwas lockerer und atmete tief durch. Er lehnte sich zurück und fühlte, wie sein Puls sich langsam beruhigte.

Becker klopfte dem Verbrecher kräftig auf die Schultern: „Das haben Sie fein gemacht. Der Staatsanwalt wird seine Freude daran haben. Dann wollen wir mal, sonst wird der Kaffee kalt, auf geht's." Der Häftling wusste nicht so recht, warum sich ein Staatsanwalt über ihn oder mit ihm freuen würde, und ob es überhaupt eine Stelle zum Freuen gab. Er wusste insgesamt recht wenig über seine aktuelle Situation. Er war für alles zu müde und zu platt, um sich auf größere Hirnaktionen einzulassen.

Auf dem Hof des Präsidiums warteten mit laufendem Motor schon die Fahrzeuge. Der Herr Kriminalhauptkommissar hatte sie mit Absicht auf den kleinen Hinterhof hinter dem Präsidium hinbestellt. „Nicht zu viel Aufmerksamkeit", dachte er, „falls der Schuss nach hinten losgeht."

Becker setzte sich in den ersten Wagen neben den Häftling. Sie saßen auf dem Rücksitz des BMW. Die Handschellen störten den Kerl zwar, den Kommissar jedoch störten sie nicht.

Safety first. Nicht dass uns der Knabe auf unserem kleinen Ausflug verloren geht. Wir fahren ja praktisch ins Ungewisse. Seine Assistentin saß vorne neben dem Fahrer. Sie stand dem Unternehmen sehr skeptisch gegenüber, und man sah es ihr auch an. Sämtliche Alarmglocken in ihrem hübschen Köpfchen läuteten, und alle Lämpchen blinkten auf Rot. Ich will mit dem allen hier nichts zu tun haben, war hinter ihrer schönen Stirn zu lesen.

Hinter dem zivilen Dienstfahrzeug fuhren zwei Streifenwagen mit voller Besatzung; man weiß ja nie.

Die Fahrt zum Tharandter Wald war von kurzer Dauer. Die kleine Kolonne kam gut durch den stärker werdenden Wochenendverkehr.

„Hier rechts rein", so der Mörder. Man stieg aus. Wald. Alles sah gleich aus: Viele, viele Bäume und dichtes Unterholz, sonst nichts. Steiner stand unentschlossen herum, schaute auf die Bäume, den Wald ringsum. Er zeigte insgesamt wenig Drang zu weiteren Aktivitäten. Becker schubste ihn an. „Jetzt aber los, sonst gibt es Ärger! Wir wollen doch noch Kaffee trinken gehen. Also los." Steiner tapste in irgendeine Richtung los. „Ihr kommt alle mit", so Becker an die Polizisten. „Falls er flinke Beine bekommen sollte." Nach ca. 200 Metern platzte dem Kriminalhauptkommissar der Kragen. „Steiner, wissen Sie überhaupt, was wir hier wollen? Sind Sie geistig umnachtet oder wollen Sie mich verarschen?" Der Mann schaute Becker mit geröteten Augen an und nickte. „Wir müssen hier lang, Herr Kommissar." Er schlug eine völlig andere Richtung ein.

Becker drehte sich zu den Polizisten um. „Wenn ihr auch nur den geringsten Verdacht auf einen Fluchtversuch habt, dann schießt ihn ruhig über den Haufen. Und wenn er nur über eine Baumwurzel stolpert." Dann zu dem Mörder: „Na, Steiner, hat Sie das ein bisschen aufgemuntert?" „Ich geb mir Mühe, Becker." Nach zwei Minuten war die Gutmütigkeit des Kommissars zu Ende. „Kommen Sie mal mit, Steiner." Zu den anderen: „Ihr bleibt hier."Leise, sodaß nur Steiner die Stimme hören konnte, fuhr er fort: „Da drüben stehen die Bäume etwas dichter. Da hört man Schüsse nicht so weit. Ich habe hier eine geladene 9er-Pistole." Er zog sie aus dem Halfter und schwenkte sie hin und her. „Jeder Jäger hat auch so eine Zimmerflak. Die Männer aus dem grünen Wald und in der grünen Kluft benutzen sie, um angeschossenem Wild den Fangschuss zu geben. Jeder Jäger hat eine. Ahnen Sie was, Steiner?" „Sie sind

dämlich, Herr Kommissar. Glauben Sie, ich kaufe Ihnen das Theater ab? Sie werden mich doch nicht mit Ihrer Dienstwaffe erschießen." Becker grinste den Verbrecher an. „Das stimmt, Steiner. Aber mit meiner zweiten Waffe; die hat auch 9 mm und ist nicht registriert."
Wäre es lichter in dem dunklen Tann gewesen, hätte man gesehen, wie sich das Gesicht des Mörders mit Blässe überzog und sich an der Stirn kleine Schweißtröpfchen bildeten. „Wir sind hier an der falschen Stelle, Herr Becker. Wir hätten schon am ersten Abzweig abbiegen müssen. Tut mir leid. Ich mache auch keine Schwierigkeiten mehr." „Das beruhigt mich unheimlich", bemerkte Becker lakonisch.
Die kleine Kolonne fuhr zurück und man fand schnell die Leiche der Frau. Das Räderwerk der Dresdener Polizei begann zu arbeiten.
Becker fuhr mit seinen Mannen zurück. Als sie am Stadtrand von Dresden ankamen, ließ der Kriminalhauptkommissar anhalten. „Da drüben ist ein kleines Café. Ich hatte Ihnen doch Torte oder Kuchen mit Kaffee und einem Gläschen Sekt versprochen, Herr Steiner. Wie wär's?" Steiner war auf dem Weg zurück eingenickt und schreckte hoch. Er brauchte einen Moment, um sich zu orientieren. Dann kam sein Entschluss: „Ich will in meine Zelle zurück und in ein Bett, möglichst schnell." Becker zeigte sich generös: „Ich biete Ihnen morgen um zehn einen Brunch in Ihrer Zelle an: Rühreier, Schinken, Lachs, Konfitüre, Obst, Brötchen, Baguette, eine Flasche Radeberger und ein Gläschen Sekt. Na, bin ich nicht großzügig?" Ein Grinsen überzog sein Gesicht. „Und am Nachmittag dann ein Stück Torte mit Kaffee, einen kleinen Cognac dazu und ein Glas Sekt. Ich halte meine Versprechen, Steiner. So, und jetzt schlafen Sie weiter, bis wir da sind."
Als sie angekommen waren und der Mörder in seiner Zelle schlief, bestellte Schröder beide Kommissare in sein Büro, kurze Lagebesprechung. „Irgendwann erschieße ich Sie, Becker. Vielleicht verleihe ich Ihnen vorher auch einen Orden. Was hätten Sie gemacht, wenn er tatsächlich abgehauen wäre? Schießen ohne

Munition ist richtiggehend kompliziert." „Woher wussten Sie, dass das Magazin leer war, Chef?" „Sie beleidigen meine Intelligenz, Becker."
„Ich ziehe die Frage zurück, Herr Kriminalrat." „Gut, und jetzt macht euch gefälligst heim, es ist Wochenende. Und ich kann heute tatsächlich, wie versprochen, meine Frau verwöhnen. Vergessene Hochzeitstage tun den Männern weh."
Auf dem Weg in ihr Büro fragte Beate den Kommissar: „Willst du wirklich den Brunch und das Kaffeekränzchen veranstalten?" „Natürlich", erwiderte Becker. „Der Steiner wird es den anderen Häftlingen erzählen und die wieder anderen und deren Freunden. Auch die Polizisten werden dieses Event im Gedächtnis behalten. Und alle werden sagen, der Becker hält, was er verspricht. Das macht mich glaubhafter. Und es wird mir manchmal bei den Verhören helfen.
So, und jetzt nach Hause. Morgen telefonieren wir miteinander und dann sehen wir weiter."
„Zu Befehl, Chef." Sie schwangen sich in ihre Autos, Richtung Bett.

## Der Unfall von KR Schröder

KR Schröder fuhr immer samstagnachmittags zu Kaffee und Kuchen nach Rehefeld im Erzgebirge, wo seine Mutter seit einigen Jahren ihr Domizil aufgeschlagen hatte. Ein kleiner Plausch mit der alten Dame hielt die Familienbande zusammen. Sie spielten meist zusammen Scrabble oder Karten. Mamma hatte immer Kuchen gebacken. Auch um sich selbst zu zeigen, dass sie es noch konnte und noch fit war. Man klönte ein bisschen über das Tagesgeschehen und die unfähigen Politiker. Nach dem Abendessen fuhr er wieder nach Hause. Dies alles war seit Jahren zu einer schönen Gewohnheit geworden, die die Jahre und kleinere Krisen überdauert hatte.

Er liebte die Straßen übers Erzgebirge, liebte die schöne Aussicht, das satte Grün der Wälder und die kurvenreiche Strecke, die sich gut befahren ließ. Hier ließ es sich mit Genuss und Schmackes über die Piste bügeln. Er war guter Laune und gab Gas. Es herrschte wenig Verkehr, und die Dämmerung setzte langsam ein. Die Straßenverhältnisse waren gut, und Schröder nahm zügig eine Linkskurve. Ein großer Truck kam ihm entgegen. Mitten in der Kurve bremste dieser plötzlich scharf ab und ein zweiterer Truck setzte sich neben ihn und blieb auf der linken Fahrspur. Beide Wagen gaben plötzlich Gas. Das alles lief in Sekundenschnelle ab. „Die wollen mich!", schoss es dem Kriminalrat durch den Kopf. „Und ich kann nicht ausweichen!" Links ging es steil bergauf, außerdem standen am Straßenrand Bäume, und rechts fiel die Straße steil ab in die Tiefe, in einen Wald voller Bäume, Unterholz und Felsbrocken. Im Rückspiegel nahm er noch im Unterbewusstsein zwei Scheinwerferpaare wahr. Er trat voll auf die Bremse und riss den Wagen nach rechts. Das Auto schaffte es noch zwischen zwei Bäume hindurch, wohl eher Zufall war als bewusstes Lenken. Dann stieß die rechte Fahrzeugseite gegen einen großen Felsbrocken. Die Frontscheibe wurde von unzähligen Rissen durchzogen; es wurde schwarz, und er konnte nicht mehr hindurchschauen. Der Airbag löste sich aus und knallte Schröder ins Gesicht und an den Brustkorb. Der Pkw wurde mit dem Heck nach links geschleudert. Dabei knallte das linke Hinterrad gegen einen Baumstumpf. Das bekam der Kriminalrat aber schon nicht mehr mit. Der Wagen kippte nach links und blieb auf der Seite liegen. Die zwei Fahrer der Laster hielten an und stiegen aus. Sie standen am Straßenrand und starrten nach unten. Sie wollten gerade nach unten kriechen, entschlossen, die Sache zu beenden. Aber da waren die beiden Fahrzeuge heran, die in einer gewissen Entfernung hinter Schröder hergefahren waren. Es waren zwei Jeeps mit Jägern und Waldarbeitern, die sofort ausstiegen. „Los, lass uns abhauen!", zischte der eine Trucker-Fahrer, „das sind sechs Mann, außerdem haben die Kerle ihre Flinten dabei!" Und zu den Männern gewandt: „Wir fahren ins Dorf und holen die Polizei und den Notarzt! Schauen

Sie da unten nach, ob noch was zu machen ist!" „Los, komm, nichts wie weg, dumm gelaufen." Sie kletterten in ihre Fahrerkabinen, der eine zog wieder nach rechts, dann fuhren sie davon. Im nächsten Dorf ließen sie die Brummis stehen und stiegen in einen unauffälligen Opel, der dort auf sie wartete. Als sie auf die Hauptstraße zurückfuhren, kamen ihnen bereits ein Streifenwagen, DRK und der Notarzt entgegen.

Der Opel entfernte sich rasch vom Unfallort und fuhr in Richtung Dresden. Bis dahin kam ihnen noch eine ganze Reihe Blaulichter entgegen. „Riesenaufgebot, hoffentlich ist er abgekratzt. Wir konnten uns ja leider nicht überzeugen oder ihm hilfreich zur Seite stehen." Die beiden Lkws waren in Görlitz als gestohlen gemeldet, fand die Polizei heraus, die Nummernschilder natürlich gefälscht.

Die Leute im Dorf konnten den Pkw, der auf die beiden Männer gewartet hatte, leider nicht sicher beschreiben. Es gab mindestens vier unterschiedliche Angaben über den genauen Typ des Opels und noch mehr über die Farbe. Ein dunkles Auto halt. Beim Nummernschild ließ sich vermuten, dass das Fahrzeug vermutlich kein Dresdener Kennzeichen hatte, ansonsten stand das gesamte Alphabet zur Auswahl. Auch bei den Zahlen war die Auswahl bedeutend: von null bis unendlich. Nur Minuswerte hatte keiner gesichtet. So wurde die gezielte Fahndung etwas ungenau. Und der Opel verschwand irgendwo im Nirgendwo.

## Kriminalrat Schröder in der Uniklinik

Der Herr Kriminalrat Schröder wurde mit Blaulicht und NAW in die Uniklinik gebracht.

Ein Neurologe, mehrere Chirurgen und ein Internist bemühten sich um ihn. Dann schob ihn ein Radiologe durch die Röhre und ein Anästhesist nahm schon mal Kontakt mit ihm auf, um ihm mitzuteilen, dass der Patient operiert würde und er für die Narkose zuständig sei. „Wir verlegen Sie auf die ‚Siebenundzwanzig'. Die Kollegen dort werden sich weiter um Ihre Schmerzeinstellung kümmern und Ihnen alles in Ruhe erklären." Der „Hol- und Bringedienst" brachte ihn auf Station 27A. Zwei Schwestern stellten sich ihm vor und stöpselten ihn mit seinen vielen Kabeln und Schläuchen an. Dann brachten sie ihm eine Flasche Wasser, rückten den Nachttisch zurecht, schalteten den Fernseher an.

Kurze Zeit später tauchten die Kommissare Becker und Hellmann auf, um ihn zu besuchen und zu bedauern. „Das ist schön, dass ihr mich besuchen kommt." KR Schröder fuhr das Kopfteil seines Bettes hoch und versuchte, sich bequem zu setzen, was natürlich nicht gelang. Er kicherte, winkte ihnen zu und schmiss dabei die Wasserflasche um. Das Wasser lief über den Tisch und in sein Bett. Die Frau Kommissarin drückte auf den roten Knopf, der die Schwestern rief. „So eine wacklige Angelegenheit, dieser Nachtschrank", kommentierte der Kriminalrat das Geschehen. „Holt einen Stuhl ran, setzt euch. Die OP soll erst morgen sein. Die Ödeme, ich weiß zwar nicht welche, aber die weiße Wolke glaubt, zu wissen, dass sie da sind. Und wo sie halt da sind, sollten sie halt noch etwas abschwellen. Vier Weißkittel standen an meinem Bett, vier Stück, und das gleichzeitig. Und dann fummelten sie an mir herum, taten mir weh, schauten mich mit ernster Miene an, nickten sich zu und gingen wieder. Husch, husch, weg waren sie. Kein Wort zu mir, nur so ein lateinisches Getuschel untereinander. Also, ein Arzt hätte mir gereicht, besonders, wenn er den Mund aufbekommen hätte. Der Arzt, der sprechen konnte oder durfte, kam dann zwei Stunden später. Was haben die Weißkittel die ganze Zeit gemacht? Es ist ja nichts passiert. Eine geraucht? Na ja, Spaß beiseite." Er kicherte wieder. „Sie sind hier wirklich nett zu mir. Und der eine Doktor hat sich so richtig Mühe gegeben, mir den Kram verständlich zu erklären. Jetzt weiß ich, dass ich auch eine Beckenring-Fraktur habe, was das auch immer genau ist. Wieso habe ich einen Ring im Becken? Wusste ich noch gar nicht. Und wieso ist der kaputt?

Außerdem ist mein Knöchel gebrochen. Fraktur O S G rechts, sagten sie dazu. Können diese Karbolmännchen das nicht so benennen, dass man es versteht?" Der Kriminalrat kicherte schon wieder. „Aber macht nichts, macht gar nichts. Ich bin gut drauf, mir geht es richtig gut. Ich bin absolut schmerzfrei. So gut ging es mir schon lange nicht. Die haben mir etwas gegen die Schmerzen gegeben. Die haben mich abgeschossen, hat die eine Schwester gesagt. Aber nur ein bisschen, glaube ich. Ich habe absolut keinen Schmerz, hab ich euch das schon gesagt? Nur entsetzlich müde bin ich. Ich könnte sofort einschlafen, und eine angenehme Wärme fühle ich in mir, richtig gut." „Die haben ihn plattgemacht", raunte Becker seiner Assistentin zu. „Ja, die verstehen ihr Handwerk", wisperte sie zurück. „Könnt ihr mir nicht aus dem Automaten gegenüber etwas Hartes, Klares holen?" Die Tür flog auf, und eine gewichtige Schwester schritt wie ein Dragoner durchs Zimmer. Groß, kräftig, wortgewaltig. Sie hatte den letzten Satz gehört. „Ich habe Ihnen schon zweimal gesagt, dass Sie bis morgen früh nüchtern bleiben sollen, Herr Schröder, wie oft soll ich Ihnen das noch sagen? Wollen Sie sich umbringen?" Sie schaute kritisch nach den vielen Schläuchen, die an dem Kriminalrat baumelten, drehte hier und da an den Reglern. „Kommen Sie ja nicht auf dumme Ideen!", fauchte sie. Sie schaute auf die leere Wasserflasche. „Was haben Sie denn hier schon wieder angestellt? Glauben Sie, wir haben nichts zu tun? Solche Patienten brauch ich. Ich bringe gleich frische Bettwäsche." Sie marschierte nach draußen. Krach, Knall, die Tür fiel krachend ins Schloss, von einer wuchtigen Hand geführt. „Vielleicht könntet ihr trotzdem …?" „Kommt nicht infrage, Chef." „Na gut!", nuschelte er. „Übrigens, ich habe mit dem Polizeipräsidenten gesprochen, der hat mich auch besucht. Meine Vertretung macht der Müller." „Um Gotteswillen, der doch nicht! Da können wir gleich SOS funken oder die weiße Fahne raushängen!" „Nein, nicht der Müller von der Internen Ermittlung. Ich meine den stellvertretenden Kripochef von Chemnitz. Ich kenne ihn gut. Er ist brauchbar." „Gott sei Dank!", meinte Becker. „Ich habe auch schon ein paar Mal mit ihm telefoniert. Der Mann hat sehr vernünftige Ansichten. Der ist brauchbar."

„Wir haben vor Ihrer Tür eine Sitzwache eingerichtet, Chef", berichtete die Frau Kommissarin. „Das SEK hat sechs Mann abgestellt, die im Schichtdienst arbeiten; so sind immer mindestens zwei Kollegen vor der Tür. Und ich glaube, die sind auch sehr handfest", fügte sie hinzu. „Ich bin euch tatsächlich etwas wert", grinste der Kriminalrat. Er zog die Stirn in Falten, ein Zeichen, dass er angestrengt überlegte. „Und was macht ihr mit den Fenstern, ihr Anfänger? Was ist, wenn einer hochklettert zu mir?", fragte er. „Chef, wir sind hier im vierten Stock!" „Ihr wollt mich umbringen, ihr Anfänger. Ihr solltet eine Flakstellung vor dem Haus einrichten. Am besten eine Zwillingsflak." Der Herr Schröder brabbelte noch etwas vor sich hin. „Oder vielleicht Panzer", dachte er noch, dann schlief er ein. Ein leichter Schnarchton tat dies kund. „Schade, dass wir das nicht aufgenommen haben", meinte Beate, „das wäre der Stoff für zig Weihnachtsfeiern gewesen." Dann trollten sich beide.

## KHK Müllers Irrtum

KHK Müller stand in dem lichtdurchfluteten Büro von KR Schröder.

Müllers Gedanken kreisten. „Gut, dass sich Schröder diesen schweren Autounfall bewilligt hat. Das ist meine Chance. Und sie munkeln es schon auf allen Fluren, dass ich jetzt das Sagen haben werde bei der Kripo. Es ist irgendwie durchgesickert. Die da oben konnten gar nicht anders! Nur die Besten! Jetzt geht es bergauf, der Fahrstuhl fährt aufwärts, endlich. Mein Aufstieg beginnt. Dieses Büro würde den Schröder nicht so bald wiedersehen, vermutlich gar nicht mehr."

Müller ließ die Aura dieses Raumes auf sich einwirken: die weiten Fenster mit Blick ins Grüne, die Ledergarnitur der Sitzmöbel. Schreibtisch und Schränke, nicht im schwedischen Flair gehalten, sondern von einem Tischler gefertigt, dazu eine eigene Sekretärin.

„Herr Müller, wie soll ich Sie ansprechen, reicht Ihnen der Namen oder möchten Sie es gern komplett haben, also mit Herrn Kriminalhauptkommissar?" Müller wandte sich beleidigt zu ihr um: „Sagen Sie einfach Chef zu mir, das reicht. Und seien Sie so nett und machen mir einen Kaffee." Arschloch. „Die Kaffeemaschine ist leider kaputt! Soviel ich hörte, sind Sie momentan nur kommissarisch eingesetzt? Wissen Sie, wann eigentlich Herr KR Schröder wiederkommt? Außerdem, soll ich sagen Herr kommissarischer Chef KHK Müller oder wie wäre es Ihnen lieb?" Müller schnaufte.

Die Tür ging auf, und zwei Männer betraten das Büro der Sekretärin. „Guten Tag, Frau Lehmann, darf ich Ihnen Ihren neuen Chef vorstellen, Herrn Kriminalrat Müller." „Gern, Herr Polizeipräsident. Guten Tag, Herr Kriminalrat Müller. Ich freue mich auf eine gute Zusammenarbeit." Sie schüttelten sich die Hände. „Herr Müller wird die Lücke schließen, die der Unfall von Herrn Schröder gerissen hat", erklärte Polizeipräsident Werner. „Wir hoffen ja, dass KR Schröder in acht bis zehn Wochen wieder einsatzfähig ist ... Was machen Sie denn hier, Müller?" „Ich, äh, ich habe nur nach einer Akte gesucht, die Herr KR Schröder noch hatte. Vermutlich hat er sie aber schon in die Post gegeben. Guten Tag noch." Und er ging zügig von dannen. „Ich habe noch genug Igel zu kämmen", sagte der Polizeipräsident und trat den Rückzug an. „Ich denke, Sie beide kommen allein zurecht." Annette befand den Neuen auf den ersten Blick passabel: stattliche Figur, wirkte nicht arrogant, das könnte was werden. „Möchten Sie eine Tasse Kaffee oder Espresso, Herr Kriminalrat? Ich habe auch frischen Kuchen dabei, selbst gebacken!" Der KR Müller wusste, dass man ein solches Angebot nicht ablehnen durfte, wollte man mit der Sekretärin gut auskommen und sie zum kampfbereiten Zerberus erziehen. Eine Frau, die alles wusste, aber nichts sagte, besonders nicht zu Fremden, und die Tür zum Chef mit ihrem Leben verteidigte. „Kaffee trinke ich immer, Frau Lehmann, und für selbst gebackenen Kuchen verrate ich fast mein Vaterland! Also fast." Er lächelte sie an. Sie reichte den Kaffee und bugsierte ein großes Stück Streuselkuchen mit

Pflaumen auf einen Teller und reichte ihn zu. „Bitte schön!" „Danke schön, oh, das riecht ja wunderbar! Nennen Sie nicht auch eine kleine Kaffeekasse Ihr Eigen? Kaffee und Kuchen fallen ja nicht vom Himmel. Man muss einkaufen und backen." Sie reichte ihm einen kleinen Schornsteinfeger mit Leiter und Zylinder, und der Herr Polizeirat schob einen Zehneuroschein durch den Schlitz an dessen Hintern. „Das kann was mit uns werden", dachte Annette.

**Krach mit Alex**

„Ich habe dich den ganzen Tag nicht erreicht, meine Süße. Wo warst du?" „Arbeiten. Und sag nicht immer ‚Süße' zu mir." „Du bist heute nicht gut drauf, richtig?" „Wir müssen reden, wir beide." „Mit dir red ich immer gern." „Lass die Flachserei, Alex." „Du bist heute richtig biestig drauf, oder?" Alex fläzte sich auf die Couch, wippte die Schuhe von den Füßen und rekelte sich. Dann lehnte er sich zurück und setzte sich bequem, als erwarte er jetzt eine Liveshow von Beate. „Ich habe gestern deine Hose mitgewaschen." „Ich wusste, dass du ein fleißiges Mädchen bist." „Hör mit dem Unsinn auf, sonst kleb ich dir eine!" Dass sich ein handfester Streit anbahnte, war jetzt auch bei dem Gerichtsmediziner angekommen. Er setzte sich gerade, stülpte ein freundliches Lächeln über und versuchte, die Situation zu entspannen. „Was ist denn los, Bea? Kann ich dir helfen, oder müssen wir etwas besprechen?" Diese war mittlerweile zu Höchstform aufgelaufen. „Du bist so ja dämlich, dass du deine Liebesbriefe in der Hosentasche lässt, anstatt sie zu verbrennen. Macht es dir Spaß, mich an der Nase herumzuführen? Wie viele Geweihe habe ich schon?" „Was ist denn die Ursache für deinen Frust, mein Schatz?" „Da fragst du noch? Du willst wieder nach Hamburg, in dein schönes Hamburg. Und eine von deinen ehemaligen Gespielinnen hat dir auch schon eine Wohnung reserviert, die andere den

Platz als Oberarzt besorgt. Ach, das schöne Hamburg. Aber diese schöne, weltoffene Stadt ist in Wirklichkeit nichts weiter als ein Konstrukt aus Sündenbabel, Piratengesocks und vor Geiz stinkenden Pfeffersäcken." Bei Alex klickte es ganz oben. Ein paar Lampen gingen jetzt an. „Ich wollte mit dir über dieses Angebot reden, aber es hat einfach nicht gepasst. Der richtige Zeitpunkt fehlte, mein Schatz." „Sag noch mal ‚mein Schatz' und ich kratz dir die Augen aus." „Ich habe doch gar nichts Böses gemacht, Beate. Ich habe im Ärzteblatt die Anzeige gelesen. Ich war natürlich überrascht und habe in der ReMed in Hamburg angerufen. Mein Name war noch in angenehmer Erinnerung. Es steht eine Professur in Aussicht. Der jetzige Chef geht in den Ruhestand und wird emeritiert. So eine Chance gibt es nicht oft. Das Glück liegt manchmal auf der Straße; warum also nicht bücken. Also habe ich Kontakt aufgenommen und mich beworben. Ich wollte dich nicht betrügen. Es ist nichts passiert, Bea. Ich könnte mir gut vorstellen, dass du mitkommst. Wir finden dort bestimmt irgendwo Arbeit für dich." „Irgendwo Arbeit für mich? Bist du bescheuert? Ich bin Polizistin und in gehobener Position! Irgendwo Arbeit für mich! Ich glaube, du bist krank." „Ich wollte wirklich mir dir reden." „Und was ist mit den Wochenendlehrgängen in den letzten Wochen?" „Die Kongresse brauchte ich. Die Oberarztstelle ist schließlich öffentlich ausgeschrieben. Ich muss auf den neuesten wissenschaftlichen Stand sein, wenn ich dort Oberarzt werden will. Da war nichts mit anderen Frauen!" „Die Botschaft hör ich wohl, allein es fehlt der Glaube. Faust, glaube ich. Und ich glaube auch, dass Goethe viel Probleme mit Frauen hatte. Ich kann auch umformulieren: Ich glaube, dass Goethe Probleme mit zu vielen Frauen hatte." „Mein Schatz, du siehst alles schwarz. Bedenke doch mal, wie schön Hamburg sein kann: die Alster, der Hafen, der offene und lockere Lebensstil. Dresden ist auch schön, sehr sogar, aber ..." „Wer sagt dir denn, dass ich von Dresden wegwill?" „Willst du etwa in der Provinz versauern?"

„Lenk nicht ab. In dem Brief wurdest du mit ‚Mein lieber Alex' angesprochen. Was soll das? Hältst du mich für dämlich?"

„Wir haben zwei Jahre zusammengelebt, Danni und ich. Und wir sind nicht im Streit auseinandergegangen. Und so gesehen finde ich die Anrede nicht anrüchig oder für dich gefährlich, mein Schatz." „Alex, wenn du mich betrügst, erlebst du hier dein Waterloo. Du findest dich nicht wieder." „Lass mich für sechs Wochen nach Hamburg gehen, so lautet das dortige Angebot zur Hospitation. Danach weiß ich mehr. Einverstanden? Und am Wochenende komm ich immer zurück. Ist das ein tragbares Angebot?" „Einverstanden. Aber ich schlafe heute Nacht bei mir." Sprachs und verschwand.

In ihrem Kopf kreiselte es: „Der Kerl betrügt mich doch. Der glaubt, ich merk das nicht. Danni sagt er auch noch, statt Daniela. Der hält mich für unterbelichtet. Wart mal ab, Henry Higgins."

## Bea zieht Erkundigungen über Alex ein

Bea hatte den Tag mit größter Anstrengung hinter sich gebracht. Schreibtischarbeit lag an. Außendienst, der Ablenkung versprochen hätte, war heute nicht angesagt. Sie saß an ihrem Schreibtisch, trommelte mit den Fingern die Schreibtischplatte platt, grämte sich über ihre Kopfschmerzen und fraß den Frust in sich hinein. Eine Minute lang kochte sie vor Wut; in der anderen rutschte sie in eine lustige Depression. Ihre Gefühle liefen Achterbahn. Die Stunden zogen sich wie Gummi dahin. Becker bemerkte ihre missliche Laune zwar, aber auf seine besorgten Nachfragen hin bekam er immer pampige Antworten zurück. Er setzte zwar mehrfach an, aber das Ergebnis war stets gleich erfolgversprechend. Dann eben nicht. Becker reagierte mit verschnupftem Schweigen. Er igelte sich hinter einer alten Akte ein und zwischendurch floh er in die Cafeteria, um bei Rührei und belegten Brötchen seine Stimmung aufzuheitern. Auf dem Weg nach oben sah er bei Annette vorbei, nur mal so nach der täglichen Post sehen. Er brauchte nun mal täglich etwas Kommunikation.

Seit Beate da war, hatte er sich das komplett abgewöhnt. Aber seine Assistentin war ja in den letzten Tagen weder zu Small Talk noch für tiefenpsychologische Gespräche bereit. Also schwatzte er mit Uschi über das Wetter, über Wetterfühligkeit und Krankheiten im Allgemeinen, zum Beispiel Gelenkbeschwerden, und mit Annette über Bürogeschwätz im Haus.

In der Zwischenzeit hockte Beate sauer an ihrem Schreibtisch. Dieser Leichenfledderer hintergeht sie. Er betrügt sie. Aber das gibt er natürlich nicht zu. So eine Frechheit! Und dann ist er noch so dämlich, seine Hosentaschen nicht auszuräumen, bevor er die Sachen in die Reinigung gibt. Das kränkte sie in ihrem Ehrgefühl, als Frau und als Polizistin, besonders aber als Frau. Sie fühlte sich in ihrer Persönlichkeit und Rolle als Frau zutiefst verletzt. Der Kerl lässt sie wegen einer anderen sitzen. „Wer bin ich denn. Was denkt der Kerl sich denn. Und wer ist diese Andere? Was hat die, was ich nicht habe, verdammt noch mal." Das Selbstbewusstsein von Beate Hellmann befand sich im freien Fall. Sie musste Klarheit erlangen, sonst drehte sie durch. Sie musste wissen, mit wem er telefoniert und mit wem er E-Mail austauscht. Sie musste wissen, mit wem er Dates ausmacht und mit wem er außer ihr schlief. Aber das würde er ihr nicht so einfach sagen. Also musste sie auf anderen Wegen gehen, um an die Informationen zu gelangen.

Alle Wege führen nach Rom, und dieser Weg führte erst mal über den Altmarkt.

Der Weg über den Altmarkt und die Altstadtgassen zu Wolfgang war ihr längst bekannt. Wolfgang war IT-Experte. Theo war gestern Abend ohne Argwohn direkt vom Präsidium zu ihm gegangen. Wie sollte er auch damit rechnen, dass seine Assistentin ihn observierte.

Die Klingel im Flur gab einen hellen C-Dur-Akkord von sich, CEG, CEG. Ein älterer hochgewachsener Mann öffnete. Er grüßte sie freundlich, musterte sie von oben bis unten und hüllte sich in neugieriges Schweigen.

„Guten Tag, mein Name ist Hellmann. Ich bin die Assistentin von Theo." „Aha." Sie schwenkte ihren Dienstausweis.

„Interessant", kommentierte er. Dann bat er sie doch herein. Wolfgang lotste sie ins Wohnzimmer und bot ihr einen Platz an. Eine attraktive Frau, ein paar Jahre jünger als er und modebewusst gekleidet, kam hinzu und begrüßte sie. Man stellte sich gegenseitig vor. „Darf ich Ihnen eine Tasse Kaffee anbieten, oder vielleicht einen Tee?" Die Polizistin entschied sich für Kaffee. In der Wartezeit auf das Getränk betrieb man ein bisschen Small Talk. Sie hatte dabei Zeit, sich diskret im Zimmer umzuschauen. Ein gemütlich eingerichtetes Refugium. Helle Farben an den Wänden und eine weiche und gemütliche Sitzgruppe. Dazu viele Blumen, die auf den Fensterbrettchen und den Sideboards liebevoll drapiert waren. Man merkte sofort, dass eine Frau im Hause ihr „Unwesen" trieb. Auf einem Schreibtisch und mehreren Sideboards standen und lagen ausreichend blinkende Kästchen und Kabel herum, dazwischen druckte ein Drucker. Wichtige Papiere purzelten heraus und flatterten auf den Fußboden. Auf mehreren Monitoren liefen irgendwelche Programme. Tabellen wechselten sich mit Bildern ab, und dazwischen blinkerten irgendwelchen Zeichen und Buchstaben, vermutlich Teil einer kryptischen Computersprache. Ab und zu piepste zusätzlich eines der kleinen Kästchen.

Ihre Blicke wanderten durch das Zimmer und blieben an dem riesigen Bücherregal hängen, das die eine Wand komplett einnahm und bis unter die Decke reichte. Belletristik, Lyrik und IT-Literatur standen unsortiert und ungeordnet nebeneinander, groß neben klein, dünn neben dick und wichtig neben belanglos.

Direkt in der Mitte des riesigen Regals fiel aber eine Bücherreihe auf: Direkt in Augenhöhe, also zwingend zum Hinschauen drapiert, standen in genau der Reihenfolge von links nach rechts eine in Leder gebundene, gewichtig ausschauende alte Bibel. Das „Kapital" von Karl Marx, zusammen mit dem „Manifest" setzten die Reihe fort. Ihm folgte Goethes „Faust" in einer Extra-Ausgabe. In „Nathan der Weise", einer in rotem Leder gebundenen Jubiläumsausgabe, legte Lessing sein Weltbild dar. Dann meldeten sich zwei Bände Hegel zu Wort und neben ihm die gebundenen Vorlesungen von Sigmund Freud in drei Bänden.

Den Abschluss bildete eine ebenfalls mehrbändige Ausgabe im Schuber von Friedrich Nietzsche. So einen Anblick wie diese Zusammenschau hier musste man erst einmal sacken lassen. Sie hatte Ähnliches noch nie gesehen. Bea war schwer beeindruckt. So etwas regte auch zum Nachdenken an. Nicht über die Werke, eher über deren Besitzer. Er hatte eine ganze Regalreihe für diese paar Bücher reserviert. Er wollte also, dass sie gesehen werden. Hier spiegelten sich große Teile seiner Persönlichkeit wider, sein intellektuelles Bewusstsein. Die großen Weltprobleme waren hier in schöner Einigkeit versammelt. Eine in Holz geschnitzte Eule aus Athen verhinderte das Umkippen der Bücher. Und dass Geist und Spiritus eng zusammengehören, bewies eine gewichtige Flasche Kognak gleich neben der Eule. Ihr Flüssigkeitsspiegel, der durchschimmerte, zeigte deutlich, dass der Spiritus in diesem Regal nicht nur der Anschauung diente. „Mit diesem Mann lässt sich bestimmt herrlich diskutieren, streiten und trinken. Natürlich bei einem Glas Rotwein oder zwei oder drei", dachte Bea. „Notfalls auch bei einem Cognac. Ich würde aber den Rotwein bevorzugen."

Nach dem ersten Schluck Kaffee kam man zum Wesentlichen: Wolfgang fragte nach dem Grund ihres Besuches. „Theo weiß nicht, dass ich hier bin." „Oha, dacht ich mir aber." „Ich habe ein kleines Problem. Ach Quatsch, was rede ich für einen Schwachsinn. Mir geht es saudreckig, und das richtig. Mein Freund betrügt mich. Das glaube ich, das weiß ich. Vielleicht. Und ich hoffe, dass Sie mir helfen können. Ich vermute, oder besser gesagt, ich ahne, dass Sie ein Hacker sind. Der Hacker, der Theo manchmal hilft. Sie waren der Chef unserer IT-Abteilung, also haben Sie Ahnung vom Internet. Und Sie sind mit Theo befreundet. Also helfen Sie mir bitte. Ich kenne sonst keinen hier in Dresden, der mich bei meinem Problem unterstützen könnte. Ich brauche dringend Ihre Hilfe, sonst platze ich, oder ich bringe meinen Freund um. Ich muss wissen, mit wem er in den letzten Wochen telefoniert hat und was er für E-Mail bekam oder verschickt hat."

Während ihrer kurzen Ansprache sah sie an den Gesichtern der beiden, dass sie die Situation falsch eingeschätzt hatte. Dieser

Besuch würde anders ablaufen, als sie es sich vorgestellt hat. Der letzte Rest an Hoffnung ging verloren. Wolfgang hatte noch kein einziges Wort gesagt, aber als er den Mund öffnete, wusste sie, was er gleich sagen würde. Das war zu viel. Ein paar Tränchen kullerten. Seine Frau kam ihm aber zuvor. Sie schaute Bea fassungslos an. „Wieso kommen Sie auf die Idee, dass mein Mann ein Hacker ist; spinnen Sie? Wollen Sie, dass wir in den Knast wandern?" Sie stand auf, stützte sich mit beiden Armen auf dem Tisch ab und beugte sich drohend zu Bea hinüber. Wenn Blicke töten könnten. „Das glaube ich doch nicht! So eine Frechheit", fauchte sie.

Wolfgang griff ein und entschärfte die Lage etwas. „Setz dich, Schatz. Wir klären das gleich."

Sein Gesicht war nicht unbedingt von Güte und Hilfsbereitschaft gezeichnet, als er Bea anschaute. Aber doch nicht so gefährlich, als würde er gleich zum Pulverfass. So sah eher seine Frau aus. Aber so richtig harmlos wirkte auch er nicht. „Ich bin tatsächlich mit Theo befreundet. Wir kennen uns schon seit vielen Jahren. Erst war es nur der berufliche Gleichklang, dann kam die private Übereinstimmung dazu. Und daraus wurde eine wertvolle Freundschaft. Punkt. Wie kommen Sie dazu, zu glauben oder zu wissen, dass ich ein Hacker bin? Hat Theo das Ihnen gesagt?" „Nein, natürlich nicht. Wir haben nie über Sie gesprochen." „Dacht ich's mir doch. Unabhängig von der Tatsache, dass Sie mir unrechtmäßiges Handeln unterstellen, ist Ihnen doch klar, dass Sie mich zu einer kriminellen Handlung auffordern. Und das von einer Polizistin." Die Tränchen kullerten erneut. „Was soll ich denn machen?", schluchzte sie. „Ich dachte, Sie können mir helfen." „Junge Frau, ich bin kein Cyber-Krimineller. Unsere gegenseitigen Besuche von Theo und mir beschäftigen sich mit Alltagsthemen und unserem privaten Kram. Wir reden auch kaum über Computer." „Wie kommen Sie nur dazu, Frau Hellmann, dass mein Mann ein Hacker ist? Ich hoffe doch nicht, dass Sie das irgendwo laut geäußert haben. Ein bisschen Dreck bleibt nämlich immer kleben, und so was können wir gar nicht brauchen. Eine weiße Weste ist immer eine gute Visitenkarte. Also wählen Sie Ihre Worte bitte überlegt." Die

Ehefrau war noch einmal deutlich geworden. Sie ließ durchblicken, dass kein Spaß mit ihr zu machen war.

Bea suchte verzweifelt nach einem Mauseloch im Teppich, worin sie sich verkriechen könnte, fand aber keins. Es ging heute wirklich alles schief. Wolfgang sah ihr das Inferno in ihrer Seele an. Es stand ihr ja auch ins Gesicht geschrieben. Es war gerötet und die Augen tränenverquollen. „Ich weiß nicht, ob ich Ihnen helfen kann, Frau Hellmann. Ich könnte es ja zumindest versuchen." „Wolfgang!" „Ist ja gut, Schatz. Vielleicht bewegen wir uns an den Grenzen der Legalität, vielleicht auch schon im Lichte eines Graubereichs, aber eben doch noch legal. Aber nicht ohne Theo. Ich bin zwar Mitglied in dem sogenannten Chaos-Klub saxsachs.dres.de, aber wir tun nichts Unrechtes. Obwohl die Umgebung so manches glaubt. Wir testen die IT-Sicherheitslage von Unternehmen auf deren Wunsch hin. Wir spüren Sicherheitslücken auf und machen die Unternehmen damit sicherer. Mehr nicht. Aber wie gesagt, vielleicht kann ich Ihnen helfen. Ich weiß es aber nicht. Das ist hier also keine Zusage. Vor allem nicht, wenn Theo davon nichts weiß. Ohne Theo läuft hier gar nichts."

Wolfgang brachte sie zur Tür. Seine Frau trottete wie ein Wachhund neben ihnen her. „Vielen Dank trotzdem", schluchzte Bea, dann fiel die Tür ins Schloss. „Du hackst doch nicht wirklich in den Dateien anderer Menschen herum. Oder? Bärchen, sei ehrlich. Ich merke alles", hakte Henriette nach. „Natürlich nicht", antwortete der IT-Mann im Brustton der Überzeugung.

## Bea schüttet bei Theo ihr Herz aus

Am Morgen saß die Kommissarin wieder missmutig an ihrem Schreibtisch. Das Wetter war trüb und nasskalt. Das übertrug sich auf die Stimmung. Natürlich nur auf ihre. Der Herr Hauptkommissar war gestern Abend zum Boxtraining gewesen, hatte sich ausgetobt und war dann erschöpft und zufrieden eingeschlafen.

Ein großzügiges Frühstück in der Cafeteria und ein Plausch mit Uschi waren dann seiner guten Laune heute Morgen weiter dienlich gewesen. So saß er zufrieden mit sich und seiner Welt am Schreibtisch und bestaunte Bea in ihrer schlechten Laune. „Hast du Kopfschmerzen?" „Nein." „Soll ich dir einen Kaffee holen?" „Nein." „Hast du irgendwas? Du warst schon gestern nicht gut drauf. Ist irgendetwas?" „Du bringst mich um mit deiner ewigen Fragerei." „Hast du deine Tage?" „Nein; es geht mir gut, verdammt noch mal." „Armes Mädchen." Bea gab sich einen Ruck. „Los jetzt", dachte sie, „sonst wird das heute nie was. Sonst verschwindet er wieder in der Cafeteria wie gestern, oder mir fehlt vielleicht später doch der Mut." Sie gab sich einen Ruck. „Ich habe eine Bitte: Können wir nach Dienst zusammen ein Glas Wein trinken gehen?" Natürlich konnten sie. Bea schüttete den Rotwein in sich hinein wie Wasser und ihr Herz ihm aus. Theo bemerkte sofort den Ernst der Situation. Er hatte das Gefühl, dass es für ihn heute besser wäre, wenn er weitgehend nüchtern bliebe. Zwei Glas Bier gegen einen dreiviertel Liter Rotwein.

„Wo drückt dir der Schuh, und wie kann ich dir helfen?" „Alex betrügt mich." „Das glaube ich nicht. Da wäre er ja dämlich. Das ist bestimmt nur eine Verquickung von unglücklichen Zufällen." „Verquickung von unglücklichen Zufällen. Du redest, als wäre ich geistig sparsam erzogen worden und würde nicht verstehen, was hier abläuft. Alex will mindestens sechs Wochen zur Hospitation in die Hamburger Rechtsmedizin. Die suchen einen Nachfolger für den scheidenden Chef. Vorerst ist nur eine Oberarztstelle frei, aber es besteht die Möglichkeit zum Aufstieg bis zum Professor hin. Wissenschaftliche Arbeit ist erwünscht, so was macht Alex gern. Macht er wirklich gern. Ich bringe den Kerl um. Und von wegen: weiterbildendes Seminar am Wochenende; er war in Hamburg. Und hier in Dresden spielt er den braven Liebhaber, spielt auf Zeit und vertröstet mich. Und in der Woche genießt er seine Freiheit in Hamburg und mit seiner Stefanie oder der Daniela, dieser Schlampe.

Sie hat ihm geschrieben, und er hat auch noch geantwortet. Und mit dieser Daniela hat er auch telefoniert, mehrfach natürlich.

Wieso muss dieser Kerl gleich mehrmals an einem Tag mit seiner ehemaligen Kollegin telefonieren? Das hat sie jedenfalls geschrieben. Eine bodenlose Frechheit." „Was hat sie denn geschrieben?" „Dass die Stelle ausgeschrieben ist und dass sie auch schon eine Wohnung für ihn in Aussicht hat. Gleich in der Nachbarstraße von ihr. Ich denke, ich spinne."
„Und woher weißt du das alles?" Alex hatte einen Brief in seiner Arschtasche. Er hat die Hose in die Wäsche geschmissen. Und natürlich die Taschen nicht geleert, typisch Mann. Ich habe dann nachgehakt und in seiner Jackentasche noch einen gefunden.

„Gut, gehen wir mal dieses Riesenpaket an Problemen logisch an: Zerlegen wir es in kleinere. Fangen wir mit dem Hacker an: Wolfgang ist kein Hacker; war er noch nie. Er ist von uns weggegangen, weil er die Nase voll hatte von der Bürokratie, die effektives Handeln blockiert. Basta.

Dass ich die Hilfe eines Computerspezialisten hatte bei der Adressensuche von Frau Hoffmann, das stimmt. Aber es lief ganz anders, eben typisch Becker. Dazu muss ich dir eine kleine Geschichte erzählen: Vor einigen Monaten ging ich nach dem Training noch auf ein Bierchen. Es war Freitag. Freitags kommen oft die tschechischen Kaufleute rüber und machen hier einen Großeinkauf für ihre Geschäfte. Bei ihnen zu Hause gibt es zwar dieselben Märkte und Geschäfte wie bei uns, aber das Angebot ist ein anderes. Unser Angebot lockt bei denen zu Hause dann die Kunden an. Also kaufen die tschechischen Händler bei uns ein. Der Freitag ist ein günstiger Tag für sie, weil die Geschäfte am Samstag noch offen haben und dann Wochenende ist. Häufig wird freitagabends nach günstigen Geschäften noch ein Schluck getrunken. Ich geriet in eine kleine Kneipenschlägerei und habe einen Tschechen vor weiteren Prügeln bewahrt.

Wir haben dann in einer anderen Gaststätte noch einen Schluck getrunken. Der Tscheche war der Meinung, dass er mir etwas schuldete. Er war auf Bewährung draußen und wäre in Schwierigkeiten geraten, wenn unsere Funkstreife sich der Angelegenheit angenommen hätte. Er hat wohl gewisse Beziehungen zu dunklen Kreisen und bot mir Hilfe an, wenn ich mal bestimmte

Informationen brauche, was immer man darunter verstehen kann. Er weiß nicht, dass ich bei der Kripo bin, sondern hält mich einfach für einen Boxer, der auf ein Bierchen nach dem Training war und mal schnell die Situation geklärt hat. Ich habe ihn auch nicht weiter aufgeklärt. Das hätte unser Verhältnis sicher getrübt. Ich weiß noch nicht einmal seinen Namen, und er weiß meinen auch nicht. Ab und an treffen wir uns dann zufällig in der Kneipe. An diesem Freitag vor einer Woche muss mich der Teufel geritten haben: Ich habe ihn gefragt, ob er mir helfen kann. Er konnte. Er ging telefonieren, und nach einer halben Stunde hatte ich den Namen der Frau. Er wollte nicht einmal etwas dafür haben. Es gibt eben auch eine Ehre unter Spitzbuben. Ich kann ja mal schauen, ob er heute zufällig in Dresden ist. Dazu kann ich dich aber nicht brauchen, meine Kleine. Das ist eine Sache unter Männern. Ich bringe dich jetzt nach Hause, und du legst dich aufs Ohr. Schlaf deinen Rausch aus, und morgen sehen wir weiter."

## Theos Besuch bei Wolfgang, ihr Plan und die Wahrheit

Nachdem er seine Assistentin bis zur Haustür gebracht hatte, ging er ein paar Schritte, um seinen Kopf freizumachen, und schmiedete er einen Kriegsplan. Um halb elf klingelte Wolfgangs Handy. „Theo? Was gibt es denn zu dieser späten Stunde? Lass mich raten …"

„Hör mal, du Spitzbube, wir müssen dringend miteinander reden." „Die Kleine ist wirklich hübsch. Sie hat sicher auch Feuer unterm Arsch. Du solltest es herausfinden. Oder hast du schon?" „Irgendwann gebe ich dir einen deftigen Klaps auf dein freches Maul! Da wird mich auch Henriette nicht daran hindern." „Also noch nicht, schade, aber kann ja noch kommen." „Wolfgang, du musst mir unbedingt helfen, ich meine, ihr helfen. Zumindest müssen wir miteinander reden." „Hast du ihr irgendetwas von uns beiden erzählt?" „Ich bin doch nicht blöd. Sie weiß nichts.

Und deine Henriette hoffentlich auch nicht." „Nein, natürlich nicht. Die bringt mich sonst um, bei ihrem Gerechtigkeitsfimmel." „Warum hast du dir auch eine Juristin angelacht? Bist selber daran schuld. Ich sag nur: Augen auf bei der Berufswahl der Frau." „Gut, dann lass uns reden. Morgen? Du könntest zum Abendbrot bei uns vorbeischauen." „Ich stehe jetzt rein zufällig vor deiner Tür, und ich dachte ... Und wenn du nicht öffnest, fange ich an zu singen. Ich habe zwar keinen Hut dabei, aber ..." „Muss nicht sein. Das Erstere ist ein überzeugendes Argument." Also ließ Wolfgang ihn herein. „Sei leise, Henriette schläft schon." Theo holte eine Cognacflasche unter seinem Jackett hervor und Wolfgang die Gläser aus dem Schrank. Dann ließen sie sich in die Couchgarnitur fallen und schauten sich an. „Wo bist du bloß wieder hineingeraten, Alter." „Der Cognac ist gut." „Lenk nicht ab, Theo. Außerdem, Cognac kann weder gut noch schlecht sein. Er kann nur gut oder schlecht schmecken." „So richtig zum Blödeln ist mir jetzt eigentlich nicht. Und ich mag kurz vor Mitternacht keine Philologie. Ich will, dass du mir hilfst." „Ich müsste mir mal das ..." Die Tür ging auf und Wolfgangs bessere Hälfte erschien. Selbst im Nachthemd und frisch aus dem Bett sah sie noch attraktiv aus. „Der Kerl ist ein Glückspilz", dachte Theo. „Theo, welch seltener Gast in unserer Hütte. Suchst du Asyl hier oder hast du eine feuchte Kellerwohnung?" „Wieso liegst du nicht brav in deinem Bett, wo du hingehörst?" „Weil ich neugierig bin, und dir nicht über den Weg traue. Außerdem muss ich mir noch ein Glas Cognac durch die Kehle rieseln lassen." „Henne, irgendwann schnür ich dir die Kehle zu. Hol dir ein Glas und setz dich hin. Nein, noch besser: Trink schnell ein Gläschen im Stehen, meinetwegen auch ein großes, und dann wieder ab ins Bett. Hinsetzen lohnt sich nicht." Henriette grinste: „Du änderst dich nie, mein Schatz. Nur gut, dass ich den Wolfgang genommen habe. Der hat zwar auch Ecken und Kanten, aber er ließ sich gut erziehen. Schmeckt übrigens, dein Gesöff. Schmeckt richtig gut. Lass mich mal nachdenken: Es ist schon spät, und du sitzt hier bei Wolfgang mit einer Flasche Cognac. Die du mitgebracht hast. Und ich kenne deinen Hang zur Sparsamkeit. Also hast du ein kleines Problem. Und vermutlich willst du Wolfgang zu irgendeinem Unsinn überreden. Das ist so deine Methode; ich kenne dich. Und wenn ich mir die Flasche so anschaue, dann hast du kein kleines Problem, sondern ein großes. Diese Flasche sieht verdammt teuer aus, und ich bin sicher, du hast sie erst gekauft, als bei Rewe und den anderen Supermärkten das Licht aus war. Der Entschluss, um diese Jahreszeit hier bei uns aufzukreuzen, musste in dir nämlich erst einmal reifen, und da waren die Lebensmittelgeschäfte schon zu. Also hast du dieses hochgiftige Gesöff an einer Tankstelle gekauft oder in einer Gaststätte. Aber so, wie die Flasche aussieht, gibt es die auch gar nicht an der Tanke: zu teuer und zu selten gekauft. Also ist der Trunk dir so richtig teuer gekommen, und du stehst unter Zeitdruck. Mein Schatz, du hast so richtig Sorgen. Ist es die Kleine? Eine hübsche Maus übrigens." „Henne, trink noch ein Glas und geh endlich wieder ins Bett; du störst." Henriette goss sich noch ein Glas ein, ein großes Glas, bis obenhin vollgeschenkt. „Und wie der riecht, richtig gut, so nach Eichenholz und Wald. Richtig teuer. Schmeckt nach mehr." Trank und verschwand lachend wieder im Schlafzimmer, nicht ohne sich in der Tür noch mal umzudrehen. „Wolfgang erzählt mir eh alles."

Die beiden warteten einen Moment und nahmen noch einen Schluck, bevor sie zur Sache kamen. „Ist sie jetzt wieder ins Bett?" „Ich glaube schon." „Kommt sie noch mal wieder?" „Kaum. Und jetzt erzähl mal." Becker teilte ihm mit, was er von Beate gehört hatte. Beide waren sich danach einig, dass Alex dämlich wäre, so eine Frau zu betrügen. Nach mehreren Gläsern kamen sie einstimmig überein, dass man diesen Verdacht abklären müsse. Der Cognac unterstützte großzügig die weiteren Diskussionen. Mit zwei Stimmen bei 100%iger Stimmabgabe fassten beide den Beschluss, dass nur sie die Situation zu klären hätten und könnten und Beate unbedingt zu unterstützen war. Als die Flasche leer war, hatte sich in Wolfgang die Meinung verfestigt, dass er unbedingt die Telefonnummern, die Nachrichten und E-Mail von Alex zu kontrollieren habe. Theo ging zufrieden nach Hause, wohl wissend, dass ihn am Morgen ein schwerer Kater quälen würde.

Der Kater weckte ihn schon am frühen Morgen. Er fiel mit brachialer Gewalt über ihn her, bösartig und schmerzhaft. Außerdem hatte er noch ein paar Brüder und Cousins aus der Nachbarschaft mitgebracht. Die Katzenbande ließ es so richtig krachen. Theo glaubte, mit seinem Kopf unter einen Dampfhammer gekommen zu sein. Außerdem klapperte es in seiner Birne, als würde in ihm irgendjemand mit großen Schrauben hin und her werfen. Ein schreckliches Geräusch. Außerdem drehte sich bei schnellen Bewegungen alles um ihn herum. Die Zunge klebte am Gaumen und der Herr Kriminalhauptkommissar war der festen Überzeugung, dass er Gips im Mund habe. Er verzichtete auf das Auto und nahm ein Taxi.

Seine Assistentin wusste, dass sie die Ursache für diesen Absturz war und betuttelte ihn, soweit es ging: saure Gurken, Fischbrötchen, Aspirin, schwarzer Kaffee und vor allem gutes Zureden und Loben. „Also hast du den Tschechen getroffen? Glaub ich jedenfalls, sieht man auch. Hat er was gesagt?" „Ja, dass er an diesem Abend besonders durstig ist und dass es richtig teuer wird." „Armer Kerl, ich werde mich revanchieren. Lehn dich zurück, Theo, und halte still!" Sie holte ein Handtuch, machte es nass und legte es ihm in den Nacken. Auf die Stirn kam ein feuchtes Wischtuch.

So konnte Becker zwar nicht arbeiten, aber es tat ihm gut. „Übermorgen weiß ich vermutlich mehr. Dann reden wir über das Ganze."

Die Zeit klebte wie der Gips in seinem Mund, und der Tag ging unter Schmerzen und nur sehr zögerlich herum.

Zwei Tage später hatte Wolfgang Klarheit darüber, dass Alex ein Windhund war. Er war erstaunt darüber, wie dreist der Rechtsmediziner vorging. Er hatte neben Beate ein festes und ein lockeres Verhältnis in Hamburg „gebucht". Wie die E-Mails zeigten, war die Verbindung zu einer Frau Dr. Daniela Schweiger nie richtig abgebrochen. Sie musste Kollegin sein, also auch Ärztin. Zwischen beiden gab es Anrufe, Nachrichten und E-Mails in Massen. Auch zu einer gewissen Stefanie hielt er noch Kontakt, meist telefonisch. Aufschlussreich war, dass die E-Mails zu

Daniela immer mit der gleichen Floskel begannen: „Meine kleine Prinzessin, du fehlst mir so." Dann kam der Inhalt der Mail und zum Schluss noch etwas Schmalz und Blabla. Die E-Mails hatten dann auch immer ein stereotypes Ende: „Tschüss, meine Süße, mein lieber Schatz. Bis bald."
Theo war schon zu Hause, als Wolfgang ihm über das Handy die Ergebnisse seiner Recherche mitteilte. Becker telefonierte sofort mit Beate und lud sie zu einem „Krisengespräch" zu sich nach Hause ein. Er wollte ihr dieses Desaster nicht in einer Kneipe oder morgens im Präsidium nahebringen. Zum Löschen des Fegefeuers hielt er eine Flasche Wodka parat. „Wenn ich noch eine oder zwei Assistentinnen hätte, würde ich vermutlich zum Alkoholiker", sinnierte er vor sich hin. Die wichtigsten Passagen der E-Mails hatte er ausgedruckt und hielt sie ihr unter die Nase. „Ich bring den Kerl um", war ihr Kommentar. „Aber irgend so etwas habe ich schon befürchtet." Die große Tränenflut blieb aber aus. Beate war traurig und niedergeschlagen, aber nicht am Boden zerstört. Und sie kochte vor Wut und spie Feuer wie ein kleiner Drache. „Mein Gott", dachte Theo, „diese Frau ist wirklich nicht zu unterschätzen." Ein paar Gläser von einem schmackhaften Wässerchen hielten aber das Feuer begrenzt und halfen ihr, den Schock zu überwinden. Prost.

Alex war gerade nach Hause gekommen, als es klingelte. „Wieso klingelst du?", fragte er Beate. „Du hast doch einen Schlüssel." Sie griff in ihre Manteltasche und knallte den Schlüssel auf die Flurgarderobe. „Ich hatte einen Schlüssel. Und ab jetzt sind wir wieder Frau KHK Hellmann und Herr Dr. Heinrich. Ich hole nur meine Sachen: Mein Negligé steht Ihnen sowieso nicht, Herr Heinrich. Und mein Parfüm schmeckt nicht. Die Zahnbürste können Sie wegwerfen oder heben sie für Ihre Schnepfen aus Hamburg auf. Die Zähne sollen diesen Weibern ausfallen."
Sie stopfte ihr Nachtgarderobe und ein paar Strümpfe in ihre Handtasche und verließ die Wohnung. Rums, flog die Tür zu. Alex schaute recht erstaunt daher, dann schüttelte er die Schultern und sagte: „Na dann eben nicht."

## Platzregen, die zwei kommen sich näher

Eine Woche später. Tiefhängende dunkle Wolken versprachen schlechte Laune und Regen. Der kam auch prompt. Der Regen troff herab, als hätte Petrus die himmlischen Schleusen geöffnet. Es waren volle schwere Tropfen, die aus den Wolken auf den Bordstein prasselten. Auf den Pfützen bildeten sich Blasen, und in der Luft lag der typische Geruch, der den Beginn jedes Regengusses begleitet: Es war diese eigenartige Mischung von aufgewirbeltem Staub und Nässe, wenn sich beide bei den ersten Wassertropfen vermengen. Das Regenwasser lief gurgelnd in die Gullys. Es regnete so stark, dass die Abflussrinnen am Straßenrand das Wasser nicht mehr aufnehmen konnten und es sich auf dem Gehsteig zurückstaute und nasse Füße machte. „Das wird wieder ein Wochenende", dachte Becker, als er aus dem Fenster schaute. „Aber ich habe, Gott sei Dank, keinen Dienst."

Es klingelte. Beate stand vor der Tür, nass bis triefend. Er schaute sie von oben bis unten an, und ein Schmunzeln überzog sein Gesicht. „Übst du Tiefseetauchen oder so was? Es wird doch nicht etwa regnen." Sie drängelte sich an ihm vorbei in die Wohnung. „Ich bin durch bis auf die Haut. Ich brauche dringend ein heißes Bad und einen kleinen Grog." „Moment mal, wer sagt denn, dass ich so ein triefendes Ungeheuer in meine trockene Wohnung lasse." Er bugsierte sie lachend ins Bad und brachte ihr einen Bademantel. „Frisch gewaschen. Ich schmeiße deine Klamotten in den Trockner und zaubere einen kleinen Notimbiss für uns. Melde dich, wenn du aus der Wanne gestiegen bist, damit er rechtzeitig fertig ist." „Ich verzichte auf dein gekochtes Wasser; so schlecht geht es mir nun doch nicht." „Du freches Stück!" Er zog die Tür von draußen zu. „Theo." Er öffnete die Tür einen Spalt wieder. Sie stand im Evakostüm vor der Wanne, das eine Bein auf dem Wannenrand, in der Hand die Brause, und lächelte ihn an. So ein Biest! Sie kannte ihre Reize. „Es darf auch ein großer Grog sein." Dann verschwand sie prustend und lachend und mit einem „Huch" im weißen Schaum. „Was sollte das jetzt?", fragte Theo sich. Aber er ahnte wohl schon, dass er sich auf verlorenem Posten befand.

Er begab sich in die Küche, um sich um das „kochende Wasser" zu kümmern. Nach einer halben Stunde hörte er im Badezimmer den Föhn pusten. „Eine halbe Stunde, mein Gott, was macht die so lange, wie alle Frauen?", dachte er. Als sie eine Viertelstunde später barfuß und im Bademantel ins Wohnzimmer tapste, staunten beide: Sie staunte über das „kochende Wasser" und er über ihr Outfit. Es gab nicht nur einen dampfenden Grog: Auf dem Tisch standen eine Pizza und eine kleines Töpfchen Kartoffelsuppe als Vorspeise. Dazu ein trockener Cherry. Als Nachtisch wartete eine Flasche italienischer Rotwein darauf, entkorkt zu werden. Sie bekam Pfützen auf der Zunge. Er schaute sie an und schluckte. Auch er bekam Pfützen auf der Zunge. Im Bademantel sah sie noch reizvoller aus als in Jeans und Pulli. „Sie hat sich das Gemälde mit dem Frauenraub wirklich gut angeschaut", dachte Becker, „der Herr Professor hat es ihr ja auch ausführlich erklärt. Vielleicht hat das kleine Biest vor dem Spiegel noch geübt, wie sie den Bademantel raffen muss, damit die Wirkung optimal ist. Man sah keinen Zentimeter Haut zu viel, aber auch keinen zu wenig. Er wusste, dass er mit wehenden Fahnen heute untergehen würde."

Theo wurde munter. Er war noch schlaftrunken und musste sich erst einmal orientieren: Er war noch halb im Reich der Träume, aber eben nicht mehr so weit weg, als dass seine Sinne die Realität nicht schon wahrnehmen konnten: Neben ihm lag Beate. Und beide waren sie splitternackt. Er spürte an seiner Haut angenehm ihre Bettwärme. Sie lag auf der Seite und hatte sich bei ihm angeschmiegt. Er fühlte ihre vollen Brüste an sich und genoss den Duft ihrer Haut. Er versenkte seinen Kopf ein wenig in ihrer dichten Haarpracht und genoss deren Geruch. Mit seiner Hand strich er zart über ihren Rücken zum Po hinunter. Sie gab ein leises Maunzen von sich und rekelte sich kurz. Ihre Schamhaare kitzelten ihn an seinen Lenden. Es ließ ihn nicht kalt. „Ich habe es ja gewusst", dachte er, „ich bin mit wehenden Fahnen ..." Ein paar Zeilen gingen ihm durch den Kopf: „... Da war's um ihn geschehen. Halb zog sie ihn, halb sank er hin und ward nie mehr gesehen. – Guter alter Goethe. Das musst du aus Erfahrung geschrieben haben." Wenn Theo die Möglichkeit gehabt hätte, die Zeit anzuhalten, dann hätte er es jetzt getan. Er mochte diese kurze morgendliche Zeitspanne zwischen Traumwelt und Muntersein, eingehüllt in die wohlige Wärme seines Bettes. Aber mit dieser Frau an seiner Seite war alles noch viel schöner. Zufrieden schlief er wieder ein.

Als er munter wurde und aufstand, war Bea schon „aktiv" und werkelte in der Küche. Er stellte sich schnell unter die Dusche, rubbelte sich ab, kroch in seinen Bademantel, der noch ein bisschen nach Beate roch, und begab sich in den Wohnbereich. Aus der Küche drang ein herrlicher Duft. Würstchen und Rühreier mit Speck, wähnte er. Beckers Bauch meldete sich und rief nach einem kräftigen Frühstück. Auch Beate hatte durch die offene Küchentür mitbekommen, dass er wieder unter den Lebenden weilte. „Willst du deine Eier gekocht oder gebraten?", drang es aus der Küche. „Ich würde meine Eier gern in dem Zustand belassen, in dem sie sich momentan befinden. Ich glaube, sie sind noch recht brauchbar, meinst du nicht auch?" Aus der Küche kam Gekicher, dann kam die junge Dame selbst und umarmte ihn. „Guten Morgen, mein Spatz." Sie küssten und umarmten sich und fanden es einfach schön, beieinander zu sein. Das Frühstück verlief angenehm locker und unter koketten Sprüchen und kleinen Frotzeleien. Grundsatzdiskussionen wurden ausgesetzt. Sie fühlten sich beide wohl und wollten kein Porzellan zerschlagen. Sie fühlten, wie fragil ihre Beziehung momentan war, vielleicht schon einen Hauch surrealistisch. Man musste miteinander reden, wollte es aber noch etwas hinausschieben.

Nach dem Frühstück war die Zeit gekommen, um einiges zu klären. Becker war für klare Verhältnisse. Er wollte wissen, ob er in einen One-Night-Stand hineingeschlittert war, nach dem Prinzip: zur rechten Zeit am rechten Ort, also verfügbar. Und danach: Der Mohr hat seine Schuldigkeit getan, der Mohr kann gehen. Oder was? Hoffentlich nicht. Der jetzige Zustand gefiel ihm schon.

Theo hatte sich nach dem Frühstück auf der Couch platziert, und Beate saß auf seinem Schoß, die Beine um ihn geschlungen, und hatte ihre Arme um seinen Hals gelegt. Sie spitzte die Lippen und pustete ihm ins Gesicht. Er zwinkerte und zog sie an den Haaren. „Lass das, du Biest." „Was machen wir jetzt mit uns beiden", fragte sie. „Heirat am Vormittag, Scheidung am Nachmittag? Oder wollen wir miteinander gehen, nennen wir's mal so." Sie zog ihn an den Ohren. „Los, sag was. Ich möchte schon mit dir zusammen sein. Wie kriegen wir das hin? Es ist wohl alles etwas kompliziert." Sie gab ihm einen Kuss auf die Stirn. „Los, sag was." Er fasste in ihre Frisur und atmete tief den Geruch ihrer Haare ein. Dann zog er ihr Gesicht zu sich heran und küsste sie. „Ach, meine Maus. Wenn du das auch willst, dann kriegen wir das bestimmt hin. Ich mag dich. Und alles andere wird sich bestimmt finden." Sie atmete tief aus. „Jetzt ist mir ein richtig großer Stein vom Herzen gefallen. Ich wusste nicht, wie du reagieren würdest, mein Spatz." Mein Spatz, und dass bei meiner Statur. „Mein Bär" würde vielleicht besser zu mir passen. Aber so soll es halt sein; Hauptsache, es wird was mit uns beiden, gell, meine Maus.

„Die Wahrscheinlichkeit, dass der gestrige Überfall auf mich ein reiner Zufall war, läuft gegen null. Also erzähle, meine Kleine. Und denke immer daran: Wenn du schummelst, wackelt deine Nase."

„Mein Spatz, ich brauchte unbedingt einen Mann. Ich musste einen Strich ziehen unter Alex. Und da kamst du mir als Erster, meinetwegen auch als Einziger, in den Sinn, aber nicht nur als Ersatz. Aber ich konnte dir doch nicht einfach um den Hals fallen. Auch solltest du auf keinen Fall glauben, dass ich dich als Lückenbüßer ansehe oder als zweite Wahl. Du hast mich schon immer gereizt. Und manchmal hat es bei mir im Bauch gekribbelt, wenn wir zwei herumblödelten und uns neckten. Aber ich wusste einfach nicht, wie ich mit der Situation umgehen sollte: Ich hatte ja Alex, und der war auch nicht ohne. Und ich bin doch keine Schlampe. Der Regenguss brachte dann den notwendigen Anlass, und es gab mir dann den notwendigen Ruck. Und jetzt bin ich hier und sitze auf deinem Schoß. Beichte beendet."

„Und jetzt habe ich dich am Hals, meine Maus. Zurückgeben kann ich dich ja nicht. Ich habe auf dir keine Rückgabenummer oder die Anschrift einer Lieferfirma gefunden. Da habe ich wirklich Pech gehabt. Wo willst du also hin zur Strafe. Such es dir aus: Harem, russisches Straflager oder Verkauf ins Rotlichtmilieu. Aber vielleicht behalte ich dich doch selber. Ist vielleicht besser so, sonst wird es noch komplizierter."

„Du bist und bleibst ein freches Stück", so seine Geliebte.

Theo nickte bestätigend und griff in seine Hosentasche. Er reichte ihr eine kleine, in rotes Leder gebundene Schachtel. Bea klappte sie auf und bekam große runde Augen. „Ist der schön."

„Er ist nicht als Verlobungsring gedacht, aber vielleicht als Memory-Ring, zur Erinnerung an den gestrigen Abend und die wundervolle Nacht." „Er ist so was von schön. Wo hast du ihn her?" „Die Idee für ihn kam mir in meinem letzten Jahr auf dem Gymnasium. Ich hatte die Aufnahmeprüfung an der ‚Hochschule für Bildende Künste' bereits erfolgreich bestanden. Meine eingereichten Bilder fanden Gefallen, und ich wollte die Zeit bis zum Semesterbeginn sinnvoll verbringen. Der Schmuck der Frau Professor gefiel mir. Sie war Goldschmied und hatte auch eine Dozentur an der Uni. Auch ihre Art, Ideen durch Kunst zum Sprechen zu bringen, gefiel mir. Ich wollte einen Praktikumsplatz bei ihr haben. Die Plätze waren aber begrenzt. Also gab ich mir Mühe. Die Idee mit dem Ring und die Skizzen dazu haben ihr gefallen, und so bekam ich den Platz und wurde mit Frau Dr. Anja Stegner bekannt, einer sehr hübschen und hochintelligenten Frau. Sie stellte mich dann auch ihrem Mann vor. Bis dahin kannte ich nur seinen Ruf von der Uni her und seine Werke." Bea kuschelte sich an ihn. „Der Ring ist so was von schön. Das ist eine Schlange, nicht?"

„Ja, sie geht aus einer kleinen Spirale hervor. Eine halbe Windung bildet den Schwanz, dann kommt eine volle Rundung um den Finger und dann endet sie wieder in einer halben Windung. Das ist der Kopf. An dieser Halbwindung wird das Ende des Ringes etwas breiter, damit der Diamant Platz hat." „Ganz dumme Frage: Wie viel Karat hat dieser Diamant, null Komma fünf oder ein?" „Das Steinchen hat zwei Karat und nennt einen Brillantschliff sein Eigen. Man sieht die Regenbogenfarben so herrlich blitzen, fantastisch. Und damit der Stein nicht herausfällt, wurde im Ringkopf ein kleines Loch für seine Basis gelassen. Außerdem hat er durch die seitliche Umrandung einen besseren Halt bekommen. Damit auch diese elegant wirkt, habe ich aus dieser einfachen Einfassung eine kleine Krone gemacht, die den Brillanten umschlingt. Die Schlange trägt also eine Krone auf ihrem Haupt. Du hast eine Königin um den Finger gewickelt. Es ist natürlich ein Unikat." „Wie kamst du auf die Idee mit der Schlange?" „Vielleicht war da ein Sommernachtstraum mit einem Zauberwald und auch einer Schlangenkönigin."

Weil sie sich beide die Kommentare im Präsidium ersparen wollten, wurde beschlossen, dass

Bea diesen herrlichen Ring an einem Kettchen unter dem Pulli tragen würde.

## Und wieder ist Freitag

Theo hatte das Präsidium hinter sich gelassen und war nach Hause geschlichen. Man kann nicht sagen, dass er so richtig guter Laune war. Kein Wort von Bea. Man hätte ja vielleicht das Wochenende zusammen verbringen können. Aber sie war stur und stumm geblieben. Die zwei hatten sich vor einer Woche auf ein kleines Ritual geeinigt: Sie umarmten sich morgens zärtlich und gaben sich einen kleinen Kuss auf die Lippen. Mehr nicht. Sie wollten das Geschehene erst mal „sacken" lassen; es war vielleicht zu schnell zwischen ihnen gegangen. Sie hatten beide Angst vor der Erkenntnis, dass es „nur Strohfeuer" gewesen sei. „Eine blöde Abmachung", dachte Becker. Das Ritual war zwar gut, enthielt aber viel zu wenig Zärtlichkeit.

Jetzt hockte er vor seinem Kühlschrank. Der Blick hinein erweckte wahrlich keinen Frohsinn: zwei ältere Äpfel, ein geöffnetes

Glas mit noch drei Bockwürsten, eine Büchse Fisch, ein Glas Marmelade, ein Bund müder Radieschen. Außerdem, oder als Trost, standen noch zwei Flaschen Bier im untersten Fach und eine halb volle Flasche Korn. „Na Bravo, es ist wieder mal Freitag, das passt. Wenigstens habe ich nicht auch noch Dienst. Anrufen hätte sie ja wenigstens können; es ist zum Haareraufen. Und da soll man keine schlechte Laune haben." Er starrte das Festnetztelefon an, als sei das daran schuld. Aber es blieb stumm wie ein Fisch. Auch das Handy war sprachlos.

Theo schleuderte seinen Hausschuh von den Füßen und ließ sich auf die Couch fallen. Er hatte den Abendschmaus etwas nach hinten verlegt und wollte sich jetzt mit einem Bier und einem kleinen Schluck Korn trösten. Da klingelte das Telefon. „Becker." „Wenn du mit einer Beutelsuppe aus Nudeln und einer halb vollen Flasche Rotwein zufrieden bist, könntest du mich ja besuchen kommen." Und ob ich das bin und kann. „Ich bin in einer Stunde da, meine Maus." Traritrara und tralala. Becker raste ins Bad und schmiss seine Sachen von sich. Zwei Minuten abduschen, drei Minuten einseifen, drei Minuten abspülen. Zwei Minuten abtrocknen. Frische Wäsche, frische Strümpfe. Schuhe kurz aufpolieren. Fertig. Nach einer Stunde stand er vor Beates Tür, mit Pizza, Pasta und Rotwein. Sie umarmten und küssten sich, und beide hielten die bisherige Abmachung für blöd. Die Pizza wurde kalt.

Als Theo munter wurde, lag er in ihrem Bett und sie halb auf ihm. Er genoss wieder ihre Bettwärme, den Geruch ihrer Haut und ihrer Haare. Die Kette mit seinem Ring hatte sie nicht abgelegt; sie lag auf seinem Thorax, und wenn sie sich regte, dann kitzelten Kette und Ring ihn auf der Brust. Durch die Schlitze der Jalousien am Fenster schimmerte noch die Schwärze der Nacht. Er schätzte es um kurz nach Mitternacht. Noch war keine Dämmerung wahrzunehmen. Becker hörte das Kreischen der Straßenbahn, die um die Kurven fuhr. Dieses Geräusch war nachts in der ganzen Altstadt zu hören. Plötzlich kitzelte ihn Beate. „Wie lang bist du schon munter, mein Spatz? Hast du auch so einen Riesenhunger? Hunger auf Pizza?" Also saß man dann in Beas Bett, nackt und in Decken gewickelt, und aß Pizza. Auch kämpften sie mit Gabeln gegen die Spaghetti. „Wenn du kleckerst, sperr ich dich gleich zusammen mit dem Bettbezug in die Waschmaschine." Er nickte brav und gab ihr zu verstehen, dass er ihr das auch zutraue.

Nachdem sie mit einem Korn die Verdauung angekurbelt und den Rotwein seiner Bestimmung zugeführt hatten, kam man sich wieder näher. Danach gönnten sie sich eine angenehme Ruhepause. Bea beschloss, dass es jetzt der richtige Zeitpunkt wäre, um etwas mehr über ihren Liebsten zu erfahren. Man war sich zwar nähergekommen. Er zeigte sich aber trotzdem noch sehr schweigsam zu seiner Vergangenheit. Frauen mögen das nicht. Die reden gern über ihre Probleme. Und Bea war durch und durch Frau. Nun war Theo zwar nackt, zeigte sich aber trotzdem sehr zugeknöpft. Gäbe sie zu viel Gas, würde er abblocken und vielleicht waren der schöne Abend und die herrliche Nacht dahin. Vorsichtig sistierte sie ihre Chancen bei diesem schwierigen Problem. Sie sollte sich nicht zu neugierig zeigen. „Wieso bist du eigentlich zur Polizei gekommen? Du könntest doch bei deinem Können und Wissen, ich beziehe mich auf Herrn Prof. Stegner, längst Dozent bei der Uni sein."

Theo griente. „Frau Kriminalhauptkommissar, ich weiß, dass man als Frau einen Mann am besten nach dem Beischlaf ausfragen sollte. Du hast vergessen, meine Maus, dass ich selbst Kriminalist bin, und so etwas natürlich weiß. Außerdem: Ich bin insgesamt allwissend." Er lachte. Sie lachte auch. „Ach Theo, Frauen müssen neugierig sein. Sie müssen wissen, worauf sie sich einlassen. Das musst du doch verstehen." „Okay, ich verstehe alles, und ich gestehe alles: Also, ich arbeite heimlich für die CIA, natürlich auch für den russischen Geheimdienst und James Bond ist mein Kollege. Alles ist natürlich streng geheim, ich meine, ganz geheim. Außerdem bin ich einem mexikanischen Drogenkartell nicht ganz abgetan. Auch male ich nicht selbst, ich lasse malen. Aber am liebsten stricke ich oder häkele, meist Strümpfe. So, jetzt weißt du alles über mich." „Du bist unfair. Ich bin eine Frau, ich muss so sein." „Also gut. In meiner Nachbarschaft ist

jemand ermordet worden. Der Mörder wurde nicht gefasst. Ich wollte unbedingt ihn und andere Verbrecher zur Strecke bringen und wurde Polizist. Mehr steckt nicht dahinter. Und jetzt bist du dran. Also, was hast du für Geheimnisse?"
„Das war ein bisschen knapp als Beichte", dachte Bea. „Na gut, wir werden den Rest schon noch herauskriegen."
„Lass mich überlegen: Ich glaube, das Wichtigste ist, dass einer meiner Onkel nur die Schuhgröße 41 hat. Mehr Geheimnisse hab ich nicht." Sie lachten alle beide und begannen, zu schmusen. Dann schliefen sie wieder ein.
Am Samstagmorgen lachte die Sonne, und sie beschlossen, das Wochenende zusammen zu verbringen. Und so sollte es vorerst auch in Zukunft sein.

### Katis Besuch mit ihrem Baby

Kati schaute beide an. „Seit wann seid ihr zwei zusammen?" Becker schaute sie erschrocken an und begann, zu stammeln. Bea sah Kati an und lächelte: „Seit zwei Wochen. Wir wollen aber hier im Präsidium nicht als frisch verliebtes Pärchen auftreten. Das Theater wollen wir uns ersparen, jetzt zumindest noch. Wir haben eine liebevolle und enge Beziehung zueinander, aber sehr diskret und auch nicht in steter Regelmäßigkeit. Richtig, mein Spatz?" Becker schluckte. „Besser hätte ich es nicht formulieren können." Er horchte in sich hinein. „Bea hat recht. Und wie sie das wieder gesagt hat. Worte wie gedrechselt. Als hätte sie es vor dem Spiegel geübt. Ich kann so etwas nicht. Diese kleine Maus hat eben eine ganze Menge graue Zellen in ihrem Köpfchen."
Beckers Handy klingelte und er musste zu KR Schröder. Die beiden Frauen tasteten sich ab.
Und fanden sich ganz sympathisch und brauchbar. Den Rest würde die gemeinsame Arbeit ergeben. Und die beiden Frauen wurden sich schnell einig, dass sie sich nicht als Konkurrentinnen

eignen würden. So sei es. Und das reichte erst einmal. Kati wollte schnell in den Dienst zurück. Das Baby würde die Oma betreuen. Alles gut.

## Annette und der Zahnarzttermin

Am Montagmorgen um acht Uhr hatte Herr Becker einen Termin beim Betriebsarzt. Er hatte diese freundliche Begegnung schon zweimal platzen lassen und wusste, dass bei einer dritten Absage automatisch sein Chef informiert wurde. Und das würde Ärger geben.
Theos Slogan „Es gibt viele Menschen, die gerne krank sind. Aber ich bin gern gesund, kerngesund!" wurde von dem arroganten Mediziner nur unzureichend akzeptiert. Dieser Weißkittel war stur. Theo nannte ihn einen Stiesel und einen von den ganz schlimmen Bürohengsten. Es gab einfach keine echte Liebe zwischen den beiden.
Um sich von diesem morgendlichen Stress zu erholen, wollte Theo sich danach in der Kunstakademie eine Ausstellung über assyrische und mesopotamische Kunst anschauen. Er hatte sich dafür den restlichen Vormittag freigenommen. Aber schon am späten Morgen rief er an, dass der Besuch beim Betriebsarzt so anstrengend gewesen sei, dass er den kompletten Rest des Tages zur Rekonvaleszenz benötige.
Die Frau Kriminalhauptkommissar hatte also die Kapitänsmütze auf und ließ alles ganz geruhsam angehen. Nach einem Frühstück in der Cafeteria holte Bea die Post bei Annette und blieb bei ihr hängen.
Herr KR Schröder war auch zufällig außer Haus. Diese Gelegenheit musste man ausnutzen und ein kleines Schwätzchen halten. Allerdings gefiel Bea der Anblick von Annette nicht. „Sie sehen nicht gesund aus, meine Liebe. Ist irgendetwas?" „Das kann man auch freundlicher fragen, Frau Hellmann." „Iih, Entschuldigung,

ich war nur besorgt um Sie." „Ich habe Zahnschmerzen!" „Oh, das tut mir leid. Vielleicht sollten Sie ..." „Ich habe schon einen Termin beim Zahnarzt, aber erst um fünf heute Nachmittag. Bis dahin muss ich durchhalten."
Bea kramte in ihrem Gehirn nach Mitteln gegen Zahnweh. „Was haben Sie denn an Schmerzmitteln in ihrer Schublade?" „Aspirin. Die helfen aber nicht." „Wann haben Sie die Letzte genommen?" „Zu Hause noch, am frühen Morgen." „Ich weiß etwas Besseres. Komme gleich wieder." Sie eilte schnell in die Cafeteria und fragte Uschi, ob sie eine Gewürznelke habe. Uschi hatte. Mit drei Nelken im Gepäck huschte Bea zurück. „Da bin ich wieder. Wir machen jetzt Folgendes: Sie nehmen eine Schmerztablette mit etwas Wasser ein. Dann zerbrechen Sie eine weitere Tablette und stecken ein Krümel davon in das Loch in Ihrem Zahn. Und danach diese beiden Nelken in die Zahnzwischenräume vor und hinter dem bösen Zahn. Das wirkt, glauben Sie mir."
Nach getaner Arbeit klärten sich beide über den aktuellen Tratsch im Haus auf. Der Frau Kommissarin fiel noch etwas zum Thema ein: „Haben Sie noch ein kleines Körnchen in einem Geheimfach versteckt?" „Sie, was denken Sie denn von mir? Natürlich habe ich keinen Schnaps versteckt; aber es ist noch Wodka da." Beide lachten. „Ich wusste es doch." Annette hob drohend ihren Zeigefinger. „Vorsicht, hier lauert ein gefährliches Minenfeld!" „Jetzt nehmen Sie bitte einen kleinen Schluck von dem Wässerchen in den Mund und schlucken ihn nicht hinunter. Schön im Mund lassen und den Kopf etwas schief halten, damit der Wodka sich um den bösen Zahn versammeln kann, um seine heilende Wirkung zu entfalten. Und einfach etwas warten; dann erst schlucken." Die beiden Frauen schwatzten noch eine Weile, und die Frau Polizistin hatte schon den zweiten Kaffee getrunken, als die Sekretärin plötzlich sagte: „Die Zahnschmerzen sind weg. Sie sind ein Schatz."
„Kein Wunder. Ich bin nämlich ein Wunderheiler, besser Heilerin." „Sie sind betrunken." „So ein Quatsch. Haben Sie schon mal einen betrunkenen Polizisten gesehen?"

„Nein, natürlich nicht. – Weil, so schließt er messerscharf, nicht sein kann, was nicht sein darf. – Steht irgendwo bei Morgenstern." „Ich wusste gar nicht, dass Sie des Lesens und Schreibens kundig sind." „Sie sind eine biestige kleine Hexe. Hübsch, aber garstig und biestig. Gleich kommen meine Zahnschmerzen wieder." „Ich verspreche, brav zu sein, falls Sie noch einen Wodka für mich haben." Sie hatte. „Lassen Sie uns das Sie begraben", schlug Annette vor. „Dann haben wir noch einen zusätzlichen Grund, einen zu heben." Danach beschlossen beide, die Küche heute kalt zu lassen und zusammen essen zu gehen. „Ich kenne am Altmarkt einen schönen Italiener." Nach Annettes Zahnarztbesuch traf man sich vor der Frauenkirche. Der Italiener, der sich Mühe gab, seine Sprache mit italienischem Akzent zu verzieren, kannte die Sekretärin. Man fand mit seiner Hilfe einen schönen Fensterplatz und läutete einen gemütlichen Abend ein.

## Beas Abendessen mit Annette

Zwischen Insalata, Pizza und golden schimmerndem Wein blieb noch ausreichend Zeit zum Schwatzen. Annette erzählte über ihren Besuch beim Zahnarzt. Jeder Henkersknecht wäre ob der Schwere der Folter, der sie sich unterwerfen musste, begeistert gewesen. Natürlich habe sie eine Spritze bekommen. Sonst wäre sie ja in der Notaufnahme gelandet. Und der Kerl sah aus wie ein Fleischer, und so benahm er sich auch. War eben nur die Vertretung. Er hat geschwitzt wie ein … Der Herr Doktor transpirierte. Und behaarte Arme hatte der, als wäre er grad vom Baum geklettert.
   Nachdem Annette wohlwollend Worte des Trostes entgegengenommen hatte, von einigen Schlückchen Wein begleitet, begann der Plausch. Zuerst gab die Sekretärin einiges von ihrem Chef preis. Bea ließ sie reden. KR Schröder kam relativ gut dabei weg. Lag da ein vom Wohlwollen leicht getrübtes Urteilsvermögen vor? Die Kommissarin war sich nicht sicher, wollte aber

auch nicht insistieren. Zumindest wusste die Sekretärin, wo in seinem Bücherschrank der Wodka stand. Sie kannte auch sein Lieblingssnack und seine Schuhgröße. Das ließ einige Vermutungen zu. Aber Bea verfolgte bei dem lockeren Geplausch ein konkretes Ziel: Sie wollte mehr über Becker erfahren. Aber Annette war eine erfahrene Sekretärin. Außerdem verfügte sie über den Spürsinn einer gestandenen Frau. Sie wusste sofort, in welche Richtung der Zug rollen sollte. Aber sie war der Meinung, dass ein kleines Lichtlein am Ende des Tunnels Beate nicht schaden könne. Der Polizistin war klar, dass sie ihr Interesse an Becker vor Annette nicht verstecken konnte. Die Sekretärin wusste aber noch nicht, dass beide zusammen gingen. Das musste sie auch noch nicht wissen.

Die Kommissarin begann mit einem unverbindlichen Lächeln. „Du kennst doch sicherlich den Herrn Becker, er ist doch bei der Polizei? Hast du ihn schon mal gesehen?" Beide grinsten sich an. „Der Anfang war nicht schlecht." Annette schaute sie lächelnd an und genoss die Situation. „Du solltest dir aber mehr Mühe geben; dann macht es mehr Spaß. Du musst die richtigen Fragen stellen."

„Wer ist Theo eigentlich?", überlegte Bea laut. „Wenn man bei ihm nachhakt, macht er dicht. Und über die Flure geistern alle möglichen kuriosen Gerüchte und Fakes." „So viel weiß ich auch nicht, Bea. Er ist wohl vorher Kunststudent gewesen, hat sich dann aber für die Polizei entschieden. Keine Ahnung, was da so lief. Er wurde von irgendwoher zu uns versetzt, vermutlich strafversetzt. Aber er ist ein richtig guter Ermittler, vermutlich der Beste bei uns. Er hat hier einige Sachen aufgeklärt, da haut es einem vom Hocker, auch wenn er sich manchmal im Graubereich bewegt. Sehr zum Ärger unseres Chefs. Aber seine Erfolge geben ihm recht. Er macht auch nicht so viel Aufhebens um sich. Sein Können dürfte also nicht der Grund für seine Versetzung hierher sein. Der liegt vermutlich in einem anderen Bereich." „Also hast du irgendeine Ahnung, warum er ..." „Sekretärinnen wissen immer alles, Schätzchen." „Tu doch nicht so, als wärst du Philip Marlowe oder gleich Chandler persönlich.

Spuck's aus. Erzähl, was du weißt, dann wird es dir gleich besser gehen." „Du bist ein freches Stück. Wir sind doch nicht in eurem Verhörraum. Erzähl, was du weißt, und dann geht es dir gleich besser. Dann geht es dir gleich besser... Wo leben wir denn. Das kostet dich mindestens einen Caipirinha." „Wie kann man nur so versoffen sein? Also gut, schütten wir das Gift in uns rein." Der Kellner nickte ganz italienisch und dienstbeflissen mit dem Kopf. Er erfüllte gern solche Wünsche.

„Zwei Tage bevor der Herr Becker bei uns auftauchte, besuchte die Oberstaatsanwältin unseren Chef, also den KR Schröder. Viel bekam ich von dem Gespräch nicht mit, weil die Türen geschlossen waren. Die Frau Neumann kommt sonst nie zu unserem Chef. Soweit ich etwas hören konnte, hat der Theo zwei höhere Kriminalbeamte krankenhausreif geschlagen. Die lagen dann wohl auch einige Zeit in der Klinik. Danach wurden sie aus dem Polizeidienst und dem Beamtenverhältnis entlassen, ohne Altersvorsorge. Und unser Theo wurde ‚auf eigenen Wunsch' hierher versetzt. Ich glaube, er fährt nicht per Fahrstuhl zur nächsten Beförderung, sondern muss die Treppe nehmen."
„Das klingt irgendwie logisch."

„Ja, und deswegen sitzt er auch immer noch auf dieser Stelle, obwohl er mit Sicherheit viel mehr bewegen könnte." „Er hat sich also geprügelt. Typisch Mann. Glaubst du, dass er auch Frauen schlagen kann?" „Du bist dämlich, Frau Kommissarin. Du hast nicht richtig zugehört. Der hat sich nicht geprügelt. Da ist im dortigen Präsidium irgendetwas passiert, und er hat die Notbremse gezogen. Hier ging es bestimmt nicht um eine Kneipenschlägerei. Außerdem tut der Theo keiner Frau etwas zuleide. Er trägt sie vielleicht auf seinen Händen, aber er schlägt sie nicht mit seinen Händen. Du kannst ja Kati mal fragen." „Wieso hatten die beiden ein Verhältnis?" „Nein, aber die zwei kennen sich wirklich gut und passen zusammen wie Schlump und Latsch, oder wie Zwillinge. Sie würde es dir sagen, wenn da irgendeine Gefahr bestünde. Und zwischen den beiden ist nichts. Der Theo hat der Kati doch erst zu ihrem Mann verholfen. Oder sagen wir, er hat ihr Mut gemacht." „Wieso das, hat er sie draufgeschubst?"

„Nein, aber verkuppelt. Die beiden waren beim Zollamt, etwas abzuklären. Und da hat sie ihren Mike das erste Mal gesehen. Sogleich schwärmte sie von ihm und ging Theo auf den Geist. Es hatte bei ihr Klick gemacht. Ihr fehlte aber der Mut zu mehr. Theo schleppte Kati in die Stammkneipe der Zollbeamten. Hier war der ganze Zoll zu Hause. Und da saß denn auch rein zufällig der Mike. Sie himmelte ihn an, und er himmelte zurück. Bei ihm hatte es nämlich auch Klick gemacht. Theo wurde Trauzeuge. So viel zu Theo und Kati."
„Was du alles weißt. Bist du mit dem Präsidium verheiratet?" „Es gibt den Marlowe eben auch als weibliches Format. Und nun in Kurzfassung: Bei Theo bist du sicherer als in der Bank von England." „Danke!" Der Caipirinha wurde gereicht. Zum Wohl, Salute.
„Hast du mal einen Blick in seine Personalakte werfen können? So mal aus reinem Zufall." „Die kennt keiner. Selbst die Rosendürr hat nach allgemeiner Sekretärinnenmeinung seine Personalakte nie zu Gesicht bekommen. Und das will schon was heißen." „Wer ist die Rosendürr?" Annette warf ihren Kopf in den Nacken und flötete mit hoher Stimme: „Ich bin Frau Doktor Rosemarie Dürrstein. Ich bin die Chefin des Personalbüros hier im Polizeipräsidium Dresden." Annette brachte ihren Kopf wieder in eine Normallage und meinte, die Rosendürr sei nicht sonderlich beliebt im Präsidium. „Du musst sie doch bei deiner Einstellung kennengelernt haben?" „Mich hat der Polizeipräsident eingestellt." „Ach so, du hast ja die richtige Verwandtschaft." „Du bist garstig, Annette! Ich habe das nie in Anspruch genommen!" „Stimmt, du tickst normal. Entschuldige, Bea! Ich wollte dir nicht wehtun. Aber du weißt ja, auch du genießt einen bestimmten Ruf im Präsidium." „Ja, leider." „Aber zur Rosendürr zurück. Sie ist zu groß, zu dürr und als Frau zu unbegabt für einen vernünftigen Mann. Deshalb ist sie neidisch auf alle anderen Frauen. Sie ist nachtragend, launisch und hält sich für intelligent und unersetzbar. Von den Männern wird sie halb verachtet und halb belächelt. Von den Frauen wird sie gehasst. Sie ist ein Miststück.

Und irgendwann wird eine der unseren sie mit Rattengift zur Hölle schicken. Es gibt viele Gründe, ihr den Garaus zu machen." „Weiß irgendjemand, wohin sich Beckers Personalakte verkrochen haben kann?" „Das wissen wir ganz genau, Herzchen. Sie liegt in der Schreibtischschublade von unserem Polizeipräsidenten. Und dort wird sie wohl auch liegen bleiben." „Na denn, Prost."

## Yasmin ist wieder da

Als unsere beiden Kriminalisten wieder bei ihrem morgendlichen Briefing saßen, klingelte das Handy. Die Hauptkommissarin Hellmann nahm das Gespräch entgegen. „Guten Morgen, mein Name ist Dr. Shen. Sie haben in meiner Apotheke Ihre Visitenkarte hinterlassen, verbunden mit dem Wunsch, Sie anzurufen. Ich bin gestern aus Venedig zurückgekehrt."
Bea drückte auf die Mithörtaste. „Das ist nett, dass Sie sich melden, Frau Dr. Shen. Wir haben einige Fragen an Sie im Zusammenhang mit dem Verschwinden von Frau Hoffmann. Vielleicht können Sie uns bei der Aufklärung helfen. Wann könnten Sie denn zu uns aufs Präsidium kommen?" „Das ist momentan schwierig zu terminieren. Durch meine Reise entstand ein gewisser Terminstau. Aber vielleicht könnten Sie zu mir kommen, wenn das Ihr Status erlaubt. Ein helles Lachen klang aus dem Telefon. Dann geht es sicher kurzfristig und Sie kommen mal raus aus der Stadt, ins Grüne." Becker nickte Bea zu. „Ja, das geht."
Frau Dr. Shen beschrieb den Weg zu ihr, Termin: sofort. Die Frau befand sich in einer kleinen Gärtnerei, die Bestandteil der Apotheke war und am Stadtrand lag. Das Navi zeigte ihnen zielbewusst den Weg. Die Polizisten wurden am Eingang der Gärtnerei bereits erwartet. Drei gläserne Gewächshäuser mündeten in einem kleinen Rundbau aus Ziegeln.

Man begrüßte sich: Frau Dr. Yasmin Shen, Frau KHK Hellmann, Herr KHK Becker.

Yasmin zeigte den Weg zu ihrem kleinen Refugium im Rundhaus und ging durch das eine Gewächshaus voran. Becker schaute der Frau fasziniert hinterher. „Sie bewegt sich geschmeidig wie eine Katze", dachte er. Die Asiatin trug schwarze Leggins und ein kurzes schwarzes T-Short. Und was für Beine, wow. Die eng anliegenden schwarzen Leggins unterstützten das Ganze noch. Diese Frau lief nicht, sie schwebte. „Vielleicht Ballettausbildung oder Tanz", dachte er. „All ihre Bewegungen sind fließend und elegant."

Rechts und links wurde der Gang im Gewächshaus begrenzt durch lange Tische mit Grünpflanzen, Gärtnerutensilien und herumstehenden Gefäßen mit Blumenerde. Hinter einer Wegbiegung versperrte eine Palme den Weg. Sie stand mitten im Gang. Der Baum saß in einem mit Erde gefüllten großen Keramikkübel. Die Apothekerin bückte sich, hob ihn mühelos hoch und stellte die Palme auf den Tisch. Becker glaubte, seine Kinnlade fiele herab. Er war mehr als erstaunt. Das Tongefäß und die Palme waren mit Sicherheit ordentlich schwer. Er schätzte sie auf mindestens vierzig Kilo. Und da fiel bei ihm der Groschen: So hoben andere Frauen nur kleine Blumengestecke in die Höhe. Das hier war kein Kätzchen, das Miau macht und elegant daherschwebte. Dieses Weib hier macht Kampfsport. Geschmeidigkeit, gepaart mit Kraft. Nix mit Tanz oder Ballett. Dass er nicht gleich draufgekommen war. Das roch doch geradezu nach Kampf, nach Ring oder Matte. Das war keine niedliche Mieze, sondern ein gefährlicher schwarzer Puma, der momentan seine zahme Seite zeigte. Und dazu noch ein durchaus attraktive. Eine gewisse Sympathie zu ihr baute sich in ihm auf. Er mochte Kampfsport, und er mochte … Seine Assistentin warf ihm einen fragenden Blick zu. „Is was?"

Die Kriminalisten teilten der Frau Dr. Shen mit, dass ihre Freunde Hoffmann und Leistner ermordet worden waren. Die Asiatin schluckte, schien es aber mit Fassung zu tragen. Sie habe damit gerechnet, teilte sie mit. Sie habe es befürchtet.

Bei einer Tasse Tee erzählte Yasmin ohne Verschnörkelungen ihre Geschichte.

Ihr Vater war Chinese und hatte eine deutsche Frau geheiratet. Beide arbeiteten in einem pharmazeutischen Konzern in Taiwan, und er hatte eine italienische Mutter. Yasmins Großvater wohnte in Venedig. Sie hatte eine enge Beziehung zum Opa. Großvater war Glaskünstler in Venedig. Bei ihm hatte sie die Glaskunst erlernt. Yasmin wuchs teils in China, teils in Italien und Deutschland auf. Ihre Mutter erzog sie dreisprachig. Die Tochter sprach alle drei Sprachen fließend. Pharmakologie hatte sie in Jena und München studiert, zuzüglich dreier Semester in Mailand. Nach dem Studium hatte sie mehrere Jahre in Taiwan als Pharmakologin gearbeitet.

In Venedig machte sie das erste Mal die Erfahrung, dass sie lesbisch oder zumindest bi war. Auf einer Kunstausstellung in München lernte sie Claudia kennen. Umgeben von geblasenem Buntglas und geschliffenen Spiegeln gaben sie sich den ersten Kuss. Es wurde eine feste Beziehung daraus. Frau Hoffmann lebte in Dresden und war in der Kunstszene zu Hause. Yasmin zog nach Dresden und suchte sich hier eine eigene Wohnung. Mit beeinflusst wurde ihr Entschluss von der Tatsache, dass gerade eine Apotheke zum Verkauf anstand. Sie schaute sich die „Giftküche" an, und ihr Entschluss stand fest. Also kam sie nach Dresden zu ihrer Claudia und zu ihrer neuen Apotheke. Beide Frauen wohnten getrennt, waren aber ein Paar.

Irgendwann brachte Claudia dann den Harry an. Yasmin fand Herrn Leistner auch nett und adrett, und er konnte sehr zärtlich sein. So entstand eine Dreierbeziehung. Man teilte sich dabei, aber getrennt, nie einen Dreier.

„Und wie haben Sie das realisiert?", fragte die Frau Kommissarin neugierig. „An einem bestimmten Wochentag, es war nicht immer der gleiche, holte Claudia den Partner vom Amt ab. Dann klärten beide ihre ‚nebenberuflichen' Probleme, vermutlich Drogen betreffend und das dazugehörige Umfeld. Aus diesen Sachen habe ich mich strikt herausgehalten." Danach fuhr sie Harry zum Tennis. Leistner fuhr kein Auto mehr; der Alkohol war die

Ursache. „Nach dem Tennis traf sich der Harry dann mit mir. Wir gingen gemeinsam in eine Gaststätte, um den Abend ausklingen zu lassen. Anschließend landeten wir meistens bei Harry im Bett. Ich übernachtete aber nicht bei ihm, sondern fuhr mit einem Taxi wieder nach Hause." „Gut organisiert", meinte Becker, was ihm einen bösen Blick von Bea einbrachte. „Nun ja, man muss nicht unbedingt bi sein", kommentierte sie die Aussage von Yasmin. Diese zauberte ein leises Lächeln auf ihre Lippen.
Becker führte die Besprechung weiter. Es schälte sich heraus, dass Yasmin mit den kriminellen Machenschaften von Leistner wirklich nichts zu tun hatte. Sie grenzte sich deutlich vom Tun der beiden anderen ab. Sie vermutete, dass Claudia ihm bei seinen „Nebentätigkeiten" half, konnte aber nichts Konkretes darüber sagen. Gespräche darüber gab es zwischen den Dreien nicht.
Ob ihre jetzigen Erkenntnisse über dieses Trio einen gewissen Wahrheitsgehalt hatte und den Kriminalisten weiterhelfen konnte, stand in den Wolken geschrieben.

Die beiden Kriminalisten erlaubten Yasmin bei einer sehr groben Kurzfassung den Einblick in die bisherigen Untersuchungsergebnisse. Die Asiatin machte klar, dass sie diese Verbrecher selbst jagen würde. „Rache kann manchmal recht hilfreich sein für die Seele", teilte die Asiatin mit. „Man muss nicht immer die andere Wange hinhalten. Auge um Auge aus dem Alten Testament ist manchmal das bessere Konzept für die Psyche. Die Schweine werden bluten und wimmern", war ihre Vorhersage über das Schicksal dieser Verbrecher.

„Warum hast du die Frau Doktor so großzügig über unsere bisherigen Kenntnisse unterrichtet?", fragte Bea etwas unwirsch auf dem Weg zurück. Sie konnte die Pharmakologin nicht so recht sympathisch finden. „Ich weiß es nicht so genau. Es war eine Art Bauchgefühl. Ich glaube, dass sie uns nützlich sein kann. Außerdem finde ich sie sympathisch." „Hm."

Yasmin setzte sich nach dem Besuch der Kriminalisten an ihren Korbtisch und ließ das Gespräch nachwirken: Der Kerl macht

Sport, ist ganz sympathisch. Harry war aber auch gut durchtrainiert. Und die Frau ist eine Zimtzicke, sicher intelligent, aber eben Zicke. Heute Nacht brauch ich eine Flasche Rotwein und ein Päckchen Tempo. Dann kullerten die Tränen. „Die Schweine finde ich, und dann bring ich sie um", dachte sie.

## Yasmin und ihre Rache

Ihr Abendessen war spartanisch, und sie hatte auch keinen Appetit. Aber sie hatte Rotwein noch auf Lager.
Der Rotwein zeigte bald seine Wirkung. Yasmin schlief bis nach Mitternacht. Dann allerdings war für sie die Nacht zu Ende.
Sie lag im Bett und konnte nicht schlafen. Der Mond schien durchs Fenster und tauchte das Zimmer in ein unwirkliches Licht. Yasmin wälzte sich von der einen Seite auf die andere.
Sie überlegt, wie sie an die Mörder herankommen könnte. Ihr Gedächtnis kreiselte.

Becker hatte ihr gesagt, dass er den Mörder von Leistner und Claudia gefunden hat.
Er war sich jedoch sicher, dass der Kerl im Auftrag anderer gehandelt hat. Aber der schwieg wie ein Grab oder erzählte abstruse Märchen.
Vielleicht hatten ihre Freunde gegen ungeschriebene Gesetze der Dresden-Mafia verstoßen.
Oder sie sind aus irgendwelchen anderen Gründen zu einer Gefahr für diese Verbrecher geworden.
Sie stand auf, zog sich ihren Morgenmantel über und ging ins Wohnzimmer. Sie machte sich einen Tee und sinnierte: „Die oder der Mörder oder der Auftraggeber muss also Harry und Claudia oder wenigstens einen von ihnen gut gekannt haben. Gibt es Aufzeichnungen, wo beide zusammen mit dem Mörder zu sehen oder zu hören sind? Vielleicht Bilder, Videos oder andere

Aufzeichnungen. Harry mochte alte Kutter, kleine Schiffchen, die noch das Flair der alten Elbschifffahrt atmeten."

Yasmin durchwühlte alte Briefe, ihre Fotoalben und auch Urlaubserinnerungen, die auf CD oder Festplatten verewigt worden waren. Außer schönen Erinnerungen, die jetzt aber traurig machten, fand sie nichts. Dann, mitten in der Nacht, als sie sich wieder schlaflos im Bett wälzte, kam die Erinnerung: ein warmer Sommertag, Claudia und Harry an Deck eines alten Kahns. Das Boot gehörte ihnen nicht, aber die Männer kannten Harry und luden beide zum Fotografieren ein. Harry hatte erzählt, dass die Kerle häufig dort sind. Der Kahn war ihre „Kommandozentrale". Das musste vor vier oder fünf Jahren gewesen sein. Yasmin wühlte in den Bildern, bis sie nach einer Stunde das Bild fand. Sie standen vor einem Kutter namens, ja namens, der Name war auf dem Bild nicht zu sehen; Harry stand direkt davor. So eine ...

Sie hatten aber über den Kahn gesprochen; sie erinnerte sich. „Lolita" hieß der wohl oder so ähnlich. „Nein, Lolita nicht, da war nichts Anrüchiges im Namen; das wäre mir aufgefallen. Aber so ähnlich hieß er ... Loritta, ja, Loritta. Nein, auch nicht, verdammt noch mal. Wie hieß den der Pott?" Endlich klingelte es bei Ihr: Loretta! Genau so hieß der Kahn.

Claudia stand mit Leistner vor einem Kutter namens „Loretta", genau.

Sie wusste, dass jetzt die Suche nach den Mördern ihrer Liebhaber und Freunde Fahrt aufgenommen hatte. Harry hatte von einem alten Kutter gesprochen, wo sich die „Gesellschaft" mit ihm immer zur Besprechung ihrer krummen Geschäfte traf. Und die Männer auf dem Kahn, die ihn zum Fotografieren einluden, kannten Harry.

Yasmin verdrückte ein paar Tränen und legte sich mit einer neuen Flasche Rotwein wieder ins Bett. Sie versuchte, ihren Kummer wegzutrinken und einen Plan zu entwerfen, wie sie die Verbrecher finden und bestrafen konnte.

Zuerst musste sie den Kahn finden. Dann hatte sie vermutlich auch die Männer, die hinter den Morden standen.

Am Morgen machte sie sich sofort auf die Suche. Im Binnenschiffsregister fand sie keinen Kahn mit diesem Namen. Sie konnte sich aber noch an die Anlegestelle erinnern, wo das Boot angebunden war. Sie ging die Anlegestege ab und fand sofort den richtigen. Allerdings ohne das Boot. Jedenfalls ohne eine „Loretta". Yasmin schwatzte mit den Schiffern der Boote, die nebenan festgemacht hatten. Die „Loretta" hieß früher anders, sagte einer der älteren Bootsleute. Ich glaube, Ulrike oder so ... Aha, deshalb ist sie im Binnenschiffsregister nicht zu finden. „Aber die sind wohl Richtung Hamburg, oder so. Die sind bestimmt in fünf oder sechs Tagen zurück."

Yasmin ging jeden Tag am Elbufer spazieren. Irgendwann würde sie das Boot finden. Sie hatte Geduld; das lag in ihren Genen. Aber schon nach drei Tagen lag der Kahn wieder am Steg.

Die junge Frau begann mit ihrer Racheaktion am nächsten Tag. Sie packte die notwendigen Sachen in einen kleinen Rucksack. Ihre Beretta mit Schalldämpfer steckte sie in ihren Gürtel. Harry hatte ihr die Pistole geschenkt, als er ihr Interesse für Waffen mitbekam. „Ich habe dir gleich noch einen Schalldämpfer mitgebracht, da kannst du auch in eurem Keller Schießübungen machen. Das hört keiner."

Im Rucksack fanden der kleine Kanister mit Benzin, die Kerzen und die Handschellen Platz. Außerdem steckte sie noch einen gewichtigen Hammer und eine Wasserpumpenzange hinzu. Die hatte lange Hebel, und man konnte große Kraft auf die Backen übertragen.

Am späten Nachmittag ging sie am Elbufer spazieren, mit Outdoor-Kluft und einem kleinen Rucksack, der natürlich zum Wanderlook passte. Sie ging über den Anlegesteg zum Kutter. Ein Mann in den besten Jahren saß am Tisch und las Zeitung. Auf dem Tisch stand eine Flasche Korn mit drei Gläsern.

„Hast du dich verlaufen, du Schnepfe?"

„Du kennst doch sicher Harry, den ihr habt umbringen lassen. Wer gab den Auftrag dazu und warum? Und wo ist Claudia?" „Hau ab, du Asia-Schlampe, sonst passiert hier gleich ein

Unglück." Er zog ein Messer aus seinem Gürtel. „Oder nein, warte mal." Er begutachtete sie von oben bis unten, zog sie regelrecht mit den Augen aus und meinte: „Kannst hierbleiben, Süße. Wir können dich gut gebrauchen. Aber vorher sagst du uns noch, wie du auf uns gestoßen bist. Und vielleicht muss ich dich ein bisschen dazu quälen. Also, reden wirst du auf alle Fälle. Und danach werden wir viel Spaß miteinander haben, und andere auch, du kleine Wildkatze."

Yasmin trat einen Schritt näher. „Du verkennst die Situation, Süßer! Ich werde dich aber gern aufklären." Sie zog ihre Pistole aus dem Gürtel und legte den Sicherungsbügel um. „So, du Miststück, durchgeladen ist die Waffe schon." „Du glaubst doch nicht, dass du mich mit einer Gaspistole erschrecken kannst." Der Kerl stand auf und kam auf Yasmin zu. Sie hob die Beretta, zielte und drückte ab. Das Geräusch war nicht als Schuss wahrzunehmen, nur ein leises Blubb. Der Mann sah sie erschrocken an und ließ sich auf einen Stuhl fallen. Aus seinem Schuh quoll Blut. „Spinnst du, du Schlampe? Weißt du, was wir mit dir machen, wenn meine Freunde kommen? Die müssen gleich hier sein." „Du jagst mir richtig Angst ein."

Er griff nach ihr, wollte sie festhalten. Sie setzte einen Kurzhandhebel an, und er wand sich vor Schmerz und heulte auf.

„Ich muss medizinisch versorgt werden, und ich brauche sofort ein Schmerzmittel", stöhnte er. Yasmin trat mit ihrem Absatz auf seinen blutenden Fuß und drehte sich auf ihm langsam hin und her. Der Mann brüllte vor Schmerz. „Du hast mich gesehen, du kannst mich beschreiben. Also werden mich entweder deine Kumpane jagen oder die Bullen suchen mich. Also wirst du jetzt und hier sterben! Aber vorher wirst du noch ein paar Einzelheiten ausplaudern. Und wenn deine Kumpane in der Zwischenzeit hier vorbeikommen, werd ich sie ebenfalls umlegen."

„Das traust du dich nicht!" „Er hat es immer noch nicht begriffen." Sie schoss ihm in den Unterschenkel. Der Kerl schrie auf und starrte die Asiatin an. Jetzt hatte er begriffen. „Wie heißt du, und wer hat den Mord in Auftrag gegeben? Wer war mit dabei. Los, rede!"

„Ich bin der Nicky Schwarz. Der Bastian war dabei und die Qualle, dann ich und der Chef." „Und die anderen?" Sie klopfte auf den Busch. „Peter und Paul sind beide schon tot." „Wo finde ich den Bastian und wie heißt er richtig? Wer ist die Qualle? Los, red, sonst geht das Licht bei dir aus." „Der Basti heißt Sebastian Maurer und die Qualle ist Mike Schulze. Sie wohnen beide hier in Dresden. Den Straßennamen kenn ich nicht. Ich kann Sie aber hinführen." „Du musst mich wirklich für dämlich halten, und du brauchst mich auch nicht plötzlich zu siezen. Es hilft dir nicht; deine Uhr ist abgelaufen."

Sie sah das plötzliche Grinsen in seinem Gesicht und hörte den Anlegesteg knarren. „Aha", dachte sie. Die Tür wurde aufgestoßen und zwei kräftige Männer zwängten sich herein. Der Vorderste reagierte sofort. Seine Hände fuhren in die Hosentaschen. Da fielen aber auch schon die Schüsse. Zwei Schüsse in seine Brust. Er wurde zu Boden geworfen und war sofort tot. Der Zweite kniete sich hin und hob die Hände über den Kopf.

„So, du Armleuchter, ich bin die Freundin von Harry und Claudia. Und ich bin neugierig.

Wer war noch dran beteiligt, den Mordauftrag an Leistner zu geben. Was passiert, wenn du lügst, siehst du ja. Also!" „Der Schwarz, dort sitzt er, der Basti, die Qualle, Peter und Paul und der Chef." „Du natürlich auch." „Ja leider, tut mir aber wirklich leid. War ja nicht persönlich gemeint."

„Du bist ja genau so blöd wie dein Kumpel hier. Glaubst du eigentlich, was du sagst? Also, wer war noch dabei?" „Der Daniel Berger war noch mit von der Partie. Er wohnt in Meißen." „Na bitte, geht doch." Yasmin fragte weiter: „Wer ist der sogenannte Chef in eurer Mafiaclique?" „Der, den du gerade erschossen hast." „Warum musste Harry sterben?" „Er hat unsere Drogen verdünnt und ein eigenes Verteilernetz installiert. Das verstößt gegen die Klubregeln. Das wusste er aber." „Das wusste er aber – soll das vielleicht eine Entschuldigung sein?" „Gab es noch andere Gründe, ihn zu ermorden?" „Nein."

„Wie funktionierte das Verteilernetz?" „Der Harry hat heimlich ein Labor aufgebaut und die Dosierung überwacht, und die

Claudia hat Verbindung zu Studenten und Lehrkräften an der Uni aufgebaut, meist im Künstlermilieu oder anderen Studienrichtungen, die richtig schwer sind." „Studienrichtungen, die richtig schwer sind. Du bist einfach ein Idiot: hohl im Kopf, dafür aber brutal und unmenschlich."
Der Schuss ging in die Weichteile des Mannes, der sich vor Schmerzen am Boden wand.
Yasmin zielte kurz, dann pustete ein sauberer Kopfschuss das Leben dieses Verbrechers aus.
„So, mein Süßer, kannst schon mal deinen Koffer packen." Yasmin richtete die Waffe auf den Mann, der zusammengekrümmt auf dem Stuhl hockte. Es machte Blubb und der Kerl fiel mit blutendem Hemd seitlich vom Stuhl.
„So, das war's", dachte Yasmin. Sie nahm ihren Kanister aus dem Rucksack und übergoss die drei Leichen mit Spiritus. Auch die Umgebung wurde bespritzt. Sie hatte noch zwei alte Kurzzeitwecker dabei, die sie in der Apotheke für die Herstellung ihrer Rezepturen gebraucht hatte und jetzt auf fünf Minuten stellte. Um die guten Stücke wurden in Spiritus getränkte Tücher gewickelt. Dann öffnete sie noch das Kajütenfenster, bevor sie ging.

Mit ruhigem Schritt verließ Yasmin den Kutter. Oben auf der Uferstraße bummelte sie langsam dahin und wartete. Sie hörte die Explosion. Der Kahn bestand zum großen Teil aus Holz und das brannte lichterloh. Die Flammen verschlangen alle Spuren. Der Kutter brach mit einem Feuerball regelrecht auseinander. Die Reste der Trümmer versanken in der Elbe.

Das Geheul und das Blaulichtgewitter von Feuerwehr und Polizei kam schnell näher. Die Asiatin machte sich auf dem Heimweg. Morgen würde sie Becker anrufen.

## Der Anruf am Morgen

Sein Handy klingelte, als sich Becker am Morgen gerade den Rasierschaum von Kinn wischte.
„Becker." „Guten Morgen, Herr Kriminalhauptkommissar. Heute Morgen habe ich in meinem Briefkasten einen kleinen Zettel gefunden: Die Verantwortlichen für den Tod an Leistner und Claudia heißen Maurer, Sebastian, Schulze, Mike und Schneider, Nicky. Alle drei wohnen in Dresden. Außerdem ein Daniel Berger, aus Meißen. Ich dachte, das würde Sie vielleicht interessieren."
Becker wischte sich noch einen Schaumrest von den Lippen. Er musste den Anruf erst einmal verdauen. „Der Puma hat zugeschlagen", dachte er. Nach einer kurzen Pause: „Der kleine Zettel steckte nicht zufällig in einem Kuvert mit Absender." Wieder das helle Lachen aus dem Telefon.
„Nein, er steckte zusammengefaltet einfach so im Schlitz." „Das hatte ich mir schon so gedacht." Das Weib bring ich um. Die hält Informationen zurück für ihre persönliche Rache.
Er dachte natürlich sofort an das brennende Boot und die drei Toten. Momentan war die Abteilung „Brandursachenermittlung" noch damit beschäftigt. „Ein kleines Vögelchen hat den Zettel nicht vielleicht entführt, nachdem Sie ihn gelesen hatten?" „Wo denken Sie hin, Herr Kommissar. Aber ein abrupter Windstoß hat ihn mir leider aus der Hand gerissen und weggeweht. Ich habe gründlich und erschöpfend nach ihm gesucht, leider. Dumm gelaufen." Ich bring das Weib wirklich um.

## Beckers Reaktion, Planung

Becker schlürfte schnell seinen Kaffee hinunter. In der einen Hand das Handy, in der anderen die Tasse. Er rief bei Annette an. „Wenn Schröder kommt, sofort aufhalten. Ich brauche ihn ganz dringend. Leg dich meinetwegen vor die Tür, damit er nicht rein- oder rauskommt, oder tu meinetwegen etwas anderes, damit er nicht abhaut!" Es knackte kurz in der Leitung, dann erklang Schröders Stimme. „Und ich dachte, Sie schlafen noch, Becker. Ich bin begeistert von Ihnen. Ich werde Sie für einen Orden vorschlagen." „Scherze am frühen Morgen mag ich nicht, Chef. Es sei denn, sie kommen von mir. Ihre Begeisterung wird außerdem ganz schnell abflachen, wenn Sie die Ursache des Anrufs erfahren, Chef." „Schießen Sie los, Becker." „Nicht übers Handy. Ich bin in zwanzig Minuten bei Ihnen."
Becker schaffte es in einer halben Stunde, aber auch das war olympiaverdächtig. Mehrere rote Ampeln wollten sich über ihn beschweren. Er rannte an Annette vorbei zu Schröder. „Annette, ruf bitte Bea an, dass ich beim Chef bin!"

Schröder hockte in seinem Chefsessel, das eine Bein auf einem Hocker. Den Gipsverband hatte er sich abnehmen lassen. Sehr zur Begeisterung der Ärzte. Die hätten ihn lieber mit Gipsverband und im Rollstuhl gesehen. Aber es gab viel Geschimpfe von seiner Seite. Er war ein schlechter, sprich unfolgsamer, Patient gewesen. Der Professor von der Chirurgie sagte nur: „Noch mehr dämliche Bemerkungen von Ihnen und Sie bekommen um den Mund auch noch einen Gipsverband." Aber der Gips wurde letztendlich doch gegen einen straffen Verband ausgetauscht. Schröder lehnte auch die Reha ab. Das schmeckte der „weißen Wolke" erst recht nicht. Bei den Schwestern allerdings war er sehr beliebt gewesen. Er verwöhnte sie großzügig mit Kuchen, Konfekt und Sekt.
Nun hockte Schröder endlich wieder in seinem Polizeipräsidium und schaute Becker gespannt entgegen.
Becker schilderte KR Schröder die aktuellen Ereignisse und seine Schlussfolgerungen daraus.

Dann sein Fazit: „Wo diese Frau die Namen herhat, weiß ich nicht. Sie wird es uns auch nicht erzählen. Wir haben aber in Leistners Wohnung Bilder gefunden, wo er bei den Kähnen an der Elbe zu sehen war. Ich bin überzeugt, dass es einen Zusammenhang gibt zwischen dem brennenden Boot mit den Toten und den vier Namen von Frau Dr. Shen. Ich möchte jetzt aber noch nicht gegen die Frau vorgehen. Erstens würde sie uns mit Sicherheit nichts verraten, sagte ich bereits. Selbst wenn wir sie in die Zange nehmen würden. Ich glaube aber, dass sie uns noch irgendwie nützlich sein könnte. Außerdem stehen wir unter massiven Zeitdruck. Wenn wir nicht schnell genug sind, sind die Vögel vielleicht schon ausgeflogen." Schröder grinste unverschämt. „Und ich soll jetzt Ihrer Kollegin schonend beibringen, dass die Apothekerin erst mal für uns tabu ist." „Äh, Herr Kriminalrat ..." „Becker, Sie sollten mich nicht für blöd halten." „Na ja, die Frau kann uns aber wirklich noch nützlich sein." „Jaja, und jetzt holen sie schon Ihre Assistentin, damit wir unser weiteres Vorgehen besprechen."

## Beratung, die Ruhe vor dem Sturm

Becker stürmte in sein Büro und erklärte seiner Kollegin kurz das aktuelle Geschehen.

„So, und jetzt sollen wir zum Chef kommen."

Die beiden nahmen vor dem riesigen Schreibtisch in Schröders Zimmer Platz. Schröder fasste die bisherigen Erkenntnisse zusammen. „Wir haben also jetzt Namen von Drahtziehern, die vermutlich den Mord an Leistner und der Frau Hoffmann in Auftrag gaben. Der Tipp kam von der Asiatin. Ich glaube auch, dass sie einiges über den Brand auf dem Kahn weiß, es aber momentan noch nicht preisgibt. Wir werden sie also an der langen Leine halten und nicht verärgern. Vielleicht kommen wir dadurch noch an weitere Informationen heran. Es geht hier nicht nur um Menschenhandel, sondern auch um Produktion und Handel mit Drogen." Die Frau Kommissarin schaltete sich ein: „Sollten wir nicht Telefon, Handy und Internetzugang der Frau überwachen lassen?" „Das ist eine gute Idee, Frau Hellmann. Aber wir tun es nicht. Sie soll frei agieren können, natürlich mit unserem Wissen, damit wir an weitere Informationen herankommen. Falls sie denn welche hat oder haben wird." „Wir könnten die Frau doch auch vorladen und ein bisschen verunsichern. Vielleicht bringt uns das weiter." „Sicher könnten wir das, tun es aber nicht. Wir machen es so, wie ich gesagt habe." Bea tat nonverbal ihren Unmut kund; die beiden Männer grinsten in sich hinein. „Becker, das kostet Sie was", dachte der Kriminalrat, „diese Frau muss meinen Becker ordentlich beeindruckt haben."

Schröder weiter: „Wir werden die vier Männer nicht verunsichern, sondern sie beschatten. Zu den Observierungen können wir die Sonderkommission mit heranziehen. Ich hoffe, dass die Verbrecher uns den Weg zu den Verstecken zeigen werden. Dann erst schlagen wir zu. Was wir hier besprechen, bleibt in dem Zimmer. Es wird ab sofort nicht normal dokumentiert, sondern verschlüsselt. Ich möchte auch nicht, dass unsere IT-Abteilung da mitmischt. Ich muss nicht in einem Ruderboot über den Atlantik fahren, wenn ich eine Jacht haben kann. Aber damit ist eines klar, Becker: Ich möchte keine inoffiziellen und verbotenen Aktionen, aber vielleicht haben Sie einen Einfall, wie wir externe Hilfe hinbekommen, ohne dass wir Gesetze dabei verletzen. Es würde mich freuen. Und Sie sollten sich anstrengen, Becker." „Das nennt man Erpressung, Chef", erwiderte der Kommissar. „Nennen Sie es einfach Amtshilfe, meinetwegen auch gegenseitige Amtshilfe", so sein Chef. „Was für gegenseitige Amtshilfe?", fragte die Kommissarin nach. „Ach, nichts, alles gut, Frau Hellmann", so der Kriminalrat noch mal.

„Das ist trotzdem Erpressung!", dachte der Herr Kommissar. „Aber es ist richtig, was er sagt. Also muss Wolfgang wieder mal konsultiert werden." „Sie haben sicher noch zu tun. Ich möchte Sie nicht länger von der Arbeit abhalten." So der Kriminalrat, und damit waren sie entlassen.

Was wir hier besprechen, bleibt in diesem Zimmer. Es wird ab sofort nicht normal dokumentiert, sondern verschlüsselt. Diese Sätze gingen Becker nicht aus dem Kopf. Er merkte, sein Bauchgefühl hatte sich gemeldet. Becker zog seine Assistentin zur Seite, als sie in den Gang zu ihrem Büro einbiegen wollte. „Ich bin dir noch ein Frühstück schuldig …" Sie sah ihn erstaunt an. Er schüttelte diskret den Kopf und zog sie Richtung Cafeteria.

„Komm, lasse uns einen Happen essen." Er schaute sie an und machte: „Pst!" Dann zog er Daumen und Zeigefinger als Reißverschluss über ihren Mund.

„Wir werden vermutlich abgehört, sind verwanzt, an unserer Kleidung und im Büro. Kein Wort über unseren Fall, aber trotzdem dienstlichen Gesprächsstoff. Vielleicht ist auch eine Kamera bei uns im Büro installiert." Das stand auf dem Zettel, den er schrieb und zwischen Rührei und Kaffee zu ihr rüberschob. Sie schaute ihn erstaunt an und nickte, verstanden. „Ich muss anschließend noch mal zum Betriebsarzt, komme aber zurück ins Büro." Sie nickte und grinste. Theo und Betriebsarzt. Der Herr Kriminalhauptkommissar verabschiedete sich und verschwand.

Es hatte bei Becker „Klick" gemacht. Er war jetzt auf Kampf eingestellt. Sein Geist war glasklar, sein Hirn lieferte:

„Mit hoher Wahrscheinlichkeit wurden die Betreiber der geheimen Druckerei, die ich vor zwei Jahren ausgehoben habe, von irgendjemandem gewarnt. Wir wissen es nicht genau. Die Vermutung ist aber nicht von der Hand zu weisen. Wir hatten es damals schon angenommen und nach Spuren gesucht, haben aber nichts gefunden. Wenn dem so war, dann haben diese Verbrecher ihre Spuren verdammt gut verwischt. Das war großes Kino. Und der Überfall auf Maria und uns war auch ganz großes Kino. Das war hollywoodreif. Das waren Profis.

Wir haben Maria verloren und wurden überfallen, weil irgendjemand Informationen über uns hatte. Was ist, wenn beide Straftaten auf das Konto derselben Organisation gehen. Wenn also auch die Abwehrreaktionen von derselben Hand ausgeführt worden waren?

Anders kann es nicht gewesen sein. Aber weiter: Wir nahmen bisher an, dass diese Informationen von den Kollegen aus der Einsatzzentrale kamen. Sie alle sahen, wie ein Kollege aus seinem Pkw die mobile Blaulicht-Anlage holte. Oder aber hörten dies wenigstens von ihren Kollegen.
Was aber, wenn dem nicht so war, wenn wir abgehört wurden und werden, egal wo. Nicht alle Wanzen stammen aus dem Tierreich. Oder wenn eine kleine Security Cam hübsche Bildchen von uns an liebe Menschen weitergibt. Ich kann es nicht ausschließen. Also nehmen wir beides an, bis das Gegenteil bewiesen ist. Es darf nicht noch mal passieren, dass die Dresdener Mafia oder wer auch immer, gewarnt wird."

Becker ging in die Altstadt, ums Schloss herum, zu einer der letzten öffentlichen Telefonzellen.
Wolfgang war erstaunt über den Anruf am frühen Morgen. Das war so gar nicht Theos Art.
„Ich muss mir mal die Beine vertreten, raus aus dem Präsidium. Lass uns am Würstchenstand unten ein Würstchen essen. Da waren wir ja auch immer mal frühstücken. Ich habe aber trotzdem nur wenig Zeit. Okay?" „Ich komme, heut ist ja auch schönes Wetter, und ein Würstchen schmeckt immer."
Becker machte sich auf zu dem kleinen Café, wo er immer frühstückte. Er bestellte einen Kaffee und zog einen Zettel und Stift hervor: Nicht reden, erst lesen!! Auf der Rückseite dann sein Notruf: Ich bin vermutlich verwanzt, bestimmt auch Bea und Schröder. Vielleicht nicht nur wir persönlich, sondern auch unsere Büros. Es kann auch sein, dass Cams installiert worden sind. Bitte stell jetzt keine dümmlichen Fragen! Wir müssen uns heute noch treffen! Kein Wort zu Henne.
Wolfgang kam, sagte: „Guten Tag!", bestellte einen doppelten Espresso und ein Bier, dann las er. Man sprach kurz übers Wetter, während Wolfgang seinen Bierdeckel mit einer Notiz versah und an seinen Freund hinüberschob: Heute Abend 19 Uhr im „Tollen Hecht". Ich organisiere einen Tisch. Sag Bea und Schröder Bescheid.

Dann musste Wolfgang schnell weg. Er habe einen Termin vergessen. Tschüss.

Theo ging zurück ins Präsidium. Den Bierwisch von Wolfgang hatte er kopiert. Er klopfte bei Annette an. „Wo ist unser Chef?" „Auf dem Klo!" „Lass den Quatsch, wo ist er wirklich?" „Auf dem Klo, seit circa zehn Minuten." „Arbeitest du mit echter Stauzeitmessung oder was?" „Blödian."

Becker fing seinen Chef auf dem Flur ab und drückte ihm den Zettel in die Hand, dann verschwand er rasch. Auch die Polizistin las die Nachricht. Den Rest des Tages verbrachten Theo und Bea in ihrem Büro bei Schreibkram. Die Zeit zog sich. Endlich konnten beide dem Präsidium entfliehen. Die Ungewissheit drückte aufs Gemüt.

## Der „Tolle Hecht"

Der „Tolle Hecht" war ein verruchtes Lokal an der Elbe, schon etwas außerhalb des Stadtkerns. Es hatte mehrere Überschwemmungen überstanden und viele Hausdurchsuchungen. Böse Menschen hatten sogar versucht, die Kneipe anzuzünden. Ohne Erfolg. Irgendein Gott hielt die Hände darüber. Vermutlich wurde er geschmiert.

Die Kaschemme brauchte keine Werbung. Sie war immer gut besetzt, und man war meist unter sich. Bekannt war die Kneipe aber auch durch ihre köstlichen Fischgerichte. Der Koch war ein alter Seemann, und wenn der Smutje mal nüchtern war, dann schmeckten seine maritimen Gerichte besser als die in jedem Fünfsternerestaurant. Er kannte wunderbare Fischrezepte aus aller Welt und konnte in der Küche regelrecht zaubern. Aber nicht immer war er nüchtern. Die Gäste taten es ihm dann gleich. Das Publikum war, wie gesagt, durchaus erlesen, meist handverlesen. Dafür sorgten die Türsteher.

Die zwei „Schränke" am Eingang teilten den Besuchern wohlwollend mit, ob noch ein Plätzchen frei sei. Widerspruch sinnlos.

Wer einen gelungenen Bruch feiern wollte, machte es hier, bei Hecht und Miesmuscheln.

Wenn gewünscht auch bei Kaviar und Austern. Und manchmal holte der Seebär sein Schifferklavier hervor, und die ganze Kneipe sang alte Shantys und haute im Takt mit den Humpen auf die Tische, dass es dröhnte. Da war richtig Stimmung in der Bude. Oder der Wirt griff zur Gitarre und sang dazu, meist Lieder von Freddy, „Junge, komm bald wieder". Das hatte er im Knast gelernt, genauso wie das Pokern.

Auch wer einen Bruch vorbereiten wollte, fand hier die erfahrensten Ratgeber.

Herrlich scharfe Klingen und hässliches Schießwerkzeug konnte man an diesem Ort ebenfalls erfragen und erwerben. Man fand das Gesuchte dann zufällig auf der Toilette und steckte einen kleinen Obolus in eine Sammelbüchse für in Not geratene Seeleute. Wie gesagt, die Gäste waren Betreiber seltener Gewerbe und deshalb auch dankbar, dass die Kneipe im Halbdunkel lag. Man konnte leider nichts Genaues sehen.

An der Decke und in den Raum hinein hingen verstaubte alte Fischernetze, mit Muscheln und Deko-Fischen drapiert. Ein paar Spinnweben hingen von der Decke und von den Netzen herab und baumelten im Luftstrom.

Über dem Tresen hingen zwei Bretter mit eingeschnitzten Sprüchen: „WIR VERKAUFEN KEINE MILCH" und „RICHTIGE MÄNNER RAUCHEN".

Es fragte also keiner nach Milch. Natürlich wurde in der Spelunke auch geraucht. Aber keiner der Gäste beschwerte sich. In grauer Vorzeit kam einer von irgendeinem Amt vorbei, die Einhaltung des Raucherschutzgesetzes zu kontrollieren. Dieser Herr vermutete auch größere Mengen von geschmuggeltem Tabak in den Kellerräumen.

Er fiel leider die Kellertreppe hinunter. Dummerweise wusste er nicht, dass an dieser steilen Holzstiege nach unten drei Bretter locker waren. Der verstauchte Knöchel und ein gebrochener Arm taten dem Wirt wirklich leid, und er bedauerte diesen Unfall von ganzem Herzen. Tabak wurde keiner gefunden. Monate später kam ein weiterer Beamter vorbei, um zu schauen, ob denn tatsächlich geraucht wurde. Dieser Mann stolperte unglücklicherweise und fiel kopfüber in ein Wasserfass. Als er sich die Lunge wieder trockengehustet hatte, zeigte man ihm das Fass daneben. „Beim nächsten Mal kommst du da rein!" Es war ein Güllefass. Auch dieser Vertreter der rechtschaffenen Bürokratie fand keinen Verstoß gegen das Rauchverbot. Es wurde also fröhlich weitergeraucht. Die örtliche Polizei fuhr im Streifenwagen oft vorbei, manchmal sogar öfter. Sie fuhr sogar langsam vorbei. Aber auch sie fand keine Unregelmäßigkeiten. Vielleicht hätte die Reiterstaffel der Dresdner Polizei etwas klären können. Aber die passten auf ihren Rossen ja nicht durch die Tür.

Manchmal kamen auch Frauen vorbei. Die passten durch die Tür. Den Frauen gefiel es an diesem sündhaften Ort. Eines mochten die Gäste dort nämlich nicht: Sie hatten in Sachen Frauen einen gewissen Ehrenkodex. Männer, die Frauen und Kinder misshandelten oder missbrauchten, waren absolut unbeliebt. Diese Sorte von Mann wollte man hier nicht. Einmal wollte ein Zuhälter mit drei Kumpanen sein „Mädchen" aus der Kneipe zurückholen. Er hatte die Situation nicht voll unter Kontrolle. Der Notarzt und vier Rettungssanitäter hatten alle Hände voll zu tun.

Als Bea und Theo am „Tollen Hecht" ankamen, wurden sie von Wolfgang schon vor der Tür erwartet. Er lotste beide in den dunklen Biergarten, machte das Reißverschlusszeichen über den Mund und gab Theo ein kleines Etwas von Streichholzgröße in die Hand. Dann holte der Informatiker einen kleinen Apparat aus der Hosentasche. Er drückte auf einen Knopf, ein leiser Piepton antwortete, und ein grünes Lämpchen leuchtete auf. Als er das Kästchen in Richtung von Theos Hand brachte, erglomm das Lämpchen plötzlich in Rot, und der Apparat fing an zu piepsen. „Alles klar. Gib mir bitte die Wanze wieder." Dann wurde die Kleidung von den beiden Polizisten durchstöbert. Das Kästchen blieb bei Grün und lautlos. „Ihr seid nicht verwanzt", teilte Wolfgang den zwei mit. Geht rein, ich warte auf Schröder." Beide wurden von den Türstehern durchgewunken. „Bei uns hier ist alles sauber! Grüßt den Trachtenverein von uns." Schröder kam nur wenig später. Gleiches Szenario, gleiches Ergebnis. Die Türsteher nickten Wolfgang zu und winkten ihn durch. Für Schröder war kein Platz mehr frei. „Tut uns wirklich leid, mein Herr. Kommen Sie doch morgen wieder, morgen gern." Sein Dienstausweis öffnete ihm die Tür. „Hier war ich noch nie", gab er als Einstand zum Besten. „Das habe ich grad gemerkt", steuerte Wolfgang grinsend bei.

Dann saßen alle am Tisch und ließen das lasterhafte und doch so anziehende Flair der Kaschemme erst einmal auf sich wirken: ein verschwörerisches, aber einladendes Halbdunkel, Tische aus echtem Holz, groß, schwer und wuchtig. Wie mit Holzfälleräxten grob zugehauen. Ebenso die Stühle. Dieses Mobiliar überstand unbeschadet jede Kneipenschlägerei. Tischdecken waren aus. Wolfgang hatte dafür gesorgt, dass ihr Tisch in einer kleinen Nische stand. So waren sie weitgehend ungestört. Einen Grund zum Fröhlichsein und Singen gab es bei den vieren wahrlich nicht. Der vom Wirt empfohlene Fisch schmeckte ihnen nicht, obwohl der alte Seebär alle Register gezogen hatte. Auch die vier Forellen gaben sich alle Mühe. Der Wein glättete etwas die Stimmung.

„So, liebe Mitverschwörer, kommen wir nun zum unterhaltsamen Teil des Abends", begann Schröder. „Herr Becker" – der Chef wollte in diesem Gastraum das Wort Kommissar nicht unbedingt in den Mund nehmen – „kann uns vielleicht zu Beginn eine Zusammenfassung der Fakten und seiner Vermutungen geben." Becker konnte. Er gab seine Erkenntnisse und Vermutungen zum Besten. Dann setzte eine Beratung ein, wie man das Problem angehen könne. Aber zuvor gab Wolfgang ein kurzes Statement ab: „Damit es alle begreifen, ich bin kein Hacker! Ich tue nichts Verbotenes. Ich kenne auch keine echten Hacker. Punkt. Habe ich mich verständlich ausgedrückt?" Sein Blick ging zu Bea. Die nickte brav; ein Schuft, der Arges dabei denkt.

Dann machte Wolfgang seine Vorschläge: „Ihr selbst seid aktuell nicht verwanzt. Aber natürlich könnten eure Büros abgehört werden. Ich gebe euch zwei Detektoren mit. Da könnt ihr morgen Früh eure Zimmer scannen. Wir gehen ja davon aus, dass es eine undichte Stelle bei uns gibt. Wenn wir Wanzen finden, gibt es zwei Möglichkeiten: Euer Gespräch wird in Realtime direkt weitergeleitet, oder es wird auf einem Chip gespeichert. Der muss aber gewechselt werden. Hier könnten wir zugreifen. Wir bringen in euren Büros kleine Kameras an, die an einen Bewegungsmelder gekoppelt sind." „Sieht man das nicht, wenn die zwei zusammengekoppelt sind. Sind die dann nicht zu groß?" Wolfgang grinste dreckig. „Der Strick, mit dem die beiden zusammengebunden sind, ist in Tarnfarbe, dürfte also nicht auffallen." „Danke, ich hab's begriffen", erwiderte Schröder leicht gekränkt.

„Das alles zusammen ist kleiner als ein halbes Streichholz", ergänzte Wolfgang.

„Falls aber das kleinen Mikrofönchen in Realtime überträgt, dann haben wir ein Problem.

Da wird keiner kommen und den Chip wechseln. Wir können die Wanze zwar orten, aber keinen festnehmen.

Das Abhörgerät muss dann aber eine offene Internetverbindung haben. Hier könnte ich von außen versuchen, den Nutzer zu finden."

Wolfgang öffnete seine Tasche und brachte mehrere elektronische Geräte zum Vorschein: „Hier sind drei sichere Telefone, über die könnt ihr untereinander telefonieren. Aber nur untereinander. Keine Gespräche hausintern. Eure Diensttelefone sollt ihr aber weiter nutzen, damit es nicht auffällt. Euer Kodierprogramm vom FBI ist ganz gut; ich hab mal kurz reingeschaut. Das kann man so lassen." „Das ist ja eine Frechheit! Sie haben sich bei uns reingehackt", erboste sich Bea. „Nein, ich habe gearbeitet und will euch unterstützen, mehr nicht. Das Leben besteht aus Kompromissen, junge Frau. Das müssen Sie noch lernen."
„Aua, ist der immer so grantig?", fragte Bea ihren Freund. Theo grinste. „Nein, eigentlich ist er ein ganz netter Kerl." Der Kriminalrat hatte bei dem Problem der Kodierung einfach weggehört.

Wolfgang: „Weiter im Text. Diese beiden Schächtelchen sagen euch, ob eure Büros verwanzt sind. Es sind die Gleichen, die ich vorhin benutzt habe. Dann habe ich hier zwei Sticks. Eins für

Theo und seine Kumpanin, eins für den Chef. Die steckt ihr in euren PC, aber bevor ihr unser Dienststellenprogramm von der Polizei Dresden öffnet. Sobald ihr ab dann den PC hochfahrt, wird ein kleines Bildchen von dem gemacht, der an der Tastatur rumspielt, und ein Konterfei zusätzlich von dem, vermutlich ist es derselbe, der unser Polizeiprogramm geöffnet hat. Das hilft sicherlich weiter. Und um gewichtigen Fragen vorzubeugen, dies läuft alles über den Administrator ab, ist auf dem Desktop nicht zu sehen. Für Kriminalisten: Es läuft streng geheim im Untergrund ab." Bea: „Sie sind heute richtig garstig zu uns." „Nein, aber ich nutze einfach die Gelegenheit schamlos aus", erwidert Wolfgang. „Vielleicht ist das noch die Nachwirkung von deinem Besuch bei ihm, wo du ihn der Hackerei bezichtigt hast?", fragte Theo seine Freundin lächelnd. „Er ist nämlich sonst ein prima Kerl. Allerdings sollte man ihn nicht zu oft loben."

Der Herr Schröder klinkte sich ein: „Ich denke, das ziehen wir jetzt einfach mal für ein paar Tage durch, und dann sehen wir weiter. Die Observierung der vier Verdächtigen läuft ja bereits. Ich bekomme die Ergebnisse täglich auf dem Tisch."

## Einen Tag später

Am Morgen kommen die Kriminalisten ein paar Minuten früher ins Präsidium. Mit den kleinen Scannern durchforsten sie ihre Büros. Sie finden im Büro der zwei Kommissare zwei kleine Minimikrofone. Die „Arbeitsbekleidung" der beiden, Beas Schuhe und ihre Strickjacke sowie Theos Latschen, waren nicht verseucht. Bei Schröder war alles negativ. Minicams, die in Echtzeit ihre Bilder übermittelten, wurden keine gefunden, teilte Wolfgang etwas später über das abhörsichere Handy noch mit. Wenigstens was Gutes. Theo ging bei dem Telefonat auf dem Flur spazieren.

Man stellte sich auf die Situation ein: gemeinsame Gespräche nur in der Cafeteria oder in der Bibliothek der Abteilung.

## Zwei Tage später

Die vier sitzen diesmal in einem Café auf der „Brühlschen Terrasse". Es gab nicht nur einen herrlichen Ausblick auf die Elbe, es gab auch zwei Fotos von dem Maulwurf. Wolfgang hatte sein Laptop mitgebracht. Zwei wunderschöne Bildchen lachten die Kriminalisten an. Alle vier starrten auf die Fotos. „Wer ist der Kerl? Wieso kenne ich den nicht?", murrte der Kriminalrat. Auf dem Desktop war ein Mann in mittlerem Alter zu sehen, der gerade das Büro von Theo und Bea betrat. Auf dem nächsten Bild sah man ihn den Laptop von Becker aufklappen, danach fuhr er den PC hoch und steckte einen USB-Stick hinein. Ein erneutes Foto dokumentierte die Straftat. „So, das war sein Todesurteil", kommentierte der Kriminalrat.

„Der Kerl ist vom Reinigungsdienst", erklärte Wolfgang. „Ich habe schon seine Adresse." Er schob einen Zettel mit den Notizen zu Schröder rüber. Bea hatte sich an Wolfgangs Rolle und seinen Freibrief mittlerweile gewöhnt und hinterfragte jetzt eher augenzwinkernd sein Tun. „Sie haben doch behauptet, dass Sie keine Straftaten begehen. Ich kann Sie jetzt festnehmen." „Ich habe keine Straftat begangen, junge Frau." Wolfgang grinste sie an. „Herr Schröder, die ist nervig. Sie sind doch Ihr Chef. Sperren Sie das Weib ins Verlies, tief unten, nass und kalt, ohne Essen und Trinken, Prost. Also, ich habe lediglich der Polizei geholfen. Ich kenne einen Tschechen, der mir manchmal behilflich ist. Und der kennt wiederum einen Ungarn, und der kennt ... doch das hab ich wohl schon mal gesagt."

Bea grinste ihn an. „Verbrecher." „Also Theo, ich würde dieses Weib zurückgeben. Du hast doch sicher eine Rückgabeklausel im Vertrag." „Ich bin doch nicht verrückt. Ich bin froh, dass ich sie habe. Aber manchmal ist sie halt etwas schwierig." Dafür bekam er einen kleinen Stups ans Schienbein. „So", sagte Schröder, „jetzt wird es wieder ernst, ihr drei. Was wissen Sie denn über diesen Kerl?" „Er arbeitet seit sechs Jahren bei dieser Reinigungsfirma. Die putzen immer nachts im Präsidium. Polizeilich ist er ein unbeschriebenes Blatt."

„Damit haben wir den Maulwurf", so Schröder. „Aber die Festnahme geschieht erst und zeitgleich, wenn die Zugriffe erfolgen und die Verhaftungswelle angelaufen ist. Nicht dass die anderen Schweine gewarnt werden."
Nachdem der Kaffee getrunken war, begab man sich wieder ins Präsidium.

## Drei Tage später:
## Einsatzbesprechung mit Schröder in der Bibliothek

KR Schröder kam gerade vom Polizeipräsidenten. Hier war zusammen mit den Einsatzleitern des SEK und BFE-Einheiten die Absprache für den Zugriff erfolgt. Es wurde der grobe Fahrplan abgesteckt.
Die Festlegung der Einzelheiten sollte dann über Schröder erfolgen. Wichtig war, dass der große Chef sein Okay gegeben hatte und die Verantwortung mittrug. Das war besonders wichtig, falls die Aktion aus dem Ruder lief oder es Ärger mit den Medien gab.

Ein nachfolgendes Gespräch zwischen dem Polizeipräsidenten und KR Schröder hatte zusätzlich noch eine Stunde gedauert. Schon gestern hatten der Polizeichef und der Kriminalrat fast zwei Stunden unter vier Augen miteinander gesprochen.
Als Ergebnis seiner Bemühungen konnte Schröder bei seinem Chef zwei Wünsche durchsetzen und hatte jetzt für den Zugriff zusätzliche zwei Trümpfe im Ärmel.
Die bis jetzt bekannten Observationserkenntnisse wurden zwischen Schröder und den beiden Kommissaren nochmals erörtert.
Alle vier Verdächtigen, Alpha bis Delta genannt, konnten bisher ohne Probleme beobachtet werden. Neben ihrer persönlichen Observation wurden ihre Handys und PCs kontrolliert. Ebenso wurden ihr Geldverkehr überwacht und die Kontaktaufnahme

mit unbekannten Personen. Die observierenden Kollegen wurden nicht enttarnt.

Folgende Sachverhalte standen zur Besprechung an: Es fielen die gehäuften Aufenthalte aller vier Verdächtigen in einer Jagdhütte im Sachsenforst auf. Die kleine Hütte im Wald musste über dem Mundloch einer alten Grube aus dem Mittelalter stehen. Die Grube gab es nicht mehr; das ausgemauerte Mundloch aber war geblieben. Über dem Mundloch wurde dann eine unauffällige Jagdhütte gebaut und in ihrem Schutz die eingestürzten Stollen wieder ausgebaut und gesichert. Wir vermuten, dass die unterirdischen Gänge großzügig erweitert wurden und dass sich unter der Erde ein Bordell mit Bar und Gefängnis befindet. Die Verbrecher müssen sich wie Maulwürfe in die Erde gegraben haben. Das muss die „Ponnybar" sein. Ein schmaler Pfad im Wald führt auf die Landesstraße. Eine Schranke mit Chip-Karte hielt ungebetene Gäste ab. Solvente Herren waren als Wanderer stets willkommen, sofern sie zum „Klub" gehörten.

Versteckte Kameras von der Gegenseite der Straße und am Eingang des Waldweges dokumentierten seit zwei Tagen das gesamte Geschehen.

Weitere Ergebnisse der Observation: Der Verdächtige Alfa besuchte gestern um zehn Uhr einen Weinberg in der Nähe von Radebeul. In einer kleinen Hütte oben am Berg, die die Winzer vor plötzlichem Regen schützt und ihr Handwerksgerät beherbergt, blieb er zweieinhalb Stunden. Das Geviert maß 4x6 Meter. Es wurde durch eine Hecke vor fremden Blicken geschützt. Was macht ein Mann so lange in diesem Bretterverschlag. Hat er literweise Wein in sich hineingeschüttet? Allein? Weitere Personen wurden nicht registriert.

Die Kollegen hatten Polizeistreifen auf den umliegenden Straßen organisiert, die Alkoholkontrollen durchführten. Und man glaubt es nicht: Der Knabe war völlig nüchtern.

Man kann mit hoher Sicherheit davon ausgehen, dass hier ein gut getarntes Versteck existiert, in dem sich der Kerl aufhielt. Die

Verbrecher haben vermutlich Stollen und Gänge in den Weinberg getrieben und betreiben hier ein Verlies für ihren Menschenhandel, vermutlich existiert hier eine der Stutenfarmen.

Die Verdächtigen Alfa und Cäsar suchten nacheinander ein größeres Gebäude im Wohngebiet unterhalb der Weinberge auf. In ihm werden zwei Geschäfte nebeneinander bewirtschaftet: eine Bildergalerie und daneben eine Straußenwirtschaft mit Weinverkauf. Es fiel aber auf, dass fast keine Käufer oder Gäste sich dahin verlaufen. Wovon leben diese Geschäfte? Vom Baustil her ist mit einer tiefen Unterkellerung zu rechnen. Vielleicht wurde von den Kellern aus ein zusätzliches unterirdisches Labyrinth errichtet. Die einzigen Besucher dieses Hauses waren die observierten Verdächtigen Alpha und Cäsar. Auch hier dauerten die Aufenthalte mehrere Stunden.

Delta hatte Kontakt mit einer bis jetzt unbekannten Person. Die Nachverfolgung ergab, dass diese in einem Schreibwarengeschäft, im Künstlerviertel gelegen, verschwand.

Das Schreibwarengeschäft lag neben einer Bäckerei. Eine größere Menge an Papier wurde von einer Transportfirma angeliefert. Wie die Erkundung ergab, handelte es sich dabei um Formate, die nicht in einem Schreibwarengeschäft angeboten werden. Das Papier müsste noch zugeschnitten werden. Außerdem waren Druckerfarben zum Nachfüllen dabei, die ebenfalls im Kleinhandel unüblich waren.

Die Frau Kommissarin fasste zusammen: „Unserer Ansicht nach muss sich eine geheime Druckerei vermutlich im hinteren und unteren Bereich eines Schreib- und Kopiergeschäftes und im Keller der Bäckerei daneben befinden. Durch das Geschäft begünstigt fallen beim ersten Hinsehen die Lieferungen von Papier und Farbe nicht auf. Außerdem herrscht dort Kundenverkehr, sodass man, ohne aufzufallen, Zutritt zur Druckerei haben kann.

Insgesamt ist es bis jetzt noch ruhig; wir haben bisher keine Rückzugsbewegungen feststellen können. Keiner packt seine sieben Sachen und will abhauen."

„Gut", sagte Schröder, „wir kennen die vier Standorte von der Observation her, also von außen. Wir wissen aber nicht, was uns hinter der Fassade erwartet. Auf welche Gegenwehr könnten wir stoßen? Ungewiss. Also stellen wir uns auf das Schlimmste ein. Aber an eines müssen wir auch noch denken, eingedenk des Vorfalls um Maria. Dabei handelte es sich mit Sicherheit um militärisch ausgebildete Gegner. Hier also vermutlich auch. Die sind im taktischen Denken geschult. Deshalb müssen wir auch mit Fluchtwegen rechnen, und die sollten wir kennen!

Klingeln bei den Verbrechern und Nachfragen ob der Fluchtwege geht leider nicht. Deshalb steigen wir auf eine Stehleiter und schauen uns mal das Ganze von oben an." „Was denn für eine Stehleiter?", erkundigte sich Becker. Auch seine Assistentin schaute verdutzt.

KR Schröder grinste, doch dann verzog er sein Gesicht und rieb sich die rechte Hüfte. „Das Wetter schlägt um", seufzte er. „Meine Knochen melden sich zu Wort. Begeben Sie sich nie in die Hände von Chirurgen. Das sind alles friedliche und harmlose Menschen. Aber in Wahrheit sind sie ein Haufen von Folterknechten und Fleischern.

Aber zurück zum Thema: Ich habe an ein fliegendes Auge gedacht." „Sie meinen Drohnen?" „Sie sind ein Hellseher, Becker." „Wenn wir uns jetzt nach Drohnen umschauen, erregt das Aufmerksamkeit", erwiderte die Kommissarin. „Ich wusste, dass auch Sie ein helles Köpfchen sind, meine Liebe. Ich habe mich mit dem Polizeipräsidenten abgestimmt und gestern Abend mit einem Freund gesprochen, oder besser, ich bin hingefahren und habe geredet und gebettelt. Mit Erfolg. Die Aufklärung mit der Drohne hat heute Morgen begonnen. Es läuft folgendes Programm ab: Wir benutzen eine Spezialausführung, die bestimmte staatliche Einrichtungen benutzen dürfen. Das Fluggerät kann von großer Höhe aus operieren und hat ein Näherungswarnsystem für Flugzeuge. Es dreht dann automatisch ab. Wir klären ab 200 Meter Höhe auf, sodass die Drohne von unten kaum zu sehen ist. Außerdem bekommt das kleine Etwas ein Federkleid angepasst. Wenn sie wirklich einer sieht, dann hält er sie für einen

Bussard. Geflogen wird um neun Uhr, um dreizehn Uhr und um achtzehn Uhr. Erstens glauben wir nicht, dass zu dieser Uhrzeit einer von diesen Mistkerlen in den Himmel starrt und die Drohne sieht. Zum anderen haben wir dann einen völlig anderen Schattenwurf in der Landschaft. Das hilft bei der Beurteilung der Bilder.

Die Drohne ist mit einer Feinstauflöse-Kamera für Farbaufnahmen ausgestattet, außerdem mit Wärmebildkameras für unterschiedliche Frequenzen. Die Auswertung erfolgt über ein spezielles Spionageprogramm. Wir werden heute Abend die Ergebnisse zur Verfügung haben. Allgemeines Staunen in den Reihen der Kommissare. Der Chef hat was drauf.

Unser Zugriff erfolgt morgen an allen Standorten gleichzeitig um zehn Uhr. Eingesetzt werden die SEK-Einheiten von Erfurt, Magdeburg und Cottbus. Unterstützung bekommen wir auch von den BFE dieser Landes-Kriminal-Ämter. Unsere Dresdener Einsatzkräfte werden nicht informiert oder eingesetzt, um sicher zu sein, dass nicht doch Informationen nach außen dringen.

Beim Zugriff auf dem Weinberg helfen uns weitere Spezialkräfte: eine UK-Einheit mit zwei Helikoptern, die insgesamt 16 Kämpfer innerhalb von zwei Minuten absetzen können. Außerdem noch zwei Helis, im Luftraum auf Warteposition für den Fall, dass es doch zu einem Fluchtversuch kommen sollte. In den Weinbergen ist eine Verfolgung zu Fuß nicht unbedingt das Mittel der Wahl." Diese Eingreiftruppe aus der Luft war der zweite Trumpf in Schröders Plan. Die Drohne war der erste.

„Wieso greifen wir erst um zehn Uhr an?", fragte die Kommissarin. Schröder grinste: „Auf diese Frage habe ich wochenlang schon gewartet. Erstens rechnet um diese Zeit niemand mit einem Zugriff. Es wird gefrühstückt und geschwätzt. Zweitens wollen wir möglichst viele
Verbrecher festnehmen. Ich kann mir nicht vorstellen, dass früh um vier noch oder schon die entscheidungstragenden Personen vor Ort sind. Um zehn Uhr ist das ‚Fachpersonal' wohl eher

verfügbar. Außerdem ist zu dieser Zeit voller Verkehr in der Stadt, da können wir besser gedeckt die Ausgangspositionen beziehen. Es werden Zivilfahrzeuge verwendet, und wir fahren getrennt. Die Zusammenführung der Einsatzkräfte erfolgt erst vor Ort." Die Kommissare überlegten und nickten. Manchmal hatte der Alte wirklich gute Ideen.

Am späten Abend erfolgte die Auswertung der Luftbildaufnahmen: Auf dem Weinberg waren in der Nähe der Hütte keine verdächtigen Geländestrukturen zu erkennen. Anders bei dem Haus im Künstlerviertel. Im angrenzenden Garten wurden zwei Areale auf dem Rasen ausgemacht, die als Ausgänge von Tunneln gelten könnten, zumal sie von Büschen teilweise gedeckt wurden, vielleicht mit Absicht. Die hinzugezogenen Leiter der Einsatzgruppen legten fest, dass um diese Areale mit Natodraht Sperren errichtet werden, die durch Feuer gesichert würden, sodass eine Flucht mit robusten Mitteln unterbunden werden kann. Das entsprechende Personal und die Feuerkraft waren vorhanden.

## Vier Tage später – der Zugriff
## Die Wohnungen der Verdächtigen

Der Aktion erfolgte wie geplant an den Standorten gleichzeitig.

Bei den Verdächtigen Alpha bis Delta und dem Maulwurf erfolgte Punkt zehn der Zugriff. Die observierenden Kollegen teilten den zugreifenden Kräften mit, dass sich die vier zu Hause befänden, keine Besucher oder sonstige Auffälligkeiten. Die Polizisten waren in zivil. Die Armbinden zur Legitimation wurden erst vor den Wohnungen angelegt.

Die SEK- und BFE-Einheiten machten nicht viel Federlesen. Es war ja mit massivem Widerstand und Gegenwehr zu rechnen. Bei den Verbrechern wurden die Türschlösser weggesprengt. Dann kamen Rauchgas- und Blendgranaten zum Einsatz, und die Kollegen stürmten die Wohnungen. Die Verbrecher waren so überrascht, dass sie keine Gegenwehr leisteten. Vielleicht hing das auch damit zusammen, dass die zugreifenden Polizisten mit ihrer Statur und Ausrüstung nicht so aussahen, als würden sie einer Schlägerei gern aus dem Wege gehen.

Beim Zugriff auf die observierten Objekte stießen die Spezialeinheiten auf massive Gegenwehr. Es wurde auf sie prinzipiell sofort geschossen. Nicht nur Pistolen, auch Schnellfeuerwaffen wurden eingesetzt. Die Kommandeure der Einheiten gaben später zu Protokoll, dass wohl ein gewisser Überraschungseffekt vorlag. Dass sich die Gegner aber schnell orientierten und hartnäckigen Widerstand leisteten. Es war ihnen klar, dass sie für den Rest ihres Lebens auf Staatskosten ernährt würden, falls sie nicht fliehen konnten.

## Die Jagdhütte im Wald

Zwei Kleinbusse mit verdeckten Scheiben und Reklame von einem Reisebüro am Auto wollten gerade vom Waldweg auf die Landstraße einbiegen und sich absetzen, als die Eingreiftruppe vor Ort eintraf. War das nur eine „Umsiedlung", die ab und zu von den Verbrechern eingeleitet wurde oder wurde dieser Standort soeben evakuiert. Wurden sie doch gewarnt?

Die Fluchtwagen hielten an und drei Männer eröffneten sofort aus Schnellfeuerwaffen das Feuer auf die Polizisten. Eine ältere Frau im zweiten Wagen wollte die jungen Mädchen erschießen. In den Fahrzeugen befanden sich insgesamt neun Mädchen zwischen 14 und 16 Jahren. Sie waren alle mit einem Morgenmantel und High Heels bekleidet. Persönliche Sachen hatten sie keine. Der Frau gelang es, zwei Mädchen zu töten, bevor ein Scharfschütze sie eliminierte.

Man musste davon ausgehen, dass die Verbrecher über taktische Kenntnisse verfügten. In dem Feuergefecht, das fast 15

Minuten dauerte, wurden alle Verbrecher getötet und zwei Einsatzkräfte verwundet.
Die Kriminalisten waren sich einig, dass es hier um die Gefangenen der „Ponnybar" und ihre Bewacher handelte. Die Mädchen wurden in die Forensische Psychiatrie überführt, die Verwundeten sofort in die Uniklinik gebracht. Eine mobile medizinische Einsatzgruppe, die automatisch bei Aktionen solchen Ausmaßes zum Team gehörte, leistete die Ersthilfe.

## Zugriff auf die Druckerei

Der Zugriff erfolgte gedeckt, so wie es geplant war. Becker und seine Assistentin hatten dem Einsatzleiter die Erlaubnis abgerungen, mit von der Partie sein zu dürfen. „Ihr steht aber etwas abseits. Spielt mir ja keine Helden! Ich tret euch in den Hintern!" Diese Ansage war klar.

Nachdem die Gruppe den Zielort erreicht hatte, stürmten die Kräfte über den Nebeneingang in die Kellerräume des Schreibwarengeschäftes. Allerdings waren die zwei Räume unauffällig. Nur ein paar leere Verpackungskartons lagen herum. Beim genauen Hinschauen fiel eine schmale Tür auf, die sich unauffällig in das Tapetenmuster einfügte. Diese Tür führte in einen Kellerraum der Bäckerei von nebenan. Zwei Angestellte der Bäckerei saßen an einem Tisch und frühstückten. Nichts von Druckerei. Die beiden Kommissare klopften die Wände ab. Es waren keine Hohlräume oder verdeckte Türen zu finden. An der einen Wand stand eine lange Bank, wie sie in Turnhallen benutzt wurden. Auf ihr lag verstreut Berufsbekleidung vom Bäckerhandwerk und eine geöffnete Keksdose. Vor der Bank standen Arbeitsschuhe.

Das SEK und die Kommissare zogen mit gesenkten Köpfen wieder ab. Theo ließ sich lautstark fluchend ins Auto fallen und ließ Luft ab; Bea versuchte, zu beruhigen. Plötzlich trat der Kommissar voll auf die Bremse und schlug sich an die Stirn. „Ich

Idiot. Die sind so was von clever." Er wendete abrupt den Wagen auf der schmalen Straße, scheuchte dabei ein paar Fußgänger vom Gehsteig und setzte das Blaulicht aufs Autodach. Die Kollegen vom SEK waren verwundert, taten es aber ihm gleich. Seine Freundin sah ihn fragend an. „Was ist los? Willst du schnell noch frischen Brötchen kaufen?" „Ich bin ein Idiot, ich bin ein Vollidiot. Aber du wirst es gleich sehen." „Das glaube ich dir auch ungesehen." „In fünf Minuten wirst du mich loben." Sie erreichten das Schreibwarengeschäft. Die SEK-Männer stiegen aus und standen fragend an ihren Fahrzeugen. „Kommt einfach mit", ermunterte Becker die Kollegen. „Jetzt ist er endgültig durchgeknallt", meinte einer. „Ja, aber vielleicht hat er einfach nur Hunger. Hier ist schließlich eine Bäckerei", so sein Kollege. „Hm, bei dem weiß man nie", so der andere wieder.

Die Einsatzgruppe trabte hinter Becker her in den kleinen Kellerraum der Bäckerei.

Der Raum war jetzt leer. Becker trat gegen die Schuhe und rückte die Bank vor. Dann kniete er sich hin und klopfte die Wand ab. „Na also, hier unten klingt es hohl." Die Kollegen schauten jetzt neugierig. Becker klopfte und untersuchte die Wand weiter. „Hier ist eine kleine Klappe, wie eine Katzenklappe an der Haustür. Sie ist so geschickt in die Wand eingefügt, dass man sie nicht auf Anhieb sieht. Und die Bank steht direkt vor der Klappe. Sie verdeckt sie. Die hat man als zusätzlichen Sichtschutz davorgestellt. Welcher Polizist kniet sich schon hin, wenn er die Wand nach versteckten Türen abklopft. Keiner. Und es hat geklappt. Wir haben sie nicht gesehen beim ersten Mal.

Um hier durchzukommen, muss man sich tatsächlich auf den Bauch legen. So was habe ich noch nie gesehen. Das ist phänomenal. Die sind klasse. Er legte sich auf den Boden. „Gehen Sie beiseite, Becker. Das ist jetzt was für uns", sagte der Chef des SEK.

Einer seiner Leute legte sich vor die Klappe und zog die Pistole. Ein anderer klappte sie auf und hielt sie. Ein Dritter warf zwei Blendgranaten in den Raum hinein. Dann kroch der erste SEK-Mann mit gezogener Pistole durch die Öffnung. Man hörte Pistolenschüsse im Raum drinnen. Der Polizist schoss zurück und kroch ganz in den Raum hinein. Weitere Beamte krochen hinterher und schossen ebenfalls. „Au, Scheiße!" „Du Arschloch!" Wieder hörte man Schüsse und Geschrei. „Sauber!" „Sauber! Ihr könnt rüberkommen." Zwei Personen lagen in Handschellen am Boden. Einer, ebenfalls gefesselt, saß auf einem Stuhl und krümmte sich vor Schmerzen. Er hatte einen Durchschuss in der rechten Schulter. Der eine SEK-Mann hatte zwei Treffer in seiner Weste. „Schade, die war fast neu. Das wirst du bezahlen, du Miststück!", fauchte er den verletzten Mann an. Die Ärztin vom Mobilen Medizinischen Einsatz machte die Erstversorgung des verletzten Verbrechers und legte eine Infusion an. „Schafft ihn in die Uni; der muss operiert werden." „Die sollen ihm gleich den ganzen Arm abnehmen, am besten beide Arme", fauchte der SEK-Mann den Kerl an. Die Handschellen klickten; der Verbrecher wurde in den Sankra verladen. Die anderen zwei wurden ins Präsidium transportiert. Becker und seine Assistentin schauten sich in der Druckerei um. Der Raum war nur durch diese Klappe zu begehen. Es gab keinen zweiten Zugang. Damit aber auch keinen Fluchtweg. Die beiden Kriminalisten schauten sich die Geräte der Druckerei an. Alles auf dem modernsten Stand. Sie durchsuchten aufs Erste die Schränke und Schreibtische.

Lauter unnützes Zeug. Plötzlich wurde die Frau Kommissarin fündig: „Hier, schau mal. Fotos von den Mädchen." Sie wussten beide von Maria, dass alle Mädchen mit gefälschten Papieren verkauft wurden. Und soeben hatten sie das Fotoarchiv gefunden. Auf jedem DIN-A4-Blatt zwanzig Fotos. „Mein Gott, das sind ja Hunderte", sagte Bea erschrocken. „Ein ganzer Stapel mit den Passbildern hübscher blutjunger Mädchen. Und hier ist die Schulze von uns. Das gibt's doch nicht. Diese Schweine." „Welche Schulze?" „Na die Svenja, die zum Praktikum bei uns war." „Die arme Kleine. Ich glaube, die werden wir nie wieder finden. Man sollte diese Schweine auf eine Folterbank spannen und nicht einbuchten. Aber vielleicht besuch ich mal einen alten Ganoven, den ich hinter Gittern gebracht habe, und lasse eine kleine Bemerkung fallen, wer da eingeliefert wird. Das Leben im Knast kann manchmal so richtig unterhaltsam sein." „Theo, is gut jetzt!"

## Der Bunker im Weinberg

Der Zugriff auf die Winzerhütte verlief weitgehend reibungslos. Auch diese Tür wurde aufgesprengt und flog in Stücke. Die Blendgranaten taten ihre Wirkung. Die Kollegen von der Spezialeinheit waren so schnell drinnen, dass die zwei Männer keine Zeit für eine gezielte Gegenwehr hatten. Sie schossen aber mit verblendeten und tränenden Augen in Richtung Ausgang. Wenngleich dies ungezielt erfolgte, so stellte es eine erhebliche Gefahr für die Polizisten dar. Die zwei Männer wurden beim Zugriff sofort erschossen. Es befanden sich vier Frauen in dem gut ausgebauten und doch gemütlich wirkenden Gewölbe. Drei von ihnen waren schwanger. Sie hatten sich in der Wohneinheit in Schränken und unter den Betten versteckt und wehrten sich heftig. Sie schrien um Hilfe, kratzten und bissen. Eine schwenkte auch ein Messer. Die Kollegen bereiteten dem schnell ein Ende. Mit Hand- und Fußfesseln und einem Pflaster vor dem Mund wurden die Frauen von starken Männerarmen nach unten in die Fahrzeuge getragen und in die forensische Psychiatrie gebracht.

## Zugriff im Weinbau-Wohngebiet

Die Einsatzkräfte für das Haus mit der Weinhandlung und der Galerie gingen nach gleichem Muster vor. Auch hier war keine Warnung erfolgt. Zwei Wohneinheiten waren in der Tiefe der ausgebauten Kellergewölbe versteckt. Hier lief es anders als auf dem Weinberg. Die zwei Männer der ersten Wohngemeinschaft versuchten zu fliehen. Sie wollten durch eine der vermuteten Fluchttüren entwischen und sich den Weg freischießen. Sie öffneten die Falltür nach draußen, schoben ihre Makarows nach draußen und eröffneten sofort ein ungezieltes Dauerfeuer. Weiter kamen sie nicht. Mit gezielten Feuerstößen wurde das Drama beendet. Vier Frauen, darunter wieder drei Schwangere, wurden gefunden. Auch sie wehrten sich heftig gegen die Festnahme oder Befreiung, je nachdem, wie man es sah. Die Gehirnwäsche schien so, wie Maria es sagte, hervorragend zu wirken. In der Wohneinheit nebenan fand man zwei tote Männer und vier tote Frauen, davon ebenfalls drei schwanger. Die Frauen waren mit Zyankali vergiftet worden, die Männer hatten sich erschossen.

## Die Nachbereitung – der Nachmittag nach dem Zugriff

Am späten Nachmittag war die gesamte Aktion beendet. Die Sondereinheiten waren wieder abgerückt. Die Verletzten hatte man medizinisch versorgt, die Mädchen und Frauen in der forensischen Psychiatrie untergebracht, dort wurden sie psychisch betreut und geschützt. Die Beschuldigten befanden sich in Verwahrung und wurden dem Haftrichter zugeführt bzw. saßen bereits in U-Haft.

Nachdem der Zugriff erfolgt war, konnten sich Schröder, Becker und Bea noch mal in ihren Büros unterhalten. Sie hockten alle drei zusammen und ließen den Zugriff und die Ergebnisse noch einmal Revue passieren.
„Wie geht es unseren zwei verletzten Polizisten, ist da was bekannt?", fragte Schröder.
„Ich kenne den Ltd. Oberarzt von der Unfallchirurgie ganz gut", sagte Becker, „ich ruf den mal an, falls er nicht gerade am Tisch steht." Becker hatte Glück. Der Arzt ging auch sofort ins Handy. Becker schaltete auf Lautsprecher.
„Mayer."
„Becker."
„Du lebst ja immer noch, Becker." „Ich bin dir auch noch nicht in die Hände gefallen." „Frechheit. Und wieso rufst du

mich während der Visite an? Denkst du, wir drehen den ganzen Tag Däumchen?" „Nein, ihr flirtet mit den Schwestern. Wieso macht ihr um diese Zeit Visite. Ich denke, die ist früh um sieben?" „In der Chirurgie schaut man sich die Operierten am Nachmittag noch mal an. Schreib's dir einfach auf." „Wie geht es unseren beiden Polizisten?" „Der eine hat einen Lungensteckschuss im linken Oberlappen, war knapp, nur zwei Zentimeter an der Aorta vorbei." „Und was macht ihr da? Pflaster drauf?" „Ich wusste, dass du unser hellstes Licht auf der Torte bist, Becker. Aber die Pflaster waren alle. Wir haben also kochendes Öl da reingegossen, natürlich Olivenöl, was sonst. Die Idee stammt übrigens aus Ägypten. Das hat man schon im 15. Jahrhundert dort so gemacht, soweit, so gut.

Euer Patient liegt schon auf dem Tisch. Die OP wird aber etwas länger dauern. Hat auch eine ganze Menge Blut verloren, der Mann. Der andere hat einen Durchschuss in der rechten Rotorenmanschette." „Was für eine Manschette? Der Junge hatte den Kampfanzug an, kein weißes Hemd mit Manschetten und Schlips." „Es war mir klar, dass du das nicht verstehst. Ich habe regelrecht darauf gewartet." „Arroganter Schnösel. Irgendwann erschieß ich dich." „Aber vorher trinken wir endlich mal wieder ein Bier zusammen und schwärmen von den alten Zeiten. Unsere Eckkneipe hat einen neuen Besitzer und wieder geöffnet." „Klingt gut. Was ist also mit dem Zweiten?" „Dein Kollege hat einen Durchschuss in der rechten Schulter. Er wird ebenfalls bereits operiert. Und dann geht's ab in die ReHa." „Danke, Herr Oberarzt." „Leitender Oberarzt, so viel Zeit muss sein." „Also tschüss, Mayer, und ruhigen Dienst." „Danke, gleichfalls. Ein Mittwoch passt mir am besten." „Okay."

Da der Kommissar das Handy auf laut gestellt hatte, hörten alle mit. Der Kriminalrat frotzelte: „Egal, was Sie tun, Becker, immer ist Alkohol im Spiel. Sie sollten ihn besser kontrollieren, junge Frau, sonst driftet er Ihnen ab." Bea grinste: „Ich arbeite dran, Herr Kriminalrat."

Becker meldete sich wieder zu Wort: „Wir sollten auf den gelungenen Zugriff gemeinsam eine kleine Feier veranstalten. Der

Tag heute muss einfach begossen und besprochen werden. Nur wir drei. Ich kenne da ein schönes Lokal, ganz in der Nähe, den ‚Flotten Hecht'. Wird überall gelobt." „Becker, ich drehe Ihnen den Hals um. Aber ich kenne auch eine kleine und gemütliche Gaststätte, mit etwas gehobeneren Niveau. Ich lade Sie beide ein. So etwas sollte man nicht auf die lange Bank schieben. Ich lade Sie beide für morgen ein. Ich bringe meine Frau mit." Theo und Bea waren begeistert. Endlich konnten sie sich mal wieder sattessen. Becker hatte Frau Schröder schon kennengelernt und beschrieb sie als attraktive und intelligente Frau.

„So, und jetzt wieder an die Arbeit, meinte der Chef." „Der Maulwurf muss verhört werden. Ihr drinnen im Verhörraum, und ich lausche von draußen."

Der Mann wurde hereingeführt. Er war 28 Jahre alt und hatte nicht das geringste Unrechtsbewusstsein. „Irgendwie muss man ja seine Brötchen verdienen. Es hat sich einfach so ergeben. Ihr hättet ja auch besser aufpassen können. Alles Idioten hier. Und außerdem, viel kann mir eh nicht passieren." Er grinste die Beamten hämisch an. „Mein Vater kennt einen guten Anwalt."

Der jugendliche Schnösel hatte die Wanzen im Zimmer platziert. Der genaue Ort war ihm per Handy mitgeteilt worden. Er hatte vorher Fotos vom Büro der Kommissare gemacht. Die Dateien von Beckers Laptop wurden auf einen USB-Stick heruntergeladen. Diesen und zusätzliche Informationen, die er im Haus aufgeschnappt hatte, steckte der junge Mann in einen Briefkasten. Er wusste nicht, wer den Briefkasten leerte. Er hatte auch nicht versucht, es herauszubekommen. „Ich bin weder dämlich noch lebensmüde." Sein Geld klebte in einem Kuvert an der Innenseite der kleinen Metallklappe. Er hatte einen Schlüssel dazu. So lief es schon seit vier Jahren. Der Knabe hatte außerdem einen roten Klingelknopf für dringliche Situationen, den er immer mit sich trug. Er konnte aber nur draufdrücken, keine Verbindung herstellen. Wer steckt dahinter? Keine Ahnung.

Der Briefkasten gehörte einer alten Frau. Sie wohnt im vierten Stock des Achtfamilienhauses. Einen Fahrstuhl gab es nicht. Das Haus war groß und alt, die Treppen steil. Man kannte sich nicht so gut untereinander. Ständiger Wechsel der Bewohner: Studenten, Harz-4-Empfänger und andere Mieter mit wenig Geld. Das Haus war abgewohnt und heruntergekommen. Die Wände mit Farbe beschmiert. Dies prägte das Stadtbild in diesem Bezirk.

„Ein netter älterer Herr bringt ihr täglich die Post und die Zeitungen herauf." Sie gab ihm einen Briefkastenschlüssel, froh, dass sie nicht mehr so oft Treppen steigen muss. Ihr Schlüssel passte plötzlich nicht mehr richtig, wie sie einmal feststellte, er klemmte. Die Kriminalisten vermuteten, dass der Auftraggeber des Maulwurfs in Wahrheit das Schloss ausgetauscht hat, damit die alte Dame nicht an seine Post herankam. Der Mann kauft für sie auch ab und zu ein. Er war eben sehr nett. Der Mann wohnt in Parterre oder im ersten Stock, wo genau, wusste sie nicht.

Wie sich schnell ermitteln ließ, wohnte weder in Parterre noch im ersten Stock ein älterer Herr.

Im ganzen Haus hatte ein älterer Herr sein Zelt nicht aufgeschlagen.

Becker zog das Fazit: „Hier wird der geistige und körperliche Zustand einer älteren Frau geschickt ausgenutzt. Wir können jetzt den Weg, den die Nachrichten gehen, ein Stückchen weiter rückverfolgen, vermutlich wird das aber nicht viel bringen. Wir haben es hier nicht mit Idioten zu tun.

Da hat irgendjemand geschickt einen toten Briefkasten eingerichtet, vermutlich waren's die Aliens oder die Kerle vom Mars. Vielleicht aber auch der Mann im Mond. Wirklich gut gemacht, Profis."

Was haben wir an anstehenden Problemen? Schröder fasst zusammen:

# Die Befreiung unserer beiden Kolleginnen steht nach wie vor im Vordergrund. Auch wenn die Chancen gering sind, müssen wir alles, was möglich ist, in Bewegung setzen.
# Was ist mit dem KOK Stein? Ist er nur dämlich und narzisstisch oder wird er von außen gesteuert und ist vielleicht auch ein Maulwurf?

# Auch der Frage des Drogenhandels und der Suche nach Drogenlaboren konnten wir uns noch nicht ausreichend widmen.
# Wo befindet sich das sogenannte Haupthaus, von wo aus vermutlich der Menschenhandel gesteuert wird, also die Rekrutierung der Opfer, die Gehirnwäsche, die Aufteilung in Ponnybar und Stutenfarm?
# Wir haben drei geheime Unterkünfte von Frauen, die zur Schwangerschaft gezwungen wurden, aufgedeckt. Wie lief die Organisation dieser „Familienverbände"? Gibt es hier in Dresden noch weitere, oder in Deutschland und in der EU? Wie kommen wir an die Hintermänner heran?
# Gibt es noch weitere Ponnybars bei uns? Wie wurde der Verkauf der Mädchen organisiert?
# Welche genaue Rolle spielte die illegale Druckerei?

Es gibt also genug Arbeit für uns. Beginnen wir mit den Verhören der vier Männer und mit den Befragungen der Frauen. Die Psychologen werden es auch nicht leicht haben, die Schäden der Gehirnwäsche zu beseitigen.

## Die Entführung von Beate & der Abschluss

Frau KHK Hellmann hatte den Dienstwagen mit nach Hause genommen.

Die ersten Gespräche mit den befreiten Frauen hatten wesentlich länger gedauert als angenommen.

Es war sehr spät geworden. Sie hatte absolut keine Lust, noch bis zum Präsidium zu kutschieren und sich dann mit der Straßenbahn heimwärts zu quälen. Sie ging zeitig ins Bett.

Am Morgen war sie gut ausgeruht und wieder arbeitswütig. Theo würde sie von der Haustür abholen.

Die Polizistin öffnete die Wagentür, warf ihre Handtasche auf den Beifahrersitz und wartete auf ihn.

Plötzlich waren zwei Männer da. Einer griff in Beas Haare, fixierte ihren Kopf und hielt ihr eine Pistole an den Kopf. „Los, rein in die Karre!" Er schob die Frau in ihren Dienstwagen. „Rutsch durch, auf den Beifahrersitz, hopp, hopp." Der andere Verbrecher nahm auf der Rückbank Platz. Nach dem Losfahren legte er ihr einen Strick um den Hals. „Damit du nicht auf dumme Gedanken kommst."

Becker wollte seine Freundin von zu Hause abholen. Gemeinsam wollten sie eine Wohnungsdurchsuchung durchführen. Wenn er sie von zu Hause abholte, dann ließ er sein Auto vor ihrer Haustür stehen. Als er in die Straße einbog, sah er ihren Dienstwagen an sich vorbeifahren, mit seiner Assistentin auf dem Beifahrersitz. Becker erfasste die Situation sofort. Er informierte die Einsatzzentrale und fuhr dem Wagen hinterher. Die Fahrt ging durchs Dresdener Zentrum über die Elbe, hinauf nach Neustadt.

Der Polizist wusste aber nicht, dass auch Yasmin in einem Auto saß und bereits seit einer Stunde nach Bea Ausschau hielt. Sie hatte die beiden Polizisten seit Tagen observiert, und das mit viel Geschick. Keiner hatte sie bemerkt. Jetzt wurde sie Zeugin der Entführung von Frau Hellmann. Sie fuhr sofort dem Wagen hinterher. Hinter der zweiten Kurve hatte sie begriffen, dass vor ihr noch jemand die Entführer verfolgte. Es war ein Mann, so viel konnte sie durch die Fahrzeugscheiben erkennen. Natürlich lag die Vermutung nahe, dass es Becker war.

Die Entführer fuhren auf einen Parkplatz mit einer kleinen Kirche und einer renovierungsbedürftigen Gaststätte mit Saal. Mehrere Plakate am Lokal ließen diese Annahme zu. Die Verbrecher zerrten die Kommissarin aus dem Wagen und zogen sie zum Eingang hin. Sie hatten Bea eine Leine um den Hals gelegt, an der sie die Frau hinter sich herzogen.

Becker hatte sein Fahrzeug etwas entfernt geparkt und war auf Deckung bedacht. Er zog seine Waffe und ging hinter seinem Wagen in Stellung. Die Tür an der Kneipe schien zu klemmen. Die Männer rüttelten an der Tür, kamen aber nicht hinein. Der Kommissar rannte los. Der Größere von den zweien stieß noch mal mit der Schulter kräftig gegen die Tür, die nun doch aufging. Er versuchte, die Polizistin hineinzuschleifen, die sich aber heftig wehrte. Der andere drehte sich um und sah Becker. Er zog die Pistole und schoss. Becker konnte im Rennen nicht genau zielen. Er konnte nicht schießen, ohne Bea nicht der Gefahr auszusetzen, dass er sie traf.

Da kam plötzlich Unterstützung. Aus einem anderen Wagen heraus wurde das Feuer auf die Verbrecher eröffnet. Es wurde gezielt geschossen. Der Schütze hatte den Arm auf das heruntergedrehte Fenster aufgelegt. Außerdem war die Waffe offensichtlich mit einem Zielfernrohr und Laservisier ausgerüstet. Becker nahm die Laserpunkte an der Tür wahr. Er sah im Laufen, dass es die Asiatin war, die ihm hier Feuerschutz gab. Der Entführer erkannte die Gefahr und verschwand schnell ins Innere. Becker erreichte die Tür und stürmte hinein. Die Frau hatte den Beschuss eingestellt. Die Tür, die nach innen führte, war verschlossen.

„Verdammt, wie komm ich hier rein", dachte Becker. Er nahm die Treppe zur Galerie hinauf.

Über die Empore gelangte der Polizist in den Festsaal. An dessen Ende sah er seine Assistentin. Beate lag auf dem Boden, an Armen und Beinen gefesselt. Die beiden Verbrecher standen neben ihr. Der eine hatte seine Beine über sie gestellt und beugte sich zu ihr herab. „Wir ziehen dich jetzt aus und werden so richtig Spaß miteinander haben. Dann ziehen wir deine Leine am Hals langsam zu, also nicht mit Hauruck, sondern mit Genuss. Und du wirst um dein Leben betteln und dich winden. Das werden wir so richtig genießen. Und irgendwann hörst du auf zu strampeln. Dann weidet Walter dich aus." Walter stand daneben und nickte brav: „Meine Hunde kriegen deine Innereien zu fressen, und der Rest kommt zu den Schweinen. Und aus deiner Haut machen wir extraweiches Nappaleder. So was lässt sich richtig gut verkaufen."

Becker versteckte sich hinter dem Geländer der Empore und sah nach unten. Er konnte nicht schießen: Die drei waren zu dicht beieinander und die Entfernung zu groß. Er wusste, dass Beates

Leben an einem seidenen Faden hing. Den beiden Kerlen war alles zuzutrauen. Er rannte los, zum Ende der Empore. Von dort ab ging eine Treppe in den Saal hinab. Beate strampelte hin und her und versuchte, die beiden von sich abzuhalten, was allerdings wirkungslos war. Der eine setzte sich auf ihre Brust. Er hob das Messer und grinste.

Becker erreichte den Treppenabgang, konnte aber immer noch nicht schießen. Die drei standen zu dicht und bewegten sich zudem auch noch. Da öffnete sich die große Saaltür hinter den dreien, und Yasmin kam hereingerannt. Sofort erfasste sie die Situation und schrie etwas, was Becker nicht verstand. Der auf Beate Kniende stand auf, trat einen Schritt auf die Frau zu und hob das Messer. „Hau ab, du Asia-Schlampe!"

Die Frau schleuderte ihre Pumps von den Füßen, lief ihm zwei Schritt entgegen und sprang ihm dann mit voller Kraft vor die Brust. Dabei wuchtete sie ihre angezogenen Beine gegen seinen Thorax. Der Mann war gegen einen Rammbock gelaufen. Er wurde zu Boden geworfen und schlug hart auf. Es hatte ihn auf dem Rücken geschleudert und die Lungen geprellt. Er schnappte krampfhaft nach Luft.

Die Asiatin landete wieder weich und elastisch auf ihren Füßen, ging in die Knie und sprang federnd auf den am Boden liegenden Mann. Sie landete mit dem einen Fuß auf seiner Brust, mit dem anderen auf seinem Hals. Becker hörte es knirschen oder knacken. „Sein Kehlkopf ist jetzt zertrümmert oder der Dornfortsatz vom Zweiten gebrochen", dachte er. „Gut gesprungen. Man sollte es nicht glauben: Dieses brutale Miststück mit seinen hundert Kilo Muskeln und Fett wurde durch den zarten Fuß einer zierlichen Frau zu Fall gebracht."

Die Rechtsmedizinerin würde ihm später mitteilen, dass es sowohl geknirscht als auch geknackt hatte. Der andere Verbrecher schwang seine Machete gegen die Frau. Becker zog den Abzug durch. Zwei Schüsse bellten durch den Saal. Der erste Schuss riss ein Loch in die Luft, ging knapp an dem Kerl vorbei. Der Zweite traf seine Stirn. Der Mann fiel auf die Knie, glotzte den

Polizisten aus herausquellenden Augen verständnislos an und kippte zur Seite. „Exitus", dachte Becker.

Er richtete die Waffe auf die Asiatin. „Sie sind verhaftet." Dann legte er ihr Handschellen an. Becker nahm die Machete und durchschnitt seiner Assistentin die Fesseln. „Du bleibst hier!" Dann stieß er die Festgenommene mit dem Pistolenlauf in den Rücken und drängt sie nach draußen. „Los, auf geht's!" Die schwere Saaltür fiel hinter ihnen ins Schloss; sie waren allein im Flur. Dann hörte die Polizistin zwei Schüsse. „Jetzt hat er sie umgelegt", dachte Bea.

Draußen nahm der Kommissar Yasmin die Handschellen ab. „Sie sind soeben geflohen. Ich habe hinter Ihnen hergeschossen, Sie aber leider nicht getroffen. Wie peinlich. Draußen vor der Tür steht ein grauer BMW, ein 3er, Metallic. Der Wagen gehört der BMW-Werkstatt. Meiner ist heute zur Durchsicht. Meine Kollegen kennen also im Moment weder den Wagen noch die Nummer oder die Farbe." Er reichte ihr den Schlüssel. „Sie müssen sofort von hier verschwinden. In einer halben Stunde ist Dresden dicht. Da kommt nicht einmal mehr eine Maus raus." Dann nahm er die Frau in die Arme und drückte sie fest an sich. „Sie hätten auf dem Parkplatz zuschauen können, wie man mich abknallt. Ich lief völlig ungeschützt über den Platz zum Saaleingang. Es ging nicht anders. Bea war in Lebensgefahr. Aber Sie haben mir Feuerschutz gegeben. Meiner Assistentin haben Sie das Leben gerettet. Ich wäre zu spät gekommen, um ihr zu helfen. Ich stehe tief in Ihrer Schuld! Und ohne Sie hätten wir nie den Mädchenhändlerring gesprengt und die Zwangsschwangerschaften beendet. Wo haben Sie eigentlich Ihre Waffe? Sie haben ja nicht auf die Schweine geschossen, sondern Ihre Kampfkunst eingesetzt." „Die Knarre steckt in meiner Tasche. Ich habe keine Munition mehr." Becker griff in seine Jackettasche und reichte ihr ein volles Magazin. „Wir haben das gleiche Kaliber und die gleiche Munition. Aber legen Sie mir bitte keinen Polizisten um. Wir sind nachtragend." Die Asiatin lächelte und drückte ihm noch einmal kurz die Hand. „Danke!" „Haben Sie noch etwas Geld zur Überbrückung, bis Sie an Ihre eigenen Ressourcen herankommen?" „Nein. Ich muss betteln gehen." Sie lächelte ihn an. Becker zog seinen Dienstausweis hervor. In der Lederhülle hinter dem Dokument steckten zwei EC-Karten. Er reichte sie ihr herüber. „Die Codenummern sind 17 23 und 23 17. Eins durch sieben ist dreiundzwanzig, kleine Eselsbrücke." „Das ist so schön blöd; das könnte auch von mit sein." „Fahren Sie ja nicht erst zu Hause vorbei. Die Falle klappt in spätestens 30 Minuten zu. Dann ist Game over. Und jetzt nichts wie weg. Und tschüss", und er schubste sie nach draußen zum Parkplatz hin. Dann drehte er sich um und ging zurück in den Saal, zu seiner Assistentin und den beiden Toten. Von Ferne hört man schon das näherkommende Sirenengeheul. Er wusste, diese Frau würde er irgendwann noch mal wiedersehen. Das sagte sein Bauch.

„Ich verstoße vermutlich gegen unzählige Gesetze, Verordnungen und Dienstanweisungen", dachte Becker, „aber ich kann mit Sicherheit heute Nacht gut schlafen und morgen früh mit ruhigem Gewissen in den Spiegel schauen."

Am nächsten Tag luden der Polizeipräsident und KR Schröder die Presse ein. Ein großer Erfolg war zu feiern.

Ein alter Mann schenkte sich ein Glas Orangensaft ein. „Das war verdammt knapp", dachte er.

Dieses Buch ist in meinem Kopf entstanden. Es ist ein Roman. Alle darin agierenden Personen sind fiktiv. Ähnlichkeiten mit lebenden oder verstorbenen Personen sind nicht gewollt und rein zufällig.

Natürlich gibt es das herrliche Dresden, aber die beschriebenen Handlungsorte entsprechen ebenfalls nicht der Realität.

# Der Autor

C.F. Seidel wurde 1951 in Freiberg geboren. Sein Hobby war schon immer das Lesen. Er mutierte zur Leseratte. Außerdem interessierte er sich für Fotografie. Deutsch war sein Lieblingsfach in der Schule. Märchen und Geschichten ließen keine Langeweile in seiner Kindheit aufkommen. In seiner Jugend kamen dann Dichter wie Heine und Tucholsky hinzu, später auch zeitgenössische Literaten.

Nach einem Autounfall verbrachte Seidel längere Zeit im Krankenhaus: Hier entstand sein Wunsch, Arzt zu werden. So studierte er Medizin und nach seiner Approbation war Seidel in der Krebstherapie tätig. Aufgrund seiner liebsten Freizeitbeschäftigung als Bücherwurm kam in ihm schließlich der Wunsch auf, selbst aktiv zu werden – und er begann, zu schreiben. „In der Urne brennt noch Licht" ist sein Erstlingswerk.

C.F. Seidel ist verheiratet und hat zwei Kinder.

**novum** VERLAG FÜR NEUAUTOREN

# Der Verlag

> *Wer aufhört*
> *besser zu werden,*
> *hat aufgehört*
> *gut zu sein!*

Basierend auf diesem Motto ist es dem novum Verlag ein Anliegen, neue Manuskripte aufzuspüren, zu veröffentlichen und deren Autoren langfristig zu fördern. Mittlerweile gilt der 1997 gegründete und mehrfach prämierte Verlag als Spezialist für Neuautoren in Deutschland, Österreich und der Schweiz.

**Für jedes neue Manuskript wird innerhalb weniger Wochen eine kostenfreie, unverbindliche Lektorats-Prüfung erstellt.**

Weitere Informationen zum Verlag und seinen Büchern finden Sie im Internet unter:

www.novumverlag.com

**novum** VERLAG FÜR NEUAUTOREN

# Bewerten
### Sie dieses **Buch**
### auf unserer
## Homepage!

www.novumverlag.com